Shane Maloney

Künstlerpech

Roman

Aus dem australischen Englisch
von Nikolaus Stingl

Diogenes

Titel der 1996 bei
Text Publishing, Melbourne,
erschienenen Originalausgabe: ›The Brush-Off‹

*Alle Personen in diesem Roman
sind vom Autor frei erfunden.
Irgendwelche Ähnlichkeiten mit Personen,
seien sie lebend oder tot,
sind rein zufällig.*

www.diogenes.ch
150/00/8/1
ISBN 3 257 06248 6

Für Wally und May
mit Dank für ihre Geduld,
und für ihre Großeltern

»Es kommt mir kein russischer Roman in den Sinn, in dem sich einer der Helden in eine Kunstausstellung verirrt.«

W. Somerset Maugham

1

Die beiden Cops waren praktisch unsichtbar. Nur die auf und ab wippenden weißen Kuppeln ihrer Helme, die geisterhaft durch die undurchdringliche Sommernacht schwebten, und das gedämpfte Getrappel ihrer Pferde kündigten sie an. Von der berittenen Streife hatte sie nichts gesagt, als wir über den Zaun geklettert waren.

»Vorsicht«, flüsterte ich, »da kommt die Kavallerie.«

»Psssst.« Salina hielt mir die Hand vor den Mund und zappelte zugleich vor Anstrengung, nicht laut loszuprusten. »Runter mit dir.«

Ich ging runter. Lag auf den Knien im Laubteppich und nuckelte am fransigen Saum ihres Strandkleides. Das Strandkleid hatte mich überhaupt erst auf Salina Fleet aufmerksam gemacht. Das Strandkleid mit dem Palmenmotiv. Außerdem der aprikosenfarbene Lippenstift. Und die Frotteebadetasche mit den Hula-Hoop-Griffen. So neckisch zwischen all den weißen Hemden und Krawatten. »Pferde hätt ich hier als allerletztes erwartet«, murmelte ich.

Der Pub hatte dichtgemacht, die Besucher der Kunstausstellung hatten sich zerstreut. Nur wir waren noch übrig, im Besitz zweier stibitzter Weingläser und einer geklauten Flasche Chardonnay, und versteckten uns im dichten Gestrüpp des längst geschlossenen Botanischen Gartens. Das, vermutete ich bereits, war eine Entscheidung, die ich noch bereuen würde. Im Augenblick allerdings war mir alles recht. Mit zehn, zwölf Drinks intus mache ich alles mit.

»Pferde, was?« flüsterte Sal.

»Pferderettichbaum«, gab ich zurück. *»Moringa oleifera.«* Es stand auf einem kleinen Schild, das neben meinem Fuß im Boden steckte. Ich sagte es laut, bloß um festzustellen, ob ich es noch artikulieren konnte.

»Psssst!« Wieder legte sich ihre Hand auf mein Gesicht. »Deinetwegen landen wir noch im Knast, Murray.« Unter dem Druck ihres Handtellers machte ich den Mund auf. Meine Zunge kostete ihre Haut. Die Pferde kamen so dicht an uns vorbei, daß wir ihre Flanken hätten streicheln können. Statt dessen streichelte ich die von Salina.

»Schnell.« Sie packte mich an der Hand und huschte über den Pfad, ein Waldgeist, der in einen Tunnel von Unterholz eintauchte, wo die langen Zweige so niedrig hingen, daß kein Pferd uns hätte folgen können. Ihre vor mir herflitzenden Beine leuchteten weiß.

Im Botanischen Garten Verstecken zu spielen entsprach eigentlich nicht dem, was ich mir unter der weiteren Entwicklung unserer Bekanntschaft vorgestellt hatte, als wir einander an diesem Abend im Kulturministerium vorgestellt worden waren. Ich war der politische Berater des neuen Ministers. Sie war Redakteurin für bildende Kunst bei der Zeitschrift *Veneer.* Wahrscheinlich hätten wir beide über postmoderne ästhetische Theorie und deren Einfluß auf die Sozialpolitik diskutieren sollen. Ich richtete den Blick auf Salinas nackte Beine, holte tief Luft und tauchte in die Dunkelheit.

»Gefällt's dir?« Sal wirbelte herum und präsentierte ihr Versteck. Eine Farnsenke. Dunkel, feucht, prähistorisch. Sal drehte sich unentwegt im Kreis, geräuschlos, selbstvergessen, verrückt, womöglich noch betrunkener als ich. Wieder packte sie mich an der Hand, rannte los, zog mich in halsbrecherischem Tempo weiter. Der Pfad gabelte und wand sich, wurde zum Labyrinth. Sie ließ mich los, verschwand. Die Nacht war tropisch, voller Geräusche: Geplätscher, das hypnotische Zirpen von einer Million Zikaden, Vogelrufe, ein hohes Quietschen wie von den Scharnieren eines im Wind hin und her schwingenden Gartentors. Ich stürzte weiter, rannte, ohne bremsen zu können, hangabwärts.

Vor mir erhob sich ein Bambushain, die Rohre so dick wie mein Arm, ein Kung-Fu-Wäldchen. Dort lag sie wartend auf einem Laubbett. Ich warf mich neben ihr auf den Rücken, und sie wälzte sich auf mich, setzte sich rittlings auf meine Oberschenkel. Welche Wirkung das hatte, konnte ihr schwerlich entgehen. *»Pinus radiata«*, sagte ich. *»Grevillea robusta.«*

Wir küßten uns nicht. Das wäre uns kitschig vorgekommen. Meine Hände glitten mit abgespreizten Daumen an ihren Rippen nach oben, um durch den Stoff ihres Kleides ihre Anatomie nachzuzeichnen. Bauch, Brustbein, Rippen. Brustwarzen so hart wie die Schule des Lebens. Sie warf den Kopf zurück, ihr Mund öffnete sich. Dirty dancing im dämmerhellen Dschungeldickicht. Der Himmel über uns, hoch über uns, war etwas fahl Verschwommenes, unermeßlich fern, gerahmt von Ästen mit Girlanden aus Hunderten von braunen Papiertüten, die in der stillen Nachtluft leise raschelten.

Mein Hemd war offen. Ihr Kleid war bis über ihre Hüften hochgerutscht. Finger zerrten an meinem Gürtel – ob meine oder ihre, konnte ich nicht sagen. »Wo ist er?« keuchte sie. »Wo ist er?«

»In deiner Hand. Du hast ihn in der Hand.«

»Doch nicht das, Mann. Der Gummi.«

Wenn sie mit ihrer Hand so weitermachte, würde ich keinen Gummi mehr brauchen. Ich hatte sowieso keinen dabei. Für welche Sorte von Mann hielt sie mich eigentlich?

Etwas Warmes tröpfelte vom Himmel und klatschte neben uns auf den Boden. Regenwald-Soma, warm und feucht. Wieder warf Salina den Kopf zurück, starrte zu den Papiertüten auf, die sich knisternd hin und her schoben, von Ast zu Ast flatterten und dabei wie hundert quietschende Gartentore tönten.

»Fledermäuse!« kreischte Salina.

Hunderte davon. Flughunde, die hoch in den Wipfeln der spindeldürren Moreton-Bay-Feigenbäume hingen. Sal sprang auf, und wir rannten los, sie von Gelächter geschüttelt, während ich mich wieder in meiner Hose verstaute.

Aus dem Farndickicht brachen wir auf ein rundes Rasenstück hinaus. Nach den Dschungeltiefen leuchtete der von Feuchtigkeit durchtränkte Nachthimmel wie ein plötzlich angeknipster Scheinwerfer. Wir kugelten miteinander übers Gras, und nun küßten wir uns auch, die ganze Direktheit von eben war verflogen, ein stillschweigender Pakt war geschlossen, und vor uns lag langsame Steigerung. Süß, süß, süß. Ich schnappte nach Luft. »Meinst du, hier gibt's auch Gummibäume?«

Salina nahm den Chardonnay aus ihrer Tasche, und wir

tranken aus der Flasche, kamen zur Besinnung, ohne jedoch nüchtern zu werden. »Zu mir«, sagte sie. Ein Loft. In der Stadt. Safer Sex und noch mehr zu saufen. Ich zog sie hoch. »Dann mal los!«

Leichter gesagt als getan. Der Botanische Garten von Melbourne ist ungefähr so groß wie Uganda. Um hinauszufinden, braucht man auch im günstigsten Fall einen Kompaß, eine Rolle Garn und ein Satellitennavigationssystem. Wir tranken erst einmal noch etwas. Sie sah zu, wie ich in ihrem Niederwald graste, dann marschierten wir hügelaufwärts, hielten uns an dunklen Waldsäumen, durchquerten die dichtesten Dickichte.

Dann und wann blieben wir stehen, drückten uns in blühenden Sukkulentenbeeten aneinander, Staubblatt strich über Fruchtknoten, und wir atmeten Nektar. Sternhagelvoll. Meine Finger klebten von flüssiger Ambra. Mein schmerzender Schwanz war so hart und glatt wie der Stamm des Gespenstergummibaums, *Eukalyptus papuana*, hier angepflanzt vom Viscount de Lisle, 1961–65 Generalgouverneur von Australien.

Letzten Endes doch unbestäubt, fanden wir den Zaun auf dem Hügelkamm und gingen daran entlang. Den höchsten Punkt krönte eine offene Rotunde; ihre Kuppel ruhte auf Säulen, deren Kapitelle in Beton gegossene, steil aufragende Geweihfarne bildeten: genau meine Empfindung.

Unter uns lag der Fluß, seine Ufer hinter Bäumen verborgen. Von der Alexandra Avenue drang dann und wann das Zischen eines Autos herauf. In der Ferne, knapp über dem Laubwerk, zeigte die Leuchtreklame auf den Richmond-Silos die Zeit an. NYLEX 3.08. Der Pub hatte schon um eins zugemacht. Die Zeit hatte keine Bedeutung mehr. Jenseits des Flusses schimmerten die Lichter der Stadt. Ein Loft, hatte sie gesagt.

»Princes Bridge.« Sie wies mit dem Kopf auf den Zaun, der sich an dieser Stelle hinter einer Hecke aus winterharten Stauden verbarg. Die Princes Bridge war die nächstgelegene Möglichkeit zur Überquerung des Yarra. Die Seligkeit lag einen zwanzigminütigen Fußmarsch entfernt. Nie wieder, schwor ich mir beim heiligen Namen von Baden-Powell, nie wieder würde es mir passieren, daß ich nicht allzeit bereit war.

Wir kletterten über den Zaun und marschierten über die baumbestandenen Rasenflächen der Queen Victoria Gardens. Durch die Nacht wehte, Widerhall des Rhythmus meiner drängenden Geilheit, das Sirenengejaul eines Krankenwagens zu uns her. Je näher wir der Brücke kamen, desto lauter wurde das aufdringliche Geräusch und trieb uns vorwärts.

Bei der Blumenuhr, wo der Baumbestand aufhörte und der Rasen auf den breiten Boulevard der St. Kilda Road traf, verstummte das Heulen plötzlich. Wir blieben stehen und machten große Augen.

Auf der anderen Straßenseite erhob sich die flutlichterleuchtete Fassade der National Gallery wie die Leinwand eines Autokinos, eine gesichtslose Mauer aus strengem grauen Basalt. An ihrem Fuß verlief ein flacher Ziergraben, den eine niedrige Steinbrüstung säumte. Im Graben stand ein riesiges, vielfarbiges Tier mit drei Beinen und einem Kopf an jedem Ende.

Der Anblick als solcher war nicht weiter bemerkenswert.

Die Galerie mit ihrem Graben und ihren Skulpturen war ein prominentes Wahrzeichen der Stadt. Touristenattraktion und Hort der Kultur. Wir hatten sie beide schon tausendmal gesehen. So allerdings noch nie.

Am Haupteingang, einem dunklen Mauseloch in der glatten Wand, war ein Krankenwagen vorgefahren. Seine Hecktür war weit aufgerissen. Seine Signalleiste blitzte. Das rotierende Licht warf riesige Schatten, die wie Figuren eines nur undeutlich wahrgenommenen Puppentheaters über die Fassade spielten. Wie die Gestalten in Platos Höhlengleichnis. Auf der Brüstung des Grabens knieten zwei Männer. Ihre Köpfe bewegten sich auf und ab. Ihre Arme zuckten rhythmisch. Um den Krankenwagen wuselte, mit irgendeiner obskuren Arbeit beschäftigt, eine Gruppe von Menschen. Die plötzliche Stille war total, und es herrschte keinerlei Verkehr. Das Tableau schlug einen mit seiner Rätselhaftigkeit in seinen Bann.

Unwiderstehlich davon angezogen, gingen wir über die Straße. Es war ein sinnloser Umweg, eine Ablenkung. Einfach dumm.

Die Sanitäter traten auseinander, als wir kamen, wie um ihr Handwerk zur Schau zu stellen, als hätten wir kraft unserer bloßen Anwesenheit ein Recht darauf, die Vorgänge mit zu verfolgen. Sie traten allerdings nicht unseretwegen auseinander, sondern machten den Weg frei, um eine Trage auf die gähnende Tür des Krankenwagens zuzurollen.

Auf der Trage lag jemand. Ob lebendig oder tot, Mann oder Frau, war unmöglich auszumachen. Alles, was ich sehen konnte, waren in nasse schwarze Jeans gekleidete Beine. Dann nahm mir ein Sicherheitsbeamter der National Gallery die Sicht. Auch seine Hose war tropfnaß. Über den Fußweg zog sich eine Wasserspur. Man hatte jemanden aus dem Graben gezogen.

Die Szene hatte etwas öde Förmliches. Eine düstere Arbeit wurde von Leuten verrichtet, die sich damit auskannten. Der Höhepunkt, worin er auch bestanden haben mochte, war bereits vorüber. Wir hatten mit unserem Geglotze hier nichts mehr verloren. Verlegen und ob meiner Neugier ein wenig beschämt, wandte ich mich ab. Außerdem hatte ich Wichtigeres vor. Der Loft in der Stadt war nur zehn Minuten entfernt.

Aber Salina hatte sich zwischen zwei der Uniformierten geschoben. »He, Marcus«, rief sie, als wäre das Ganze ein unseretwegen inszenierter, ausgefeilter Scherz. »Was'n los hier?«

Dann sah ich, was sie gesehen hatte. Ein Paar Cowboystiefel, gepunzte Lederspitzen, die am Ende der Trage himmelwärts zeigten.

Danach ging alles ganz schnell. Ein Polizeiwagen spie zwei Uniformierte aus, einen Mann und eine Frau. Ein Sicherheitsbeamter, einer dieser Spielzeugbullen mit dämlichen Abzeichen, griff nach Sal und erwischte einen ihrer Hula-Hoop-Griffe. Ich drängte mich vorwärts, doch die Polizistin war vor mir da. Sie hielt Salina am Arm fest. »Kennen Sie diese Person?«

In den rotierenden Lichtblitzen sah ich Salinas Gesicht, als sie sich über die Trage beugte. Sah, wie es sich Einzelbild um Einzelbild veränderte. Wiedererkennen. Schock. Panik. Ihre Augen waren vor Angst weit aufgerissen. »Er ist mein…« Die Worte blieben ihr in der Kehle stecken.

»Wie heißt er?« Der Polizist war nicht in der Stimmung, sich von einer angeschickerten Braut hinhalten zu lassen. Einer der Sicherheitsbeamten hatte ihm eine Brieftasche gereicht, und er besah sich eine Plastikkarte.

»Marcus Taylor.« Jetzt, da sie um Fassung rang, klang Salinas Ton trotzig. Der Polizist nickte und gestand ihr damit das Recht auf Anwesenheit zu – sonst allerdings nichts. Die Trage war fast vollständig im Wagen verschwunden. Auch ohne hinzusehen, wußte ich, wer er war, dieser Marcus Taylor.

»Er ist mein Freund«, sagte Salina. Dann verbesserte sie sich. »Mein Verlobter. Er ist mein Verlobter.«

Die Polizistin zog sie zurück, damit die Tür des Krankenwagens geschlossen werden konnte.

Da drehte sich Salina um und sah mich an, als wäre das alles meine Schuld. »Schwein!« fluchte sie.

2

Abfuhren hatte ich schon so manche gekriegt, aber das war denn doch ein bißchen stark. Daß die Gute außer sich war, konnte ich nachvollziehen, aber für diese Geschichte konnte sie mich schlecht verantwortlich machen.

Zwölf Stunden zuvor hatte ich weder von ihr noch von diesem Marcus Taylor, der gerade mit den Füßen voran in den Krankenwagen geschoben wurde, je gehört. Zwölf Stunden zuvor hatte mir der Gedanke, mit einer blonden Kulturkritikerin im befransten Strandkleid in der Botanik herumzutollen, ebenso ferngelegen wie die Aussicht, zum

Botschafter beim Heiligen Stuhl ernannt zu werden. Und daß ich dabeisein würde, wenn man eine Wasserleiche aus dem Graben der National Gallery zog, hatte auch nicht in meinem Terminkalender gestanden.

Zwölf Stunden vorher war ich noch nicht einmal auf dieser Seite der Stadt gewesen. Ich hatte in einem stickigen Zimmer hinter einer Ladenfront in Northcote festgesessen und den fiesen Blick von Leonidas Mavramoustakides ertragen müssen. Es war der letzte Freitag im Januar 1989, das stinkende, heiße Ende eines überhitzten Jahrzehnts, und ich wartete auf einen Anruf. Ich wünschte, er würde sich ein bißchen beeilen und endlich kommen.

Mavramoustakides war früher Major beim griechischen Militärgeheimdienst gewesen. Früher war vor zwanzig Jahren, zur Zeit der Junta. Den Stil hatte er immer noch drauf. Knackig gestärktes weißes Hemd, bleistiftdünner Schnurrbart, Augen wie ein Luchs. Das Mittel, das er benutzte, um sich die Haare pechschwarz zu färben, begann in der Hitze zu zerlaufen und rann ihm in kleinen Tröpfchen unter den Kragen. Aber so wie er sich aufführte, würde ich ihm das garantiert nicht stecken.

Er saß hinter einem winzigen, imitierten Barockschreibtisch aus Sperrholz. Den meisten Platz nahmen ein voluminöser weißer Marmoraschenbecher und zwei wichtigtuerisch überquellende Ablagekörbe ein, einer davon mit einer kleinen Aristoteles-Gipsbüste beschwert. Mavramoustakides rammte seine Zigarette in den Aschenbecher, stemmte die Ellbogen auf seinen Schreibtisch und lächelte freudlos. »Wenn ihr uns nicht entgegenkommt«, sagte er, »können wir ziemlich ungemütlich werden.«

Wie er das anzustellen gedachte, war schwer vorstellbar. Mir war bereits so ungemütlich wie irgend möglich. Vom abgestandenen Zigarettenrauch war die Luft in dem winzigen Kabuff zum Schneiden dick. Mein Hemd war schweißdurchtränkt und klebte an der Rückenlehne eines Vinylstuhls. Meine Zähne waren vom Satz des schlammigen Kaffees verkrustet, der vor mir stand. Und Jimmy Papas, Mavramoustakides' übergewichtiger Spezi, sah aus, als würde er sich gleich hochrappeln und mir mit seiner dicken Pratze eins an die Backen geben.

»Denk dran«, warnte Mavramoustakides. »In dieser Stadt gibt's mehr als eine halbe Million Griechen.« So wie er das sagte, könnte man meinen, er beanspruche höchstpersönlich das Verdienst dafür. »Ihr könnt es euch nicht leisten, so viele Leute zu vergrätzen.«

In Wirklichkeit gab es in Melbourne lediglich 326382 griechischsprachige Einwohner, von denen verschwindend wenige irgend etwas mit Leonidas Mavramoustakides am Hut hatten. Wir führten dieses Gespräch überhaupt nur deshalb, weil er und Jimmy Papas allmählich zur Landplage wurden. Sie telefonierten durch die Gegend und schrieben Briefe, und vor zwei Wochen hatte Papas meinen Boss, Angelo Agnelli, auf der Hochzeit von Kostas Manolas' Tochter zur Rede gestellt und gedroht, eine Szene zu machen. Angelo war selbstverständlich sofort bereit gewesen, einen Termin zu vereinbaren. Dann hatte er, ebenso selbstverständlich, festgestellt, daß er an diesem Tag eine unaufschiebbare Verpflichtung hatte, und mich dazu abgeordnet, das Problem zu lösen.

»Krieg dich wieder ein, Leo«, sagte ich, starrte dabei das

Telefon an und versuchte es durch Willenskraft zum Läuten zu zwingen. »Du redest Scheiß, und das weißt du auch.«

Wir befanden uns in der Redaktion der *Nea Hellas,* eines griechischsprachigen Revolverblatts mit ultrakonservativer politischer Linie und einer wöchentlichen Leserschaft von ungefähr zehntausend. Leonidas Mavramoustakides war Eigentümer und Herausgeber der Zeitung und Jimmy Papas Geschäftsführer, ein Job, der im wesentlichen darin bestand, Besitzer von Feinkostgeschäften und Fischrogen-Importeure zu überreden, Platz für Anzeigen zu kaufen, den sie im Grunde nicht brauchten. Die Aufgabe erwies sich als zunehmend schwierig, was auch erklärte, warum die beiden so penetrant wurden.

»Wir verlangen nur, was uns zusteht«, grollte Papas und bearbeitete seine Betperlen, wie er's gerne mit meinen Hoden getan hätte. *»Neos Kosmos, Il Globo, El Telegraph,* alle diese Blätter kriegen staatliche Anzeigen. Wieso kriegen wir keine? Wenn das so weitergeht, werden unsere Leser bei der nächsten Wahl nicht für Labor stimmen. Das kannst du deinem Boss Agnelli bestellen.«

Ein bißchen Respekt wäre ganz angebracht gewesen. Mir und meinem Boss gegenüber. Der Abgeordnete Angelo Agnelli war immerhin Minister der Krone, Minister für Ethnische Angelegenheiten. Wir hatten eine ihrem Wesen nach demokratische Labor-Regierung, Servilität war somit nicht nötig. Nur ein bißchen weniger Verachtung, mehr verlangte ich gar nicht. Die Art von Geringschätzung, die Mavramoustakides an den Tag legte, war das Vorrecht von Kollegen und politischen Verbündeten, nicht von pensionierten Folterknechten.

»Spinn dich aus, Jimmy«, sagte ich. »Von euren Lesern wählt uns sowieso keiner. Die meisten können ja nicht mal lesen.«

Der Minister für Ethnische Angelegenheiten hatte die Aufgabe, die staatlichen Wohltaten als mikroskopisch dünne Schicht über sämtliche ethnische Gruppen zu verteilen. Meine Arbeit als sein Berater bestand darin, ihm die Hand mit dem Buttermesser zu führen. An einem Tag wie heute, wenn man es mit solchen Blödmännern zu tun hatte, war das ein Job von begrenztem Reiz.

Ehe ich etwas Undiplomatisches sagen konnte, steckte Sophie Mavramoustakides den Kopf zur Tür herein. »Anruf für Murray Whelan«, zwitscherte sie wie ein Hotelpage, der einen Gast ausruft. »Soll ich durchstellen?«

Sophie hatte eine Frisur wie ein Heuhaufen und erheblich mehr Sex-Appeal, als sie in ihrem Job als Sekretärin beim Käseblatt ihres faschistischen Vaters an den Mann bringen konnte. Auch ich kriegte etwas davon ab, aber sie verschwendete ihre Zeit. Ich war Single, aber ich war kein Selbstmörder.

Nur Trish im Büro wußte, wo ich war, also war das der Anruf, auf den ich gewartet hatte. Leo und Jimmy am Hals zu haben, während ich die Neuigkeit erfuhr, war allerdings das letzte, was ich brauchen konnte. Ich pellte mich von dem Plastikstuhl und gab zu erkennen, daß ich den Anruf lieber für mich allein entgegennehmen wollte. Mavramoustakides grunzte nur. Meine Wünsche waren unter seiner Würde. Er wollte mit dem Leierkastenmann reden und sich nicht mit dem Affen abspeisen lassen. Was Leo anging, konnte ich auf einen Baum klettern.

Sophie führte mich unter maximalem Einsatz ihres Hinterns nach oben in das Chaos, das als Herstellung der *Nea Hellas* durchging, deutete auf den Apparat, den ich benutzen sollte, und kehrte Eurydike gleich in das stygische Reich im Erdgeschoß zurück.

Nea Hellas befand sich auf Northcote Hill, einem der wenigen höher gelegenen Punkte in der ansonsten flachen Weite von Melbournes innenstadtnahen, nördlichen Vororten. Vom Fenster im ersten Stock aus ging der Blick in weitem Bogen über die in der Sonne brutzelnden Haus- und Fabrikdächer hinweg bis zu den Glastürmen der City, einer schimmernden Fata Morgana am fernen Horizont. Von oben brannte mit der ganzen Kraft eines vierzig Grad heißen Sommernachmittags ein makellos blauer Himmel herab. Darunter lag, von seiner Gewalt niedergestreckt, eine 3-Millionen-Metropole.

Den größten Teil des Jahrzehnts wurden die Geschicke des Staates Victoria, dessen krönendes Juwel diese Stadt war, nun schon von einer Labor-Regierung gelenkt. Eine Weile war alles gut gelaufen. Seit kurzem allerdings standen die Zeichen weniger günstig. Der Wahlsieg im Vorjahr war den Klauen der Niederlage nur mit knapper Not entrissen worden. Wie beim notorisch unbeständigen Wetter unserer Stadt gibt es auch in der Politik keine Gewißheiten. Wenn sich etwas ändert, dann sehr rasch. Vom Treasury Place her stiegen dunstige Hitzeschleier zum erbarmungslosen Himmel auf wie Rauch von einem Opferaltar.

Es mußte am Wetter liegen. Dieser ganze griechische Hokuspokus stieg mir zu Kopf. Ich nahm den Hörer ab. »Bring's mir schonend bei«, sagte ich.

Seit nunmehr sechzehn Monaten, nämlich seit dem Börsenkrach von 87, litt das Ministerium für Wirtschaftliche Entwicklung unter galoppierendem Geldschwund. Was als Rinnsal begonnen hatte, war zum nicht mehr aufzuhaltenden Sturzbach geworden. Die Regierung verlor schneller Geld, als sie welches auftreiben oder leihen konnte. Eine Geste war erforderlich. Ein Kopf mußte rollen. Bill Hahn, der stellvertretende Regierungschef, hatte den kurzen Strohhalm gezogen. Die letzten Januartage waren für derlei genau der richtige Zeitpunkt. Die Hälfte der Bevölkerung war von der Hitze zu fertig, um sich für Politik zu interessieren. Die andere Hälfte war damit beschäftigt, ihre Zelte abzubrechen und aus dem Urlaub zurückzukehren. Als der Premier am frühen Nachmittag eine außerordentliche Kabinettsitzung einberufen hatte, war die Tagesordnung nur allzu offensichtlich.

»Es ist vorbei«, sagte Trish. »Angelo ist gerade zurückgekommen.«

Hinter ihrer Stimme konnte ich das mechanische Surren eines Aktenvernichters hören. Das konnte nur eines bedeuten. Es war zu einer größeren Kabinettsumbildung gekommen. Angelo Agnelli war nicht mehr Minister für Ethnische Angelegenheiten. »Nun mach's nicht so spannend.« Ich versuchte, mich ganz lässig zu geben. »Was ist passiert? Ist er rausgeflogen, oder hat er ein neues Ressort gekriegt?«

Trish war Angelos Privatsekretärin. Mir war, als nähme ich in ihrer Stimme einen Hauch von Distanziertheit wahr, eine Andeutung, daß bestehende Bündnisse nicht mehr als selbstverständlich gelten konnten. Die Dinge waren in Bewegung geraten, und im ministeriellen Gefolge waren größere Veränderungen im Gange. »Du wirst begeistert sein«, sagte sie. Sie konnte sich Schnodderigkeit leisten. Ihr würde nichts passieren. Was auch geschieht, ihre Sekretärinnen nehmen sie immer mit. »Er hat Wasser gekriegt.«

»Ach du Schande!« sagte ich. Minister für Wasserversorgung! Beim bloßen Gedanken daran bekam ich einen trokkenen Mund. Ich sah mich in der Herstellung der *Nea Hellas* nach etwas um, womit ich meinen plötzlichen Durst löschen könnte. Die einzige in Sichtweite befindliche Tasse enthielt den erstarrenden Bodensatz altgriechischen Kaffees. Meine Zukunft sah mit einmal so schwarz aus wie dieses bittere Gesöff. Ich führte es an die Lippen. Wenigstens war es feucht.

Ich war seit vier Jahren beim Ministerium für Ethnische Angelegenheiten. Mich als seinen wichtigsten Berater einzustellen war einer von Agnellis geschickteren Schachzügen gewesen. In einem Staat, in dem die beiden bedeutendsten ethnischen Machtblöcke die Griechen und die Italiener sind, war es ein Meisterstück an Unparteilichkeit, den Job einem Mann mit irischem Namen zu geben. Und da ich außerdem einmal Parteifunktionär in Melbourne Upper, Agnellis Wahlkreis und Heimstatt der höchsten Konzentration von Einwanderern im Lande, gewesen war, hatte ich in puncto Kabbeleien mit Makkaronis ein paar ziemlich solide Referenzen vorzuweisen. Aber Wasserversorgung? Von Wasserversorgung wußte ich nur, daß sie stattfand, wenn man den Hahn aufdrehte.

»Und Kultur«, sagte Trish.

Wasserversorgung und Kultur. Mir fiel das Herz in die Hose. Nicht nur hatte Agnelli einen bedeutenden Aufstieg verpaßt, er hatte es auch geschafft, mich in eine äußerst kitzlige Lage zu bringen. Kommunalverwaltung, das konnte ich. Sozialdienst, kein Problem. Aber Wasserversorgung und Kultur? Von Raketentechnik verstand ich genausoviel.

»Kultur?« wiederholte ich trübselig. »Das heißt, ich bin angeschmiert.«

Nun, da ich meinem Schicksal ins Auge sah, konnte Trish es sich leisten, wieder etwas von der früheren Wärme in ihre Stimme zu legen. »Ja«, sagte sie fröhlich. »Das bist du wohl.«

Daß Agnelli mich als Berater für hydraulische Angelegenheiten beschäftigen würde, war unwahrscheinlich. Doch daß ein Mann namens Agnelli sich von jemandem namens Whelan in kulturellen Fragen beraten ließ, war völlig undenkbar. Daß Ange im Queen Victoria Hospital, keine fünf Kilometer von der Stelle, wo ich gerade stand, zur Welt gekommen war, tat nichts zur Sache. In welcher Hinsicht könnte wohl ein australischer Prolet einem Mann behilflich sein, in dessen Adern das Blut von Tintoretto und Tiepolo floß? Einem Mann, der aus dem Volk von Boccherini und Vivaldi, Dante und Boccaccio, Bramante, Caravaggio, Raphael, Michelangelo, Donatello, Leonardo und wie diese anderen Kacker alle hießen, hervorgegangen war? »Was weißt du von Wasserversorgung?« fragte ich, ohne mich noch länger zu bemühen, die Verzweiflung in meiner Stimme zu kaschieren.

Trish und ich kannten uns schon lange. Sie war ein zäher Typ, der zu der Zeit, ehe Agnelli Kandidat geworden war, das Wahlkreisbüro in Melbourne Upper geleitet hatte. Was immer von der Straße hereinkam, Trish wurde damit fertig.

»Kann nicht allzu kompliziert sein«, meinte sie. »Dämme treten nicht in den Streik. Rohre entsenden keine Leute in Parteitagsausschüsse.«

Da hatte sie nicht ganz unrecht. Wasser sucht sich seinen eigenen Weg. Auch als Minister für Wasserversorgung würde Agnelli immer noch einen Mann mit meinen Fähigkeiten brauchen. Einen, der ihm seine Reden schrieb. Lobbyisten abwimmelte. Über den Bürokraten die Peitsche knallen ließ. Die Nase in den Wind hielt. Den Finger ins Wasser steckte. Ihm half, mit dem Strom zu schwimmen. Vielleicht würde er mich ja doch behalten.

»Er will dich sprechen«, sagte Trish. »Und zwar jetzt gleich.«

Es war nicht so, daß ich mir der politischen Realitäten der derzeitigen Lage nicht bewußt war. Was ihre Wahlchancen anging, bewegte sich die Regierung auf dünnem Eis. Ein Aufmischen des Kabinetts war dringend erforderlich, wenn wir den Laden am Laufen halten wollten. Aber was gut für die Partei war, hätte sich für mich zu keinem ungünstigeren Zeitpunkt ereignen können. Um ganz offen zu sein: Bei einem Zinssatz von nahezu 16 Prozent auf meine Hypothek war ich kein Kandidat für eine Frühpensionierung. Es war aber nicht nur das Geld. Auch Familienangelegenheiten waren zu bedenken.

»Ach so, noch etwas«, fügte Trish hinzu. »Wendy hat angerufen. Du sollst sie dringend zurückrufen.« Wendy war die Mutter meines zehnjährigen Sohnes Redmond. Die beiden wohnten in Sydney, wo Wendy als Gleichstellungsbeauftragte der Telecom wirkte. »Du hast doch nicht etwa schon wieder Probleme mit deiner Ex, Murray?«

»Malacca fungula«, sagte ich. Ein südeuropäischer Ausdruck, der »Red keinen Quatsch« bedeutet.

Trish, die im Wahlkreisbüro ein paar Brocken Südeuropäisch aufgeschnappt hatte, tat so, als lachte sie, und legte auf.

Ich drückte die Gabel und wählte rasch die Nummer von Wendys Handy. Bei fünf Dollar die Minute konnte *Nea Hellas* die Rechnung übernehmen.

»Ja.« Am Telefon gab sich Wendy forsch, aber mich konnte sie nicht täuschen. Irgendwo im Hintergrund war das leise Plätschern des Hafens von Sydney, das Knattern von Jachtsegeln in der Brise, das Flattern von Hemden zu hören. Vermutlich saß Wendy im Doyle und wurde gerade mit einem ausgedehnten Lunch fertig. Ich sah förmlich das Häuflein ausgesogener, rosafarbener Krustentierschalen vor ihr. »Ach, du bist's«, sagte sie. »Wird allmählich auch Zeit.«

Vor vier Jahren hatte ich die Rolle des Haupterziehers übernommen, während Wendy sich vorübergehend nach Canberra, in das Amt für die Rechtsstellung der Frau, hatte versetzen lassen. Ehe ich es recht begriff, war sie die große Nummer für Fragen der Gleichbehandlung im Ministerium für Erziehung, Arbeit und Ausbildung, unsere Ehe war im Eimer, und ich war mein Sorgerecht los. Bis sie ihren schikken neuen Job in Sydney bekam, war mein Besuchsrecht für Red auf vier Besuche pro Jahr geschrumpft. Einer davon sollte heute abend beginnen. Zuerst kriegte ich allerdings den obligatorischen Vortrag über meine Unzulänglichkeiten als Vater zu hören.

»Ich weiß das alles schon, Wendy«, sagte ich zu ihr. »Wie oft war ich denn nicht da, um Red vom Flieger abzuholen?«

Zweimal, um genau zu sein, aber das hatte nicht an mir gelegen, und der Junge war gegen entsprechendes Kleingeld damit einverstanden gewesen, daß es unter uns bleiben würde.

»Er wird nicht kommen«, sagte sie. »Sein Termin beim Kieferorthopäden hat sich verschoben, und der nächste Flug geht erst morgen nachmittag um zwei.«

»Beim Kieferorthopäden? Was will er denn beim Kieferorthopäden?« Reds Zähne waren in Ordnung gewesen, als ich das letzte Mal nachgesehen hatte. Das Ganze war eindeutig ein Vorwand, um den ersten Besuch meines Sohnes seit mehr als drei Monaten zu verkürzen.

»Bloß eine Routineuntersuchung«, sagte Wendy. »Der Mann ist der beste Spezialist für Überbiß im ganzen Land. Du willst ja wohl keine zweitklassige Zahnbehandlung für dein Kind, oder?« Das ließ ich unkommentiert. »Außerdem fängt die Schule erst am Dienstag wieder an, also kann er bis Montag abend bleiben.«

»Montag muß ich arbeiten.« Kaum hatte ich das vermeintliche Gegenargument angebracht, wußte ich auch schon, daß ich in eine Falle getappt war.

»Na ja, dann eben ein andermal. Er wird natürlich sehr enttäuscht sein.«

Wenn ich diese Möglichkeit ausließ, könnten Monate vergehen, bis ich Red wiedersah. »Ich nehme mir Montag frei«, sagte ich rasch. Wie die Dinge sich entwickelten, hatte ich Montag wahrscheinlich sowieso keinen Job mehr. Nicht daß ich die Absicht hatte, diese heiße kleine Neuigkeit Wendy mitzuteilen.

»Der Laden wird ja wohl nicht gleich zusammenbrechen,

wenn du mal einen Tag nicht da bist«, sagte Wendy. Telecom stand natürlich jedesmal still, wenn sie ihr Büro verließ. »Und vergiß nicht, dafür zu sorgen, daß er in der Sonne einen Hut trägt. In Noosa hätte er beinahe einen Sonnenbrand gekriegt. Richard hat ihn ständig daran erinnern müssen.«

So wie Wendy mich ständig daran erinnern mußte, daß sie es geschafft hatte, wieder einen Partner zu finden, und ich nicht. Und daß ihr Gehalt es ihr erlaubte, die Ferien mit Red in schicken Urlaubsorten zu verbringen, während ich bestenfalls dazu imstande war, mit ihm zum Kricket oder ins Kino zu gehen. Dabei wurde an diesem Wochenende gar nicht Kricket gespielt. »Zwei Uhr«, sagte ich. »Ich hole ihn ab. Sag ihm, daß ich mich schon darauf freue.«

»Zwei Uhr ist die Abflugzeit, Murray«, sagte sie. »Der Flieger kommt erst zwanzig nach drei bei euch an.« Im Rechnen war sie Spitze. »Der Flug dauert achtzig Minuten.«

Das wußte ich. »Also dann um drei«, sagte ich fröhlich und legte auf. Ich weiß, wenn ich den kürzeren gezogen habe. Ich ging die Treppe hinunter, vorbei an Reisebüro-Posters von alten Frauen mit Gesichtern wie Metallsägen, die neben pittoresken Geröllhaufen standen.

Soweit in Mavramoustakides' Büro überhaupt von Luft die Rede sein konnte, war sie dicker denn je, und das nicht nur vom Zigarettenrauch. Sophie kam zur Tür heraus, schneuzte sich dabei die Nase und machte ein Gesicht, als wäre sie gerade mit einem Esel verlobt worden. Sie stöckelte wieder die Treppe hinauf.

»Okay«, verkündete ich. Ich war nicht den ganzen Weg bei dieser Hitze hierhergefahren, um Nettigkeiten auszutauschen. »Folgender Vorschlag. Ihr berichtet etwas ausgewogener über die Regierungsarbeit, und dafür bekommt *Nea Hellas* regelmäßig Anzeigenaufträge für eine größere Regierungskampagne.«

Mavramoustakides machte ein Gesicht, als hätte er niemals auch nur einen Moment lang daran gezweifelt, daß seine Zeitung mir Angst einjagen konnte. Papas wollte es genauer wissen. »Was für eine Kampagne?«

Ich hatte, in meinem schweißnassen Ärmel versteckt, einen Knochen mitgebracht. Den warf ich ihnen nun vor. »Bewahrt Australiens Schönheit«, sagte ich.

Ihre Gesichter zeigten eine Mischung aus Gier und Verständnislosigkeit. Was mich anging, konnte Australien selbst für seine Schönheit sorgen. Mir lag mehr daran, meinen Job zu behalten. Daran und an der Verabredung, die ich morgen nachmittag um drei am Flughafen von Tullamarine hatte.

Wir besiegelten den Handel mit einem Händedruck unter einem Poster des Olymps. Wenn ich mir die Mühe gemacht hätte, hinzuschauen, hätte ich die Götter lachen sehen.

3

Melbournes Wetter lebt von der Aussicht auf den Wechsel. Wenn es warm ist, rechnet man mit einer Abkühlung. Ein Regentag halbiert einen Monat voller Sonnenschein. Der Frühling läßt sich wochenlang nicht blicken. Der Sommer kommt unzeitig früh, unerwartet spät oder überhaupt nicht. Der Winter ist naß, aber nicht kalt, oder kalt, aber nicht naß.

Bisher hatten wir in diesem Sommer nur Hitze gehabt.

Durch eine von der strapaziösen Schwüle schlappe und verdrießliche Stadt steuerte ich meinen buttergelben 79er Daihatsu Charade meinem Schicksal entgegen. Vorbei an den stickigen Bungalows von Northcote und den dichtgedrängten Häuserreihen von Collingwood, durch den Gestank von geschmolzenem Asphalt und den Biskuitduft der Mälzerei fuhr ich zur Victoria Parade, einem Boulevard mit Ulmenbaldachin, der die Nordgrenze des zentralen Geschäftsviertels bildet.

Von Stadtvätern mit Pariser Phantasien und strategischen Interessen angelegt, war die Victoria Parade der Ort, wo die jungen Herren der Königlich Viktorianischen Berittenen Freiwilligen ihre Säbel gezogen hätten, falls der Arbeiterpöbel jemals aus seinen Elendshütten auf der Ebene darunter den Hügel heraufgestürmt wäre. Wie sich herausstellte, nahm die Geschichte einen anderen Verlauf. Letztlich waren die Slums gefallen, eingenommen vom Bürgertum. Und ich war, meiner Sünden wegen, auf dem besten Wege, in es aufzusteigen.

Das Ministerium für Ethnische Angelegenheiten nahm die obersten drei Stockwerke eines aus den frühen siebziger Jahren stammenden, ziegelsteinverblendeten Bürogebäudes mit Blick auf die Ulmen ein. Ich fuhr um den Block und parkte neben einer Ganztages-Parkuhr bei den Fitzroy Gardens. Der Charade war ein Schritt hin zu mehr Anonymität, den ich unternommen hatte, nachdem ein durchgedrehter Wähler vor mehreren Jahren meinen vorherigen Wagen in einer dunklen stürmischen Nacht in einen See befördert hatte. Das Auto war weniger auffällig als mein alter Renault, brachte jedoch überhaupt nichts für mein Image.

Wenn man nicht in der glühenden Hitze um den Block gehen wollte, führte der kürzeste Weg ins Ministerium über die Tiefgarage. Mein Jackett über die Schulter gehängt, marschierte ich die Rampe hinunter ins Halbdunkel. Die Tiefgarage war klein, ihre ungefähr zwanzig Plätze waren für die wichtigeren Mieter des Gebäudes reserviert. Agnelli parkte hier, wenn er, was nur selten vorkam, selbst zur Arbeit fuhr. Außerdem der Direktor des Ministeriums. Die Beamten der Alkohol-Lizensierungsbehörde. Höhere Manager der Firmen, die die mittleren Etagen des Gebäudes einnahmen.

Am Fuß der Rampe machte sich auf zwei Plätzen ein riesiger, silbergrauer Mercedes der oberen Preisklasse breit, ein Fremdkörper in der vertrauten Ansammlung von Magnas des mittleren und Audis des höheren Managements. Am hinteren Ende der Garage, neben dem Lift, war eine schimmernde weiße Silhouette zu sehen: Agnellis Dienstwagen, ein Fairlane. Daneben stand, in die Reinigung der Windschutzscheibe vertieft, Agnellis Fahrer Alan.

Oder vielmehr nicht Alan, wie ich feststellte, als meine Augen sich an die Düsternis gewöhnt hatten. Alan war Mitte Fünfzig, ein pingeliger ehemaliger Corporal, der seine Freizeit damit verbrachte, die Karosserie des Fairlane zu wienern und tote Insekten aus dem Kühlergrill zu pflücken. Aber der Typ hier hatte, von Größe und Körperbau abgesehen, keinerlei Ähnlichkeit mit Alan. Und er putzte auch nicht die Windschutzscheibe des Fairlane. Die hohle Hand ans Auge gelegt, musterte er das Wageninnere, und zwar, wie ich instinktiv vermutete, nicht in guter Absicht.

Er war ungefähr in meinem Alter, das heißt Mitte Dreißig, und machte auf eleganter Schieber. Sein dunkles Haar war angeklatscht, Hose und Krawatte waren schwarz und zu schmal. Die Ärmel seines weißen Hemdes waren bis unter die Ellbogen aufgekrempelt. Er zeigte die lockere Haltung eines Mannes, der deutlich machen will, daß er sich zu helfen weiß, wenn es Mann gegen Mann geht. Das einzige, was fehlte, war das Stemmeisen in seiner Hand. Dreist gegen die Tür des Fairlane gelehnt, sah er mir mit einer Aura von lässiger Bedrohlichkeit durch die Spiegelgläser seiner Pilotenbrille entgegen.

Ich hatte weder Anlaß noch Lust, auf die implizite Herausforderung seiner Pose zu reagieren. Garagenaufpasser war nicht mein Job – falls ich überhaupt noch einen hatte. Die Sicherheit von Agnellis Auto war Alans Sache, nicht meine. Leider befand sich der Fremde zwischen mir und dem Fahrstuhl und machte keinerlei Anstalten, zur Seite zu treten. Um an ihm vorbeizukommen, würde ich ihn praktisch streifen müssen.

Während ich die letzten Schritte zwischen uns zurücklegte, konnte ich sein Gesicht deutlicher erkennen. Voller Bestürzung ging mir auf, daß ich ihn kannte. Es war fast zwanzig Jahre her, aber Spider Webb war unmöglich zu verkennen. Mr. und Mrs. Webb mochten ihren Kleinen Noel genannt haben, doch in der Schule hieß er nur Spider – die Spinne.

Trotz seines Spitznamens hatte Spider nichts Arachnoides, weder spindeldürre Glieder noch vorstehende Eckzähne. Ganz im Gegenteil: er war athletisch gebaut, hatte hohe Wangenknochen und einen fleischigen Schmollmund. Man hätte ihn fast als gutaussehend bezeichnen können, wenn seine Ohren nicht gewesen wären. Ein Blick auf Noel Webb, und man wußte, woher der Ausdruck Henkelohren kam. Vernickelt hätte sein Kopf in einem Trophäenschrank keineswegs fehl am Platze gewirkt. Flügelmutter wäre ein besserer Spitzname gewesen. Aber Spider war, trotz Noels Abneigung dagegen, hängengeblieben. Der Spitzname paßte zu ihm. Spider hatte etwas Raubtierhaftes, Kaltblütiges, Selbstbezogenes. Er war schon mit sechzehn so gewesen, und er war es immer noch. Das sah man seiner Haltung an. Wir waren einmal befreundet gewesen, jedenfalls hatte ich das geglaubt. Dann waren bestimmte Dinge vorgefallen, Gewalttätigkeiten, nach denen ich keinerlei Bedürfnis mehr verspürte, unsere frühere Bekanntschaft zu erneuern. Zumal Spider, wie es sich schon in seiner Jugend abgezeichnet hatte, eindeutig kriminell geworden war. Ich konnte nur hoffen, daß er mich nicht erkannte.

Während ich auf ihn zuging, pfriemelte er ein Stück Kaugummi aus einem Päckchen, steckte es sich in den Mund und rollte dann den Kopf hin und her, wie ein Boxer, der sich für einen Kampf auflockert. Ich fand mich mit unserer Wiederbegegnung ab und wartete darauf, daß er etwas sagte.

Aber Spider blieb stumm, und nichts deutete darauf hin, daß er mich erkannte. Es war schon lange her. Mit etwas Glück erinnerte er sich nicht mehr an mich. Wenn er nichts sagte, beschloß ich, würde ich auch nichts sagen.

Seitlich an die Wand gedrückt, schob ich mich mit hocherhobenem Kopf und starr geradeaus blickenden Augen an ihm vorbei. Wir waren fast gleich groß und einander so nahe, daß mir aus den Quecksilberscheiben von Spiders

Sonnenbrille mein eigenes Gesicht entgegenstarrte. Stereoskopische Spiegelbilder eines Mannes, dachte ich, dem es nicht ganz gelang, seinen Widerwillen zu kaschieren.

Spider richtete sich ein wenig auf, um mich vorbeizulassen, blieb jedoch stumm. Sein Gesicht war zu sphinxartiger Unergründlichkeit erschlafft. Nur seine Kiefermuskeln waren in Bewegung, spannten und entspannten sich fast unmerklich um seinen Kaugummi, eine Geste verächtlicher Belustigung über das Unbehagen eines Fremden. Nach all den Jahren immer noch ein Arschloch.

Ich ging weiter. Auf den letzten Schritten zum Fahrstuhl hörte ich ein kaum wahrnehmbares, wegwerfendes Grunzen und spürte, wie sich ein Blick in meinen Rücken bohrte. Dann klaffte die Fahrstuhltür vor mir auf, und heraus trat, einen Styroporbecher in der Hand, Alan, dessen Blick zu dem Fairlane hinüberhuschte. Mit einem Nicken trat ich in den Fahrstuhl. Als die Tür sich schloß, verspürte ich einen Schauder, der entweder meiner Erleichterung oder aber einer Vorahnung entspringen mochte.

Wenn es jemals einen Unglücksvogel gab, dann war es Spider Webb. Ganz locker, sagte ich mir und drückte den Knopf für die oberste Etage. Es ist bloß ein Job. Es ist kein Maßstab für deinen Wert als Mensch. Du kannst dich immer noch auf den langsamen Abstieg in Suff und Elend freuen.

Die Tür glitt auf und gab den Blick auf ein Drunter und Drüber wie beim Rückzug aus Saigon frei. Die Flure waren mit Kisten voller Dokumente übersät. Hiwis aus der Übersetzungs- und Informationsabteilung schoben Aktenwagen durch die Gegend. Trish stand am Aktenvernichter und fütterte ihn mit Papieren. Ich erkannte eines von meinen, *Aktuelle Probleme der mazedonischen Gemeinde.* Es war ein schmales Dokument und enthielt keinerlei Staatsgeheimnisse, aber darum ging es nicht.

Agnelli hatte in seiner Amtszeit als Minister für Ethnische Angelegenheiten mehr als genügend Leichen im Keller angesammelt, um seinen politischen Gegnern Munition zu liefern. Besonders denen aus seiner eigenen Partei. Deshalb würde, bevor sein Nachfolger eintraf, alles bis auf die Topfpflanzen durch den Aktenvernichter gejagt werden. Bis zum Abend würden einige meiner ausgefeiltesten Informationspapiere in einen Haufen fliegendreckgesprenkelter Tagliatelle im Müllcontainer des Ministeriums verwandelt sein. Ich betete darum, daß ich nicht auch dort landete.

Damals, als sie noch das Wahlkreisbüro geleitet hatte, war Trish ein Rohdiamant gewesen, gut gepolstert und zu allem bereit. Sie war tüchtig, gescheit und kannte sich aus. Irgendwann ließ sich Agnelli dazu bereden, über ihre Ecken und Kanten hinwegzusehen und ihre Loyalität mit einer Beförderung zu belohnen. Es war die Geburtsstunde eines Monsters. Binnen einem Monat, nachdem er sie zu seiner Privatsekretärin gemacht hatte, hatte sie sich Gloria Marshall angeschlossen und einen Kurs im Feuerschlucken belegt. Der Erfolg war ihr, gemäß der Mode des Tages, direkt in die Schultern gefahren. Sie blickte von dem papiernen Knirschen ihrer Arbeit auf und nickte lässig in die ungefähre Richtung von Angelos geschlossener Tür. »Zieh eine Nummer und warte«, befahl sie.

Ich nahm die Nummer mit in mein Büro und rauchte eine Zigarette dazu. Bei uns herrschte zwar Rauchverbot, aber was soll's – von jetzt an arbeitete ich ja nicht mehr hier. Draußen vor dem Fenster, hinter dem welkenden Grün des Parks, zitterten Glastürme im Hitzedunst, geschmolzene, ins Herz der Stadt gestoßene Schwerter. In den Lücken dazwischen bedienten ameisengroße Männer Baukräne. Robustere Männer als meinesgleichen.

Der von der Labor-Herrschaft begünstigte Bauboom hatte seinen Höhepunkt erreicht, ein unaufhörliches Neuordnen der Skyline, das der augenfälligste Beweis für den Erfolg dieser Regierung war. Überall fiel das Alte den Preßlufthämmern zum Opfer und wurde durch das Funkelnagelneue ersetzt. So heftig war der Andrang des Geldes auf Immobilien, daß weniger leichtfüßige Stadtbummler angesichts des Rausches, in dem immer noch ein Büroturm und noch ein Luxushotel hochgezogen wurden, Gefahr liefen, unter die Räder zu kommen. Alles, was mehr als zwanzig Jahre alt war, galt als obsolet. Die Wolkenkratzer von gestern waren die Baugruben von heute. Die Wahrzeichen von morgen hatten künstliche Seen in der Eingangshalle und computergesteuerte Pollenfilter, und der Stadtrat ließ kleine Lämpchen an die Bäume hängen, damit wir alle dachten, es wäre das ganze Jahr Weihnachten.

Nicht daß ich irgend etwas zu feiern gehabt hätte, während ich über meine Optionen nachgrübelte. Meine Verbindung mit Agnelli hing ebenso wie seine Loyalität mir gegenüber von den politischen Realitäten ab. Da Angelo diesmal bei der Vergabe wichtiger Ressorts übergangen worden war, würde er sich gewaltig abstrampeln müssen, wenn er den Premier beim nächsten Mal beeindrucken wollte. Meine Verwendbarkeit hing davon ab, wie nützlich

ich ihm in seinen Augen dabei sein konnte, dieses Ziel zu erreichen. Das war uns beiden klar.

Wer sich politisch betätigt und behauptet, keinerlei persönlichen Ehrgeiz zu haben, lügt. Daß ich mir über die Natur meiner speziellen Bestrebungen noch nicht ganz schlüssig war, tat nichts zur Sache. Und daß ich meine politischen Loyalitäten in den zurückliegenden vier Jahren Agnelli zur Verfügung gestellt hatte, hieß nicht, daß ich keine eigenen Interessen hatte. Falls Agnelli glaubte, ich würde in aller Stille gehen, hatte er sich geschnitten. Allermindestens sollte er mir eine meinen Fähigkeiten angemessene, neue Position besorgen. Er sollte ruhig versuchen, mich mit dem schmutzigen Badewasser auszukippen, und er würde sehr schnell feststellen, daß ich in der Partei jede Menge einflußreicher Freunde hatte, die von einem solchen Vorgehen sehr wenig hielten. Jede Menge. Ich versuchte, auf ein paar Namen zu kommen.

Während ich darauf wartete, daß mir einer einfiel, rauchte ich meine Zigarette zu Ende. Angesichts des allgemeinen Rauchverbots gab es natürlich auch keine Aschenbecher, und so ging ich mit der Kippe in die Cheftoilette und stopfte sie in den Ausguß des Waschbeckens. Cheftoilette nannten wir im Scherz das kleine Badezimmer, das vom Arbeitszimmer des Ministers abging. Offiziell für Angelo allein bestimmt, war es auch von meinem Büro aus zugänglich. Da es über eine Entlüftung verfügte, schlich ich mich manchmal auf eine schnelle, konzentrationsfördernde Zigarette hinein, wenn gerade niemand hinsah.

Die Tür zu Angelos Arbeitszimmer stand einen Spaltbreit offen, und ich konnte seine Stimme hören. Er klang aufgedreht. »Mit eisernem Besen«, sagte er gerade. »Und ganz energisch.«

Ich war weg vom Fenster.

4

»Geld ist der Schlüssel.« Genau das, was man von einem wie Agnelli zu hören erwartete, wenn er in einen Telefonhörer blaffte. »Wir können Politik machen, soviel wir wollen, das nützt uns alles nichts, wenn wir ohne vernünftigen Fonds in den Wahlkampf gehen.«

Es ging um Parteiangelegenheiten, also sprach er nicht mit irgendeinem Bürokraten aus einem seiner neuen Ministerien. Wer immer am anderen Ende war, mein Brötchengeber kam langsam in Fahrt. »Es wird Zeit, daß wir ordentlich klotzen.«

»Der Finanzausschuß tut, was er kann, Angelo.«

Ange telefonierte nicht, er hatte einen Besucher. Die Stimme kannte ich. Duncan Keogh, einer von mehreren stellvertretenden Staatssekretären aus der Parteizentrale. Keogh war ein schmieriger Laffe, ein siebenundzwanzigjähriger Schlaumeier, der sich kaum an die Zeit erinnerte, als Labor nicht an der Macht gewesen war. Er hatte ein Verhältnis zur Politik, als bestehe ihr alleiniger Zweck darin, Aufstiegsmöglichkeiten für ansonsten unverwendbare Absolventen der Monash University zu bieten.

Warum, konnte ich nicht umhin, mich zu fragen, saß Agnelli mit einem mittleren Parteifunktionär hinter verschlossenen Türen, wo er sich doch eher mit den dringenden Tagesgeschäften, nämlich mit dem Ergebnis der Kabinettsumbildung, hätte beschäftigen müssen?

»Duncan«, hörte ich meinen Boss müde sagen. »Du bist unser dritter Finanzausschußvorsitzender in achtzehn Monaten. Ich sage nicht, du bist nicht kompetent, sonst hätte ich deine Ernennung auch gar nicht unterstützt. Aber du hast einfach nicht den Einfluß, den du brauchst, um wirklich effektiv zu sein.«

Keogh brauchte mehr als Einfluß. Er brauchte eine Gehirntransplantation und einen Persönlichkeitswandel. Er war eine Lusche, die sich mit irgendeinem Gesülze von wegen frisches Blut und neue Ideen den Vorsitz des Finanzausschusses erschlichen hatte. Agnelli hatte es gegen meine ausdrückliche Empfehlung geschluckt und Keoghs Nominierung unterstützt. Duncans anschließende Leistungen waren höchst durchschnittlich gewesen. Vielleicht hatte Agnelli den Hohlkopf zu sich bestellt, um ihn ordentlich zur Brust zu nehmen und ihm zu sagen, er solle endlich scheißen oder vom Topf gehen.

»Du brauchst Einfluß auf Kabinettsebene, Duncan. Und genau den möchte ich dir verschaffen«, sagte er. »Mit dir als Vorsitzendem und mir als demjenigen, der die Tagesordnung bestimmt, können wir unsere Geldbeschaffungsmaßnahmen auf eine ganz neue Ebene verlagern.«

Es gefiel mir nicht, welche Richtung dieses Gespräch nahm.

Das für Wahlkämpfe erforderliche Geld aufzutreiben machte chronisch Kopfzerbrechen. Beim letzten Urnengang hatten wir eine Hypothek auf die Parteizentrale aufnehmen müssen, um die Kosten für die Karten abdecken zu können, auf denen der Wahlvorgang erklärt wurde. Und da wir, anders als die Konservativen, nicht über traditionelle Verbündete in der Großindustrie verfügten, waren wir gezwungen, das Geld zusammenzukratzen, wo wir es nur finden konnten. Aber mit der Sammelbüchse zu klappern war eine Aufgabe, die von Positionen, wie sie Angelo Agnelli innehatte, tunlichst mehr als eine Armeslänge entfernt wahrgenommen werden wollte. Dieser Job wurde am besten von anonymeren Mitgliedern des Parteiapparats erledigt. Von Leuten, die Mitgliedsbeiträge kassierten. Postwurfsendungen organisierten. Weinproben und Quizabende veranstalteten. Von Leuten wie Duncan Keogh. Nicht von Ministern.

»Ich wäre aber immer noch der Vorsitzende«, sagte Keogh. »Oder?«

Ich hörte sein Spatzenhirn förmlich ticken. Agnelli die Fäden ziehen zu lassen, dachte er, wäre nicht das schlechteste. Er würde einen wichtigen Freund gewinnen und ein wenig näher an das Machtzentrum heranrücken. Agnelli konnte die Arbeit machen, und Duncan hätte trotzdem noch ›Vorsitzender des Finanzausschusses‹ auf seiner Visitenkarte stehen.

»Aber ja«, sagte Angelo. »Also, wieviel haben wir denn im Moment in der Kasse?«

»Etwas über vierhunderttausend«, sagte Keogh. »Hauptsächlich aus Gewerkschaftsverbindungen und Mitgliedsbeiträgen. Die eine Hälfte in Commonwealth-Obligationen, die andere auf einem Konto bei der State Bank.« Er ging auf Nummer Sicher, unser Duncan. Wenn das seine Vorstellung von frischem Wind war, brauchte man sich nicht zu wundern, daß es mit unseren Finanzen so mau aussah.

»Wir werden sehr viel mehr brauchen«, sagte Agnelli. »Mindestens anderthalb Millionen. Wie sieht es mit Firmenspenden aus?«

Keogh räusperte sich nervös. »Bis jetzt nur Peanuts. Alles in allem ungefähr zehn Riesen. Aber wir wollen einen Unterausschuß einsetzen, der eine Strategie entwickeln soll, wie diese Zahl zu verbessern ist.«

»Einen Ausschuß!« Agnelli schnaubte verächtlich. »Die Skyline ist voller Baukräne. Zukunftsindustrien, wohin man schaut. Dank unserer Politik scheffeln die Leute Geld wie nicht gescheit. Und zehn Riesen ist alles, was sie ausspucken können? Was ist los mit den Mistkerlen?«

Nun hing Keogh wirklich in den Seilen. »Das ist ein heikles Gebiet. Entweder sie spenden, oder sie lassen es. Meistens lassen sie's.«

Eine dritte Stimme mischte sich beruhigend und beschwichtigend in das Gespräch. »Duncan hat recht, Angelo«, sagte sie. »Das ist ein heikles Gebiet. Trampel durch die Gegend und hau die Geschäftsleute an, und es dauert nicht lange, bis man dir vorwirft, daß du deine Unabhängigkeit verhökerst.«

Ich konnte der Stimme beim besten Willen kein Gesicht zuordnen. Aber wer es auch sein mochte, was er sagte, war vernünftig.

»Eben«, meinte Keogh, der sich gerechtfertigt sah. »Das Ganze ist nicht so einfach, wie du offenbar meinst.«

Aber der andere war noch nicht fertig. »Das heißt nicht, daß es keine Möglichkeiten gäbe, diese Probleme anzugehen. Nimm zum Beispiel nur mal dein neues Ressort, Angelo.« Es war die Stimme eines Mannes, der es gewohnt war, daß man ihm zuhörte, und sich in einem Ministerbüro ganz ungezwungen fühlte. »Allein deine Buchhaltung beschäftigt ungefähr vier- bis fünfhundert Leute.« Durch seinen Tonfall gab er zu verstehen, daß das nur hypothetisch gesprochen war. »Das ist eine Menge Büroraum. Erschließungsfirmen gewähren Privatunternehmen finanzielle Anreize, um an langfristige Mietverträge für ihre neuen Objekte zu kommen. Wenn einige davon den Eindruck bekämen, daß man sich bei der Wasserversorgung mit Umzugsgedanken trägt...«

»Mein Gott«, ächzte Keogh. »Da bewegen wir uns aber gefährlich nah an der Grenze.«

»Die Liberalen würden sich ihren Spezis aus der Wirtschaft noch viel heftiger an den Hals werfen, wenn sie könnten, glaubst du nicht?« sagte Agnelli.

Ich hatte soviel gehört, daß meine Unruhe in regelrechte Panik umschlug. Wenn man Angelo so gut kannte wie ich, bedurfte es keiner allzugroßen geistigen Anstrengungen, sich auszurechnen, was er vorhatte. Er hatte beschlossen, ein wenig unorthodox zu denken.

Wie das Wetter, so waren auch die Wahlkampffinanzen etwas, worüber sich jeder beklagte, ohne daß irgendwer etwas tat, um sie in Ordnung zu bringen. Angelo hatte offensichtlich beschlossen, daß er derjenige sein würde, der in den sauren Apfel biß. Selbst die herausragendsten Leistungen in der Wasserversorgung und der Kultur konnten ihm beim Premierminister nur eine begrenzte Anzahl von Punkten einbringen. Wenn es ihm jedoch gelang, die Kriegskasse der Partei zu füllen, waren beim nächsten Mal, wenn die Hüte in den Ring flogen, ein paar große Zugeständnisse fällig.

Über die Konsequenzen eines Fehlschlages dagegen dachte man besser nicht nach.

»Wir sind uns alle einig, daß das ein heikles Gebiet ist«, sagte die Stimme, abermals versöhnlich. »Und es hat auch keine Eile. Die nächsten Wahlen sind erst in zwei Jahren.«

»Ganz recht«, sagte Agnelli, der den Wink verstand. »Wieviel Zinsen zahlt uns die State Bank, Duncan?«

Keogh raschelte mit Papier und nannte einen Prozentsatz. Er lag um ungefähr zehn Punkte unter dem, was ich ihnen für meinen Baukredit bezahlte.

»Mist«, sagte Agnelli. »Da bringt ja mein Girokonto mehr.«

»Das Geld könnte eindeutig besser arbeiten«, pflichtete der andere, nun ganz geschäftsmäßig, bei. »Richtig angelegt, sind durchaus 20 Prozent oder mehr drin. Das wären zusätzlich satte fünfzigtausend im Jahr. Ohne daß man dafür jemand um den Bart gehen muß.«

Die Gegensprechanlage summte. »Büro des Premierministers auf Anschluß 1«, quakte Trishs Stimme. »Wegen der Vereidigung des neuen Kabinetts. Und Murray ist gerade gekommen.«

Beim Klang meines Namens huschte ich in mein Büro zurück und zündete mir noch eine Zigarette an.

Agnelli steuerte geradewegs auf die Art von unsicheren Gewässern zu, die zu umschiffen er mich bezahlte. Warum hatte er seinen Abstecher in die Geldbeschaffung nicht zuerst mit mir besprochen? Und wer war der Typ in seinem Büro? Ich wurde dafür bezahlt, genau zu wissen, mit wem Agnelli worüber und warum redete. Bisher jedenfalls. Angelos Probleme waren nicht unbedingt mehr meine.

Während ich hinter meinem kunststoffurnierten Schreibtisch saß und zwischen meinen Schuhen hindurch in den Empfangsbereich schaute, versuchte ich mich auf mein eigenes unmittelbares Dilemma zu konzentrieren. Was ich brauchte, war ein bißchen Instant-Sachverstand. Gerade genug, um Angelo auf den Gedanken zu bringen, ich könnte trotz der veränderten Umstände noch immer von Nutzen sein. Ein paar verführerische kleine Insider-Infos über die Industriegewerkschaft der Hahnaufdreher und Dammbauer könnten sehr dienlich sein. Ich öffnete mein Teledex und suchte nach einer Kontaktperson, die mir einen Crashkurs in den Feinheiten von H_2O verpassen konnte.

In diesem Moment ging Agnellis Tür auf, und Duncan Keogh kam herausstolziert, ein Taschenschlachtschiff in einem Sporthemd mit offenem Kragen, das unter dem Druck seines gewölbten Brustkastens ächzte. Das Hemd hatte ein Muster wie ein Rorschachtest und sah aus, als hätte Duncan es in einem jener Herrenbekleidungsgeschäfte gekauft, die eine Kleiderstange auf dem Bürgersteig stehen haben. Zwei Hemden Ihrer Wahl für $ 49.95 und dazu eine Hose umsonst. Er stand vermutlich unter dem Eindruck, ein Schnäppchen gemacht zu haben. Nicht zum erstenmal kam mir der Gedanke, daß die Australian Labor Party vielleicht doch erwägen sollte, eine Kleiderordnung zu erlassen.

Keogh auf dem Fuße folgte ein Mann, der keinerlei Modeberatung brauchte. Sein leichter Sommeranzug war so gut geschnitten, daß Keoghs Kleider daneben aussahen, als hätte er sie bei einer Kleidersammlung geklaut. Sein Alter mochte, je nach Beanspruchung, irgendwo zwischen Ende Vierzig und Anfang Sechzig liegen, und er hatte die selbstsichere Ausstrahlung eines Mannes, der keine halben Sachen machte. Worin er keine halben Sachen machte, war nicht ohne weiteres ersichtlich, aber was immer es auch war, er hatte Erfolg damit. Er trug eine Krawatte aus roter Seide und ein ebensolches Einstecktuch. Er war fit und gut genährt und überragte Keogh wie ein Gutsbesitzer, der an kurzer Leine einen Jack-Russell-Terrier ausführt.

Er lachte gerade über irgend etwas, was Keogh sagte, aber nur mit dem Mund. Trottel, sagten seine Augen, weit oben, wo Duncan sie nicht sehen konnte. Wer es auch war, er war mir sympathisch. Er sah aus wie jemand, den man in einem Rettungsboot gut gebrauchen könnte. Während die anderen »Näher, mein Gott, zu dir« sangen, würde er einem seinen Flachmann mit Black Label zustecken. Unter höflichem Gedöns betraten er und Duncan den Fahrstuhl.

»Wer war das?«

Trish, die am Aktenvernichter stand, tat so, als könne sie mich nicht verstehen, verriet nichts, ehe sie nicht wußte, ob ich noch dazugehörte oder draußen war. Mit einem Kopfrucken zu Agnellis Tür hin erlaubte sie mir, einzutreten.

Im Allerheiligsten des großen Zampanos war es so duster wie in der Höhle eines Bären, der Winterschlaf hält. Die Klimaanlage lief auf vollen Touren, und zum Schutz gegen das gleißende Licht und den beiläufigen Blick der Beamten des Ministeriums für Industrie und Technologie nebenan waren die schweren Vorhänge zugezogen. Im kühlen Dämmer konnte ich gerade eben Agnellis Gestalt erkennen, eine geisterhafte Erscheinung in Hemdsärmeln, die sich von der Kollektion gerahmter Auszeichnungen und Diplome an der

Wand hinter seinem Schreibtisch abhob. Wie ich ihn so sah – umgeben von seiner Mitgliedsurkunde der Pan Pontian Brotherhood, seinem Ehrenmagister der Universität von Valetta, dem kleinen Modell eines Eselskarrens – Ehrengabe des Klubs für geselliges Beisammensein von Reggio di Calabria –, fühlte ich mit ihm. Drei Jahre im Epizentrum der politischen Macht, und sein Büro sah aus wie die Praxis eines Proktologen.

Er hatte mir den Rücken zugewandt und griff gerade nach oben, um eine der gerahmten Urkunden von der Wand zu nehmen. Sein juristisches Diplom der University of Melbourne. Er studierte es einen Moment und legte es dann sorgsam in einen leeren Lebensmittelkarton, der auf seinem Schreibtisch stand. Selbst auf die Distanz konnte ich die gelbe Beschriftung des Kartons lesen. Golden Circle Ananas, stand darauf. Nicht stürzen.

Von dem plötzlichen Temperaturabfall schaudernd, trat ich vor. Agnelli drehte sich zu mir um. »Hast du's schon gehört?«

Ich nickte. »Wasserversorgung und Kultur.« Ich zuckte die Achseln. Wir hatten nicht nach Gründen zu fragen, wir hatten unsere Pflicht zu tun.

Angelo bedeutete mir, mich an den Konferenztisch zu setzen, und zog dann die Vorhänge halb auf. Grelles Tageslicht vertrieb das verschwörerische Dunkel. Er holte zwei Dosen Bier aus seinem Bar-Kühlschrank, schleuderte seine Schuhe von sich und setzte sich mir gegenüber. So, schien er damit zu sagen, da wären wir. Zwei Männer, die wissen, was Sache ist. Er schob mir eine der Dosen zu – mein Schierlingsbecher, vermutlich. Und das war er tatsächlich, wie sich herausstellte. Allerdings auf andere Weise, als ich damals glaubte.

Er zuckte die Achseln. »Ich will erst gar nicht behaupten, ich wäre nicht enttäuscht.«

Ange hatte durch die politische Macht gewonnen, so wie manche Leute durch ein paar Drinks gewinnen. Sie hatte seine aggressiveren Ängste abgemildert, ihn abgeklärter gemacht, so daß er es nicht mehr so nötig hatte, sich ständig behaupten zu müssen. Aber er war deutlich in den Vierzigern und konnte nicht mehr als Wunderkind durchgehen. Sein glattes schwarzes Haar machte sich auf Bildern immer noch sehr gut, und seine Wangen hatten immer noch die pralle Liebenswürdigkeit eines Backenhörnchens, aber die gute Fee der gehobenen Laufbahn hatte ihm Asche auf die Schläfen gestreut und ihm etwas mehr Kinne als unbedingt nötig geschenkt. Sein Herz allerdings schlug nach wie vor dort, wo es immer geschlagen hatte, nämlich ein wenig links von der Mitte und näher an seinem Bauch als an seinem Gehirn.

»Das bringt natürlich einige Veränderungen mit sich«, sagte er.

Ich riß den Verschluß von meiner Dose und wartete auf die Kugel. Agnellis Blick blieb irgendwo in der Luft hängen, zwischen den Stäubchen, die in den Sonnenstrahlen spielten, als ob sie ihm die richtige Formulierung liefern könnten.

»Sag mal, Murray«, meinte er endlich. »Was ist Kultur?«

5

Das war wirklich niederschmetternd. Wozu mir noch dieses Theater vormachen und mich durchs Einstellungsgespräch rasseln lassen? Ich nuckelte an meiner Dose. Bitter, schaumig, stärkend.

Agnellis Frage, stellte sich heraus, war rein rhetorisch. Er wollte nicht meine Meinung hören, er brauchte einen Zuhörer. Das Fallbeil war zu brutal. Zuerst war ein wenig Lehnstuhlphilosophie vonnöten. Irgend etwas Tiefsinniges über die Problematik staatlicher Eingriffe auf dem kulturellen Sektor.

»Wie findest du folgendes?« fragte er. Erst noch ein bißchen heiße Luft, dann würde er mich an die Luft setzen. »Kultur ist der Maßstab dessen, wie weit wir es gebracht haben und wie weit wir noch gehen müssen. Eine Ressource, die es zu entwickeln gilt, ein wirtschaftlicher wie gesellschaftlicher Aktivposten. Wenn ich das Wort Kultur höre, denke ich an Außergewöhnliches, und ich denke an Popularisierung...«

Ich wußte nicht, wohin das führen sollte, aber er griff wenigstens nicht nach seinem Revolver. »Nicht schlecht«, sagte ich achselzuckend. »Bißchen vage vielleicht.«

»Dann spitz es mir mal zu«, sagte er.

»Du willst mich in der Kultur?« Ich muß wohl ein wenig ungläubig geklungen haben.

»Wenn du nichts dagegen hast.« Ange verstand es, einem das Gefühl zu vermitteln, die Entscheidung liege bei einem selbst, auch wenn er sie traf. »Jedenfalls vorläufig. Bis sich alles ein bißchen beruhigt hat.«

»Und dann?«

»Dann sehen wir weiter.« Das würden wir fraglos auch. Falls ich, so machte er deutlich, die Sache nicht vermasselte.

Damit waren meine Geschicke also wieder auf Gedeih und Verderb mit Angelo Agnelli verknüpft. Vor weniger als einer Minute hatte ich mir lediglich Sorgen um meine Zukunft gemacht. Nun hatte ich wirklich Anlaß zu schweren Bedenken. »Dann werd ich mal eine Arbeitsbesprechung auf die Beine stellen.«

»Schön.« Ange warf seine Dose in Richtung Papierkorb und traf. »Kennst du Lloyd Eastlake?«

Ich schüttelte den Kopf. »Sollte ich?«

»Er ist Vorsitzender des kulturpolitischen Ausschusses.« Theoretisch bestimmten die politischen Ausschüsse das Parteiprogramm und schützten es vor der Willkür der Minister. In der Praxis waren sie ineffektive Schwatzbuden und Anziehungspunkte für unbedeutende Intriganten. Das hieß jedoch nicht, daß man sich die entsprechenden Lippenbekenntnisse sparen konnte. »Ein ziemlicher Macher, nach allem, was man so hört«, sagte Agnelli. »Gute Verbindungen zu den Gewerkschaften. Keinem Flügel zuzuordnen. Hat eine ganze Menge Kulturminister kommen und gehen sehen.« Das war nicht weiter schwierig. Das Kulturministerium ging häufiger in andere Hände über als ein Stück Seife auf einem Bahnhofsklo.

»Er hat mich für heute abend zu irgend so einer Kunstausstellung eingeladen. Im Centre for Modern Art.« Der Ausschußvorsitzende hatte es offenbar ziemlich eilig, sich an den neuen Minister heranzuwanzen. »Er findet, das wäre eine gute Gelegenheit, Verbindungen zur Kulturszene anzuknüpfen.«

»Möglich«, pflichtete ich unverbindlich bei. Nicht mein Bier, was Agnelli freitags abends machte.

»Ich hab ihm gesagt, ich wäre verhindert, hätte eine Familienfeier, die ich unter keinen Umständen absagen könnte.« Mit anderen Worten, er gedachte den Abend am Telefon zu verbringen und seine politischen Hausaufgaben zu machen, um dahinterzukommen, wodurch er in der Achtung des Premiers gesunken war. »Ich habe ihm gesagt, du würdest mich vertreten. Das übliche Gesüffel und Gelaber, du kennst das ja. Er erwartet dich um halb sieben vor der National Gallery.«

Dank Reds verschobener Ankunft hatte ich an diesem Abend glücklicherweise nichts vor. Nicht daß es Agnelli jemals übermäßig viel ausmachte, meine privaten Pläne zu durchkreuzen. »Dieser Eastlake und ich haben noch nicht zusammen Schweine gehütet. Trag ich eine weiße Nelke im Knopfloch und einen zusammengeklappten Schirm, oder was?«

»Ich hab ihm gesagt, er soll nach jemandem Ausschau halten, der außer Rand und Band ist, weil er noch einen Job hat.«

Ich zog mich klaglos zurück. Streicheleinheiten für den Vorsitzenden des einschlägigen Parteiausschusses waren schließlich eine der Hauptaufgaben eines ministeriellen Beraters. Und das Centre for Modern Art, was immer das sein mochte, war mit Sicherheit eine Verbesserung gegenüber dem jährlichen Abendessen mit Tanz des Malteser Seniorenklubs und ähnlichen Pflichtveranstaltungen, zu denen ich freitags und samstags abends gewöhnlich delegiert wurde.

»Noch irgendwas, was ich wissen muß?« Ich steuerte ihn auf das Gespräch zu, das ich vorhin belauscht hatte.

»Doch, ja.« Agnelli schlenderte an seinen Schreibtisch zurück und machte mit Einpacken weiter. »Schau mal, ob du mir nicht Karten für *Don Giovanni* besorgen kannst. Von *Don Giovanni* hast du ja wohl schon gehört, oder?«

»Klar doch. Eine große Nummer in der Zementindustrie, stimmt's?«

»Es ist ein kleines Ressort, Murray«, sagte Agnelli und gab zu erkennen, daß das Gespräch beendet war. »Wir wollen es nicht übertreiben.«

Ich trank mein Bier aus und machte mich auf die Socken. Ich konnte ganz zufrieden sein. Zwar hatte Agnelli mich nicht in seine Geldbeschaffungseskapaden eingeweiht, aber ich hatte wenigstens noch Arbeit. Meine Hand schloß sich gerade um die Türklinke, als Agnelli noch etwas einfiel. »In der Kultur tummeln sich doch eine Menge reiche Du-weißt-schon-was, oder?«

Was sollte das nun wieder heißen? »Ich habe so was läuten hören«, sagte ich. »Soll ich bei der Besprechung darauf eingehen?«

Angelo wandte sich wieder seiner Packerei zu. »Verpiß dich«, sagte er; ganz so beschränkt war er nun auch wieder nicht.

Das tat ich denn auch. Ich rief sofort beim Kulturministerium an, um mir bestätigen zu lassen, daß der Direktor im Hause war, stopfte mir ein paar Taxigutscheine in die Tasche und ging nach unten zur Victoria Parade. Der Charade konnte erst einmal bleiben, wo er war, bis ich die Parksituation im Kulturministerium ausbaldowert hatte. Außerdem würde man mir in diesem Laden für moderne Kunst wahrscheinlich ein, zwei Drinks anbieten. Wozu das Risiko eingehen, daß ich auf dem Nachhauseweg aufgefordert wurde, in ein Röhrchen zu pusten? Ein Silver-Top-Taxi hielt. »Heiß«, sagte der Fahrer, ein verhutzelter Äthiopier. »Sehr heiß.«

Im Zentrum wimmelte es von Schulkindern, die die letzten Tage ihrer Sommerferien genossen. Wir umfuhren das hochaufragende Stahlskelett des halbfertigen Karlcraft Centre, überquerten den Yarra, ein glasiges Bierflaschenbraun unter einem Himmel von gebranntem Email, und stießen auf einen weiteren Pariser Boulevard, die St Kilda Road. Sie wurde auf einer Seite von der ausgedehnten Parklandschaft der Domain und auf der anderen von den brutalistischen Quadern des Arts Centre begrenzt, die gegenüber der Flinders Street Station auf der Böschung hockten wie eine Geschützstellung, welche die Einfallsstraßen in die Stadt bewachte.

Früher einmal war das Flußufer ein Gewirr heruntergekommener Lagerhäuser und veralteter Fabriken gewesen, ein Schandfleck, der nur nachts auflebte, wenn sich, von Myriaden bunter Lichter angestrahlt, ein riesiges Neonbonbon aus seiner Verpackung schälte. Aber das Neonbonbon war längst ausgelutscht, und an seine Stelle war Arts City getreten. Hier – in der National Gallery, der Concert Hall, dem State Theatre, dem Ballet Centre – bezahlten die Arbeiterwahlkreise im Norden und Westen der Stadt dafür, daß die liberalen Wähler der baumbeschatteten Vorstädte im Osten sich ihr Selbstwertgefühl massieren lassen konnten.

Nicht die richtige Einstellung, dachte ich. Denk lieber Zentrum des Außergewöhnlichen, sagte ich mir. Lebendige Schatzkammer nationaler Identität. Besser als Arbeitslosigkeit.

Hinter der National Gallery entstanden auf eingeebneten Arealen noch neuere Kulturbauten. Eine neue Spielstätte für das Symphonieorchester, Studios für die ABC, ein prächtiges Kulturviertel, das sich aus platt gewalzten alten Industrieruinen erhob. Bald würden hier, den Modellen der Architekten zufolge, kleine Strichmännchen unter kleinen Strichschirmen Cappuccino schlürfen, ehe sie in die Concert Hall schlenderten, um ein wenig moralische Erbauung aufzusaugen. Von der ungehobelten Vergangenheit hatte nur das aus den zwanziger Jahren stammende, vergammelnde Gebäude des alten YMCA überlebt, das sich hinter der Concert Hall duckte, als hoffe es, so der Abrißbirne zu entgehen.

Haile Selassie setzte mich vor der National Gallery ab, und ich steuerte geradewegs auf den flachen Wassergraben zu, der, auf beiden Seiten, von einer niedrigen Steinmauer eingefaßt, den Bereich vor dem Eingang flankierte. Ursprünglich dazu gedacht, die glatte Fassade des Gebäudes zu spiegeln, waren seine strengen Linien mittlerweile mit einem Sammelsurium künstlerischer Hervorbringungen überladen. Als erstes war ein Trio tanzender Wasserfontänen gekommen. Dann eine Skulptur aus Eisen und Polypropylen, die entweder dem Mechanismus einer Federwaage oder einem weggeworfenen Fischskelett aus einem

Hanna-Barbera-Cartoon nachempfunden war. Dann eine schwerkraftgetriebene Spirale, die der Anatomie einer Molluske nachempfunden war. Und schließlich ein riesiges Keramikwesen, eine Art gegabeltes Lama, das breitbeinig über dem Wasser stand wie eine Mutation von Dr. Doolittles Stoßmich-Ziehdich.

Aber der Graben war trotzdem kühl. Ich widerstand der Versuchung, mich auszuziehen und kopfüber hineinzustürzen, lockerte lediglich ein Stück weit meinen Krawattenknoten und spritzte mir eine Handvoll von dem feuchten Zeug ins Gesicht. Es roch leicht nach Sodapulver. Ich träufelte mir eine zweite Handvoll hinten in den Kragen. Dann zündete ich mir eine Fluppe an und nahm die Szenerie in mich auf, Diener des Herrn über alles, so weit mein Auge reichte.

Hinter mir erhob sich die Fassade der Galerie, ein glattes Basaltkliff ohne Fensteröffnungen. »Wir brauchen den Platz zum Hängen«, hatte der Premier erklärt, der das Gebäude in Auftrag gegeben hatte – so jedenfalls die Legende. Seine Vorstellung von Humor zu Zeiten der Todesstrafe. Henry der Henker hatte man ihn getauft. Aber das war vor zwanzig Jahren gewesen, in einer Epoche der Barbarei, einer Zeit der Menschenopfer. Wir heute sind zivilisierter. Wir wissen, daß die Kräfte der Finsternis sich eher mit Sonntagsreden über soziale Gerechtigkeit und wirkungsvollen Konsultationsmechanismen versöhnlich stimmen lassen.

Es war kurz nach drei, und trotz der Hitze herrschte Hochbetrieb. Klimatisierte Busse säumten die Bürgersteige und spien Touristen aus. Ältere Matineebesucher schwärmten blinzelnd ins Tageslicht. Auf den Kartenschalter am gewölbten Eingang der Galerie wand sich, Schatten suchend, eine Menschenschlange zu. Fliegende Eisverkäufer machten ein Bombengeschäft mit Eiscreme, die schmeckte, als käme sie von Kühen mit Silikoneutern. Erschöpfte Mütter schoben quengelnde Babys an einem Transparent vorbei, das für die derzeitige sensationelle Ausstellung Reklame machte. Inmitten des ganzen Trubels lag umgekippt ein verlassener Einkaufswagen, ein *objet trouvé,* weit von zu Hause weg.

Neben mir stand, an der Brüstung des Grabens aufgereiht, eine Gruppe pubertierender Jugendlicher, deren besprayte Jeans und Nackenhaarschwänzchen deutlich machten, daß sie hier ebenfalls fehl am Platze waren. Wie Beutemacher aus fernen Vororten suchten sie, die Arme bis über die Ellbogen ins Wasser gesteckt, nach in den Graben geworfenen Münzen. Von seinen Freunden angestachelt, schwang einer die Beine über die Mauer und ließ sich hüfttief ins Wasser hinab. Er watete bis in die Mitte, tauchte rasch unter und kam mit einer Zwanzigcentmünze in jeder Hand wieder zum Vorschein. Seine Kumpel johlten beifällig. Auch ich applaudierte dieser basisdemokratischen Initiative zur Umverteilung kulturellen Reichtums, allerdings nur stumm. Schließlich zählten die Einrichtungen hier nun zu meinem Aufgabenbereich.

Nach seinem Aussehen zu urteilen, war der Junge ungefähr zwölf, zwei Jahre älter als Red. Kleine Jungs sind pflegeleicht. Eine Eiswaffel, eine Rutschpartie auf einer Grasböschung, mehr braucht's nicht, um sie zufriedenzustellen. Aber dann werden sie älter, und ihre Ansprüche steigen. Von ihren Kumpeln angefeuert, fangen sie an, in öffentlichen Brunnen herumzuwaten. Sie betrinken sich und klauen Autos. Aber jetzt noch nicht. Nicht mit zehn, sagte ich mir. Das stand mir erst noch bevor.

Als Red das letzte Mal zu Besuch gekommen war, hatte ich mir eine Woche freigenommen, und wir waren die Küste entlanggefahren. In einem Dutzend Angelgeschäften kauften wir jeden nutzlosen Schnickschnack, übernachteten in Hütten auf Campingplätzen, ernährten uns von Chips und Chinesischem zum Mitnehmen und angelten an sämtlichen Stränden und Stegen von hier bis zum Leuchtturm von Cape Nelson. Aber die anfängliche Begeisterung war rasch dahin. Ich verkrampfte einfach zu sehr, und das war uns beiden bewußt. Nach vier Tagen kehrten wir in die Stadt zurück, wo Red endlich tun konnte, was er schon die ganze Zeit hatte tun wollen: mit seinem doofen Freund Tarquin Curnow vor dem nächsten Skateboard-Laden herumhängen.

Diesmal hatte ich keine besonderen Pläne gemacht, sondern mich lediglich vergewissert, daß Tarquin in der Stadt war. Tark war ein Prachtexemplar, ein Schlaks mit vorstehenden Zähnen, einer ganzjährigen Bronchitis und der Neigung, aufzudrehen, wenn seine Mutter gerade nicht hinsah. Aber seine Gesellschaft nahm Reds Besuchen etwas von ihrer Steifheit, und dafür war ich dankbar. Ich spritzte mir eine letzte Handvoll Wasser ins Gesicht, machte meine Kippe aus, warf mir mein Jackett über die Schulter und hob mich hinweg zum Hort der Kultur.

Das Kulturministerium lag auf der anderen Seite einer Fußgängerbrücke, die die Rückseite der National Gallery mit dem Ballet Centre, Heimstatt der albernen staatlichen Balletttruppe, verband. Vor der Tür drängte sich eine Schar

Ballettschüler, magersüchtige Mädchen mit Nackenknoten, gelenkige Jungen mit makelloser Haut, keiner davon älter als zwanzig und allesamt rauchend. Fünfzehn Jahre seit Einführung der obligatorischen Warnung auf den Päckchen, ein totales Verbot der Fernsehwerbung, eine Anti-Raucher-Kampagne, und die fittesten, gescheitesten, privilegiertesten jungen Leute des Landes qualmten wie Schlote. Wenn ich nicht gerade selbst eine ausgemacht hätte, wäre ich versucht gewesen, mich ihnen anzuschließen.

»Es war mir ja sooo peinlich«, hörte ich im Vorbeigehen einen der Jugendlichen sagen. Die anderen kicherten alle. Mit der Gescheitheit war es wohl doch nichts. Im obersten Stockwerk endete der Fahrstuhl direkt im Foyer des Ministeriums, einer Parkettlandschaft mit beigefarbenen Wänden und Reihen kleiner, von Halogenlämpchen beleuchteter Bilder. Die Empfangsdame war gerade mit einer telefonischen Anfrage beschäftigt. »In welcher Angelegenheit?« fragte sie. Seitlich von ihr befand sich eine Glastür mit der Aufschrift ›Minister‹. Ich stieß sie auf und ging hinein.

6

Hinter einer Trennwand aus Glas saßen sich an einem kleinen Konferenztisch zwei Männer gegenüber.

Einen davon kannte ich: Ken Sproule, Chefberater von Gil Methven, Angelo Agnellis Vorgänger. Kens Boss kämpfte in einer höheren Gewichtsklasse als Angelo und war aus der heutigen Kabinettssitzung mit dem Ressort für

Polizei und Notdienste, einem der bedeutenden Ministerien, hervorgegangen. Damit gehörte auch Ken Sproule zu den Hochkarätern. Er war ein harter Knochen mit mehr Argwohn als Phantasie – für den persönlichen Ausputzer jeder großen Nummer eine unverzichtbare Eigenschaft. Und trotz aller parteiinternen Differenzen zwischen unseren jeweiligen Herren war er mir persönlich noch nie ernsthaft an den Karren gefahren. Was in unserer Partei einer dicken Freundschaft gleichkommt.

Als er mich erspähte, winkte er mich herein. »Ah! Der Wachwechsel«, schnarrte er. Er trug ein kurzärmeliges weißes Hemd und eine nüchterne Polyesterkrawatte und deutete mit ausladender Geste auf den anderen Mann. »Darf ich vorstellen, Phillip Veale, Murray Whelan, Adjutant des infamen Angelo Agnelli.«

Phillip Veale stand auf und musterte mich mit wohlwollender Neugier. Wo Ken Sproule zappelig und resolut war, war Veale sanft und zurückhaltend. Er war Mitte Fünfzig, mit glatter Haut und silbernem Haar, von einem Quentchen zuviel Wohlleben rosig angehaucht. Ein Mann ohne Ecken und Kanten und ohne erkennbare Bosheit, der seinen in zwei Tönen gehaltenen Straßenanzug, seine Umschlagmanschetten und die dazu passende Krawatte mit der Souveränität eines Mandarins trug. Dazu hatte er auch allen Grund, denn er war seit Menschengedenken Direktor des Kulturministeriums. Minister kamen und gingen, Phillip Veale jedoch währte ewig. Wir gaben uns die Hand, und sein Griff war überraschend fest.

»Ich freue mich schon auf die Zusammenarbeit mit dem neuen Minister«, sagte er und brachte es irgendwie fertig, den Eindruck zu vermitteln, als könne der Wechsel nur eine Verbesserung sein.

»Und Angelo möchte möglichst schnell anfangen«, gab ich zurück. »Paßt Ihnen Montag morgen für eine Arbeitsbesprechung?«

»Aber ja«, meinte Veale, der die Belustigung in seinen Augen nicht ganz verbergen konnte. »Sagen wir um neun?«

Dieser Austausch von Nettigkeiten ließ Ken Sproules Gesicht in einem breiten Grinsen erstrahlen. Ich war ein ministerieller Assistent vom Typ Hütehund, der dafür zu sorgen hatte, daß die Lakaien des Ministeriums mehr oder weniger in die gleiche Richtung trotteten. Ken war im wesentlichen ein Hinterzimmermathematiker, einer jener Burschen, die keinen Kopf sehen können, ohne ihm einen Tritt verpassen zu wollen.

»Und wo ich gerade hier bin«, schlug ich vor, »können wir vielleicht den Terminkalender des Ministers durchgehen.«

»Natürlich«, sagte Veale und schob sich rückwärts zur Tür hinaus. »War ein Vergnügen, mit dir zusammenzuarbeiten, Ken.« Klar doch.

»Ich glaube, du hast ein Herz gewonnen«, sagte Sproule, als sich die Tür schloß.

Ich setzte mich, lehnte mich in meinem Stuhl zurück und nahm das Ambiente in mich auf. Das Büro war ein luftiger Raum mit viel Glas, gegenüber der Vinyl- und Laminatwelt der Ethnischen Angelegenheiten eindeutig ein Schritt nach oben. Eine Reihe wandhoher Fenster gewährte Ausblick auf den Turm des Arts Centre und ging auf einen Dachgarten auf der Rückseite der Galerie, ein Rasenrechteck, auf dem eine riesige weiße Kugel lag, als machte Gott sich gerade zum Abschlag bereit. Die Möbel waren fahl und wächsern, aus irgendeinem seltenen und teuren Holz gefertigt, das es wohl bald nicht mehr geben würde. Sproule folgte meinem Blick in das feurige Nachmittagslicht hinaus. »Als Trostpreis nicht schlecht, was?« sagte er.

»Ich werd an dich denken, Ken«, antwortete ich, »wie du dich mit der Polizeigewerkschaft herumschlägst, während ich hier sitze und über die schöneren Dinge des Lebens nachsinne.«

Sproule ging zum Schreibtisch des Ministers hinüber und räumte den Inhalt einer Schublade in seine Aktentasche. »Ganz unter uns, Murray: Die Levantiner, für die du bis jetzt den guten Onkel gemacht hast, sind nichts im Vergleich mit den Kulturgeiern. Die reißen dir das Fleisch von den Knochen, glaub mir.« Ken war im Laufe der Jahre mit ein paar harten Hunden in den Ring gestiegen, doch aus seiner Stimme klang echte Ehrfurcht heraus.

»Du wirst doch nicht weich werden?«

Sproule warf mir einen mitleidigen Blick zu. »Das erste, was du über diesen Job wissen mußt, mein Lieber, ist, daß die Kultur in dieser Stadt ein Minenfeld ist. Alles, vom Kammerton der Philharmonie bis zum Einfluß der Landschaftsmalerei auf die Volksseele, ist Gegenstand öffentlicher Debatte. Wir haben mehr experimentelle Filmemacher, Dramaturgen und Streichquartette, als du mit einem Taktstock piksen kannst. Und allesamt haben sie direkten Zugang zu den Medien. Soviel Farbe und Bewegung hast du in deinem ganzen Leben noch nicht gesehen. Ich sag dir eins, das ist die reinste Schlangengrube.«

Vermutlich wollte er mit diesem Tränendrüsendrücker den Schwarzen Peter für etwaige unerledigte Arbeit der ausscheidenden Mannschaft jemand anders zuschieben. »Mit anderen Worten«, deduzierte ich, »Agnelli sitzt auf einer Zeitbombe.«

Sproule war die Unschuld selbst. »Halt deine fünf Sinne beisammen, mehr sag ich nicht. Binnen einer Woche bist du allseits beliebt und steckst bis zum Arsch in Einladungen für Premieren und Vernissagen. Die Kulturheinis führen dich zum Essen aus, damit sie dir was vorsülzen können, von wegen wieviel staatliches Geld ihr Lieblingsprojekt kriegen sollte.«

Als ob das was Neues wäre. Lobbyisten abzuwimmeln war das tägliche Brot eines ministeriellen Beraters. Sproule war mit seiner Packerei fertig. Ich gab ihm die Hand und übernahm damit formell das Ruder. »Viel Glück mit den Bullen«, sagte ich. »Wir sehen uns.«

»Wir sind ja nicht blind.«

Kaum war Sproule gegangen, tauchte Veale wieder auf, in der Hand einen foliantengroßen, ledergebundenen Terminkalender und einen wohlgefüllten Ordner. Wir gingen die Termine des Ministers für die kommende Woche durch, eine vorhersehbare Mixtur aus Flaggezeigen und Händeschütteln. Nichts, was so dringend gewesen wäre, daß Trish sich nicht darum kümmern konnte, wenn sie Montag morgen mit Agnelli hier eintraf. Für das Wochenende war nur ein Termin eingetragen. *Karlin. 11:30 Samstag.*

»Ein kleiner Brunch«, erklärte Veale. »Anlaß ist der Erwerb eines ziemlich bedeutenden Gemäldes durch das Centre for Modern Art. Der bisherige Minister hat sich bereit erklärt, ein paar passende Worte zu sagen. Angesichts der veränderten Umstände wird Max Karlin zweifellos Verständnis dafür haben, daß der neue Minister verhindert ist.«

»Max Karlin?«

»Er ist der Gastgeber.« Veale mußte mir nicht erzählen, wer Max Karlin war. Sein Name stand alle fünf Minuten in der Zeitung. Er hatte seine Millionen mit dem Verkauf von Schuhen gemacht und war vor kurzem auch ins Immobiliengeschäft eingestiegen. Das halbfertige Karlcraft Centre, das ich auf dem Weg hierher passiert hatte, war sein Kind, ein vielstöckiger Einzelhandels- und Bürokomplex, der sich an der Stelle erhob, wo sein erstes Schuhgeschäft gestanden hatte. »Karlin sammelt schon seit über fünfundzwanzig Jahren moderne australische Kunst. Es ist eines seiner Bilder, das das Center for Modern Art kauft.«

Mir kam plötzlich der Gedanke, daß dieser kleine Imbiß einen nützlichen Zweck erfüllen könnte. Das Gespräch, das ich in Agnellis Büro belauscht hatte, ging mir nach wie vor im Kopf herum und ließ immer noch sämtliche Alarmglokken schrillen. Falls Agnelli tatsächlich beschlossen hatte, sich als Geldbeschaffer zu betätigen, würde er in Max Karlin die ideale Milchkuh sehen. Leidvolle Erfahrung hatte mich gelehrt, daß Agnelli auf direkten Dissens nicht gut ansprach. Aber wenn ich die beiden zusammenbrachte und genau im Auge behielt, was sich daraus ergab, wäre ich vielleicht imstande, festzustellen, wie ernst es Agnelli mit seiner neuen Nebenbeschäftigung war. Und sobald ich mir darüber Klarheit verschafft hatte, hätte ich vielleicht auch eine gewisse Chance, derlei Dummheiten ein Ende zu machen. Wenn Agnelli schon eine so hohe Meinung von meinen

Fähigkeiten hatte, daß er mich auf der Lohnliste beließ, konnte ich ihn wenigstens in seinen selbstmörderischen Anwandlungen bremsen.

»Angelo interessiert sich sehr für bildende Kunst«, sagte ich. »Ich werde ihn über Mr. Karlins Einladung informieren. Nur für alle Fälle.«

Veale war unergründlich professionell.

»Schön«, sagte er, klappte den Terminkalender zu und reichte mir den Aktenordner. Er enthielt eine Papierlawine, die so dick war, daß ich Wochen brauchen würde, um mich daraus freizuschaufeln. Organigramme, Mitgliederlisten von Ausschüssen, Strukturen von Beratungsgremien, Grundsatzpapiere, Entwürfe von Grundsatzpapieren, Entwürfe von potentiellen Grundsatzpapieren, Zuständigkeitsbereiche, Jahresberichte, Strategiepapiere, Verträge mit ausländischen Potentaten, Spielpläne für den Kricketklub der Mitarbeitervereinigung, eine Liste der aktuellen Zuschußempfänger. Mit einem tiefen Seufzer ergriff ich Besitz davon.

»Gibt's da auch irgendwas über das Centre for Modern Art? Ich gehe da heute abend zu irgendeiner Ausstellung und weiß im Grunde nicht viel darüber.« Null Komma nichts, um genau zu sein.

Veale reichte mir das einschlägige Papier. »Lloyd Eastlake hat es ja sehr eilig, euch unter seine Fittiche zu nehmen.«

Ich dachte schon, Veale müsse meine Post gelesen haben, bis ich den Jahresbericht des CMA aufschlug und die Liste der Amtsinhaber überflog. Eastlake war der Vorsitzende. »Wir sind einander noch nicht vorgestellt worden«, sagte ich. »Aber ich habe gehört, er wird sehr geschätzt.«

»Sehr«, bestätigte Veale. Seine trockene Unverbindlichkeit enthielt eine Andeutung von Naserümpfen. »Lloyd Eastlake sitzt so vielen Ausschüssen vor, daß es ein Wunder ist, daß er noch Zeit findet, seinen Lebensunterhalt zu verdienen. Das CMA. Das Musikfestival. Die Film Development Corporation. Das Beratungsgremium Bildende Kunst. Und natürlich der kulturpolitische Ausschuß der Australian Labor Party...«

Alles politische Ernennungen, mit anderen Worten. Wer immer dieser Eastlake war, er nutzte seine Chancen optimal. In der Rangliste der politischen Ausschüsse stand der für kulturelle Angelegenheiten so ziemlich an hinterster Stelle. Ein Gremium ohne Prestige. Eine beschützte Werkstatt für hoffnungslose Hinterbänkler des Senats. Alte Säcke aus der Musikergewerkschaft, die einmal Saxophon in dreiköpfigen Hochzeitscombos gespielt hatten und ihre verbleibenden Jahre nun damit verbrachten, Thrashrock-Klubs zu triezen, wenn sie Roadies anzuheuern versuchten. Mit klarem Blick für die Vorteile, die seine Posten als Vorsitzender boten, hatte Eastlake sich eindeutig darangemacht, der Labor-Mann im Garten der Kultur zu werden.

»Ein pensionierter Gewerkschaftsfunktionär?« fragte ich. »Mit einer Vorliebe für traditionellen Jazz und die *Nouvelle vague*?«

»Finanzdienstleistungen, um genau zu sein«, sagte Veale. »Hat als Zimmermann angefangen. Ist in den fünfziger Jahren in die Baufirma seines Schwiegervaters eingestiegen und hat sie zu einem bedeutenden Unternehmen im Wohnungsbau gemacht, dann hat er verkauft, um sich auf Investitionsberatung zu konzentrieren.« Ein ehemaliger Bauschreiner, der es geschafft hatte. Kein Wunder, daß er den Aristokraten in Veale ärgerte.

An der Wand hinter dem Schreibtisch des Ministers hing ein großes abstraktes Gemälde. Es war ganz Oberfläche mit harten Kontrasten, ein ausgeblutetes Rosa mit einem breiten, giftgelben Streifen mittendurch. Vielen in der Partei nicht unähnlich. Veale, der mitbekam, daß ich an ihm vorbeischaute, drehte sich um und folgte meinem Blick. »Kunstgeschmack ist etwas ungemein Persönliches«, sagte er, als hätte er das Ding noch nie in seinem Leben gesehen. »Hat unser Herr und Meister irgendwelche speziellen Vorlieben?«

Menschenblut, hätte ich beinahe gesagt. »Vielleicht etwas, was seinen Denkvorgängen entspricht«, schlug ich vor.

»Dann also etwas weniger Abstraktes«, sagte Veale und hob jovial eine Augenbraue. Ich hatte das Gefühl, wir beide würden prima miteinander auskommen.

Veale ließ mich mit meinen Hausaufgaben allein. Ich setzte mich damit an den großen Schreibtisch und machte mich an die Arbeit. Wie für die National Gallery, das State Theatre und die Concert Hall, die ich allesamt von meinem Schreibtisch aus sehen konnte, hatte das Kulturministerium die Oberaufsicht über alles von der Staatsbibliothek bis zu einem regionalen Museum, das so klein war, daß das Brontosaurusskelett den Hals zum Fenster hinausstrecken mußte. Alles in allem belief sich das Jahresbudget auf über vierzig Millionen. Keineswegs erste Liga, aber genug, um sich ein bißchen damit zu amüsieren. Und genug, um ein ziemliches Gekabbel hervorzurufen, wenn man Ken Sproule Glauben schenken konnte.

Die Liste der derzeitigen Zuschußempfänger enthielt ein paar vertraute Namen. Die Turkish Welfare League hatte tausend Dollar abgestaubt, um für türkische Jugendliche Kurse in traditioneller Musik anbieten zu können. Meiner Erfahrung nach war dem durchschnittlichen türkischen Jugendlichen Heavy Metal lieber als anatolische Volkslieder. Aus dem Rahmen fielen die dreihundert Riesen, die sich das Centre for Modern Art für eine »einmalige, außergewöhnliche Erwerbung« unter den Nagel gerissen hatte.

Ich fragte mich, was man mit soviel Barem erwerben konnte.

Ich schloß den Ordner. Für derlei war später noch reichlich Zeit. Ich besann mich auf die dringenderen Realitäten und rief Agnelli an, der gerade zur Vereidigung des neuen Kabinetts zum Government House aufbrechen wollte. Ich erzählte ihm von Karlins Einladung, die ich als eher unbedeutendes Ereignis hinstellte, und bat ihn um die Genehmigung, abzusagen. Wie erwartet, war er bei den Zauberworten »Max Karlin« sofort auf dem Quivive.

»Es ist wichtig, daß wir in der Übergangsphase bei den Terminen Kontinuität wahren«, sagte er.

»Du bist der Boss.«

Mittlerweile war es kurz vor fünf. Ich hatte ein etwas trockenes Gefühl im Hals, aber bis zu meiner Verabredung mit Lloyd Eastlake waren es noch knapp neunzig Minuten. Ich blätterte geistesabwesend im Jahresbericht des Centre for Modern Art, als Phillip Veales wohlfrisierte Mähne in der Tür erschien. »Was zu trinken?« fragte er mit Lippensprache.

7

Ich sah auf einen Blick, daß ich eine ganz andere Kluft brauchte, wenn ich in diesem Kulturzirkus etwas hermachen wollte. Neben Phillip Veales zweifarbigem Hemd fielen mir drei Krawatten, ein Paar rote Hosenträger und ein Pierre-Cardin-Blazer auf. Und das waren alles Sachen, die von Frauen getragen wurden.

Insgesamt liefen ungefähr fünfzehn Leute im Konferenzraum durcheinander und genossen, was Veale als das übliche Beisammensein von Mitarbeitern und Besuchern zur Einstimmung auf den Feierabend und das Wochenende bezeichnete. Im Handumdrehen hatte ich ein Glas Schampus aus staatlichen Beständen in der Hand, und der Direktor war mit mir durch den Raum gewalzt, um mich diversen stellvertretenden Direktoren und leitenden Beamten vorzustellen. Die Eingeborenen erschienen mir durchaus umgänglich und hießen mich mit der wachsamen Liebenswürdigkeit erprobter Bürokraten willkommen.

Drei Drinks später wurde ich von einer üppigen Frau, die einen Kaftan und allem Anschein nach Nigerias Jahresproduktion von Holzperlen trug, in einer Ecke festgenagelt. »Hat der neue Minister an irgend etwas ein besonderes Interesse?« fragte sie. Sie hieß Peggy Wainright und war mir als diejenige vorgestellt worden, die für bildende Kunst zuständig war.

»Die bildende Kunst selbstverständlich«, sagte ich. »Und das Marionettentheater.«

Mein lahmer Witz fiel auf taube Ohren. Die Frau packte mich am Ellbogen und zerrte mich durch das Gewimmel.

»Dann müssen Sie unbedingt Salina Fleet kennenlernen«, sagte sie. »Sie ist bei *Veneer* Redakteurin für bildende Kunst.«

»Veneer?«

»Das führende Organ für zeitgenössische Kulturkritik.« Mit anderen Worten eine Kunstzeitschrift. Peggy war entsetzt darüber, daß ich noch nie davon gehört hatte. »Sehr einflußreich.« Mit anderen Worten eine Kunstzeitschrift mit sehr wenigen Lesern.

Eines der Berufsrisiken, denen man sich als Mitarbeiter des Ministeriums für Ethnische Angelegenheiten aussetzte, bestand darin, daß es die Neigung förderte, Menschen aufgrund ihres Namens in Schubladen zu stecken. Im Falle von, sagen wir, Agnelli oder Mavramoustakides war das nicht weiter schwierig. Fleet war hundertprozentig angelsächsisch. Fleet wie in First oder wie in Street. Salina dagegen hatte einen exotischen Beiklang. Ich ließ mich, bereits ein wenig neugierig, vorwärts schieben. »Das da ist Salina.«

Salina Fleet war eine knabenhafte Blondine mit aprikosenfarbenem Lippenstift und riesigen weißen Plastikohrringen. Ihr Bürstenschnitt war gerade dabei, sich zu einem leicht zerzausten Schopf auszuwachsen. Arme und Beine waren nackt und leicht gebräunt, und sie trug ein Strandkleid mit Fransensaum und Palmenmotiv. An ihrer Schulter hing eine Frotteebadetasche mit Hula-Hoop-Griffen. Eine Surferbraut aus einem Frankie-Avalon-Film. Sie war um die Dreißig, alt genug, um es besser zu wissen, also trug sie das Zeug eindeutig in ironischer Absicht.

»Salina gehört dem Beratungsgremium Bildende Kunst an, das Empfehlungen über Zuschüsse für Künstler und Galerien abgibt«, sagte Peggy, um sie vorzustellen. »Das ist Murray Whelan. Er gehört zum persönlichen Mitarbeiterstab des neuen Ministers.«

Salina Fleet, die sich gerade etwas zu trinken eingegossen hatte, wandte sich uns zu, legte ihren Wellensittichkopf schräg und bedachte mich mit einem langen, klugen und unverhohlen taxierenden Blick. »Ach ja?« sagte sie. Sie griff in ihre Badetasche und zog ein Päckchen Kool heraus. »Wie interessant.« Man mußte ihr Detailbewußtsein bewundern. Ich hatte gar nicht gewußt, daß Kool noch hergestellt wurde.

»Der neue Minister interessiert sich sehr für bildende Kunst«, fügte Peggy hinzu. »Und für das Marionettentheater.«

»Ach ja?« sagte Salina. In ihren Augen und ihren Mundwinkeln zuckte ein Funke von Boshaftigkeit auf. »Wie interessant.« Sie nahm eine Zigarette aus dem Päckchen.

»Sie werden hier doch nicht rauchen wollen?« sagte Peggy Wainright alarmiert.

»Dürfte ich auch eine haben?« fragte ich. Ich fand Mentholzigaretten widerlich.

Salina machte eine scherzhaft übertriebene, schaudernde Bewegung mit den Schultern. »Dann wollen wir mal lieber brav sein.« Sie wies mit dem Kopf auf eine Glasschiebetür zu einem schmalen Balkon, der auf den berankten weißen Turm des Arts Centre hinausging. »Kommen Sie?« Sie war ein richtiges Energiebündel.

Wir nahmen unsere Drinks mit nach draußen, bloß wir Raucher. Es war, als beträte man einen Ofen. »Ich hoffe, es stört Sie nicht.« Salina holte die mit Kampfer versetzten

Kippen heraus, und wir zündeten uns beide eine an. »Peggy ist ein Schatz, aber sie ist immer im Dienst.«

»Ich bin ehrlich gesagt erleichtert«, sagte ich. »Einen Moment lang habe ich gedacht, ich müßte so tun, als verstünde ich etwas von Kunst.«

»So tun als ob ist in der Kunstwelt absolut notwendig.« Salina stieß eine nach Pfefferminz duftende Wolke aus. Auch ihr Nagellack war aprikosenfarben. Perfekt.

»Sonst noch irgendwelche Tips für einen Frischling?« Ich versuchte, so zu tun, als ob meine Zigarette nicht nach Insektenspray schmeckte.

»Das Wichtigste ist, immer ein ernstes Gesicht zu machen. Solange Sie das tun, kann nichts schiefgehen.«

Ich akzeptierte diesen Rat mit einem dankbaren Kopfnicken. »Salina?« sagte ich. »Ungewöhnlicher Name.«

Zu spät ging mir auf, daß das wie eine ganz lahme Anmache geklungen haben mußte. Kommen Sie oft hierher? Welches Sternzeichen sind Sie?

Es machte ihr offenbar nichts aus. »Literarisch«, sagte sie. »Zumindest lyrisch. Das kommt davon, wenn man einen Akademiker zum Vater hat.«

Die literarisch/lyrische Anspielung ging über meinen Horizont. *Troilus und Cressida. Tristan und Isolde. Starsky und Hutch*. Salina und...?

Sie kam mir zu Hilfe. *»Out in the west Texas town of El Paso«*, begann sie zu rezitieren,

»I fell in love with a Mexican girl.
Night time would find me in Rosa's cantina,
Music would play, Salina would whirl.«

Entweder fehlte es Salinas Vater an jeder akademischen Exaktheit, oder er war schwerhörig. Ich kannte den Song. Marty Robbins war in jeder Bar, in der ich jemals gearbeitet hatte, in der Musikbox. Als Sohn eines Wirtes, der sich mit Bierzapfen das Studium finanziert hatte, hatte ich ein scharfes Ohr für Songs, in denen es um Schießereien in Bars geht. Die mexikanische Maid, die bei Robbins herumwirbelte, hieß Felina, nicht Salina.

»Das Fach Ihres Vaters?« fragte ich. »Was hat er unterrichtet?«

»Hauptsächlich Wendemanöver auf engem Raum«, sagte sie. »Und Rückwärts-Einparken. Er war oberster Fahrlehrer bei der Ajax Driving Academy. Ich bin in seine Fußstapfen getreten. Ich habe einen Teilzeitjob als Dozentin für Kulturwissenschaft am Preston Institute of Technology.«

Das PIT war einmal eine Berufsschule für die Autoindustrie gewesen. Für derlei gab es keinen großen Bedarf mehr. Es sei denn, man war ein japanischer Roboter. »Ach ja?« sagte ich, als würde sie mich auf den Arm nehmen. »Wie interessant.«

»Salina klingt ein bißchen zickig«, sagte sie. »Sie können mich Sal nennen. Aber niemals Sally.« Nein, sie war eindeutig keine Sally. Und es war mir egal, ob sie mich auf den Arm nahm. Im Ministerium für Ethnische Angelegenheiten hatten die einzigen Frauen, die mit mir flirteten, Schnurrbärte oder Väter mit Schrotflinten gehabt.

»Her name was McGill«, sagte ich. »And she called herself Lil.«

»But everyone knew her as Nancy«, gab sie zurück. »Das

Weiße Album der Beatles steht auf der Pflichtlektüreliste meiner Studenten.«

Eine Zigarette miteinander zu rauchen war eines. In einem Hochofen zu stehen war etwas anderes. Zeh an Zeh traten wir unsere Kippen aus. *»Let's twist again«,* sagte sie.

»Like we did last summer«, schloß ich das Couplet.

Als wir in das klimatisierte Labsal des Konferenzraums zurückschlüpften, erschien Phillip Veale neben mir. Er klopfte mit dem Fingernagel an den Rand seines Glases. Die Anwesenden verstummten und wandten sich uns zu. Es war eine launige kleine Rede, gehalten in Behördenkurzschrift.

»Ein herzliches Willkommen den Urlaubsheimkehrern. Ein neues Jahr harrt unser. Aufregende Entwicklungen. Frische Herausforderungen. Darunter als nicht geringste ein neuer Minister, Angelo Agnelli, dessen Engagement wohlbekannt ist.« Veales Zweideutigkeit rief bei den Versammelten ein anerkennendes Schmunzeln hervor. »Ein Minister, der so motiviert ist, daß er uns bereits seine rechte Hand geschickt hat.« Blicke huschten in meine Richtung, schätzten meine Reaktion ab. Ich versuchte, einen gewieften Eindruck zu machen. »Alsdann.« Veale hob sein Glas und starrte mich direkt an. »Der König hat gewechselt. Es lebe der König.« Es war offensichtliche Schmeichelei. Stets die beste Sorte.

Ich sah mich nach Salina Fleet um, aber sie hatte sich offenbar unter dem Deckmantel der Formalitäten davongemacht. Schade. Trotzdem, ich hatte keinen Grund zum Klagen. Eine halbwegs sichere Stelle, eine kongeniale Umgebung, zwei, drei Drinks, ein bißchen leichte Bauchpinselei. Man konnte es auch schlechter erwischen.

Draußen verwandelte die Spätnachmittagssonne den schroffen Beton des Arts Centre in ein fauvistisches Orange. Verkehrsampel-Bernstein.

Es war Viertel nach sechs geworden, und die versammelten Trinker waren auf einen harten Kern zusammengeschrumpft. Ich nahm um der Geselligkeit willen einen letzten Schluck, lichtete Anker und machte mich auf den Weg nach unten. Von Rechts wegen hätte ich, wenn mein Tag wie geplant gelaufen wäre, auf dem Flugplatz sein und Red vom Flieger aus Sydney abholen müssen. Statt dessen war ich unterwegs zum Haupteingang der National Gallery und hatte Anweisung, einen mir völlig Fremden namens Lloyd Eastlake zu finden, damit wir miteinander moderne Kunst betrachten konnten. Eine halbe Stunde würde ich damit zubringen. Höchstens.

Ein breiter Schattenstreifen hatte sich über den Vorhof der Galerie gelegt. Die Mauselochwölbung des Haupteingangs, ein halbgeschlossenes Auge in einem ausdruckslosen Gesicht, döste vor sich hin. Die Menschenmassen waren verschwunden, die Touristenbusse weggefahren, und die Eisverkäufer gingen an den Stränden der Bucht lukrativeren Geschäften nach. Später würden langsam die Theaterbesucher eintrudeln. Vorderhand war bis auf ein paar vereinzelte heimwärts trottende Fußgänger und ein knutschendes Teenagerpärchen auf der Balustrade des Grabens alles verlassen.

Draußen auf der St Kilda Road kroch die Nachhut des Berufsverkehrs unter vereinzeltem, vielstimmigem Gehupe dem Wochenende entgegen. Ich beugte mich über die Balustrade, ließ die Hände durch das kühle Wasser gleiten und wartete darauf, daß Lloyd Eastlake, unser Mann in der Kultur, kam. Wenigstens würde er mich ohne weiteres finden.

Es vergingen träge fünf Minuten. Romeo und Julia hörten mit ihrem Geknutsche auf und schwebten Hand in Hand von dannen. Die vorbeifahrenden Straßenbahnen wurden leerer und seltener. Ein silbergrauer Mercedes fuhr auf den Behindertenparkplatz vor dem Eingang der Galerie, sein Inneres hinter getönten Scheiben verborgen. Er stand eine ganze Weile dort, zu spät für die Galerie, zu früh für das Theater. Dann ging die hintere Tür auf, und ein Mann im Anzug stieg aus. Betucht, selbstsicher, energisch. Ich erkannte ihn sofort. Es war der Mann, den ich am frühen Nachmittag aus Agnellis Büro hatte kommen sehen.

Er kam direkt auf mich zu. »Murray Whelan?« fragte er, ohne groß daran zu zweifeln. »Ich bin Lloyd Eastlake.«

Er war auf eine konventionell männliche Weise recht gutaussehend. So aus der Nähe schätzte ich ihn auf einen guterhaltenen Fünfundfünfziger, topfit, auch wenn er aufgrund des guten Lebens wohl ein klein wenig mehr als sein Idealgewicht auf die Badezimmerwaage brachte.

Ich schlenkerte mir das Wasser von den Händen und nahm die mir angebotene Rechte. Sein Griff war kernig, als wollte er die Tatsache hervorheben, daß er einmal mit den Händen gearbeitet hatte. Aber das war einige Zeit her. Die Fingernägel waren manikürt.

»Lassen Sie sich ja nicht von den Treuhändern der Galerie dabei erwischen, wie Sie hier im Wasser herumplanschen«, mahnte er. »Die halten das Ding für eine heilige Quelle.« Er deutete auf die offene Tür seines Wagens. »Auf geht's. Wird bestimmt ganz lustig.« Eine schicke Karosse, aber trotzdem der alte geblieben.

In dem Mercedes war es so kühl, daß man frisches Geflügel damit hätte transportieren können. Ich folgte Eastlake auf den Rücksitz und ließ mich in das weiche Lederpolster sinken. Agnellis Fairlane war mit seinem Hochglanz-Veloursleder-Schick durchaus eindrucksvoll, aber er hatte einen Zug von praktischer Nützlichkeit, der einen niemals vergessen ließ, daß es sich um ausgeliehenes öffentliches Eigentum handelte. Dieses Auto hier kündete von Privatvermögen, persönlichem Luxus, einer eigenen Realität.

Als ich die Tür hinter mir zuzog, erwachte der große Wagen schnurrend zum Leben. »Centre for Modern Art«, sagte Eastlake. »Danke, Noel.«

Mein Blick huschte nach vorn zum Fahrer. Er trug ein weißes Hemd und eine Chauffeursmütze. Die Mütze führte mich einen Moment lang in die Irre, brachte mich auf den Gedanken, der Mercedes sei gemietet. Dann registrierte ich die seitlich vom Schädel des Mannes abstehenden Fleischflansche und die darübergehakten Drahtbügel der Pilotenbrille.

»Gewiß, Mr. Eastlake«, sagte Spider Webb. »Schon unterwegs.«

8

»Sie sind doch hoffentlich keiner von diesen Scheinheiligen, oder?« Eastlake fläzte sich in seinen Sitz und bedachte mich mit einem gutmütig-amüsierten Blick, da er meine Reaktion auf seinen Fahrer mißverstand. Seine rote Seidenkrawatte war mit lauter kleinen Bildern von Mickymaus gemustert. Die Art von Krawatte, die ihren Träger als Vollidioten oder aber als einen Menschen ausweist, dem es völlig egal ist, was andere von ihm denken. »Sie lehnen doch wohl niemanden ab, weil er sich ein paar Kröten verdient hat?«

Seine ein paar Kröten teure deutsche Wertarbeit schnurrte sanft, und Spider fädelte sie in die St Kilda Road ein und schloß sich dem Verkehrsstrom an, der sich vom Stadtzentrum fortbewegte.

»Überhaupt nicht«, sagte ich. »Es ist nur so, daß Sie das erste Labor-Mitglied mit eigenem Chauffeur und Mercedes sind, das ich je kennengelernt habe.«

»Haben Sie eine Ahnung«, meinte Eastlake liebenswürdig. »Sie würden sich wundern, wie wohlhabend manche Genossen sind.«

Er hatte zweifellos recht. Falls Labor wirklich für alle, und nicht nur für seine traditionelle Arbeiterwählerschaft, regierte, dann müßte sich ein Millionär in der Partei genauso zu Hause fühlen wie jeder Kesselflicker. Wenn der Premierminister mit dieser Vorstellung keine Probleme hatte, warum sollte ich mir dann den Kopf darüber zerbrechen? Ein Jahrzehnt als Regierungspartei auf einzelstaatlicher und Bundesebene hatte vieles von den alten Klassengegensätzen, ob ideologischer oder persönlicher Natur, abgemildert. Realistisch werden, nannten wir das gern.

Wir bogen links ab und fuhren die Birdwood Avenue entlang in das manikürte Waldland der Domain. Der Dunst des Spätnachmittags hatte den Himmel in polierten Stahl verwandelt und ließ die Schatten unter den Baldachinen der dicht beieinanderstehenden Eichen und Platanen zerlaufen. Aus in den Rasen eingelassenen Sprinklerdüsen schossen Wasserstrahlen und zischten quer über die Straße. Nicht daß ich sie hören konnte. Der Kokon des Mercedes war eine Welt für sich.

»Alte Loyalitäten sitzen tief«, sagte Eastlake, der meine Stimmung spürte. »Ich bin als Labor-Mann geboren und aufgewachsen. Man wechselt auch nicht seinen Fußballverein, bloß weil man seine Adresse wechselt.«

Dieser Lloyd Eastlake war ganz anders, als ich es erwartet hatte. Ein schlitzohriger ehemaliger Zimmermann mit einem Hang zur modernen Kunst. Ein Partei-Scheich, der über die Hintertreppe jederzeit Zugang zum Minister hatte. Ich spielte mit dem Gedanken, ihn zu fragen, wie sein Gespräch mit Agnelli gelaufen war. Den Baum schütteln, mal sehen, was herunterfiel. Dann beschloß ich, erst einmal nichts zu sagen, bis ich eine klarere Vorstellung davon hatte, wie der Hase lief.

»Sie müssen mir alles über den kulturpolitischen Ausschuß erzählen«, sagte ich und machte es mir bequem, darauf bedacht, uns beiden die Befangenheit zu nehmen. »Ich bin da völlig unbeleckt, wie Angelo Ihnen bestimmt gesagt hat. Und was hat es mit diesem Centre for Modern Art auf sich?«

Eastlake nahm ein weißes Kärtchen aus seiner Brieftasche und kritzelte mit einem dünnen goldenen Stift ein paar Telefonnummern darauf. Privatnummern. Zugang auf hoher Ebene. »Rufen Sie mich nächste Woche an, dann setze ich Sie über den Ausschuß ins Bild.« Er steckte mir das Kärtchen in die Brusttasche. Meine Eintrittskarte für die Hinterbühne.

»Das Centre for Modern Art ist so ein bißchen ein Lieblingsprojekt von mir, um ehrlich zu sein.« Er nahm seine entspannte Haltung wieder ein und erklärte sich näher. »Die National Gallery macht nur alte Meister und spektakuläre Wanderausstellungen. Und die Privatgalerien tun im Grunde nichts anderes, als daß sie skrupellos Unverständliches an Verständnislose verhökern. Aufgabe des CMA ist es, die Lücke zu schließen, der Öffentlichkeit Zugang zur ganzen Bandbreite moderner australischer Kunst zu verschaffen, von ihren Urvätern bis zur schöpferischen Arbeit zeitgenössischer junger Künstler. Weil es uns noch nicht so lange gibt, haben wir noch keine eigene Sammlung, aber wir arbeiten daran.«

Der Typ fuhr wirklich auf Kunst ab. Ich konnte die echte Begeisterung spüren. Für die Kunst und für die Spielchen, die damit verbunden waren. Die Freuden des Sammelns. Und des Abwälzens der Kosten auf andere.

»Und das recht erfolgreich, nach den 300 000 Dollar zu urteilen, die Ihnen der Staat für Neuerwerbungen bewilligt hat.«

Eastlake bedachte mich mit einem anerkennenden Seitenblick für meine Fixheit, fühlte sich jedoch offenbar auch kritisiert. »Gute Kunst kostet Geld«, sagte er. »Haben Sie eine Vorstellung davon, wieviel Geld die Treuhänder der National Gallery im Laufe der Jahre gekriegt haben? Die feinen Pinkel sind immer schnell dabei, die Hand aufzuhalten, glauben Sie mir. Die alten Meister lassen mit dem größten Vergnügen die Öffentlichkeit für ihre alten Meister zahlen. Wird es nicht Zeit, daß auch mal jemand anders von der Wurst abbeißen darf? Neuere Künstler. Oder die vergessenen, die das Kunstestablishment aus der Geschichte verbannt hat.«

In diesem Punkt würde ich ihm nicht widersprechen. Er merkte das und kam von seinem hohen Roß herunter.

»Ich habe als Zimmermann angefangen, wissen Sie.« Er verfiel in einen onkelhaften Ton. »Ich weiß, es ist ein Klischee, aber als ich anfing, geschäftlich erfolgreich zu sein, hatte ich das Gefühl, die Leute verachten mich. Nicht daß es mich sonderlich gekümmert hat, was sie denken, aber ich wollte nicht, daß irgendwer glaubt, er wäre mir bloß wegen meiner Erziehung über. So was wie ein Interesse für Kunst hatte ich schon immer, also habe ich es gepflegt. Ich habe angefangen, in Ausstellungen zu gehen, Fragen zu stellen, Bilder zu kaufen. Irgendwann bin ich dann gebeten worden, in Ausstellungsausschüssen und Verwaltungsgremien mitzuarbeiten. Natürlich nicht von der National Gallery. Für die bin ich immer noch ein bißchen der Paria. Ich bilde mir auch gar nicht groß ein, es läge daran, daß mein Geschmack und mein Urteil viel gelten. Ich weiß, daß es zum Teil an meinen geschäftlichen und politischen Verbindungen liegt. Aber keiner guckt mich mehr von oben herab an. Die Kunst ist ein noch größeres Statussymbol als ein eigener Chauffeur. Hab ich nicht recht, Noel?«

»Doch, Mr. Eastlake.« Spider war ganz der Domestik, der auf einen kleinen Scherz seines Bosses eingeht.

Ich hob den Blick zum Rückspiegel und stellte fest, daß er mich mit steinernem Gesicht beobachtete. Er warf den Kopf hoch und sah mich buchstäblich von oben herab an.

Er wollte mir etwas zu verstehen geben. Er hatte mich in der Tiefgarage sehr wohl erkannt und wußte, daß ich ihn ebenfalls erkannt hatte. Seine Geste hatte nichts Heiteres. Überhaupt nichts. Ich erwiderte den Blick seiner gespiegelten Augen, bis er sie wieder der Straße zuwandte.

»Man muß sich immer vor Augen halten« – Eastlake hatte, ohne etwas zu merken, wieder auf Informationsmodus umgeschaltet –, »daß die meisten Kunstschaffenden, die kreativen Leute, Labor-Anhänger sind.«

Wir kamen an der gedrungenen Pyramide des Kriegerdenkmals vorbei und bogen in eine von Ulmen gesäumte Nebenstraße ein. Vor einem kleinen weißen Haus, das, komplett mit vorderer Veranda und einem altmodischen Rosengarten, ganz für sich allein mitten im Park stand, kam der Mercedes sanft zum Stehen.

»Geschafft«, verkündete Spider. Eastlake machte die Tür auf und stieg aus. Als ich mich anschickte, ihm zu folgen, legte Spider lässig den Ellbogen auf die Rückenlehne. »Oder etwa nicht?« sagte er angelegentlich. »Kumpel.«

»Hallo, Spider«, sagte ich.

Daran wurde er nicht gern erinnert. »Kleiner Snob geworden, was, Murray? Heute nachmittag hast du nicht hallo gesagt. Dazu noch ein kleiner Kunstfan. Bewegst dich in den allerbesten Kreisen. Bist doch nicht etwa schwul geworden, oder?«

»Und wenn«, sagte ich, die Füße auf dem Bürgersteig, »wärst du nicht in Gefahr.«

Das Centre for Modern Art sah eher nach Wohnung des Gärtners aus als nach Garten der Kunst. Daß das Haus eine Galerie beherbergte, verrieten nur ein ziemlich unauffälliges Schild am Gartentor und die Leute, die mit Drinks in den Händen zur Tür herausströmten. Bis auf den letzten Mann eindeutig Labor-Wähler.

Eastlake nickte grüßend nach links und rechts, während er mir den Gartenweg entlang vorausging. Er drängte in einen schmalen Flur mit gebohnertem Holzboden, Stromschienenleuchten und weißen Wänden, an denen Bilder von Zwergen mit riesigen Penissen hingen. Durch die zu beiden Seiten abgehenden Torbögen konnte ich Menschen sehen, die durcheinanderquirlten, tranken, plauderten und so taten, als betrachteten sie gekreuzigte Teddybären und Dingos aus Alteisen. »Ich bin hier nur das Aushängeschild«, sagte Eastlake. »Die eigentliche Arbeit wird von unserer Direktorin Fiona Lambert gemacht. Fiona wird Ihnen gefallen. Sie gefällt jedem. Heller Kopf. Liebling.«

Liebling? Eastlake und ich kamen ja ganz gut miteinander aus, aber für diesen Grad von Zuneigung schien es mir doch noch reichlich früh in unserer Beziehung.

»Liebling!« hallte das Wort vom anderen Ende des Flurs wider. Eine Frau, deren Glamour Exportqualität hatte, drängte sich durch die Menge auf uns zu. Sie war irgendwo Ende Zwanzig. Ihre Haut war außerordentlich blaß, fast durchscheinend und von geschmeidigem Glanz. Sie trug ein kleines Schwarzes mit Spaghettiträgern, dessen Farbe genau ihren schön geschwungenen Augenbrauen und dem präzise frisierten Bubikopf entsprach, der ihr Gesicht umrahmte. Ihre Beine waren nackt und lang und endeten in einem Paar hell glänzender Schuhe mit flachen Absätzen, der eine weiß, der andere schwarz. Wäre das Knallrot ihrer Lippen nicht gewesen, hätte sie ohne weiteres einen Job als Zebrastreifen bekommen können. Allerdings keiner, den ich je benutzen würde. Sie lag so weit außerhalb meiner Preisklasse, daß sie genausogut der Hope-Diamant hätte sein können. Sie bot Eastlake ihre Wange dar.

»Fiona, Liebling.« Er bedachte die Luft neben ihrem Ohr mit einem Küßchen. »Ich hab dir was mitgebracht.« Er meinte mich.

Fiona Lambert musterte mich mit klugen grünen Augen und entblößte höflich ein paar Zähne, die Daddy eine hübsche Stange gekostet haben dürften. Ihr kleines Schwarzes war tief ausgeschnitten und zeigte ein göttliches Dekolleté mit einem kaum sichtbaren Anflug fahlgelber Sommersprossen. Nicht daß ich groß darauf geachtet hätte.

Eastlake hatte recht, sie war ein heller Kopf – und ein kühler und eigenständiger dazu. Er stellte uns vor, erklärte die Sache mit dem Ministerwechsel und schmückte meine Referenzen ein wenig aus. Ms Lambert lächelte unverbindlich und reichte mir ihre Fingerspitzen. Der Händedruck war flüchtig, kaum eine Berührung, aber ich spürte dennoch eine Muskelkraft, die mich an Spitzentanz und Reitunterricht denken ließ. Ich kam mir vor wie der Jasager eines Politikers im billigen Anzug.

Eastlake verdrückte sich prompt. »Warum weihst du Murray nicht in die Geheimnisse ein, Fiona Liebling, und ich besorge uns inzwischen was zu trinken.« Er tauchte in das Gewühl und versuchte vergeblich, eine soeben entschwindende Bedienung auf sich aufmerksam zu machen. Es kamen immer mehr Leute. Mit meinem weißen Hemd samt Krawatte kam ich mir entschieden zu fein gekleidet vor. Die einzigen anderen Männer in Anzügen waren sehr alt und wirkten leicht weggetreten. Die übrigen Besucher waren absichtlich leger angezogen, die Frauen mit modisch exzentrischen Brillen, die Männer gewollt lässig.

Fiona Lambert legte leicht die Hand auf meinen Ellbogen und steuerte mich aus dem Flur hinaus. Wir kamen in einen Raum mit minimalistischen Gemälden, die so gut gemacht waren, daß ich zweimal hinsehen mußte, um mich zu vergewissern, daß es sie überhaupt gab. Der Raum füllte sich, und es herrschte ein leichtes Gedränge. Fiona Lambert war beunruhigend nahe. Über kurz oder lang würde man mich nach meiner Meinung über das Zeug an der Wand fragen. Bestimmt gab es da eine bewährte Formel, aber ich kannte sie nicht. Ich schwitzte so heftig unter den Achselhöhlen, daß es mir unter dem Hemd herabtröpfelte. »Lloyd hat sich etwas vage geäußert, was den Anlaß angeht«, sagte ich, um Small talk bemüht.

»Im wesentlichen handelt es sich um eine Gelegenheit für einige vielversprechendere Newcomer, einmal zu zeigen, was sie können.« Wenn Fiona Lambert etwas war, dann wohlerzogen, und sie verstand sich auf ihren Job. »Im Grunde eher eine gesellschaftliche Veranstaltung. Damit unsere Freunde und Förderer uns über den Sommer nicht vergessen.«

»So wie Sie das sagen, hört sich's an wie Würstchengrillen«, sagte ich. Konnte eigentlich genausogut meiner Rolle entsprechen.

Sie produzierte ein mechanisches kleines Lächeln. Ihre Aufmerksamkeit war anderswo. Ein Paar kam gerade zur Tür herein und machte einen regelrechten Auftritt daraus. Der Mann war deutlich in den Sechzigern, auf gnomenhafte

Weise untersetzt und fast völlig kahlköpfig. Die Augen mit den schweren Lidern und die tiefgebräunte Haut ließen ihn zugleich träge und gerissen wirken. Er trug ein weißes 60-Dollar-T-Shirt unter einem Marineblazer und wirkte wie eine Kreuzung aus Aristoteles Onassis und einer Walnuß. Die Frau war um die Vierzig, zweimal so groß und dünn wie eine Peitschenschnur, mit ledriger Haut und einem Helm roter Haare, der das Werk von Experten war. Der Mann ließ seine Augen durch den Raum wandern, bis sie Fiona Lambert ausgemacht hatten.

»Wo wir gerade von Freunden und Förderern sprechen«, sagte sie, und ihre Finger schlossen sich um meinen Ellbogen. »Kommen Sie, ich stelle Ihnen die Karlins vor.«

Während wir den Raum durchquerten, glitt Lloyd Eastlake mit einem Glas Champagner in jeder Hand in unsere Umlaufbahn. Er erspähte unser Ziel und war, die Hände mit den Gläsern vor sich hingestreckt, zuerst da. »Max und Becky Karlin.« Er knutschte die Luft neben dem Ohrläppchen der Frau. »Darf ich vorstellen, Murray Whelan, getreuer Adlatus unseres neuen Kulturministers Angelo Agnelli.«

Karlin verbeugte sich leicht aus der Hüfte heraus und reichte mir die Hand. Meine Finger verschwanden in einer allumfassenden fleischigen Umklammerung, und Karlin drückte sie leicht, als wolle er sanft, aber bestimmt irgendein ätherisches Öl daraus extrahieren. Er fixierte mich mit feuchten Dackelaugen und behielt meine Hand fest in seiner Pratze. Einen Moment lang dachte ich, er werde mich nach meiner Schuhgröße fragen. »Sagen Sie Ihrem Minister, daß dieser Bauernfänger mich bis aufs Hemd auszieht.«

»Bauernfänger? Auszieht?« Eastlake taumelte in gespielter Empörung zurück. »Sechshunderttausend würde ich nicht gerade als Ausziehen bezeichnen.«

Karlin ließ meine Hand los und hielt mir warnend einen Wurstfinger vors Gesicht. »Trauen Sie dem Kerl bloß nicht«, gackerte er trocken. »Wissen Sie, was er mit mir gemacht hat?«

Ich antwortete erst gar nicht. Meine Aufgabe bestand ersichtlich bloß darin, den Stichwortgeber zu spielen, während die beiden eine gutgeprobte Doppelnummer zum besten gaben.

»Was ich gemacht habe«, sagte Eastlake, »war, mich bereit zu erklären, Ihnen eine der größten Summen zu bezahlen, die jemals von einer öffentlichen Sammlung für ein Werk eines australischen Künstlers des zwanzigsten Jahrhunderts ausgegeben wurden.«

Karlin ließ bestürzt seine Hängebacken beben. »Dieses Gerede von Geld setzt das Bild in seinem wahren Wert herab. Hab ich nicht recht, Fiona?«

Fiona Lambert erlebte diese Darbietung allem Anschein nach nicht zum erstenmal, spielte jedoch mit. »Es ist ein wundervolles Bild«, sagte sie.

»Fiona«, sagte Karlin in einem Aparte mir zuliebe, »Fiona ist unsere größte lebende Expertin für das Werk von Victor Szabo. Sie hat ihm bis zu seinem Tod sehr nahegestanden.«

Fiona interessierte sich plötzlich sehr für die Stromschienenleuchten. Von ihr hatte ich keine Hilfe zu erwarten. Der Name Szabo sagte mir nichts. Ich schwamm und würde demnächst untergehen. Unterdessen setzten Eastlake und Karlin ihren Sketch fort.

»Max hier ist vergrätzt, weil sein Bluff nicht funktioniert hat«, sagte mir Eastlake. »Seit Jahren hat er das vermutlich beste Werk Victor Szabos in seinem Büro hängen, ein Bild mit dem Titel *Unser Heim.* Aber Fiona hat die Bedeutung des Gemäldes erkannt und gesehen, daß es den perfekten Grundstein für unsere permanente Sammlung hier im CMA abgäbe. Max läßt sich gern als Philanthrop feiern, deshalb konnte er sich nicht rundweg weigern, uns das Bild zu verkaufen. Er hat bloß eine Summe verlangt, von der er meinte, sie würde uns abschrecken.«

Dieser Victor Szabo war also ein Maler, und zwar offensichtlich ein so bedeutender, daß er ein sechsstelliges Preisschildchen rechtfertigte. Karlin fand das Ganze sehr unterhaltsam, diese Geschichte, in der sein Geschmack und sein Scharfsinn die Hauptrolle spielten. »Ich verschenke es praktisch«, sagte er zu mir.

Nun kam Eastlake zu seiner Lieblingsstelle. »Aber ich habe ihn gezwungen, Farbe zu bekennen. Ich habe Gil Methven gesagt, daß ein Bild von diesem Rang unbedingt in eine öffentliche Sammlung gehört. Er war damit einverstanden, daß das Kulturministerium die Hälfte des Betrages beisteuert, falls ich die andere Hälfte aufbringen kann. Und genau das habe ich gemacht. Also blieb Max keine Wahl, als dem Verkauf zuzustimmen. Und nun jammert er bloß noch, daß er hereingelegt worden ist.«

»Pah!« Karlin fuchtelte mit einem dicken Finger in der Luft herum. »Es ging mir doch nicht um das Geld. Ich liebe dieses Bild. Es ist wie eines meiner Kinder. Ich habe es vor zwanzig Jahren gekauft, lange bevor die meisten Leute überhaupt je von Victor Szabo gehört hatten.«

Die meisten Leute? »Ich bin leider nicht sehr vertraut mit Szabos Werk«, bekannte ich. »Ist das Bild hier?«

»Wir nehmen es am Montag in Besitz.« Fiona Lambert machte den Satz zu einer Frage, indem sie Karlin mit hochgezogenen Augenbrauen ansah.

Er nickte bestätigend. »Bis dahin«, sagte er, »bleibt es mein Privatvergnügen. Jedenfalls bis die Formalitäten erledigt sind.«

»Max veranstaltet morgen ein kleines Abschiedsfest für das Bild«, erklärte Eastlake, »einen Brunch. Gil Methven wollte die Honneurs machen, aber angesichts der Kabinettsumbildung, der kurzen Frist und so weiter...«

Nun war es an mir, ein bißchen den wichtigen Macker herauszuhängen. »Ach, ich denke, ich kann Angelo zur Teilnahme überreden«, sagte ich. »Ihm liegt besonders viel daran« – hier wandte ich meine Aufmerksamkeit voll und ganz Karlin zu –, »einen so bedeutenden Förderer der Kultur kennenzulernen.«

Karlin lächelte bloß nachsichtig. »Ja, schön.« Am anderen Ende des Raums musterten Becky Karlin und eine andere echsenhäutige Schrulle etwas, wobei es sich entweder um einen visuellen Diskurs über das Wesen der postindustriellen Gesellschaft oder den Schaltplan einer Saftpresse handelte. Karlin verabschiedete sich mit einem energischen Nicken und verfügte sich zu den beiden, am Arm eine höflich vornübergebeugte Fiona Lambert.

»Alle Achtung, daß Sie Gil Methven dreihundert Riesen aus dem Kreuz geleiert haben«, sagte ich bewundernd zu Eastlake. Ich wollte nicht, daß der Ausschußvorsitzende meine kleine Übung in der Kunst, den anderen um eine Nasenlänge voraus zu sein, in den falschen Hals bekam. »Das Geld der Steuerzahler für moderne Kunst auszugeben bringt nicht gerade viele Stimmen ein, wissen Sie.«

»Ganz Ihrer Meinung«, sagte er mit ungetrübter Gelassenheit. »Aber warten Sie ab, bis Sie das Bild gesehen haben. Die Leute werden begeistert sein. Es wird zur nationalen Ikone werden, warten Sie's nur ab. Glauben Sie etwa, ein praktischer Kopf wie Gil Methven hätte die politischen Implikationen nicht bedacht?«

»Hauptsache, es ist nicht zwanzig Meter breit und besteht aus Ochsenblut und Emufedern«, gab ich ihm widerwillig recht. »Jetzt sitzt nämlich Angelo auf dem Schleudersitz.«

»Glauben Sie mir.« Eastlake schnappte sich zwei frische Gläser von einem vorbeischwebenden Tablett und drückte mir eins in die Hand. »Agnelli wird begeistert sein. Er wird sich glatt vorkommen wie Lorenzo Medici. Und die Öffentlichkeit wird sich gar nicht mehr einkriegen.«

Eastlake konnte es sich leisten, optimistisch zu sein, was das Urteil der Öffentlichkeit anging, weil er sich ihm nie stellen mußte. Das sagte ich Eastlake allerdings nicht. Stattdessen ließ ich mich von ihm durch den Raum schleppen und bekam mehr Namen zu hören, als ich mir je würde merken können, und mehr Gläser Veuve Cliquot in die Hand gedrückt, als ich auf nüchternen Magen verkraften konnte.

Irgendwann sah ich mich allein herumstehen und ein Bild betrachten. Es war ein Porträt der Königin, das ganz und gar aus verschiedenen Sorten von Frühstückszerealien bestand. Cornflake-Lippen, Nutri-Grain-Ohren, Choco-

Pops-Haare. Ich kam zu dem Schluß, daß ich für heute meine Pflicht getan hatte. Es war kurz vor halb neun. Zeit, mich nach einem Ausgang umzutun.

Ich verdrückte mich durch die nächstliegende Tür und gelangte in einen umzäunten Garten, ein grünes, von einer hohen Hecke gesäumtes Rasenviereck, eine kühle Zuflucht vor dem Getöse drinnen. Lavendelfarbene Dämmerung begann sich herabzusenken. Das etwas zu hohe Gras war mit leeren Flaschen und geplünderten Canapeetabletts übersät. Die Schuhe von sich geschleudert, lümmelten kleine Grüppchen von Leuten darauf herum. Am anderen Ende des Rasens, neben einem rostigen Eisenhaufen aus der Scheiße-eines-Hundes-mit-quadratischem-Arschloch-Schule, stand Salina Fleet, *Veneers* peppige Redakteurin für bildende Kunst.

Die Palmen auf ihrem Strandkleid schwankten. Fransen streiften ihre nackten Schenkel. Ein lippenstiftbeschmiertes Weinglas lehnte schief an ihrem Busen. Alles in allem sah sie erheblich genießbarer aus als die vertrocknenden Sushi, die drinnen die Runde machten. Leider war sie nicht allein.

Ihr Gegenüber war ein Mann. Er war irgendwo Mitte Dreißig, mit strähnigem, ungepflegtem Haar, einer dickrandigen Roy-Orbison-Brille und einem Anflug von Koteletten. Die Ärmel seines Westernhemdes waren mit der Schere abgeschnitten, und er trug schmutzige, farbfleckige Jeans. Ein kreativer Typ, keine Frage. Und nach der Eindringlichkeit zu urteilen, mit der er auf Salina einredete – das Reden besorgte er allein –, mehr als eine Zufallsbekanntschaft. Er las mit viel Ausdruck von einem zerfledderten Stück Papier ab, als rezitiere er ein Gedicht.

Salina, stellte ich mit einiger Freude fest, schien es ihm

nicht abzunehmen, was immer es auch sein mochte. Meine Hoffnungen bekamen Aufschwung. Wahrscheinlich war der Typ irgendein fahrender Künstler, der sie um ein Stipendium oder eine günstige Kritik anging. Doch dann trat sie näher und legte ihm die Hand auf den Unterarm. Die Geste war so intim, ihr Verhalten so liebevoll, daß ich im Geist nach der Kreide griff, um mich von der Rennliste zu streichen.

Der Kerl riß wie gestochen den Arm weg. Er hatte keine Lust auf sentimentalen Quark. Er drehte sich auf dem Absatz um und stakste auf die Tür zu, in der ich stand. Salina sah ihm nach, wie er über den Rasen ging, und war keineswegs beeindruckt. Sie schüttelte bedauernd den Kopf und trank ihr Glas aus.

Das war meine Chance. Die Bar war gleich hinter der Tür. Ich flitzte wieder hinein und haute den Kellner um zwei schnelle Gläser Schampus an. Während er den Draht von einer neuen Flasche abfummelte, kam der Künstlertyp zu mir herangeeilt, und seine Augen hinter der Brille funkelten von verrückter Entschlossenheit. Er knallte mir die Hand auf die Schulter. »'tschuldigung«, sagte er mit vor Erregung überkippender Stimme.

Ehe ich noch reagieren konnte, stieß er sich kräftig ab. Mit mir als Stütze hievte er sich auf den Tresen. Seine gepunzten Lederstiefel schlitterten über die feuchte Fläche. Ein mit leeren Gläsern gefülltes Tablett sauste über die Kante und landete auf dem Boden. Die Gläser zersprangen mit einem gewaltigen Klirren. Jeder Kopf im Raum drehte sich zu uns her.

»Alle mal Schnauze halten«, deklamierte der schmächtige

Cowboy. Er fuchtelte mit seinem Papier über den zu ihm aufblickenden Gesichtern herum, als wäre er Lenin vor dem Volksdeputiertenkongreß. »Und zuhören. Ihr werdet alle beschissen. Dieses ganze Gebäude ist auf einer Lüge errichtet.«

Er vollführte eine derart ausladende Geste, daß er Mühe hatte, ihren Schwung abzubremsen. Und als er einen Schritt zur Seite machte, um sein Gleichgewicht wiederzufinden, wurde schlagartig deutlich, daß er betrunken war. Vielleicht nicht sternhagelvoll, aber zumindest kräftig angeschickert. Seine Stimme gickste vor nervösem Triumph über seine eigene Kühnheit. »Den Leuten, die hinter dieser Galerie stekken, ist die Kunst egal.«

Man drehte ihm den Rücken zu, und das Stimmengewirr lebte wieder auf. Einer ist immer dabei, sagte das Gemurmel. Einfach ignorieren.

Als er sah, daß die Aufmerksamkeit seines Publikums nachließ, hob der Möchtegern-Demosthenes die Stimme, um die Rückkehr zur Normalität zu übertönen. Es gelang ihm lediglich, hysterisch zu klingen. »Hört alle zu«, flehte er. »Es ist wichtig.«

Er tat mir fast leid, wie er da in seiner ganzen schrecklichen Verletzlichkeit stand und mit seinen mageren Armen herumfuchtelte, seine Perlen vor die Säue warf, während ein halbwüchsiger Barkeeper mit Ansteckfliege an seinem Hosenbein zupfte. Allerdings tat er mir nicht so leid, daß ich vergessen hätte, was ich vorhatte.

Von dem Krawall angezogen, stand Salina Fleet in der Tür und beobachtete das Spektakel mit großäugigem Entsetzen.

Ich machte mir die Tatsache zunutze, daß der Kellner abgelenkt war, stibitzte die noch ungeöffnete Champagnerflasche, schnappte mir zwei Gläser und marschierte in ihre Richtung los. »Ihr werdet schon noch sehen«, warnte der Cowboy. »So leicht werdet ihr mich nicht los.«

Und wie um es zu beweisen – und das speziell mir –, taumelte er prompt nach vorn und stürzte vom Tresen. Er landete auf mir.

Mir fällt nicht jeden Tag was auf den Kopf. Ich sackte zusammen wie eine billige Luftmatratze, landete in einem Schauer von Glas platt auf dem Rücken, und meine Würde war restlos zum Teufel. Rot vor Beschämung und zuviel Alkohol, schob sich das Gesicht des schwachsinnigen Redners vor meines. »Verzeihung, Kumpel«, nuschelte er, rappelte sich hoch und eilte in Richtung Tür. Als Salina Fleet ihn kommen sah, preßte sie die Lippen zu einem wütenden Schlitz zusammen und verschränkte die Arme zu einer emphatischen Geste der Verleugnung.

Die Hände hilfsbereiter Fremder halfen mir auf. »Vorsicht!« kreischte jemand. »Blut!«

9

Meine neugewonnenen Freunde fuhren allesamt wie von der Tarantel gestochen zurück. Die anstößige Flüssigkeit entströmte mir. Der Stiel eines zerbrochenen Weinglases hatte mich am Zeigefinger verletzt. Es war ein kleiner Schnitt, der nicht sehr stark blutete, aber darauf kam es nicht an. Wer weiß, welche tödliche Ansteckungskrankheit ich in mir trug?

Ich zog rasch ein Papiertaschentuch aus meiner Tasche und versiegelte den anstößigen Finger hermetisch. Die traumatisierten Umstehenden warfen mir nervös entschuldigende Blicke zu. Fiona Lambert erschien, ganz entrüstete Gastgeberin. »Wie entsetzlich!« gluckte sie. »Alles in Ordnung?«

»Ja«, sagte ich und stellte tapfer meine rotgefärbte Bandage zur Schau. »Wer war der Kerl überhaupt?«

»Niemand Wichtiges«, meinte Fiona wegwerfend. »Diese Möchtegernkünstler, die beklagen sich ständig über irgend etwas. Fehlt Ihnen auch bestimmt nichts?«

Lloyd Eastlake rückte mir von der anderen Seite auf den Leib, womit sich die Zange der Anteilnahme schloß. »Alles okay?«

Außer meinen Aussichten hatte nichts Schaden genommen. Salina Fleet war nirgendwo zu sehen.

»Verschwinden wir von hier«, sagte Eastlake drängend und packte mich am Oberarm. Er war ziemlich erschüttert und von dem Amateurtheater sehr viel mitgenommener als ich. Er ließ die Augen durch den Raum wandern, als könnte mein unfreiwilliger Angreifer aus der Menge heraus eine zweite Attacke starten. »Die Leute gehen rüber ins Botanical«, sagte er.

Vom Botanical Hotel hatte ich gelesen. Das war eine Edeltränke und -freßkneipe in der Domain Road, nicht weit von hier. Ehe Fiona Lambert Einwände erheben konnte, packte er sie ebenfalls am Arm und steuerte uns zur Eingangstür hinaus.

Die Nacht hatte sich über die Parklandschaft gesenkt und sie mit dem Gezirpe der Zikaden und dem berauschenden

Duft feuchten Rasens erfüllt. Ein weit auseinandergezogener Schwarm von Ausstellungsbesuchern mäanderte vor uns zwischen den Bäumen hindurch und verschmolz in der allgemeinen Richtung der Domain Road mit der Dämmerung. Zu meiner Erleichterung konnte ich unter ihnen auch die Vogelsilhouette von Salina Fleet ausmachen. Der gequälte Künstler war nirgendwo zu sehen. Vielleicht standen meine Aussichten ja doch nicht so schlecht.

Eastlake bemerkte, wie ich mir den verletzten Finger hielt. »Im Einsatz verwundet«, sagte er. »Da gehört ein Pflaster drauf. Stimmt's, Fiona?«

Ein Pflaster wäre ganz nützlich, gab ich zu. Der Schnitt war klein, blutete jetzt jedoch heftig. Ich konnte nicht die ganze Nacht herumlaufen und eine blutige Papierserviette festhalten. »Fiona wohnt praktisch auf dem Weg«, insistierte Eastlake. »Du hast doch ein Medizinschränkchen, oder, Fiona?«

Fiona machte ein Gesicht, als würde sie ihre Medikamente lieber für eine löblichere Sache aufsparen. »Nur, wenn es keine Umstände macht«, sagte ich.

Die Domain Road stellte Melbournes soziale Scheidelinie dar. Sie war die Stelle, an der die öffentliche Parklandschaft aufhörte und das private Geld anfing. Die Grenze markierten die Sportplätze der Melbourne Grammar, einer Schule für Kinder mit Problemeltern. Dahinter lagen die teuren Vorstädte Toorak und South Yarra. Die Adresse für feine Pinkel.

Wir überquerten die Straße und machten ein Stück weiter vor dem Eingang eines mit rosafarbenem Stuck verzierten Wohnblocks halt. Eine hundegesichtige Matrone mit einem Miniaturschnauzer unter dem Arm kam gerade heraus. Eastlake hielt ihr die Tür auf, und die alte Krähe nickte bloß huldvoll, ohne jedoch danke zu sagen. Es war wohl die Sorte von Gegend.

Wir stiegen die Treppe hinauf in den zweiten Stock, wo sich auf einem schmalen Flur zwei Türen mit kleinen Messingklopfern gegenüberlagen. Neben der einen stand ein chinesischer Porzellanübertopf, aus dem ein Miniaturbambus sproß. Fiona begann in ihrer Handtasche nach ihrem Schlüssel zu stöbern. Die Handtasche war ein kompliziertes Lederding mit mehr Taschen als ein dreiteiliger Anzug. Nachdem sie scheinbar eine Ewigkeit darin gestöbert hatte, sagte Eastlake etwas des Sinnes, daß er vor Durst sterbe, hob den chinesischen Übertopf an, zog einen Schlüssel darunter hervor und schloß die Tür auf.

Fiona Lamberts Gesicht zeigte flüchtig Verärgerung – ob über Eastlakes Anmaßung, seinen beiläufigen Verstoß gegen ihre Sicherheitsvorkehrungen oder bloß über die Zeit, die sie mit Suchen vergeudet hatte, konnte ich nicht sagen.

Fionas Einrichtungsstil war von geschmackvoller Zwanglosigkeit – das, was *Vogue Living* als »innerstädtisches Domizil einer Frau in leitender Stellung« bezeichnen würde. Das Gebäude stammte aus den vierziger Jahren, und die besten Originalmerkmale waren erhalten geblieben: die kunstvoll abgestuften Gesimse, die dazu passende Zickzackleiste in der Deckenmitte, die Lampenfassungen aus onyxfarbenem Rauchglas, der streng quadratische Kamin, die Teppiche – abgetreten, aber alles andere als fadenscheinig, geometrische Muster in Schwarz, Türkis und gedecktem Elfenbein. Aztekenpop.

Hinzu kamen ein riesiges, kastenförmiges Sofa, dick gepolstert und mit cremefarbenem Segeltuch bezogen, schlicht und einladend, ein Eßtisch aus honigfarbenem Holz mit dazu passenden Bugholzstühlen und ein Couchtisch mit Marmorplatte, auf dem sich Kunstbände stapelten. Die einzige Verirrung in die Gegenwart waren zwei niedrige Stahlrohrsessel, die Sorte, die so aussieht, als wäre sie zu sehr damit beschäftigt, ein Designklassiker zu sein, um viel Komfort zu bieten.

»Machen Sie es sich bequem«, sagte sie, und ihre Gastfreundlichkeit war allenfalls oberflächlich. »Ich hole Ihnen Ihr Pflaster.« Eastlake war in die Küche vorausgeeilt, wo er Eiswürfel- und Flaschenkorkengeräusche produzierte. Ich trat ans Fenster. Der Blick ging auf die sich verdunkelnde Weite des Parks und die erleuchteten Hochhäuser des Stadtzentrums dahinter. Eine Straßenbahn schepperte vorbei, ihre Räder sangen ein Mantra. Wohnlage, Wohnlage, Wohnlage. Am Bürgersteig gegenüber stand Eastlakes Wagen, daneben Spider mit mechanisch mahlenden Kiefern.

Eastlake erschien wieder, in der Hand ein Tablett mit eisgekühlten Drinks. »Gin and Tonic«, sagte er. »Das Desinfektionsmittel der Natur.« Fiona reichte mir ein Pflaster. »Das Bad ist da entlang.« Es war perfekt erhalten, ein Gesamtkunstwerk aus grünen und cremefarbenen Fliesen und abgerundeten Kanten, die Badewanne so groß, daß die Queen Mary darin hätte schwimmen können. Ich wickelte meinen Finger aus und stellte fest, daß die Blutung bereits aufgehört hatte.

Als ich zurückgeschlendert kam, rekelte sich Fiona fast waagerecht auf dem Sofa. Eine monochromatische Odaliske, die nackten Beine vor sich hingestreckt, die Füße auf dem Couchtisch. »Was für eine Woche!« stöhnte sie. »Cheers.« Ja, das grausame Los einer Galeriedirektorin.

Die Hitze des Tages hatte die Wohnung durchdrungen, und eine Atmosphäre von Mattigkeit erfüllte den Raum. Wir nippten stumm an unseren Gläsern. Ich ließ mich in den Designmaßstäbe setzenden Sessel sinken, so daß Fiona und ich, nur durch den Couchtisch getrennt, einander gegenübersaßen. Der Sessel war sehr niedrig, und ihre Zehen berührten beinahe meine Knie. Ich konnte nicht umhin, ihren Slip zu sehen. Weiße Baumwolle. Sie gähnte und strich sich mit dem Boden ihres Glases über die Stirn. Vielleicht macht man das hier so, dachte ich. Ich wandte den Kopf ab und las den Titel auf dem Rücken eines der Kunstbände. *Der ungebändigte Blick: Das Genie Victor Szabos 1911–77,* von Fiona Lambert.

An der Wand hinter ihr hing, effektvoll beleuchtet, ein großes Gemälde in unaufdringlichem Rahmen. Eine hochrealistische Buschszene, auf die grundlegenden Elemente von Himmel, Erde und Bäumen reduziert. Das Werk eines Menschen, der seinen Gegenstand kannte und ihn zutiefst haßte. Über dem Kamin hing ein kleineres Bild, das eindeutig von derselben Hand stammte. Ein liegender weiblicher Akt.

Lloyd und Fiona wechselten wissende Blicke, da sie offenbar erwarteten, daß ich etwas sagte. Soll sich jemand anders zum Idioten machen, dachte ich. Außerdem hatte ich heute schon so viele Bilder gesehen, daß es mir für eine ganze Weile reichte. Die Kunst würde fortbestehen. Meine Bedürfnisse waren im Augenblick eher elementarer Natur.

»Wenn ich nicht bald was zu essen kriege«, sagte ich freundlich, »garantiere ich für nichts mehr.«

Das Telefon klingelte. Fiona ging in ein kleines, vom Wohnzimmer aus zugängliches Arbeitszimmer. »Hallo.« Sie lauschte einen Moment lang, streckte dann das Bein nach hinten und hakte mit dem Fuß die Tür zu. Ich stand auf, nuckelte an meinem Stück Zitrone und wurde langsam ungeduldig, weil ich nicht recht wußte, was wir hier noch sollten. Als ich ans Fenster trat, sah ich Spider an einem Baum lehnen, ein Handy ans Ohr gedrückt. Arsch.

Auf dem Kaminsims aufgereiht standen ein paar gerahmte Fotos. Familienschnappschüsse. Zufällige Meilensteine auf der kleinen Reise des Lebens. Ich, Mami und Toby das Pony. Die Provence für hundert Dollar pro Tag. Ich ging mit meinem Drink hinüber und nahm ein Bild zur Hand, einen Farbabzug im Format zwölf mal zwanzig. Er zeigte eine gut zehn Jahre jüngere Fiona. Ein richtiges kleines Pummelchen. Ihr Haar war länger und noch braun, und sie trug ein formloses Hemdkleid. Sie lächelte mit geschlossenen Lippen in die Kamera, als wollte sie eine Zahnspange verbergen. Ein alter Mann hatte ihr den Arm um die Schultern gelegt. Er war vielleicht fünfundsechzig, mit breiter Brust, einem runden Gesicht und einem Kahlkopf, von dem nur über den Ohren graue Haarbüschel abstanden, und er grinste wie ein tückischer alter Koala. Der Hintergrund war verschwommen und lieferte keinerlei Hinweis auf die Umgebung.

Ich hielt das Bild hoch. »Ihr Vater?«

Eastlake verschluckte sich fast an seinem Gin and Tonic. »Um Himmels willen, nein!« prustete er mit einem verstohlenen Blick auf die Tür des Arbeitszimmers. »Das ist Victor Szabo.« Er nahm mir das Foto aus der Hand, betrachtete es mit schlecht verhohlener Verblüffung und stellte es dann auf seinen Platz auf dem Kaminsims zurück. Sein Blick schwenkte nach oben, auf den Akt, und er öffnete den Mund, um etwas zu sagen, als die Arbeitszimmertür aufging und Fiona stirnrunzelnd wieder erschien.

»Schlechte Nachrichten?« fragte Eastlake, der sich rasch zu ihr umgedreht hatte.

Sie machte eine wegwerfende Geste und schüttelte den Kopf. »Nichts.« Sie gähnte – für mich sah es gezwungen aus – und nahm ihre Ohrringe ab, schlichte Perlenstecker, der eine schwarz, der andere weiß. »Tut mir leid«, sagte sie. »Aber ich bin wirklich völlig erschöpft.« Sie gab sich alle Mühe, müde zu klingen, doch in ihrer Stimme schwang etwas angespannt Schrilles mit. »Würdet ihr mich für schrecklich unhöflich halten, wenn ich das Essen sausenlasse?«

Mir war das, offen gestanden, ganz recht. Eastlake gab, Gott sei Dank ohne sie umzustimmen, bedauernde Laute von sich, ich bedankte mich ausgiebiger als wirklich nötig für die Erste Hilfe, und zwei Minuten später standen wir wieder auf der Straße. »Ich glaube, ich schenke es mir auch«, sagte Eastlake mit einem Blick auf seine Uhr.

Die Nacht war noch jung, ich war beschwipst, frei und ungebunden. Hundert Meter vor mir betraten Frauen mit Rückseiten wie von Henry Moore die schickste Kneipe der Stadt. Sobald Eastlake über die Straße auf seinen Mercedes zuging, eilte ich ihnen nach.

Den Fußweg entlang kam meine Nemesis, der fliegende Cowboy, auf mich zugeschlurft. Er war völlig fertig. Gedankenverloren nuschelte er vor sich hin. »Ihr wer't schon noch seh'n«, wiederholte er immer wieder. Ein einsamer Säufer, wie ich ihn so ergreifend nur selten gesehen hatte. Ich machte einen weiten Bogen um ihn und ging in den Pub.

Dem Botanical Hotel war soviel moderne Architektur angetan worden, daß es, ganz Kesselblech und Industriegummi, als Maschinenraum eines Flugzeugträgers hätte durchgehen können. Das Geschäft florierte. Salina Fleet befand sich in der hinteren Ecke des Bistrobereichs an einem lärmenden Tisch mit Gesichtern vom hinteren Rasen des CMA. Alles klar, Junge, sagte ich mir. Erst mal sehen, was läuft. Laß es langsam angehen.

Ich bestellte mir ein Bier und betrachtete mich im Spiegel an der Bar. Es gingen häßlichere Männer auf Erden um. Zum Beispiel der Barkeeper. »Grolsch?« fragte er. Ich dachte, er räusperte sich. Er reichte mir eine Tomatensaucenflasche mit einer blaßbraunen Flüssigkeit. *Grolsch Premium Lager,* stand auf dem Etikett. *Gebraut in Holland.* »Macht vier achtzig«, sagte er.

Das erklärte das Handelsbilanzdefizit. Es hatte mal Zeiten gegeben, da konnte man sich für vier Dollar achtzig bis zur Bewußtlosigkeit besaufen, und das mit australischem Bier. Ich legte die Hand auf meine Gesäßtasche und stellte fest, daß meine Brieftasche weg war.

Die Zahl der Orte, wo ich sie verloren haben konnte, war begrenzt. Im Geist ging ich den Herweg in umgekehrter Richtung und gelangte bis zu dem niedrigen Designersessel in Fiona Lamberts Wohnung. Die Straße entlang zu dem Haus zurückgekehrt, nahm ich immer zwei Stufen auf einmal und betätigte den kleinen Messingklopfer an Fionas Tür. Seit Eastlake und ich uns verabschiedet hatten, waren fünf, höchstenfalls zehn Minuten vergangen – wecken würde ich sie also nicht. Es kam keine Reaktion. Ich klopfte erneut, und das Geräusch hallte im Treppenhaus wider. Entweder hatte Fiona Lambert einen sehr gesunden Schlaf, oder es war niemand zu Hause. Irgendwo in der Wohnung begann das Telefon zu blöken. Als es schließlich verstummte, hob ich den Blumentopf aus der Ming-Dynastie am Rand an. Der Schlüssel war wieder in seinem Versteck. Ich schloß mir auf.

Die Straßenbeleuchtung erhellte das Wohnzimmer. Auf dem Couchtisch standen, mit Wassertröpfchen beschlagen, unsere nicht ganz geleerten Gläser. Meine Brieftasche lag auf dem Boden, genau da, wo ich gehofft hatte. Als ich mich bückte, um sie aufzuheben, fiel mein Blick auf das Bild über dem Kaminsims, den weiblichen Akt. Ich stand auf und studierte ihn.

Er stellte die jüngere, pummeligere Fiona dar, die auf dem Foto. Die Sichtweise des Künstlers war klinisch, unverblümt, ohne einen Funken Sentimentalität. Von überragender Könnerschaft, fing das Bild nicht nur Fionas Äußeres, sondern auch ihren Narzißmus ein. Die Pose war zum Rotwerden aufreizend und anatomisch explizit. Keine Frage, daß es der Künstler ausgiebig mit ihr getrieben hatte.

Ich rechnete rasch im Kopf nach. Zu der Zeit, als das Bild entstanden war, mußte Victor Szabo mindestens fünfundsechzig gewesen sein. Alter Bock.

Fünf Minuten später war ich wieder im Botanical, hatte holländischen Mumm im Wert von vier Dollar achtzig in der Hand und nahm Blickkontakt mit Salina Fleet auf.

Sie winkte mich an ihren Tisch herüber und machte mir neben sich Platz. »Wie heißen Sie gleich noch mal?« fragte sie, aber das war nur ihr freches Mundwerk. Ich zweifelte nicht daran, daß ich bereits in Sals geistigem Filofax abgelegt und für künftige Eventualitäten vorgemerkt war. Alles redete gleichzeitig und bellte in den allgemeinen Lärm hinein. Partyzeit der Kunstszene. »Hab Sie im CMA gesehen«, brüllte sie halb. »Hab schon gedacht, Sie wären weg.«

»Ich auch«, sagte ich. »Als der Kerl auf mir gelandet ist.«

Sie lachte und biß sich zugleich auf die Lippe, in den Augen einen Ausdruck von Panik. Ich ging rasch zu dem einzigen anderen Thema über, das mir einfiel. »Bin von Fiona Lambert abgelenkt worden.«

Sie entspannte sich. »Die Schwarze Witwe nennen wir sie.« Ich beugte mich näher zu ihr, um sie besser zu verstehen, und unsere nackten Unterarme berührten sich. Ein kleiner Funke statischer Elektrizität sprang zwischen uns über. »Bei der passen Sie mal lieber auf sich auf.«

»Wieso?«

Sie hatte noch mehr intus als ich. Nicht daß wir betrunken waren. Und wenn doch, was machte das schon? Der Kellner kam und hielt mir eine Speisekarte vor die Nase. Es war eine von der Sorte, die man von rechts nach links liest. Alles, was daraufstand, wurde entweder holzkohlegegrillt, kurzgebraten, mit Zuckererbsen garniert oder mit Schafskäse serviert. Was ich eigentlich probieren wollte, war die wachsige Frucht von Salinas Aprikosenlippen.

»Na los«, drängte ich. »Sagen Sie schon.« Mußte sie am Reden halten, bis wir etwas fanden, was uns verband – das war die Strategie. »Warum nennen Sie Fiona Lambert die Schwarze Witwe?«

Auf Salinas anderer Seite war ein Typ mit dünnen Lippen und mächtigem Zinken eingequetscht. Er war mir im CMA vorgestellt worden, doch sein Name war mir entfallen. Als er den Namen Fiona Lambert hörte, spitzte er die Ohren und beugte sich zu uns. »Man nennt sie so«, flüsterte er mit einem Akzent, der sich so anhörte, als stamme er von demselben Ort wie mein Bier, »wegen des Gerüchts, daß Victor Szabo, wie soll ich sagen, in Erfüllung seiner Pflicht bei ihr das Zeitliche gesegnet hat.«

Er hatte eine Visage wie ein Borgia-Papst auf einem Gemälde von Tizian. Um ihn richtig zu verstehen, mußte ich mich noch näher zu Salina heranbeugen, also stellte ich weiter Fragen. »Die beiden waren also ein Liebespaar?«

»Sie hat ihm Modell gestanden, mit ihm geschlafen, ihn beerdigt, das Buch über ihn geschrieben und veranstaltet die Retrospektive über ihn«, sagte Salina in einem Ton, der verdächtig nach Neid klang. »Sie hat ihn praktisch erfunden.«

»Und demnächst wird er ganz groß herauskommen, wie?« sagte ich.

»Noch größer als Sir Ned Kelly persönlich, wenn es nach der Schwarzen Witwe geht«, bekräftigte die Papstnase.

In diesem Stadium hätte ich einen Nonnenhintern durch einen Rohrstuhl essen können. Wir gingen zu Koonunga Hill Cabernet Shiraz über. Das Essen kam, vom Grill mit Kreuzlagen schattiert, und ich säbelte in mein Lachsfilet.

»Eine brutale Dekonstruktion schmerzhafter Realität«, deklamierte Salina.

»'zeihung?« sagte ich kauend.

»Ein Sezieren der konstituierenden Bestandteile antipodischer Materialität.« Sie machte hohle Backen und versuchte, ernst und sachkundig dreinzuschauen.

»Wie?« Ich steckte mir eine Fritte in den Mund.

»Das Einbringen des verallgemeinernden Impulses einer universellen Form in eine spezifisch australische Sensibilität.«

Endlich kapierte ich. Sie gab eine Fiona-Lambert-Parodie. Und zitierte, so nahm ich an, Schlagworte aus deren Buch über Victor Szabo.

»Ein unbeirrbarer Kritiker des Banalen«, meldete sich der Zinken mit einem eigenen Beitrag zu Wort.

»Der ungebändigte Blick«, prusteten wir alle drei im Chor.

Ich konnte da so gut wie jeder andere mithalten. Dabei hatte ich drei Stunden vorher noch nie von diesem Szabo gehört. Dieses Kunstgehampel war das reinste Kinderspiel. Während wir aßen, unterhielten sich Sal und der andere Typ weiter über Szabo. Nach allem, was ich so mitbekam, war er ziemlich von Geheimnis umwittert – ein Flüchtling aus Europa, ein misanthropischer Einsiedler, der den größten Teil seines Werkes in den fünfziger und sechziger Jahren in ländlichem Elend geschaffen hatte. »Ein Gesamtwerk von – wieviel? – fünfzig bis sechzig Gemälden«, sagte Sal irgendwann. »Nicht gerade sehr produktiv.«

»Vierzig *bekannte* Gemälde«, verbesserte sie der Zinken. »Jetzt, wo er immer mehr Anerkennung findet, wer weiß, wie viele da noch auftauchen.«

Das Gespräch ging bald zu anderen Themen über, und ich ging gerne mit. Angesichts der Ermutigung, die ich unter dem Tisch erhielt, wäre ich gern überall hingegangen.

Beim Salat strich Salinas Hand über mein Knie. Beim Tiramisu lag sie zwischen meinen Beinen.

Als Liköre und Kaffee kamen, wußte ich, daß ich noch woandershin gehen würde. »Warst du je auf Forschungstour?« fragte sie, tauchte ihren Finger in Sambuca und ließ mich davon kosten. »Nachts, im Botanischen Garten?«

10

Abzulehnen wäre ungehobelt gewesen. Was ich nicht ahnte – unmöglich hätte ahnen können –, war, daß die folgende Expedition mich viel weiter als über eine schmiedeeiserne Umzäunung und neben einen *Moringa oleifera* führen würde. Weiter als zu einer kurzen Erkundung der Tiefen des Farnwaldes. Noch weiter als zu einer blitzenden Signalleiste neben dem Wassergraben der National Gallery.

Und bis es vorbei war, würde mehr als eine Leiche in einen Krankenwagen geschoben werden.

Doch in diesem Augenblick, mitten in der Nacht, auf der Haut noch das Jucken zerdrückter Blätter, sah ich nichts als Salina Fleets verzerrtes Gesicht.

»Schwein!« Sie sagte es noch einmal.

Diesmal keine Anklage. Nicht in mein Gesicht geschleudert, sondern vor sich hin gemurmelt. Ihre Augen folgten der Trage in den Krankenwagen, der Wasserspur auf dem Pflaster, die die leblosen schwarzen Beine hinterließen, und sie schüttelte dabei den Kopf, ein emphatisches Verleugnen der Wirklichkeit. Trotz der Hitze zitterte sie.

Mit einmal wurde die Zeitlupe zum raschen Vorlauf. Das blitzende Licht erlosch. Türen knallten. Der Krankenwagen fuhr an. Ich ging auf Salina zu, wollte nichts als trösten und beruhigen. Der Polizist legte mir die Hand auf die Brust und verstellte mir den Weg. Er machte eine Bewegung zum Heck des abfahrenden Wagens hin. »Freund von Ihnen?«

Salina wurde zum Streifenwagen geführt, bewegte sich aus meiner Reichweite. Sie blickte sich nicht um. Die Luft war feucht, süßlich. Ich schüttelte den Kopf. »Nicht direkt.«

Der Cop war ungefähr zehn Jahre jünger als ich. Sein Hemd hatte zwei Streifen am Ärmel, und er trug den reinsten Mörser an der Hüfte. »Meinen Sie nicht, Sie haben genug?«

Ich senkte den Blick und sah, daß ich immer noch die Weinflasche in der Hand hielt, die wir im Hotel geklaut hatten. Wir hatten beim Überqueren des Rasens immer wieder daraus getrunken. Es war kaum mehr als ein schaler Schluck übrig. Der Botanische Garten kam mir plötzlich sehr weit weg vor. Im Mund hatte ich einen Geschmack nach Galle, nicht nach Aprikosen.

Hinter zwei Sicherheitsbeamten half man Salina auf den Rücksitz des Streifenwagens. Der Cop folgte meinem Blick. »Gehören Sie zusammen?«

Salina starrte zu mir her. Sie wirkte jetzt ruhiger, gewann ihre Fassung wieder, doch ihr Gesicht war so blutleer wie Marmor. Schuldbewußt und zerknirscht. Sie bedachte mich mit einem leichten, reumütigen Kopfschütteln. Auf Wiedersehen, Murray, hieß das.

Auch ich schüttelte, Spiegelbild ihrer Bewegung, leicht

den Kopf. »Nicht mehr«, sagte ich. Es erschien mir passend. Erst später kam es mir wie Feigheit vor.

Es traf noch mehr Polizei ein. Zwei weitere Streifenwagen und ein nicht gekennzeichneter Falcon. Ein Sicherheitsbeamter, der im Graben fischte, zog eine dickrandige Brille aus dem Wasser. Ein anderer zerrte den verlassenen Einkaufswagen vom Nachmittag aus dem Rinnstein. Der Wagen mit Salina fuhr weg.

Mittlerweile waren vielleicht sechs Cops und ebenso viele Sicherheitsbeamte da. Ich warf die Weinflasche in einen Abfalleimer. Er war leer, und die Flasche landete mit einem dumpfen ›Plop‹, das mir direkt in die Schläfen fuhr, auf dem Boden. »Gehen Sie nach Hause«, befahl irgendein Obermotz in einer Armaguard-Uniform. »Die Show ist vorbei.«

Ich hätte mich vermutlich ausweisen und ein gewisses Recht auf Informationen geltend machen können. Ein hübsches Bild hätte das abgegeben. Wie ich versuchte, mit zerknittertem Anzug, Grasflecken an den Händen und einem Bauch voll sauer werdendem Wein meinen ziemlich begrenzten Einfluß geltend zu machen. Und wozu? Um herauszukriegen, warum mein heißes Date vorzeitig geendet hatte?

Bruchstücke von Funksprechverkehr und zufällig mitgehörte Gesprächsfetzen lieferten mir mehr als genug Hinweise, um meine unmittelbare Neugier in diesem Punkt zu befriedigen. Ein Sicherheitsbeamter hatte die Leiche in den Cowboystiefeln gefunden. Er war auf eine Zigarette herausgekommen und hatte im Schatten der Stützmauer etwas Dunkles im Graben liegen sehen. Zunächst hatte er es für eine Teppichrolle gehalten. Irgendwelche Idioten warfen ständig irgendwelchen Trödel in den Graben. Er hatte mit seiner Taschenlampe ins Wasser geleuchtet und gesehen, worum es sich handelte. Daraufhin hatte er einen zweiten Sicherheitsbeamten geholt, und sie hatten Wiederbelebungsversuche gemacht. Es war sinnlos gewesen. Der Typ hätte schon stundenlang dort gelegen haben können. Neben der Leiche fand man eine leere Scotchflasche.

Ich trottete über die Princes Bridge zum wie ausgestorbenen Bahnhof, legte meine Wange an das Rücksitzpolster des einzigen Taxis am Stand und murmelte dem Fahrer, einer polnischen Vogelscheuche mit getönter Hornbrille, meine Adresse zu. »Heiß«, sagte er. »Sehr heiß.«

»Nicht gerade Danzig«, pflichtete ich bei.

Zum dritten Mal an diesem Tag chauffiert, meine Schläfen im Rhythmus der vorüberhuschenden Straßenlaternen pochend, wurde ich schließlich doch vom Alkohol eingeholt und döste mit schmerzendem Kopf ein. Und in diesem Halbdämmer sah ich mich auf einmal von unwillkommenen Gedanken aus längst vergangenen Zeiten heimgesucht.

Mein Vater hatte gerade die Lizenz für das Olympic Hotel, seinen vierten Pub in zehn Jahren, bekommen. Vom Namen abgesehen, hatte das Olympic nichts Sportliches, es sei denn, man ließ die Pferderennberichte gelten, die ständig aus dem Radio über dem Ausschank dröhnten. Mum war zum Zeitpunkt des Umzugs noch nicht lange tot, und Dad hatte mich aus St Joseph's herausgenommen und in die nächstgelegene staatliche höhere Schule gesteckt. Es war eine willkürliche Entscheidung. Er sagte, er wolle mich in seiner Nähe haben. Vermutlich war es eher so, daß er die Gebühren einsparen wollte.

Mir war es recht. Im Vergleich mit meiner alten Schule war die Preston Technical ein Klacks. Kein Aas gab irgend etwas auf schulische Leistungen. Sobald sie fünfzehn waren, verabschiedeten sich die meisten auf Lehrstellen oder Fabrikjobs. Damals, in den Sechzigern, gab es reichlich Arbeit für Teenager. Aber kaum Freizeitbeschäftigungen. Es sei denn, man kam an Bier heran. Oder man wußte, wie man sich mit dem Sohn des Pubbesitzers gut stellte.

Wirklich Angst haben mußte man auf St Joey's nur vor den Fratres, fiesen Typen mit Lederriemen, einem Gewichtsvorteil und der moralischen Überlegenheit. Am Tech hatten wir die Fletchers, fünfzehnjährige Zwillinge und ihren älteren Bruder, frettchengesichtige Schlägertypen, die im Rudel jagten und neben denen sich die Christlichen Brüder wie die Barmherzigen Schwestern ausnahmen. Es gab noch einen älteren Fletcher, aber der saß in Pentridge. Die Anklage hatte zunächst auf Totschlag gelautet, doch der Richter hatte ihm geglaubt, als er sagte, er hätte seine schweren Treter angezogen, wenn er den anderen ernsthaft hätte verletzen wollen. Und so kam er mit schwerer Körperverletzung mit Todesfolge davon. Fünf Jahre.

Die Fletchers wohnten in den Sozialwohnungsblocks der Housing Commission, Betonkästen aus vorgefertigten Teilen, die 1956 zur Unterbringung der Olympiateilnehmer gebaut worden waren und bereits verfielen, als die Sozialhilfeempfänger nach Ende der Spiele dort einzogen. Wenn man mit dem Fahrrad durch Fletcher-Territorium zur Schule fuhr, brauchte man Nerven aus Stahl, kräftige Beine und knallharte Freunde. So jedenfalls hieß es an der Schule. Aber ich war der Neue. Ich hatte keine knallharten Freunde.

Bis sich ein Typ namens Spider meiner annahm. Da hatte ich einen Freund. Pech, wie immer.

General Jaruzelski weckte mich lange genug, um mich auf meiner Schwelle abzusetzen und sein Geld zu kassieren. Dann lag ich mit dem Gesicht nach unten in meinem leeren Bett und träumte wieder. Aber nicht von Spider Webb oder den Fletchers oder der üblen Geschichte mit den geklauten Bourbonflaschen. Mein Traum war vielversprechender.

Eine Waldnymphe zupfte an meiner Toga. Noch eine Falte, und ich war entblättert und würde mich in ihre Grotte stürzen. Aber meine Toga hatte sich verheddert, und ich hatte eine thymianberauschte Biene im Ohr. Bsss, bsss, machte sie, bsss, bsss. Ich schlug danach, und sie stach mir in die Augen. Tageslicht ergoß sich in die Wunde und bohrte sich mit einem glühendheißen Schürhaken durch mein Gehirn. Die Lagerfeuerasche von tausend marodierenden Armeen füllte meinen Mund. Bsss, bsss, sagte die hartnäckige Biene. Dann brüllte eine Stimme irgend etwas vom Wetter. Heiß. Wie gehabt. Als ob ich das nicht schon wüßte!

Ich wickelte mich aus schweißdurchtränkten Laken, schwang die Füße auf den Boden, knallte eine Hand auf den Radiowecker und nahm mit der anderen den Hörer ab. Welcher Blödmann rief mich samstags morgens um vier nach sieben an?

Agnelli.

»Urgghh«, sagte ich. Das Glas Wasser neben meinem Bett stand schon so lange dort, daß sich eine Haut darauf gebildet hatte. Als die Flüssigkeit auf meine Zunge traf, brüteten Garnelen, laichten, starben und warfen ihre Schalen in meinem Hals ab. Ich tastete nach einem Streichholz und räucherte meine Speiseröhre mit dem reinigenden Qualm einer Zigarette aus.

»Hast du das mit der National Gallery gestern nacht gehört?« Mein Boss war hellwach, aufgedreht.

»Was?« grunzte ich, und mein Kopf pochte von der Anstrengung. Hatte ich irgendwas verpaßt? »Hat jemand einen Picasso geklaut?«

»Irgendein Idiot hat sich im Graben ersäuft. Hier haben seit halb sieben schon drei verschiedene Reporter angerufen und wollten einen Kommentar.«

Sogar in meinem benommenen Zustand kapierte ich sofort, was los war. Für die Presse – praktisch darauf beschränkt, den Wetterbericht wiederzugeben – war ein Toter im Graben der National Gallery das reinste Himmelsgeschenk. In einer Stadt ohne charakteristische Wahrzeichen – keine Oper, keine eigene Bucht – kam das Arts Centre einer bürgerlichen Ikone noch am nächsten. Sein Bild prangte auf dem Einband des Telefonbuchs, in jedem Touristenprospekt und auf jedem Stück Firmenreklame. Melbourne, Stadt der Künste. Seht her. Natürlich war ein Toter im Graben eine Sensation. Und wenn sich ein politischer Zusammenhang finden ließe, um so besser.

Aber welcher politische Zusammenhang? Wenn ich meinen Kopf mit einem Kissen zudeckte und die Augen schloß, konnte ich ansatzweise so etwas wie denken. »Warum ruft er dich an? Was hat das mit dir zu tun?«

»Laut den Journalisten, die mich angerufen haben«, sagte Agnelli, »hat dieser Schwachkopf Selbstmord begangen, um damit gegen die mangelnde Unterstützung der Regierung für die Künste zu protestieren.« Wenigstens nicht deshalb, weil sich seine Freundin mit dem Haushofmeister des verantwortlichen Ministers in den Hortensien gewälzt hatte.

»Wie kommen die denn darauf?« Am Schauplatz des Selbstmordes war von einem Protestmotiv keine Rede gewesen, jedenfalls hatte ich nichts dergleichen gehört. Und ich konnte auch keinen unmittelbaren Nutzen darin sehen, Agnelli darüber zu informieren, daß ich dabeigewesen war, als man die Leiche aus dem Wasser gefischt hatte.

»Er hat einen Brief hinterlassen.« In Agnellis Stimme lag mehr als ein Anflug von Besorgnis. »Ein Manifest, nennt es die Presse.«

Nun wurde mir klar, warum Agnelli so sehr unter Dampf stand, daß er mich zu dieser unchristlichen Zeit anrief. Vor zwei Jahren war tatsächlich ein Picasso aus der National Gallery geklaut worden. Er wurde von selbsternannten Entführern als Geisel genommen, die eine Erhöhung der staatlichen Kulturförderung verlangten – ein derart kryptisches Motiv, daß die Polizei vollkommen baff war. Die Lösegeldverhandlungen wurden auf den Titelseiten der Tageszeitungen geführt. In einer Reihe von Manifesten wurde der Kulturminister nacheinander als fader alter Lachsack, aufgeblasener Knallkopf und sich selbst beweihräuchernder analer Charakter bezeichnet. Danach wurden die Beleidigungen so gelehrt, daß jedesmal Millionen zu ihren Lexika greifen mußten. Irgendwann wurde das Gemälde in einem Bahnhofschließfach aufgefunden. Aber die Diebe wurden nie gefaßt.

Es war also nicht schwer, sich vorzustellen, wo Agnelli der Schuh drückte. Öffentlicher Spott und ministerielle Eigenliebe geben eine schlechte Mischung ab, und die bloße

Erwähnung des Wortes »Manifest« hatte bei Agnelli wohl sämtliche Alarmglocken schrillen lassen. Ich holte tief Luft und fing noch einmal von vorne an. »Was genau steht denn in diesem Manifest?«

»Herr des Himmels, Murray, genau das sollst du doch herausfinden.«

»Ist dieser angebliche Abschiedsbrief denn freigegeben worden?« Indem ich die Terminologie um eine Stufe herunterfuhr, hoffte ich, die zitternden Antennen von Agnellis Ego zu beruhigen.

Es funktionierte nicht. »Nein, laut den Journalisten, die angerufen haben, nicht, aber der ungefähre Inhalt ist trotzdem bekannt. Und ich will die Einzelheiten lieber nicht aus dem Fernsehen erfahren. Keine Überraschungen, Murray. Ich dachte, darüber waren wir uns einig. Keine Überraschungen.« Mit anderen Worten, ich sollte mich auf die Socken machen und etwas Beruhigendes zum Gesamtbild beitragen. Und zwar pronto. »Ich hole dich um elf hinter dem Parliament House ab. Dann kannst du mich auf dem Weg zu diesem Max-Karlin-Brunch über den neuesten Stand informieren.«

Ich sagte ihm, ich sei schon unterwegs, vergrub meinen Kopf im Kissen und versuchte, wieder einzuschlafen. Es war Zeitvergeudung. In meinen südlichen Vororten stauten sich zwanzig Liter halbverarbeiteter Stoff und veranstalteten ein Hupkonzert. Außerdem kam von draußen ein hämmerndes Geräusch.

Ich griff über die Matratze und öffnete vorsichtig eine Ritze zwischen den Vorhängen. Sonnenlicht stach meine Vorderlappen. Auf der anderen Seite der schmalen Straße befestigte ein Typ in Shorts und Werkzeuggürtel ein ›Zu verkaufen‹-Schild an der Fassade des unmittelbar gegenüberliegenden Hauses. Die Buchstaben auf der Plakatwand waren so groß wie meine Hand. *Leben in der Stadt,* stand darauf. *Ein Juwel aus der Vergangenheit. Eine Investition für die Zukunft.* Mit anderen Worten, so eng, daß man sich nicht rühren konnte, aber der Markt boomte.

Von vorne sah das Haus genau wie meines aus, ein einstöckiges Reihenhaus. Die ganze Straße war so, alle zwanzig Häuser. Ein knauseriger Spekulant hatte sie in den siebziger Jahren des 19. Jahrhunderts als Ausschuß gebaut. Arbeiter-Cottages nannte man sie damals – um sie von den prächtigeren zweistöckigen Reihenhäusern mit ihren schmiedeeisernen Balkonen und Giebeldreiecken mit Profilziegeln in den umliegenden Straßen zu unterscheiden.

Dieses Viertel galt einmal als Slum – ein solcher Affront gegen das geltende Ideal des vorstädtischen Bungalows, daß man im Namen des Fortschritts ganze Straßenzüge davon platt gewalzt hat. Aber diese Zeiten waren vorbei. Das Wunder des Zuzugs sozial Höherstehender hatte bewirkt, daß aus schäbigen Buden in zweifelhaften Gegenden herrlich stilvolle innerstädtische Domizile in einem kosmopolitischen Ambiente geworden waren. Wirklich erstaunlich, wie sich ein bißchen frische Farbe, ein Oberlicht und ein, zwei Adjektive auf den Wert einer Immobilie auswirkten.

In den zwei Jahren, seit ich hier wohnte, war dies das fünfte Mal, daß ein Haus in dieser Straße zum Verkauf stand. Ich konnte nicht umhin, mich zu fragen, was dieses hier bei der Versteigerung wohl bringen würde. Meines hatte die Bank fast hundertfünfzigtausend Dollar gekostet.

Ein hübsches Sümmchen – und dabei wirklich günstig – für zwei Schlafzimmer, ein Wohnzimmer mit Kochnische und einen Garten von der Größe eines Boxrings. Und angesichts meines variablen, sich um sechzehn Prozent bewegenden Zinssatzes ein sehr guter Grund, aufzustehen und mich an die Arbeit zu machen.

Ich tappte ins Badezimmer, unter den nackten Fußsohlen feine Körnchen, vom Wind herangetragenes Sediment des öden Innern unseres Inselkontinents. Es erinnerte mich daran, Reds Zimmer noch rasch abzustauben, ehe er kam. Auf dem Weg durchs Wohnzimmer griff ich ins Bücherregal, zog das tote Gewicht von *Die 101 lustigsten australischen Kricketgeschichten* heraus und legte es auf die Couch, so daß Red es gleich sehen würde, wenn er kam. Er hatte es mir zu Weihnachten geschickt, die Vorstellung eines Jungen vom richtigen Geschenk für seinen Vater, und ich hielt jede Seite in Ehren, obwohl ich nie ein Wort davon gelesen hatte. Bloß gut, daß Wendy es nicht für ihn ausgesucht hatte, sonst hätte ich *Kochen für Singles* gekriegt.

Nicht daß ich es nicht hätte gebrauchen können, überlegte ich, während ich die vergessene Frühstücksschale abwusch, die in der Spüle im Wasser gestanden hatte.

Nächstes Weihnachten würde er mir *Hausinstandhaltung leichtgemacht* schenken. Und auch das würde ungeöffnet ins Regal wandern. Gleich neben *Aufstieg und Fall der Großmächte*. Das hatte ich mir selbst gekauft. War beim Spanischen Erbfolgekrieg steckengeblieben. Demnächst würde ich abends mal wieder versuchen, mich über Metternich schlau zu machen.

Red schenkte mir, was ein Junge seiner Meinung nach

seinem Vater schenken sollte. Über meine Bedürfnisse in puncto Hausinstandhaltung müßte er sich allerdings keine Gedanken machen. Ich hatte keine. Nach sieben Jahren mit Wendy, in denen ich mich fruchtlos mit Senkschrauben und Zugsägen abgemüht hatte, wollte ich nur noch ab und zu eine Glühbirne wechseln. Deswegen hatte ich ein renoviertes Haus gekauft.

Was machte es schon, daß sämtliche Arbeitsflächen apfelgrün und sämtliche Einbauschränke in gebranntem Orange waren? Daß meine gesamte Inneneinrichtung aus dem Ikea-Katalog stammte und so aussah, als wäre sie für schwedische Zwerge entworfen worden? Daß die Wände nach zwei Jahren immer noch kahl waren? Ich konnte zu Fuß zur Arbeit gehen, wann immer ich wollte. Red hatte ein eigenes Zimmer, wenn er zu Besuch kam. Und vielleicht konnten meine neugewonnenen Freunde im Kulturbetrieb ja etwas Passendes empfehlen, um meine leeren Wände zu schmücken. Zu Hause ist schließlich dort, wo das Herz ist. Selbst wenn es dann und wann ein wenig einsam wurde und die Fächer im Kühlschrank einmal gründlich abgewischt gehörten.

Mein Herz und ich gingen ins Bad, stellten uns unter hundert eiskalte Wassernadeln und fingen an, Pläne zu machen. Erster Punkt auf meiner Tagesordnung war, die vergangene Nacht so rasch wie möglich abzuhaken. Salina Fleet war auch ohne die Geschichte am Graben keine gute Idee gewesen. Vielleicht war die Geschichte am Graben letztlich sogar ein Segen. Eine Salina Fleet war nicht das, was ich an diesem Punkt meines Lebens brauchte.

Was ich brauchte, waren Lebensmittel. Ein Zehnjähriger kann in drei Tagen eine Unmenge Lebensmittel verdrücken.

Geld holen, ein paar Anrufe erledigen, den Supermarkt plündern, Agnelli treffen und informieren, an Max Karlins Brunch teilnehmen, dann raus zum Flughafen und Red abholen. Danach vielleicht ins Schwimmbad. Abkühlung, dann ins Kino. Ganz nach Gefühl.

Mein erster Anruf galt Ken Sproule. Samstag morgen um halb acht war nicht gerade die ideale Zeit, um einen Gefallen zu erbitten, aber mir fiel ein, daß Sproule eine zweijährige Tochter hatte. Entweder er war schon aufgestanden, oder die Zweijährigen waren nicht mehr das, was sie einmal gewesen waren.

Im großen und ganzen sind persönliche Netzwerke den offiziellen Kanälen stets vorzuziehen. Sproule würde ohne weiteres verstehen, warum ich anrief. Sein Boss, Gil Methven, mochte noch keinen Tag Polizeiminister sein, aber Ken hatte eine schnelle Auffassungsgabe, und ich ließ mich lieber informell um das polizeiliche Verfahren herummanövrieren, als Agnellis Namen schon zu diesem frühen Zeitpunkt ins Spiel zu bringen.

Sproule war tatsächlich schon auf, hörte *Cartoon Connection* mit und schnitt Toast in Streifen. Er war dankbar für die Ablenkung und lachte laut, als ich ihn ins Bild setzte. »Agnelli ist noch keine zwölf Stunden im Amt, und schon fangen die Künstler an, sich umzubringen.«

»Vielleicht hatte der Typ noch nichts von der Kabinettsumbildung gehört«, sagte ich. »Vielleicht hat er den Gedanken nicht ertragen können, daß Gil Methven im Amt bleibt.«

So machten wir eine Zeitlang weiter, bis Sproule ausgesprochen guter Laune war, dann bat ich ihn, mir zu sagen, wie ich möglichst unauffällig herausfinden könne, was in dem Abschiedsbrief stand. Überraschenderweise erklärte er sich bereit, die entsprechenden Anrufe selbst zu tätigen. Unter normalen Umständen hätte es einen ziemlichen Kuhhandel gebraucht, jemanden wie Sproule dazu zu bringen, daß er sich meinetwegen ans Telefon hängte. Aber die Vorstellung einer Leiche im Graben der National Gallery reizte seine morbide Neugier. »In fünfzehn Monaten in diesem Job waren die einzigen Leichen, die ich je gesehen habe, die im letzten Akt von *Hamlet*«, sagte Sproule. »Ich rufe dich in ein paar Stunden zurück.«

Es waren eher ein paar Minuten. »Mir ist gerade was eingefallen. Bei dem Namen Marcus Taylor klingelt irgendwas bei mir. Zitier mich nicht, aber ich glaube, er hat sich möglicherweise um ein Stipendium beworben.«

»Hat er eins gekriegt?«

»Daran erinnere ich mich einfach nicht mehr.«

»Falls ich nicht hier bin, wenn du mich anrufst«, sagte ich ihm, »dann versuch es im Kulturministerium.«

Ich marschierte, mit einer Kaffeepause zwischendurch, zum Ministerium für Ethnische Angelegenheiten, holte mein Auto und fuhr zum Kulturministerium, wobei ich zwischen den 8-Uhr-Radionachrichten der diversen Sender hin und her kurbelte. Der führende kommerzielle Sender hatte die Geschichte bereits aufgegriffen. *Melbournes Kunstszene zeigt sich tief betroffen über den offensichtlichen Selbstmord des vielversprechenden jungen Malers Marcus Taylor* – das Beiwort jung war ermutigend, wenn man bedachte, daß Taylor so ausgesehen hatte, als wäre er ungefähr in meinem Alter – *aus Protest gegen die unzureichende Un-*

terstützung der Künstler durch die Regierung. Salina, die man als prominente Kunstkritikerin bezeichnete, wurde mit den Worten zitiert, Taylors Tod sei ein tragischer Verlust.

Als ich an der National Gallery vorbeikam, filmte ein Fernsehteam gerade den Graben. Die Geier kreisten.

Das Ministerium war verschlossen, doch am Bühneneingang der Concert Hall wirkte Phillip Veales Name Wunder. Im Handumdrehen wurden Schlüssel herbeigezaubert, ich wurde ins oberste Stockwerk des Ballet Centre eskortiert und bekam Zutritt zu den verlassenen Büros. Die Liste der Zuschußempfänger lag dort, wo ich sie gelassen hatte. Und Marcus Taylors Name stand darauf. Arbeitsstipendium, $ 2000.

Nicht gerade fürstlich, aber als Geschenk doch verdammt viel großzügiger, als in die hohle Hand gespuckt. Für den Normalverbraucher, der unter seiner Steuerlast stöhnte, vielleicht sogar gefährlich nah an der Grenze zur staatlichen Geldverschwendung. Mit einem solchen Scheck konnte ein arbeitsscheuer Künstler sechs Monate lang am öffentlichen Trog Rotwein saufen.

Ich schwang die Füße auf den Schreibtisch und gestattete mir ein zufriedenes Lächeln. Vom PR-Standpunkt aus gesehen, hatte Agnelli damit ein As im Ärmel, das er ausspielen konnte, falls die Medien zu dem Schluß kämen, daß es etwas brächte, die »Hungernder Künstler gegen staatliche Gleichgültigkeit«-Schiene zu fahren. Aber dazu würde es wahrscheinlich gar nicht erst kommen. Mein Rat an Ange wäre, ein paar Tage den Kopf einzuziehen und abzuwarten, bis die ganze Aufregung sich gelegt hatte.

Ich nahm die Liste wieder zur Hand. Wo ich gerade dabei war, konnte ich es genausogut gründlich machen. Bislang wußte ich von diesem Marcus Taylor nur, daß er zu theatralischen Auftritten neigte, ein schlechtes Gleichgewichtsgefühl besaß und meine Pläne für den vergangenen Abend ruiniert hatte. Das verrieten mir still vor sich hin schmerzende Teile meiner Anatomie. Informationen offizieller Natur dürften nützlicher sein. Informationen kann man nie genug haben. Neben den Namen auf der Liste der Zuschußempfänger standen Aktenzeichen. Alles, was ich bisher von Phillip Veale mitbekommen hatte, deutete darauf hin, daß er ein strenges Regiment führte. Bestimmt gab es irgendwo in diesem Büro eine Akte, die Taylors Bewerbung enthielt.

Eine Ansammlung von Kabuffs mit Glaswänden, der letzte Schrei in puncto Büroeinrichtung, nahm die gesamte obere Etage ein. In bestimmten Abständen wurde der Grundriß von kleinen Zonen mit Oberlicht aufgelockert, die mit grießig weißem Teppichboden ausgelegt waren und bildhauerische Objekte enthielten. Die Angestellten des Ministeriums brauchten, wenn sie über einem kniffeligen Memo brüteten, nur die müden Augen zu heben, um sich von einem kunstvollen Konglomerat aus getünchtem Treibholz oder fluoreszierendem Weltraumschrott inspirieren zu lassen. Das zentrale Sekretariat, ganz hinten neben der Kantine, bot einen weniger ermutigenden Anblick – der letzte Schrei in puncto Aktenablage, sicher verschlossen.

Doch die Türen zu den Büros der leitenden Mitarbeiter standen weit offen. Binnen einer halben Stunde saß ich am Schreibtisch des Stellvertretenden Programmdirektors und durchblätterte eine überquellende Akte, die die Empfehlungen des Beratungsgremiums Bildende Kunst enthielt. Marcus Taylors Bewerbung war ein Umschlag mit einer Reihe von Farbdias und ein kurzes Gutachten von Peggy Wainright beigeheftet. Wenn mich meine Erinnerung nicht trog, war das die mit dem Kopfschmuck aus Kinte-Tuch und dem Ubangi-Schmuck.

Ich ging mit der Akte in das Büro des Ministers und fing zu lesen an. Ich war bis zum Anzünden einer Zigarette gekommen, als das Telefon klingelte. »Was willst du zuerst?« Es war Ken Sproule. »Die Pathologie oder die Hysterie?«

11

Angesichts des Aufsehens, das ein solcher Todesfall erregen würde, hatten der Untersuchungsrichter und seine Mitarbeiter Überstunden gemacht.

»Wenn man ertrinkt, kann zweierlei passieren«, erklärte Sproule. »Entweder man nimmt einen Riesenschluck, so daß sich die Lungen mit Flüssigkeit füllen. Oder man zappelt herum und atmet dabei heftig, so daß sich alles mit Schaum füllt und man schließlich erstickt. Unser Typ hat ersteres gemacht. Außerdem hatte er einen Blutalkoholgehalt von 3,5 Promille, das heißt, er war ziemlich hinüber, als er im Wasser gelandet ist. Was die Frage angeht, ob sein Tod ein Unfall oder beabsichtigt war, sind die Meinungen aufgrund des medizinischen Befundes derzeit geteilt. Das zu entscheiden liegt beim Untersuchungsrichter. Die Wahrscheinlichkeit spricht angesichts des bei dem Toten gefundenen Briefs allerdings eher für Selbstmord.«

Womit wir beim springenden Punkt waren. »Was steht denn drin?«

»Nichts, was man ungeheuer präzise nennen könnte. Haufenweise Durchgestrichenes, Rechtschreibfehler, Abkürzungen. Aber der Typ war ja schließlich Maler. Ein Wunder, daß er überhaupt lesen und schreiben konnte. Aber irgendwas hat ihn mächtig gewurmt, soviel steht fest. Hör dir das an.

»Ihr sogenannten Experten der Kunstwelt«, zitierte Sproule. *»Ihr Kuratoren und Bürokraten, die Ihr Euch zu Herren und Richtern aufwerft. Ihr Spekulanten und Sammler mit dem dicken Geldbeutel, die Ihr nicht einmal wißt, was Ihr da kauft. Ihr laßt Euch allesamt täuschen und betrügen.*

Ich unternehme diesen Schritt, um die Öffentlichkeit auf die Maskerade, die hier im Namen der Kunst veranstaltet wird, aufmerksam zu machen. Diejenigen, die die Hebel der Macht in Händen halten, sind die Allerkorruptesten.

Ihr, die Ihr es für angebracht haltet, meine Arbeit abzulehnen, erkennt ja nicht einmal, was Ihr direkt vor der Nase habt. Wer ist da wohl der Gelackmeierte?«

Während ich rasch mitschrieb, war mir, als hörte ich wieder die hysterische Stimme des Mannes auf dem Tresen im Centre for Modern Art. Und ich sah auch wieder seinen trübsinnigen Gesichtsausdruck, als er in der Domain Road an mir vorbeigekommen und seinem Tod entgegengetrottet war.

»Mit einem Wort«, schloß Sproule, »das sattsam bekannte Gejammer des gescheiterten Künstlers. Ich weiß nicht, wo die Journalisten diesen Scheiß von wegen Protest gegen mangelnde Förderung herhaben. Über die Regierung hat der Typ kein Wort gesagt. Nicht mal einen feuchten Furz.«

Im Wahlkreisbüro hatte ich von unzufriedenen Mackern jeden Tag erheblich Schlimmeres zu hören bekommen. Und von denen hatte sich keiner umgebracht, auch wenn sie zuweilen den Wunsch in mir geweckt hatten, sie würden es tun. »Sonst noch was Interessantes aufgetaucht? Persönlicher Hintergrund? Psychiatrische Vorgeschichte?« Vielleicht war die Künstlernatur ja anfälliger.

»Keine Vorstrafen. Die Möglichkeit, daß er als Bekloppter registriert war, besteht natürlich immer«, sagte Sproule optimistisch. »Aber das wissen wir erst in ein paar Tagen. Wie sieht's denn mit der Bewerbung für ein Stipendium aus?«

»Du hattest recht. Unseretwegen hat er jedenfalls keinen Grund gehabt, sich leid zu tun. Wir haben ihm vergangenen November 2000 Dollar bewilligt. Gibt nichts Lebensbejahenderes als geschenktes Geld.«

Womit der politische Aspekt, soweit überhaupt vorhanden, abgehakt war. Jeder Journalist, der behauptete, Marcus Taylor habe sich zu Recht über die Regierung beklagt, würde maßlos übertreiben. »Die Geschichte wird in ein paar Tagen ausgestanden sein«, sagte Sproule. »Wenn die Presse bis dahin versucht, uns an den Karren zu fahren, sind wir vorbereitet.« Mit diesen ermunternden Worten legte er auf.

Sproule hatte eine ganz hübsche Ausbeute gemacht. Die Akte mit dem Gutachten, die vor mir lag, würde weiteres nützliches Hintergrundmaterial liefern.

Taylor bewirbt sich zum fünftenmal innerhalb von fünf Jahren um ein Arbeitsstipendium, schrieb die zuständige Sachbearbeiterin. *Er ist ein fähiger Zeichner, dessen Arbeiten ein hohes technisches Können verraten. Die Kritik ist sich jedoch darüber einig, daß es ihnen an Originalität und visionärer Kraft fehlt. Sie sind in starkem Maße epigonal. Der Bewerber war bis heute nicht in der Lage, sich die Vertretung durch eine private Galerie zu sichern. Wir empfehlen eine Ablehnung der Bewerbung.*

Armes Schwein. Bei so etwas wäre jeder auf den Gedanken gekommen, sich die Pulsadern aufzuschneiden. Der Bewerbung zufolge hatte er seine Arbeiten im vergangenen Jahr nur ein paarmal in Gruppenausstellungen in regionalen Verwaltungszentren gezeigt – was von Hobbymaler-Ausstellungen in Shopping-Centers nicht mehr weit entfernt war. Geboren 1953 in Katoomba, New South Wales. Ein abgebrochenes Kunststudium an der Sydney Tech. Adresse: c/o YMCA-Gebäude. Obwohl er laut eigener Behauptung ganztags malte, war als seine Haupteinnahmequelle die Arbeitslosenunterstützung angegeben. Das Stipendium hatte er für den Kauf von Malmaterialien beantragt.

Trotz der negativen Empfehlung der zuständigen Sachbearbeiterin hatte das Beratungsgremium ein kleines Stipendium – weniger als ein Viertel dessen, was Taylor beantragt hatte – befürwortet. Für mich stand zwischen den Zeilen etwas von Abfuhr, von ein paar Kröten, mit denen man sein Gewissen beruhigen und eine Nervensäge loswerden wollte. Entweder das, oder Taylor kannte im Beratungsgremium jemanden, der bereit war, sich für ihn einzusetzen. Ich blätterte in der Akte zurück und las die Liste der Gremiumsmitglieder. Es standen nur zwei Namen darauf, die ich kannte: Salina Fleet und Lloyd Eastlake. Vermutlich hatte Salina ihre Kollegen überzeugt, daß die Begabung ihres Freundes es wert war, daß man ihm einen kleinen Knochen hinwarf.

Eine traurige Geschichte, aber erledigt. Wenn ich Agnelli in zwei Stunden traf, würde ich ihm mitteilen können, daß Taylor als potentieller Störfaktor kaum ins Gewicht fiel.

Ich brachte die Akte an ihren Platz zurück, schloß die Bürotür hinter mir und machte mich die drei Stockwerke hinunter auf den Weg zum Parkplatz. Nun, da ich ein wenig mehr von Marcus Taylor wußte, empfand ich immer mehr Mitgefühl mit dem armen Kerl. Der Mann war offensichtlich ein sozialer Außenseiter. Von der Kritik verschmäht, von Käufern ignoriert, mit knapper Not für eine staatliche Zuwendung in Frage kommend, von einer Galerie voller Kunstliebhaber vor den Kopf gestoßen, von seiner Freundin in den Wind geschossen. Leiden für die Kunst, weiß Gott. Das einzige, was fehlte, war die Dachkammer.

Oder doch nicht? In seiner Bewerbung hatte er als Adresse den YMCA, die Bruchbude nebenan, genannt, die so nahe war, daß es billiger gewesen wäre, den Brief per Hand abzuliefern, als das Porto zu bezahlen. Und schneller gegangen wäre es mit Sicherheit auch. Aber der YMCA verfiel schon seit Jahren, denn er war im Rahmen der Errichtung von Arts City zum Abriß vorgesehen. Dort hatte er doch wohl nicht gewohnt? Mist, ich sah es förmlich vor mir: Ertrunkener Künstler hauste im Schatten verschwenderischer Kunstbürokratie.

Ich fuhr mit dem Fahrstuhl bis ins Erdgeschoß, ging zwischen den geparkten Wagen hindurch, bog links ab und blickte auf. In seiner Blütezeit mußte der Y ein eindrucksvoller Klotz gewesen sein. Sieben Stockwerke hoch, V-förmig, Blick auf die Stadt. Nun allerdings herrschte schon seit langem Ebbe, und bis auf den Abriß hatte das Gebäude nichts mehr zu erwarten. Abblätternder grauer Putz und hundert schmutzige Fenster. Aber offensichtlich immer noch in Gebrauch. Zwar waren die Eingänge auf Straßenhöhe zugemauert, doch eine Treppe führte zu einem Eingang im ersten Stock, einer schweren Tür, auf der das Logo des Kulturministeriums prangte: ein von tanzenden Sechzehntelnoten gekröntes, tragikomisches Maskenpaar über einer Schreibfeder, die sich mit einem Malerpinsel überkreuzte.

Die Tür war verschlossen. Als ich mich abwandte, schwang sie abrupt auf, und ein gekrümmter Rücken schob sich heraus. Er gehörte zu einem pickeligen Jüngling mit einem Armvoll Notenständer. Er hielt die Tür mit den Notenständern offen, ging noch einmal hinein und tauchte mit einem Geigenkasten in jeder Hand wieder auf. »Wären Sie so nett?« Er hob die Arme mit den Geigenkästen und deutete mit dem Kopf auf die Notenständer. Ich klemmte sie ihm unter die Arme und hielt mit der Schulter die Tür offen.

»Falls Sie nach Environmental suchen«, sagte er, sichtlich erfreut darüber, der Überbringer einer schlechten Nachricht zu sein. »Die sind schon weg.«

»Ich suche nach jemandem, der hier wohnt.«

Er warf mir einen seltsamen Blick zu. »Dafür ist es ein bißchen spät. Hier wohnt schon seit Jahren keiner mehr.

Das ist jetzt billiger Lagerraum. Probenräume. Büros für Kunstorganisationen mit wenig Geld. Ateliers.« Er wartete offenbar darauf, daß ich die Tür zumachte.

»Vielleicht dürfte ich mich dann ein bißchen umsehen«, sagte ich.

»Das kann ich leider nicht erlauben«, sagte er großspurig. »Zugang für Mieter nur am Wochenende.«

Was wollte er machen? Mich mit einer Stradivari umhauen?

»Wird nicht lange dauern.« Ich schob mich seitlich in das Gebäude, und die Tür schwang hinter mir zu.

Eine schlecht beleuchtete Eingangshalle lag einem alten Fahrstuhl vom Käfigtyp gegenüber, dessen ölige Kabel schmutzverkrustet waren. Stumpfes Linoleum bedeckte den Boden. Zu beiden Seiten des Fahrstuhls führten Treppen hinauf und hinunter, und ein schmaler, in regelmäßigen Abständen von Türen unterbrochener Korridor erstreckte sich in den hinteren Teil des Gebäudes. Das Ganze war zur Zeit des Schwarzen Freitags mit Pilzsuppe gestrichen und seit dem Fall von Singapur nicht mehr gewischt worden. Der Gebäudewegweiser umfaßte etwa zwanzig Namen, die je nach Verfügbarkeit mit losen Buchstaben geschrieben waren. Th* Orph*us Ch*ir, J*llyw*gs The*tre *n Educ*tion Tr*up, Comm*nity Ar*s *nform*tion *esource *ntre, Let's D*nce Victor, Environ Men*l Puppets, Ac*ss Stud*os.

Letzteres, im dritten Stock, erschien mir noch am aussichtsreichsten. Der Fahrstuhl kam mir etwas dubios vor, deshalb nahm ich die Treppe. Der Flur im dritten Stock war ein Schlauch, der nicht von denen der Stockwerke darunter zu unterscheiden war, ein in der Ferne verschwindender

Horizont von abblätterndem Linoleum und numerierten Türen mit Mattglasscheiben. Ich klopfte der Reihe nach bei jeder an, was aber nichts als ein Echo hervorrief. Das ganze Gebäude wirkte ausgestorben. »Hallo«, rief ich, zögernd zuerst, dann mit zunehmender Lautstärke. Meine Stimme schallte unbeantwortet zu mir zurück. Ich hatte mich, klopfend und Türklinken drückend, schon fast durch den ganzen Flur gearbeitet, als eine davon endlich aufging.

Was ich vor mir hatte, hätte einem Künstleratelier auch dann nicht ähnlicher sehen können, wenn es die Art Directors' Guild für eine Inszenierung von *La Bohème* hingezaubert hätte. Jeder Quadratzentimeter war mit Leinwänden, geknickten Farbtuben, Gläsern mit benutzten Pinseln, Trittleitern, verworfenen Skizzen, Zeichenkohlestummeln bedeckt. Der Boden war dicht mit Farbklecksen übersät, auf die Jackson Pollock stolz gewesen wäre. Auf einer Leinwand mitten im Raum stand eine Arbeitsprobe des hier tätigen Künstlers.

Bildgegenstand war der Inbegriff des vorstädtischen Traumhauses der fünfziger Jahre. Cremefarbene Mauerverblendung, rotes Ziegeldach, grüner Rasen, wolkenloser Himmel. Der Stil war fotorealistisch, hyperrealistisch, superrealistisch, oder wie immer das heißt. Jedenfalls eine genaue Wiedergabe. Überscharf. In jedem Detail vollkommen, die glorreiche Vision eines Immobilienmaklers. Und als Krönung dieses Ideals, als letzte Abrundung, stand mitten auf dem Rasen ein Rasenmäher, ein nagelneuer Victa-Zweitakter. Obwohl das Thema zutiefst banal war, hatte das Bild etwas seltsam Verstörendes, als berge diese Alltagsszene ein zutiefst unheilvolles Geheimnis.

Aber ich war nicht hier, um mich in Kunst zu versenken. Ich riß mich los und setzte meine Suche fort. Halb hinter einem schweren Vorhang verborgen, war ein Loch in der Wand, eine Abkürzung ins angrenzende Zimmer. Es war als Wohnquartier eingerichtet, primitiv, aber nicht ganz und gar verwahrlost. Es gab ein kleines Emailwaschbecken, einen auf Böcken stehenden Tisch mit einem Campingkocher, eine Mikrowelle und ein Regal mit billigem Geschirr. Ein Futon auf einem Lattengestell. Ein vinylbezogener Clubsessel. Ein aus Ziegelsteinen und Brettern bestehendes Bücherregal mit großformatigen Kunstbänden, geordnet nach Künstlern, hauptsächlich australischen. Brack, Boyd, Nolan, Pugh, Williams. Leere Flaschen, sechs Wein, zwei Wodka. Ein überfüllter Müllsack, der in der Hitze vor sich hin muffelte. Am Fenster ein Metallschreibtisch mit zwei Schubladen und ein Schreibtischstuhl. Home sweet home. Aber wessen?

Weil ich mir wie ein Einbrecher vorkam, bewegte ich mich nun rascher und ging zum Schreibtisch hinüber. Er war mit bekritzeltem Schmierpapier, Zeichenbleistiften, Radiergummis, Kreiden, Zeichenfedern, Notizblöcken übersät. Nichts, woraus der Name des Bewohners zu ersehen gewesen wäre.

Ich zog die oberste Schublade auf. Ein Bündel Quittungen von Dean's Artist Supplies, zusammengehalten von einer riesigen Büroklammer. Eine Preisliste für Künstlerbedarf. Umschläge mit Farbnegativen von Kunstwerken, Bildern von Bildern, jedes mit einem Namen beschriftet. Vom Bücherregal her vertraute Namen. Unter diesem Gewirr lagen, ebenfalls von einer Büroklammer zusammengehalten, drei Fotos. Das erste war alt, der Abzug eselsohrig, quadratisch, schwarzweiß, mit einer billigen Kamera geschossen. Ein hübscher Teenager mit vollem Gesicht und einer Dauerwelle wie in Beton gegossen. Das nächste war ebenfalls ein Schwarzweißfoto, aber glänzender, dem Eindruck nach aus den Fünfzigern. Ein Mann und eine Frau, die an einem Aussichtspunkt standen, vor einer Reihe von Felsen, die sich hinter ihnen am Horizont entlangzogen. Die Twelve Apostles, die Seven Sisters, die Three Musketeers, irgendwas Berühmtes. Es war dieselbe Frau, mittlerweile eine schicke Zwanzigjährige in Twinset und Faltenrock, der Mann in ausgebeulter Hose und Baskenmütze. Beide entspannt, lustig, in für die Kamera übertriebener Pose. Ein Liebespaar. Ich hatte keine Ahnung, wer sie waren.

Das letzte Bild war ein Farbabzug mit aufgebogenen Ecken. Ein junger Mann mit schulterlangem Haar und Brille mit Drahtgestell stand, eine Hacke in der Hand und bis zur Hüfte nackt, in einem Maisfeld: der typische 90-Pfund-Hänfling. Neben ihm, auf eine Gabel gestützt, ein älterer Mann mit gewölbter Brust und Halbglatze. Das Gesicht unrasiert, Ringe unter den Augen, doch dieselben komischen Büschel über den Ohren, der gleiche dreiste Blick, den ich auf Fiona Lamberts Kaminsims gesehen hatte. Victor Szabo.

Der Hippie konnte Marcus Taylor sein. Er hatte dasselbe längliche Gesicht, die gleiche ungezähmte Verbissenheit. Es könnte jeder sein. Ich hielt das Foto ganz still, betrachtete es aus großem Abstand, starrte darauf hinab wie ein im warmen Aufwind schwebender Vogel und wartete darauf, daß sich irgend etwas zeigte.

Es zeigte sich nichts. Ich schlief praktisch im Stehen, hatte einen scheußlichen Kater. Ich zog die zweite Schublade auf, arbeitete rasch, kam mir hinterlistig vor. Ein Briefmarkenalbum, die meisten Seiten noch leer. Die wenigen Marken, die es enthielt, waren allesamt australisch, niedrige Nennwerte. Alle trugen das Logo der Zweihundertjahrfeier von 1988. Letztes Jahr ausgegeben. Handschriftliche Anmerkungen in winziger Druckschrift. Wer immer hier wohnte, war kein großer Philatelist. Ein neues Hobby vielleicht, an dem das Interesse erlahmt war. Hinten in das Album eingeklemmt war ein Sparbuch. Ich zog es aus der Plastikhülle, klappte es auf und las den Namen.

Marcus Taylor. Bingo.

Tote haben keine Privatsphäre. Ich überblätterte leere Seiten, suchte nach dem Saldo. Rums. Ein Surren. Jemand hatte den Fahrstuhl in Gang gesetzt. Das Geräusch hallte in dem leeren Gebäude wider, und er ruckelte vibrierend aufwärts.

Von dem plötzlichen Lärm erschreckt, ließ ich das Sparbuch fallen. Es rutschte in die Lücke zwischen Schreibtisch und Wand. Ich wollte gerade niederknien, um es herauszufischen, als mir der Gedanke kam, daß das vermutlich die Polizei war, die sich die Habe des Verstorbenen ansehen wollte. Ich kam mir vor wie ein Grabräuber. Nicht daß ich etwas Unrechtes tat. Es war nur so, daß es mir schwergefallen wäre, zu erklären, was genau ich hier eigentlich machte. Ich kam rasch zu dem Schluß, daß es sich um eine jener Situationen handelte, in denen es vor allem anderen, was einem sonst noch so einfiel, auf Diskretion ankam.

Ich stopfte den anderen Kram in die Schublade zurück

und ging zur Tür hinaus. Am Ende des Flurs kam, hinter dem Gitter eine undeutliche Gestalt, ächzend und vibrierend der Fahrstuhl zum Stehen. Direkt vor mir hielt eine Mülltonne eine Tür mit der Aufschrift ›Feuertreppe‹ offen. Der Grundriß des Gebäudes ließ darauf schließen, daß die Treppe auf die angrenzende Gasse führte. Ich nahm immer zwei Stufen auf einmal, so daß Abfall überallhin stob.

Drei Treppen tiefer, wo der Ausgang zur Straße hätte sein müssen, war die Wand zugemauert worden. Noch etwas tiefer endete die Treppe vor einer großen Tür. *Environ Mental Puppet Company*, stand darauf. Dahinter führte ein breiter Flur mit weißgekachelten, altersfleckigen Wänden dem vagen Schimmer von Tageslicht entgegen.

Ich eilte weiter und hatte vielleicht ein Dutzend Schritte gemacht, als ein plötzlicher Luftzug den Schmutz zu meinen Füßen aufwirbelte. Ein dumpfer, pneumatischer Laut klang mir in den Ohren. Ich fuhr gerade rechtzeitig herum, um die Tür hinter mir zuschlagen zu sehen. Es war eine Art Brandschutztür aus Stahl, die genau in den Metallrahmen paßte. Auf meiner Seite gab es keine Klinke.

»He«, schrie ich und schlug mit den Handflächen gegen die Metallplatte. »He.« Es kam keine Antwort.

12

Ich ballte die Faust und hämmerte erneut dagegen. Der dicke Stahl dröhnte dumpf, aber es kam immer noch keine Antwort. Entweder hatte ein Luftzug im Treppenhaus die Tür zugeschlagen, oder irgendwer erlaubte sich einen schlechten Scherz. Wenn ich aus dieser Bruchbude herauswollte, würde ich mir einen anderen Weg suchen müssen.

Nach einem letzten sinnlosen Tritt gegen die Tür drehte ich mich um und ging weiter den Flur entlang. Die weißgekachelten Wände erinnerten mich trotz ihrer Verschmutztheit an ein Krankenhaus oder Labor, einen Ort blutiger Schweinereien und antiseptischer Flüssigkeiten. Selbst die Luft schien von einem schwachen chemischen Geruch durchdrungen, der ebenso modrig war wie das rissige Porzellan der Kacheln. Ich kam bald dahinter, warum.

Der breite Flur endete jäh in einem höhlenartigen Kellerraum, der ebenfalls mit schadhaften weißen Kacheln verblendet war. Hoch in einer Wand kämpfte sich Sonnenlicht durch eine Reihe Mattglasfenster und erfüllte den Raum mit einem fahlen Schimmer. Fast die gesamte verfügbare Fläche nahm ein riesiges ausbetoniertes Becken ein.

An seinen Wänden haftete wie vertrocknete Flechte ein Grind aus abblätternder grüner Farbe. Am anderen Ende des Raums ragte ein Gewirr verrosteter Röhren über den Rand des großen Trogs. An dem verrottenden Metall war ein Schild befestigt. VORSICHT, stand darauf. NICHT HINEINSPRINGEN. POOL GESCHLOSSEN. Auf dem Boden des leeren Schwimmbeckens, genau in der Mitte, lag eine Gestalt.

Genau gesagt, mehrere. Meine ganze Aufmerksamkeit aber nahm der Wal gefangen. Er war lebensgroß, aquamarinblau und bestand aus Fiberglas. Um ihn herum verstreut war eine Schule Pappmaché-Delphine, mehrere Dutzend auf Bambusstöcken befestigte Styropor-Seesterne, unzählige Pappmuscheln, haufenweise Fähnchen und Wimpel, die mit Seepferdchen verziert waren, und ein Paar aus Polyurethan und Hühnerdraht gebastelte Hammerhaie.

Aber nichts von alledem war so bezwingend wie der Wal. Seiner Tiefseevisage war ein idiotisches, anthropomorphes Grinsen aufgemalt. Warum er lächelte, war mir allerdings völlig schleierhaft. Er saß genauso auf dem trockenen wie ich.

Der einzige andere Ausgang war eine Schiebetür auf Rollen, groß genug für einen Lastwagen und mit mehr Schlosserei versehen als das Zuchthaus von Alcatraz. Durch den schmalen Spalt am Boden konnte ich gerade den Straßenbelag ausmachen. Schon stiegen vom Asphalt Hitzeschwaden auf. Ich rüttelte ein paarmal an der Tür und brüllte, aber draußen war niemand, der es hätte hören können.

Nebenan befanden sich ein längst nicht mehr benutzter Umkleideraum mit demolierten Spinden und ein altes Pissoir voller vertrockneter Deodorant-Kugeln. Von der Wand einer Duschkabine riß ich ein Stück Rohr ab. Als ich damit gegen die Brandschutztür hämmerte, produzierte das erheblich mehr Lärm, als ich mit bloßen Händen hätte machen können. Es war so laut, daß das Blut in meinen Schläfen pochte und mir Funkenschauer in die Augen schossen. Aber offensichtlich nicht laut genug, als daß irgendwer sonst im Gebäude es hörte. Ich hämmerte eine ganze Weile drauflos, aber alles, was ich davon hatte, waren ein müder Arm und noch schlimmere Kopfschmerzen. Die Tür war dicker als ein Roman von Colleen McCullough. Ich hätte den ganzen Tag dagegen donnern können, ohne irgend etwas zu bewirken.

Sorgfältig erkundete ich noch einmal das ganze

Schwimmbad. Der einzige mögliche Ausgang waren die Fenster. Sie schienen nicht verriegelt zu sein. Sie lagen außerdem sechs Meter die glatte Wand hoch.

Es war gerade Viertel nach neun geworden. Allmählich bekam ich Schiß. Diese ganze spontane Dachkammer-Durchstöberei war von vornherein von zweifelhaftem Nutzen gewesen. Und wie ein ertappter Einbrecher abzuhauen hatte alles nur noch schlimmer gemacht. Wenn das so weiterging, würde ich noch das ganze Wochenende eingesperrt sein. Ich ließ mich an der Wand herabsacken und zündete mir eine Denkhilfe an, meine vorletzte.

Kaputtheit und erboste Gereiztheit kämpften als gleichwertige Gegner um die Vorherrschaft über meinen Körper. Ich sprang auf, setzte mich hin, sprang wieder auf. Der kleine Klugscheißer mit den Notenständern war an allem schuld. Ich ließ mich wieder an der Wand hinabsinken und versuchte meiner Zigarette möglichst viel Trost abzugewinnen. Wäre ich der Premierminister gewesen, hätte ich vor schierem Selbstmitleid geweint.

Agnelli hatte mich in diesen Schlamassel hineingeritten, indem er mich mit seiner Paranoia aufgeweckt und losgeschickt hatte, damit ich eine nur in seiner Phantasie existierende Gefahr für sein Image in der Öffentlichkeit abwendete. Auch der Premier war nicht ganz schuldlos. Hätte er nicht beschlossen, das Kabinett umzubilden, hätte ich nicht den Job wechseln müssen. Und wenn das nicht passiert wäre, hätte ich jetzt keinen Kater und wäre nicht in der Requisite einer auf das Meer fixierten Puppentheatertruppe eingesperrt.

Ich brauchte mir nichts vorzumachen. Ich hatte in praktisch gehirntotem Zustand unbedingt Detektiv spielen müssen, und deshalb war es meine eigene Schuld, daß ich in diese Lage geraten war.

In etwas mehr als anderthalb Stunden sollte ich Agnelli treffen, ihn über Taylors Abschiedsbrief informieren und ihn zu Max Karlins Brunch begleiten. Ein kleiner Zwischenabstecher zum Supermarkt wurde immer unwahrscheinlicher. Nicht daß Red irgendwelche Lebensmittel brauchte, dort, wo er nachher sein würde. In der Flughafenhalle nämlich, wo er vergeblich darauf warten würde, daß sein Vater kam. »Ich hab mich nur um zwei Tage verspätet«, hörte ich mich schon am Telefon vor Wendy kriechen. »Du hättest denen von der Fluggesellschaft nicht gleich zu sagen brauchen, daß sie ihn ins nächste Flugzeug nach Sydney setzen sollen.«

Als meine Zigarette bis auf einen Stummel heruntergeraucht war, drückte ich sie auf dem schmutzigen Betonboden aus und begann an meinen Fingernägeln zu kauen. Zum erstenmal seit dem Vorabend in Fiona Lamberts Wohnung dachte ich an den Schnitt in meinem Finger. Ich zupfte das fleischfarbene Pflaster ab und untersuchte die Wunde. Die Haut war runzelig und gebleicht, der Schnitt zu einem winzigen Schlitz geschrumpft. Mein Finger sah aus wie eine Seeschnecke, samt gräßlichem Mund. Sehr passend. Wie die Dinge liefen, konnte ich mich genausogut dem Treibgut auf dem Boden des Pools zugesellen.

An der Wand unmittelbar unter den Fenstern stand eine Werkbank, die mit massenhaft Stoff, einem Gewirr von Hühnerdraht und Stücken von halbfertigen maritimen Puppen übersät war. Vielleicht konnte ich zwischen all diesem

Festwagen-Plunder genug Holz finden, um so etwas wie eine Leiter zusammenzubasteln. Wenn ich bis auf Fensterhöhe käme, fände ich vielleicht ein passendes Fallrohr, um daran hinunterzuklettern. Bei einem so alten Gebäude waren die Rohre bestimmt extern angebracht.

Aber das einzige Holz auf dem Boden des Pools war Bambus, dünne Stäbe mit aufgesteckten Styropor-Seepferdchen. Ich ging um Willy den Wal herum und steckte den Kopf in seine rückwärtige Öffnung. In seinem Inneren war noch mehr Festumzugs-Krempel gelagert – Quallenkostüme aus grünem und blauem Polyurethan, Fischmasken aus Pappmaché, zu Seetangformen zurechtgeschnittene Plastikplanen, Fahrradhelme mit angeklebten Pappflossen. Und unter alledem fand ich zwei Stücke Aluminiumrohr.

So dick wie mein Handgelenk und ungefähr drei Meter lang, grau und blau gesprenkelt und an beiden Enden mit Gummikappen versehen. Das war vielversprechend. Ich packte mit jeder Hand eine Stange und zog sie hinter mir her aus dem Walhintern. Zuerst kamen die Stangen. Dann ein Paar Wasserstiefel. Dann eine mit graublauem Stoff bezogene, knollige Form. Dann eine Art Bodysuit, der mit bunten Plastikstreifen beklebt war. Dann ein mit Schaumgummi abgedecktes Drahtgewirr.

Ich hievte die ganze Geschichte nach oben an den Rand des Pools und untersuchte sie genauer. Metallplatten in den Brandsohlen der Wasserstiefel waren an entsprechenden, an die Aluminiumstelzen angeschweißten Platten festgenietet. Der Bodysuit mitsamt Schaumgummirumpf war fest an die Wasserstiefel angenäht. Das Ergebnis war ein Oktopus-Kostüm auf Stelzen. In künstlerischer Hinsicht absolut scheußlich, in handwerklicher jedoch überragend. Mit anderen Worten, ich bekam die Stangen nicht ab. Prima. Genau das hatte mir noch gefehlt. Ein beschissenes Oskar-der-Oktopus-Kostüm.

An die Wand gelehnt, reichten die Aluminiumstangen bei weitem nicht bis zu den Fenstern. Mein Leiterprojekt stellte sich allmählich als undurchführbar heraus. Wenn das so weiterging, würde ich für den Rest meines Lebens hier sein. Ich kehrte zu der Brandschutztür zurück, hob das Eisenrohr auf und drosch in sinnloser Wut drauflos. Dann versuchte ich fünfzehn Minuten lang, die Riegel von der Schiebetür abzustemmen. Ich rauchte meine letzte Zigarette und merkte, daß ich Hunger hatte. Wenn dieser Gefangener-von-Zenda-Scheiß noch sehr viel länger dauerte, würde ich irgendwann meinen eigenen Urin trinken müssen. Wie ein Hund zu seinem Napf kehrte ich irgendwann zu Oskar zurück.

Meine bisherigen Erfahrungen mit Stelzen beschränkten sich auf Konservendosen-mit-Schnur-Modelle, als ich sechs war. Vom Oktopus-Kostüm abgesehen, waren die Dinger hier der wahre Jakob, volle drei Meter lang. Selbst wenn ich es schaffte, mich damit aufzurichten, würde ich immer noch auf der Werkbank stehen müssen, um das Fenstersims zu erreichen. Ein Sturz aus dieser Höhe würde mein allgemeines Wohlbefinden nicht eben verbessern.

Andererseits mußte ich irgend etwas unternehmen. Die Puppenspieler von Environ Mental ließen sich womöglich tagelang nicht blicken. Der Blödmann mit den Geigen hatte gesagt, sie seien schon weg. Wohin, hatte er nicht gesagt. Vielleicht waren sie auf einer internationalen Tournee. Präsentierten der Welt die Creme vom Bodensatz australischen Kunstschaffens.

Oskar bestand hauptsächlich aus Schaumgummi. Ein großer Schaumgummikokon. Bei einem Sturz würde sich der Schaden somit in Grenzen halten, falls ich nicht über die Kante in den Pool fiel. Ein Schädelbruch, ein Genickbruch. Nichts, womit ich nicht leben konnte. In einem Rollstuhl. Hätte ich doch bloß noch ein paar Zigaretten! Und wenn es nur eine war!

Ich setzte mich auf den Boden, legte Schuhe und Hose ab, steckte die Beine in die Stiefelschäfte und zerrte mir den einem geschwollenen Pilz ähnelnden Kostümteil über die Hüfte hoch. An den Zehen zwickte es, aber sonst paßte es nicht schlecht. Ich zog mir die Riemen des Oberteils über die Schultern und fummelte meine Hände durch die Ärmel in die daran angenähten Spülhandschuhe. Auf meinen Kopf paßte eine Art Kapuze, die von Klettverschlüssen festgehalten wurde. Von den Gummistiefeln waren meine Beine schweißverklebt, und eine Halskette von Tentakeln baumelte mir bis zu den Knien. Ich kam mir leicht fetischistisch vor. Der Himmel allein wußte, wie ich aussah.

So lag ich denn, als riesiger Cephalopode verkleidet, neben einem wasserlosen Schwimmbecken in einem heruntergekommenen Kulturzentrum platt auf dem Rücken und hatte nicht die leiseste Ahnung, was ich als nächstes tun sollte. Als ich den Job als Berater des Kulturministers angenommen hatte, hatte ich mich irgendwie nicht in einer solchen Lage gesehen. Falls das nicht funktionierte, schwor ich mir, würde ich es mir zur persönlichen Aufgabe als Regierungsberater machen, dafür zu sorgen, daß die Environ

Mental Puppet Company nie wieder einen Penny öffentlicher Gelder bekam.

Da ich die Kluft nun einmal anhatte, blieb mir nichts anderes übrig, als weiterzumachen. Ich packte ein Bein der Werkbank und zog mich daran hoch. Dann fegte ich durch wildes Um-mich-Schlagen mit meinen zahlreichen Anhängseln die Platte der Werkbank leer und kletterte hinauf. Indem ich die blauen Stangen hinter mir wegstreckte und die Handflächen gegen die Wand drückte, brachte ich ein einigermaßen stabiles Dreieck zustande.

So rückte ich vor, die Handflächen auseinandergespreizt. Ein kleiner Hüpfer, ein Stückchen hinauf. Kleiner Hüpfer, Stückchen hinauf. Millimeterweise schob ich mich weiter wie Marcel Marceau bei dem Versuch, aus seiner blöden unsichtbaren Kiste herauszukommen. Der Trick bei Stelzen, falls Sie das je wissen müssen, besteht darin, in Bewegung zu bleiben. Ganz ähnlich wie beim Fahrradfahren. Oder in der Politik. Stehen Sie still, und Sie sind angeschmiert. Bleiben Sie in Bewegung, sonst fallen Sie auf die Schnauze.

Bis ich es fünf Meter hoch geschafft hatte, war mein Prioritätenüberprüfungsausschuß zu einer Dringlichkeitssitzung zusammengetreten. Zweifel waren in der Mehrheit. Ich war schweißgebadet, meine Arme schmerzten von der Anstrengung, und meine Meeresschnecke pochte. Aber es war nicht bloß die Aussicht, in einem Wirrwarr zerschmetterter Wirbel und zerfetzter Organe zu Boden zu krachen, die mich dazu drängte, meine Strategie zu überdenken. In meinem Plan war ein struktureller Fehler zutage getreten. Das Oberlicht war so beschaffen, daß es sich nur teilweise öffnen ließ. Selbst wenn ich es schaffte, bis zum Sims zu kommen und das Fenster aufzuschieben, war die Lücke zu schmal für jemanden, der sich eine blaue Luftmatratze um den Rumpf geschnallt hatte.

Kopf und Schultern reichen schon, sagte ich mir. Selbst in einer Gegend, in der es von kulturellen Angeboten wimmelte, konnte das Schauspiel eines in einem Fenster festklemmenden Mannes in einem Oktopus-Anzug nicht lange unbemerkt bleiben. Irgendwann würde ein Passant mich sehen, mitkriegen, daß ich kein Kunstgegenstand war, und eine Rettungsaktion starten.

Stöhnend mühte ich mich weiter. Schließlich schlossen sich meine Finger um das Metall des Fensterrahmens. Ich schob es mit der Nase auf und wand mich zugleich vorwärts. Irgendwo weit unten hoben meine Stelzenfüße vom Boden ab. Kopf und Schultern ragten ins Freie. Meine Lage war so erbärmlich wie die Führung der liberalen Partei, doch zumindest hatte ich nun eine kleine Chance, jemanden auf mich aufmerksam zu machen.

Meinem Aussichtspunkt unmittelbar gegenüber befand sich das Dach eines über das Wochenende geschlossenen Lagerhauses. Unter mir lag die schmale Straße, die ich unter der Schiebetür hindurch gesehen hatte. Es war eine Zufahrt zu dem Lagerhaus. Reichlich unwahrscheinlich, daß samstags morgens um diese Zeit viel Verkehr hier durchkam. Nicht daß ich die Zeit wußte, jedenfalls nicht genau. Meine Uhr war zusammen mit meinem Handgelenk von Latex umschlossen. Wenn ich allerdings nicht bald bemerkt wurde, konnte ich genausogut Schluß machen und mich aus dem Fenster werfen. Wenn ich Agnelli versetzte, war ich meinen Job los. Und wenn ich nicht rechtzeitig zum Flughafen kam, war mein Leben nicht mehr lebenswert. Nur daß ich nicht einmal weit genug zum Fenster hinauskam, um meinen Fenstersturz zu bewerkstelligen.

Meine einzige Hoffnung war das Gebäude nebenan, das Ballet Centre. Den äußeren Abschluß seiner Parkdecks bildeten senkrechte Stahlstäbe. Ich schob mich so weit wie möglich zum Fenster hinaus, drehte mich zur Seite und konnte eben noch eine Reihe geparkter Wagen ausmachen. Irgendwann würde jemand kommen, um einen davon zu holen. Dann brauchte ich lediglich laut zu brüllen. Und zu hoffen, daß der Betreffende, wenn er mich hörte, so gescheit war, den Kopf über den Rand des Parkdecks hinauszustrekken und zur Seite zu schauen.

Wie es das Glück wollte, mußte ich nicht lange warten. Meine Wache hatte kaum begonnen, als eine Gestalt erschien, eine undeutliche, zwischen den Autos dahintänzelnde Form. »He«, schrie ich und schlenkerte mit meinen Tentakeln.

Die Gestalt verschwand und erschien dann wieder, teilweise von einer Betonsäule verdeckt. Sie bückte sich, den Kopf im Kofferraum eines Wagens. Dann richtete sie sich auf. Sie befand sich ganz am Rand meines Gesichtsfeldes, aber die Rückenansicht, der einer Flügelmutter gleichende Kopf, war nicht zu verkennen.

»He«, brüllte ich. »Hier drüben. Noel. Kumpel.«

13

Mit fünfzehn war Spider Gewohnheitstrinker, jedenfalls behauptete er das. Ein Mann mit ausgeprägtem Geschmack. Southern Comfort war in seinen Augen Hustensaft. Katzenpisse. Ein Mann mit seiner Erfahrung wußte, was er wollte. Bourbon. Jack Daniels. Dafür brauchte ich mir über die Fletchers nie mehr Gedanken zu machen. An Spider trauten sich die Fletchers nicht heran. Er hatte geboxt. »Du sorgst für mich«, sagte er. »Und ich sorge für dich.«

Southern Comfort wäre einfacher, argumentierte ich. Oder Bundaberg-Rum. Davon schenkte der Pub eine ganze Menge aus. Aber Schutz ist nun einmal nicht billig. Also war es schließlich doch Bourbon. Ein »Bruch« vom obersten Regal, in eine Marchants-Limonadenflasche umgefüllt, während ich die Spiegel im Schankraum putzte und Dad im Keller ein neues Faß anzapfte. Nicht Jack Daniels, aber ich hoffte, Spider würde den Unterschied nicht bemerken.

Die Übergabe sollte am Donnerstag nach dem Training im Oulton Reserve, dem örtlichen Fußballstadion, erfolgen. Nicht daß einer von uns in der Mannschaft gewesen wäre, aber daß man der A-Jugend beim Training zusehen wollte, ließ sich einem Vater gut verkaufen. Was könnte harmloser sein? Die ganze Sache war wohl auch ziemlich harmlos. Bis die Fletchers auftauchten.

»He, du«, brüllte ich verzweifelt, ein mit letzter Kraft hervorgepreßter Laut, und schwenkte einen blauen Gummihandschuh. »Hier drüben. Noel.« Jedenfalls glaubte ich, daß es Noel war. Ich hatte ihn erneut aus den Augen verloren.

»Spider!« probierte ich, in der Hoffnung, eine Urreaktion

auszulösen. »Hilfe! Hiiilfeee!« Lauter konnte ich nicht schreien. Vor Anstrengung drehte sich mir alles. Mir kam es ziemlich laut vor, aber das galt auch für die herauf- und herunterschaltenden LKWs auf der City Road. Für meine leidenschaftlichen Schreie taub, entfernte sich die Gestalt. »Hilfe«, brüllte ich.

Es war Atemverschwendung. Der Kopf bewegte sich abwärts, eine Tür knallte, im Schatten hinter dem Stahlgitter blitzte flüchtig ein fahrendes Auto auf, dann kehrte im Parkhaus wieder Stille ein.

Es blieb nach meinem Empfinden sehr lange so. Niemand anders kam. Niemand anders ging. Jedenfalls nicht im Parkhaus. Unten auf der Gasse fuhr rasch ein Minibus vorbei, an den offenen Fenstern eine Kricketmannschaft von Jungen im Teenageralter. Ich schlenkerte über den aufblickenden Gesichtern mit meinen Tentakeln, aber alles, was ich dafür bekam, war der kollektive Stinkefinger.

Wenn mich nicht bald jemand bemerkte, würde ich, die Stirn vom Kies wund, für den Rest meines Lebens vor Wendy auf den Knien herumrutschen. Dazu müßte ich allerdings erst herunterkommen. Ich hatte nicht einmal eine Zigarette, um mich zu trösten. Und selbst wenn ich eine hätte, bekäme ich meinen Tentakel nicht vors Gesicht, um sie zu rauchen. Ich kam zu dem Schluß, daß ich auf Bodenhöhe, mit An-die-Tür-Hämmern, bessere Aussichten hatte.

Um von meinem Ausguck herunterzukommen, mußte ich mich umdrehen, den Rücken an die Wand drücken und einen kontrollierten Rutsch zuwege bringen. Das Schlüsselwort war »kontrolliert«. Auf halbem Weg verfing sich der Fuß einer Stelze in einem Gewirr von Hühnerdraht, das neben der Werkbank lag. Aus dem Gleichgewicht gebracht, kippte ich vornüber. Plötzlich stand ich ohne Wandberührung aufrecht, ohne mein Gleichgewicht anders als durch den nächsten Schritt halten zu können. Dann den nächsten. Und den nächsten.

Ich ging auf Stelzen. Guck mal, Mami, ohne Hände. Und ohne Ziel. Mit wild durch die Luft rudernden Händen wankte ich vorwärts – auf den Rand des leeren Schwimmbeckens zu.

Dann sprang Willy auf und verschlang mich mit einem Haps. Eben hatte ich noch aus großer Höhe auf ihn herabgeblickt. Im nächsten Augenblick lag ich in seinem Bauch und starrte durch ein klaffendes Loch in seinem Rücken nach oben. In meinem linken Ohr verspürte ich einen heftigen, aber rasch abklingenden Schmerz. Bei meinem Sturz über den Rand war ich durch den dünnen Fiberglasrumpf des Wals gekracht. Glücklicherweise hatten Oskars zahlreiche Innereien meinen Sturz abgebremst. Ich war auf einem Haufen ausgestopfter Tintenfische gelandet. Ich war außer Atem, lag verkehrt herum, und meine Beine waren verdreht, aber ansonsten war ich wohlauf. Willy seinerseits war nun der erste Wal in Gefangenschaft mit einem Sonnendach.

Vor Erleichterung fast hysterisch, warf ich meine lächerliche Polsterung ab und kletterte aus dem Hintern des Wals heraus. Ich hätte draufgehen können. Daß ich noch lebte, war reines Glück.

Ich kraxelte aus dem Schwimmbecken und zog Hose und Schuhe an. Meine Hände zitterten so heftig, daß ich kaum die Schnürsenkel binden konnte. Ich atmete tief, um mich zu beruhigen, und untersuchte mich rasch. Keine Knochenbrüche, aber bei dem Sturz durch Willys Rücken hatte mein Ohr etwas abgekriegt. Ich blutete heftig.

Ich fand einen zusammengeknüllten Stoffetzen und drückte ihn mir ans Ohr. Dann hob ich das Eisenrohr auf und begann damit gegen die Brandschutztür zu donnern. Irgendwie trat ich zu diesem Zeitpunkt wohl etwas weg. Ich war durchgedreht. Die Klaustrophobie hatte mich gepackt. Vielleicht heulte ich sogar. Ich wollte raus und würde mir, wenn nötig, den Weg durch sechs Zentimeter dicken Stahl freischlagen. Ich hämmerte drauflos, bis mein Arm taub wurde und in meinem Kopf Glocken dröhnten.

Schließlich sackte ich völlig erschöpft gegen die Tür. Durch das Metall hörte ich das Scharren, mit dem ein Riegel zurückglitt. »Schon gut«, sagte eine Frauenstimme gereizt. »Nur ruhig.«

Die Tür schwang auf, und vor mir stand Salina Fleet.

Aber nicht die Sal, die ich in den Vergißmeinnicht befummelt hatte. Auch nicht die vom Licht des Krankenwagens am Graben beleuchtete, völlig verstörte Sal. Diese Salina hier war ganz nüchtern und proper. Eine Frau, die irgendeinen Entschluß gefaßt hatte. Nichts Schräges mehr. Diese Salina trug wadenlange Culottes, eine beigefarbene Bluse und schwarze Ohrstecker und war tipptopp frisiert. Diese Salina war so gefaßt, daß sie auf Kanal 10 die Nachrichten hätte sprechen können.

Sie machte einen Schritt zurück. In meinem keuchenden, ramponierten Zustand bot ich wohl einen scheußlichen Anblick. Und keinen willkommenen. »Was machst *du* denn hier?«

In den persönlichen Sachen deines verstorbenen Freundes herumschnüffeln schien mir keine sehr glückliche Antwort zu sein. Was gestern nacht zwischen uns geschehen war, soviel hatte ich begriffen, war längst vorbei und gestorben. Das Feuer war restlos aus. Unser kleiner nächtlicher Streifzug durch die Botanik war ein kurzer Fehltritt, auf den keiner von uns je wieder zurückkommen würde. Es war nichts passiert. Es würde nie etwas passieren.

»Der Minister«, sagte ich großspurig, »will einen Bericht. Über unzureichend genutzte Einrichtungen des Ministeriums.« Die Hand ans Ohr gedrückt, muß ich wie ein Bee Gee beim Mehrstimmig-Singen ausgesehen haben. »Ich sollte das hier inspizieren. Ein Mieter hat das krummgenommen und mich eingesperrt. Du hast ihn nicht zufällig gesehen, oder? Ein Typ mit einem Armvoll Geigen.«

Salina schüttelte den Kopf und legte ihn ungläubig schräg. Allein die Vorstellung, schien ihr Blick zu sagen, daß ich beinahe mit diesem Wahnsinnigen ins Bett gegangen wäre.

»Und du?« fragte ich. Nachdem ich nun einmal eine Geschichte erfunden hatte, blieb mir keine andere Wahl, als dabei zu bleiben. »Was machst du hier?«

Sie schlug die Augen nieder und verfiel in einen düsteren Ton. »Marcus' Atelier ist oben.«

Ich nickte verständnisvoll und trat einen Schritt vor, so daß wir uns von der Tür wegbewegten. »Das war doch der, der gestern abend in der Ausstellung auf den Tresen gestiegen ist, oder?« sagte ich. »Tut mir leid. Mir war nicht klar, das heißt…«

Sie wahrte ihren distanzierten Ernst. »Du brauchst dich nicht zu entschuldigen. Du solltest das gar nicht erfahren.«

»Ich meine, es tut mir leid wegen Marcus«, korrigierte ich sie sanft. Soviel ich wußte, mußte ich mich für gar nichts entschuldigen.

»Danke.« Sie sagte das förmlich und neigte dazu leicht den Kopf. Mir ging auf, daß sie die Rolle der trauernden Witwe probte, die huldvoll Beileidsbekundungen entgegennimmt.

»Es kam im Radio. Du bist auch erwähnt worden.«

»Aha.« Diese Information mißfiel ihr nicht gerade. »So bald schon?«

Sie drehte sich um und stieg die Treppe wieder hinauf, als kehrte sie einem Störenfried den Rücken. Sie hatte eine großformatige Mappe bei sich, wie sie Kunststudenten und Leute aus der Werbung benutzen. Offensichtlich war sie gerade erst zum YMCA gekommen, und mein Gehämmer hatte sie von ihrem Ziel abgelenkt. Als wir den Flur im Erdgeschoß erreichten, blieb sie in der Erwartung, daß ich gehen würde, an der offenen Tür stehen. Im grelleren Licht wirkte sie zerbrechlich. Wahrscheinlich hatte sie noch weniger Schlaf abgekriegt als ich. Man sah ihr die Anspannung an. Ich faßte sie am Arm. »Alles in Ordnung?«

Sie zuckte zurück, dann wurde sie weicher. »Mir fehlt nichts. Wirklich.« Sie rang sich ein gequältes Lächeln ab.

Ich wollte nicht, daß sie dachte, ich wolle sie anbaggern. Wir standen verlegen in der Tür herum, und jeder wartete darauf, daß der andere sich rührte. Ich spürte, wie ihre Ungeduld zunahm. »Du willst ein paar persönliche Sachen holen, ja?« fragte ich.

Über die Erklärung erleichtert, nickte sie. Gleichzeitig verwies sie sie mit einem Achselzucken in den Rang einer unbedeutenden Verletzung, als würde ich auf einem kleinen, persönlichen Kummer herumtrampeln.

Es war halb elf. Damit blieb mir gerade noch genug Zeit, meine Verabredung mit Agnelli am Parliament House einzuhalten. Aber nicht mit einem ans Ohr gedrückten, blutigen Stoffetzen. Ich brauchte Wasser und einen Spiegel, und der einzige Ort, wo ich das mit Gewißheit finden würde, war Marcus Taylors Zimmer. »Ich helfe dir«, sagte ich. »Die Ateliers sind im dritten Stock, stimmt's?« Ich setzte mich die Treppe hinauf in Marsch. »Jedenfalls laut Gebäudewegweiser am Eingang.«

Die sanitären Einrichtungen ihres toten Freundes zu benutzen war nicht gerade das denkbar sensibelste Verhalten, soviel war mir klar. Andererseits begann mich ihr selbstgerechtes Getue zu wurmen. Der Teufel sollte mich holen, wenn ich mir von ihr Schuldgefühle einimpfen ließ.

»Nein. Laß doch.« Salina flitzte mir hinterher. »Ich komme schon klar, wirklich«, protestierte sie.

Die Tür zu Marcus Taylors Zimmer stand zum Flur hin offen. »Ist es das?« fragte ich. Ich steuerte direkt auf das kleine Emailbecken zu. Mein Ohr war mit geronnenem Blut verkrustet, aber ein wenig Wasser bestätigte, daß die Verletzung nur oberflächlich war. Meine Augen waren Senklöcher, und ich hatte einen Teint wie ein Stück kandierte Ananas.

Im Spiegel sah ich hinter mir Salina hereinkommen und sich besorgt umschauen. Soweit ich sehen konnte, bot das Zimmer keinen Hinweis darauf, daß eine Frau hier gewohnt hatte. Als provisorische Unterkunft hatte die Bude etwas männlich Spartanisches. Aber ich konnte mir hier keine Frau vorstellen. Sich auf die Wiese zu legen war eine Sache, aber das hier war das Allerletzte.

»Achte einfach nicht auf mich«, sagte ich. Das Blechschränkchen hinter dem Spiegel enthielt Rasierzeug, Antibiotika mit überschrittenem Verfallsdatum, Dettol, Baumwolle, eine Rolle Heftpflaster. Salina legte die Mappe auf das Futon-Bett. »Bloß ein paar private Sachen, ja?«

Aus irgendeinem Grund ärgerte sie sich über diese Bemerkung. »Jetzt, wo Marcus tot ist«, sagte sie abwehrend, »werden die Leute auf sein Werk neugierig sein. Das mindeste, was ich tun kann, ist, dafür zu sorgen, daß es der Welt in günstigem Licht präsentiert wird.«

Ohne mich umzudrehen, hob ich die Hände zu einer besänftigenden Geste. »He«, sagte ich. »Du schuldest mir keine Erklärungen.« Das Brennen des Antiseptikums ließ mir Tränen in die Augen schießen.

Plötzlich war Salinas frisch kultivierte Reserviertheit restlos dahin. Sie ließ sich auf die Bettkante plumpsen und begann, die Zellophanhülle von einem Zigarettenpäckchen abzureißen. »Ich hätte es kommen sehen müssen«, sagte sie, die Stimme von Selbstvorwürfen belegt. »Marcus war in letzter Zeit so deprimiert und launisch, hat viel getrunken und sich beklagt, daß alle gegen ihn sind. Ich habe getan, was ich konnte, sogar meinen Einfluß geltend gemacht, um ihm ein Stipendium zu verschaffen, aber es hat nichts genützt. Du hast ja gesehen, wie er gestern abend war. Ich habe ihm gesagt, ich hätte seine Maßlosigkeit satt. Jetzt denke ich unentwegt, das hat ihm den Rest gegeben. Es ist alles meine Schuld.«

Sie hatte schwarze Ringe unter den Augen. Erschöpfung

und das schäbige Ambiente überwältigten uns. Sie zündete sich eine Zigarette an, sog gierig daran, war ganz offen auf Mitgefühl aus. Angesichts dessen, was beinahe zwischen uns passiert wäre, schuldete ich ihr immerhin soviel.

Indem ich das Heftpflaster mit den Zähnen abriß, verarztete ich mein Ohr, so gut es ging. Dann, von einer Müdigkeit bezwungen, die so unwiderstehlich war wie die Schwerkraft, ließ ich mich auf der anderen Seite aufs Bett sinken. »Mach dir keine Vorwürfe«, sagte ich. »Vielleicht war es ein Unfall. Er war ziemlich betrunken. Er könnte einfach hineingefallen sein. Vielleicht hat er sich gar nicht umbringen wollen.«

Sie versuchte vergeblich, ihre Unterlippe zum Zittern zu bringen.

»O nein«, sagte sie sehr bestimmt. »Es war eindeutig Selbstmord. Die Polizei hat mir einen Abschiedsbrief von ihm gezeigt und mich gebeten, die Handschrift zu identifizieren. Es war eindeutig seine. Und auch sein Stil. Diese Litanei von Klagen. Ich habe ihnen gesagt, daß er meiner Meinung nach wahrscheinlich manisch-depressiv war. Jedenfalls hatte er einen Hang zur Theatralik. Deshalb bin ich gestern abend auch nicht hellhörig geworden. Bloß wieder der übliche Mist, hab ich gedacht. Hab ihm gesagt, ich hätte genug, zwischen uns sei es aus.«

Ich nahm mir eine von ihren Zigaretten und fand, indem ich den scheußlichen Geschmack ignorierte, Nahrung darin. Ein geradezu beängstigendes Sonnenlicht ergoß sich zum Fenster herein, dem Fenster, an dem Taylor seinen eigenen Tod, sein künstlerisches Autodafé geplant haben mußte. Es war ein seltsames Gefühl, hier in der spärlichen Behausung eines toten Mannes zu sitzen, den ich eigentlich gar nicht richtig kennengelernt hatte.

»Er war ein uneheliches Kind, weißt du«, sprudelte Salina hervor, und sie sagte es wie zu seiner Verteidigung. »Da köchelte ziemlich viel unaufgelöstes emotionales Trauma vor sich hin. Und dann sein Werk. Die Ablehnung seines Werkes hat ihn tief getroffen.«

Sie bewegte sich gefährlich nahe am Rand des Kitsches. Ich spürte, daß sie nun, da die Fassade zerbröckelt war, weiterreden würde, bis sie sich alles von der Seele geredet hatte. Nicht daß ich unsensibel oder dergleichen war, aber meine Zeit gehörte nicht mir allein. Wenn ich mich nicht langsam loseiste, würde ich den ganzen Tag hier verbringen.

»Vergiß die Souvenirs.« Ein paar Fetzen Papier waren die Aufregung nicht wert. Am besten, sie ging nach Hause und schlief. »Komm ein andermal wieder.« Ich trat meine Zigarette aus, hievte mich in die Senkrechte und streckte ihr die Hand entgegen.

Salina blieb, wo sie war. Sie schüttelte den Kopf. »Du bist lieb«, sagte sie. »Aber ich möchte jetzt hier allein sein, wenn du nichts dagegen hast.«

Ich bin kein ganz unsensibler Mensch. Ich nickte und wandte mich zum Gehen, indem ich auf den Vorhang zutrat, der das Loch zum Atelier verdeckte. »Ich gehe hier entlang.«

Sie war wie der Blitz aufgesprungen und baute sich zwischen mir und dem Vorhang auf. »Ich habe so ein schlechtes Gewissen«, sagte sie. »Wegen gestern nacht.«

Sie war mir ganz nah und legte mir die Hand auf den Arm. Sie ließ sie herabgleiten, suchte meine Hand und drückte sie. Dann lag ihr Kopf an meiner Brust, und sie blickte nach oben in meine Augen. Ihr Körper schmiegte sich an meinen. Sie seufzte tief.

Es war ein abrupter, beunruhigender Stimmungswechsel. Aber wie gesagt, ich bin kein ganz unsensibler Typ. Ich legte die Arme um sie.

Ihre Hand schob sich meinen Rücken hinauf. Sie stellte sich auf die Zehenspitzen und drückte meinen Kopf ihren geschlossenen Augen und sich öffnenden Lippen entgegen. Ich küßte sie. Zunächst mitfühlend. Dann, auf ihr Drängen hin, anders.

Gleich darauf machte sie kurz die Augen auf, und ich konnte es darin sehen. Salina begehrte nicht mich. Auch nicht mein Mitleid. Sie wollte meine Komplizenschaft. Wobei, konnte ich nicht sagen. Doch was es auch war, ich wollte nichts damit zu tun haben. Ich hebe mir meinen Zynismus lieber für die Politik auf.

Ich legte ihr sanft die Hände auf die Schultern und löste mich von ihr. Salina blickte verständnislos zu mir auf. »Es ist okay«, versicherte sie mir. »Meine Beziehung zu Marcus war sowieso so gut wie vorbei. Wir haben nicht mal mehr miteinander geschlafen. Schon seit Monaten nicht.«

Das letzte, was ich hören wollte, waren die schmutzigen Details. Ich machte einen Schritt zurück. »Ich überlasse das alles dir«, sagte ich und riß den Vorhang zur Seite. »Achte darauf, daß du auch ja alles hast, bevor du gehst.«

Ich weiß nicht, warum ich das sagte. Taylors einsamer Tod, seine Beziehung zu ihr hatten nichts mit mir zu tun. Aber meine Bemerkung war nicht nur scheinheilig. Sie war überflüssig. Es gab für sie nichts mehr zu holen. Die Gemälde, die noch vor einer Stunde in so ungeordneter Fülle überall in Taylors Atelier herumgestanden hatten, waren weg, von den Keilrahmen gerissen oder grob aus den Bilderrahmen geschnitten. Die Staffelei mitten im Zimmer war leer, das vorstädtische Traumhaus verschwunden. Während ich unten mit meiner Meeresfrüchte-Imitation beschäftigt gewesen war, hatte jemand hier ausgeräumt.

Salina starrte in den geplünderten Raum. Ihr Gesicht zeigte den gleichen entsetzten Ausdruck, mit dem sie schon auf Taylors betrunkene Rede im Centre for Modern Art reagiert hatte.

Ich hatte weder Zeit noch Energie noch Lust, mit Salina Fleets emotionaler Gymnastik mitzuhalten. Ich umkurvte die ausrangierten Holzleisten und umgestoßenen Pinselgläser und ging auf den Flur hinaus und die Treppe hinunter.

Marcus Taylors Werk, so schien es, war schließlich doch gefragt. So langsam sah der Selbstmord nach dem raffiniertesten Karriereschritt aus, den er je gemacht hatte.

14

»Wird allmählich Zeit!«

Agnelli räumte einen Stapel Papiere vom Rücksitz des Fairlane und machte mir Platz. Wir waren für elf Uhr verabredet. Es war neun Minuten nach elf. Unter den gegebenen Umständen fand ich das gar nicht schlecht.

»Ach du Schande«, sagte er, während ich Alan noch die Adresse von Karlins Brunch gab und mich auf den Rücksitz gleiten ließ. »Was ist denn mit deinem Ohr passiert? Du siehst aus wie Vincent van Gogh, Herrgott noch mal.« Auf eine solche Bemerkung ging ich erst gar nicht ein.

Eigentlich wollte Agnelli auch gar nicht über den Zustand meines Ohrs diskutieren. Vielmehr beschäftigte ihn sein eigenes Wohlergehen. Ministerielle Ungeduld erfüllte das Wageninnere wie Sauerstoff eine Glasglocke. »Ich hatte schon wieder diese Journalisten an der Strippe. Jetzt faseln sie von angeblicher Korruption in der Kunstbürokratie.«

Wir glitten zum Hintertor von Parliament House hinaus, und Alan lenkte den Fairlane in Richtung West Melbourne. »Diejenigen, die die Hebel der Macht in den Händen halten, sind die Allerkorruptesten«, zitierte ich.

»Wer?« sagte Agnelli. »Was?«

»Ich glaube, so hieß es.« Ich fischte meine handschriftliche Kopie von Taylors Brief aus der Tasche.

Auf das Schlimmste gefaßt, riß Agnelli mir das Blatt aus der Hand. Eine politische Krise, der Vorwurf politisch berechneter Geldzuwendungen oder die Gefahr, bei einer Irreführung des Parlaments erwischt zu werden – damit wurde er spielend fertig. Das war nichts als Wasser auf die Mühle der Alltagspolitik. Aber ein Abschiedsbrief, ein städtisches Wahrzeichen, ein mögliches Schlachtfest der Presse – das war eine brisante Mischung. Sie weckte Agnellis sämtliche politische Abwehrinstinkte. Beim Lesen bewegten sich seine Lippen.

»Das ist genau die Art von Geschichte, die die Presse unter jedem denkbaren Aspekt ausschlachten wird«, sagte ich. »Die treiben nur ihre Spielchen mit dir, um eine Reaktion herauszukitzeln, weil sie hoffen, einen nicht existenten politischen Zusammenhang auszugraben.«

Agnelli betrachtete mit gerunzelter Stirn den Brief, als hätte er beim Scrabble ein paar sehr undankbare Buchstaben erwischt. »Das ist doch Müll. Wer ist der Kerl überhaupt?«

»Ein arbeitsloser Künstler. Möglicherweise mit psychiatrischer Vorgeschichte.« Salina hatte ihn als manisch-depressiv bezeichnet. Ich hätte sie weiter ausquetschen sollen. »In ein paar Tagen wissen wir's genau. Der Typ war pleite, wegen seiner Arbeit deprimiert und außerdem stockbesoffen. Manche meinen sogar, es war gar kein Selbstmord und der Brief ist nur ein irreführender Zufall. Aber angesichts des Schauplatzes und der Tatsache, daß der Typ Maler war, ist ein gewisses Maß von Medieninteresse unvermeidlich. Ich würde darauf setzen, daß sie sich auf das nächstliegende Klischee stürzen – gequälter Künstler stirbt an gebrochenem Herzen, nachdem sein Talent zu Lebzeiten keine Anerkennung findet.« Zumal Salina Fleet sie bereits in diese Richtung stupste. »Die ganze Geschichte ist in einer Woche ausgestanden.«

»Vielleicht.« Agnellis Stirn entrunzelte sich ein wenig. »Aber behalt die Sache trotzdem genau im Auge. Derartiger Blödsinn ist für die Boulevardpresse ein gefundenes Fressen.«

»Falls unbedingt notwendig«, brachte ich das entscheidende Argument an, »können wir diskret darauf hinweisen, daß Taylor kurz vor seinem Tod ein nicht ganz unbedeutendes Stipendium des Kulturministeriums bewilligt bekam.«

Ein verschlagener Schimmer trat in Agnellis Blick. »Warum ist mir das bloß nicht eingefallen?«

Der Gedanke, daß ich gerissen war, wirkte Wunder für

Agnellis Moral. »Wenn ich mir vorstelle, daß ich Vorbehalte hatte, dir diesen Job anzubieten«, murmelte er.

Während ich noch über diese Äußerung nachdachte, ging er bereits zum Thema unseres bevorstehenden Fahrziels über. »Also, was hat's mit diesem Max Karlin auf sich? Der Jude vom Zentralen Besetzungsbüro, wie?« Zwei Jahre im Ministerium für Ethnische Angelegenheiten hatten Angelos Kanten nicht abgeschliffen.

»Ich habe ihn gestern abend kurz kennengelernt«, sagte ich. »Offenbar ein ziemlicher Philanthrop.« Das war als Wink mit dem Zaunpfahl für Agnelli gedacht, mir endlich seine Rolle als selbsternannter Geldbeschaffer zu gestehen. Es funktionierte nicht. Er ließ sich nicht in die Karten schauen. »Ich habe ihm gesagt, wie erfreut du wärst, einen so prominenten Wohltäter kennenzulernen.«

»Bin ich auch.« Agnelli ließ sich nicht das geringste anmerken. »Dann erzähl mir mal Näheres.«

Verrücktheit, sagte ich mir, der reine Wahnsinn. Da inszenierte ich eine Begegnung zwischen einem Minister einer zunehmend anfälligen Regierung, einem Mann, dem ich meine Stelle verdankte und Loyalität schuldete, und einem reichen Geschäftsmann, von dem ich so gut wie nichts wußte. Und das mit keinem anderen Ziel, als mir meine Befürchtungen bestätigen zu lassen, daß Agnelli eine neue Karriere als Kassierer plante.

»Das Ganze ist im wesentlichen eine informelle Veranstaltung«, sagte ich ihm. »Karlin ist ein recht bedeutender Kunstsammler, und das Centre for Modern Art hat kürzlich einen ziemlich anständigen Zuschuß vom Kulturministerium abgestaubt, um eines seiner Bilder zu kaufen. Lloyd

Eastlake, dem Vorsitzenden des CMA, liegt daran, daß auch die Regierung ihren gebührenden Anteil der Anerkennung einheimst. Und das ist durchaus verständlich, denn er gehörte auch dem zuständigen Gremium des Ministeriums an, das den Kauf empfohlen hat.«

Der Name Eastlake war ein weiteres naheliegendes Stichwort, eine kleine Mahnung an Agnelli, daß er mir noch nichts von dem Dreier in seinem Büro gestern nachmittag erzählt hatte. Falls Angelo meine Aufgabe strikt auf Kunstbelange beschränken wollte, war das sein gutes Recht. Es stand ihm frei, so viele unkluge Entscheidungen zu treffen, wie er wollte. Aber er konnte mich wenigstens ins Vertrauen ziehen.

Agnelli spitzte die Ohren, allerdings nicht so, wie ich gehofft hatte. »Welche Beziehung besteht zwischen Eastlake und Karlin?«

»Abgesehen davon, daß sie beide im Verwaltungsausschuß des Centre for Modern Art sitzen, keine, soviel ich weiß. Eastlake hat mir gestern abend seine Kunstgalerie gezeigt, aber er hat mich nicht ins Vertrauen gezogen.« Ich hielt angelegentlich inne.

Mein delikater Zustand interessierte Agnelli nicht. Er war zu sehr damit beschäftigt, sämtliche Implikationen auszuklavieren. »Wir bezuschussen also auf Eastlakes Anraten diesen Bilderkauf, ja? Wieviel kriegt Karlin, und was kriegen wir dafür?«

»Unser Zuschuß liegt bei 300000 Dollar, bei einem Gesamtkaufpreis von über einer halben Million Dollar. Was wir, in Form des in öffentlichem Besitz befindlichen CMA dafür bekommen, ist ein Gemälde von Victor Szabo.«

Agnelli pfiff leise. »Für soviel Kohle könnten wir einen Matisse kriegen.«

»Möglich. Aber Matisse war kein Australier.«

»Und Victor Szabo war einer?« Wahrscheinlich machte mir Ange etwas vor. Ich hatte den Verdacht, daß er noch weniger über Victor Szabo wußte als ich.

»Ursprünglich stammt Szabo natürlich aus Europa«, wagte ich mich vor. »Aber das CMA ist offenbar der Meinung, daß sein Beitrag zur Entwicklung der australischen Kunst den Preis rechtfertigt.«

»Das mag ja sein. Aber er ist nicht gerade ein Begriff, oder? Und wir zahlen die Rechnung. Teure Kunstkäufe sind ja wohl kaum sichere Stimmenfänger.«

Genau meine Rede, sagte ich ihm. Aber die Tatsache, daß Gil Methven, der weder als risikofreudig noch als Kunstliebhaber bekannt sei, den Kauf genehmigt habe, deute darauf hin, daß die Entscheidung wahrscheinlich unumstritten sei. »Eastlake hat die Hälfte des Kaufpreises in Form von Firmenspenden aufgetrieben. Damit verteilt sich nicht nur das Risiko, was mögliche Rückwirkungen angeht, sondern wir können die Geschichte auch noch als Zusammenwirken von Staat und Privatwirtschaft zur Förderung der Kultur verkaufen.«

Agnellis geistige Rädchen liefen auf Hochtouren. »Firmenspenden? Wer genau?«

Ich zuckte die Achseln. »Weiß ich noch nicht. Allerdings werden sie wahrscheinlich bei diesem Brunch vertreten sein. Vielleicht könntest du die Gelegenheit ergreifen, sie um eine Spende für die Partei anzuhauen.«

Er schluckte den Köder nicht. »Gute Idee.« Er rückte

seine Krawatte zurecht und konzentrierte sich darauf, sein gebieterischstes Verhalten an den Tag zu legen.

Schön, dachte ich. Ganz wie du willst, Kumpel. Aber komm bloß nicht heulend angelaufen, wenn du Zunder kriegst, und erwarte nicht von mir, daß ich die Schweinerei wegmache.

Max Karlins Firmenzentrale war ein verschämtes Aschenputtel, eine von hundert verschlissenen Industriefassaden, versteckt in einem Gewerbegebiet, das an den Queen-Victoria-Markt am nordwestlichen Rand des zentralen Geschäftsviertels angrenzte. Ohne das Logo von Max' Schuhladenkette, Karlcraft, über dem Eingang und den teuren Schlitten, die Stoßstange an Stoßstange davor parkten, wären wir glatt daran vorbeigefahren. Von hier aus hatte Karlin sein Einzelhandelsimperium aufgebaut. Von hier aus blickte er nun auf seine neueste Schöpfung, ein riesiges Agglomerat von Geschäften und Büros, das eines Tages das Karlcraft Centre sein würde.

Max, der in seinem Marineblazer wie ein Admiral aussah, erschien auf dem Bürgersteig, als der Fairlane vorfuhr. Ich stellte die beiden einander vor. Karlin blickte mich gerade lange genug an, um über mein ramponiertes Ohr die Nase zu rümpfen, dann rauschte er mit Agnelli ins Haus.

Die äußere Schäbigkeit von Karlcraft House strafte die Maxime von der Protzerei Lügen. Max hatte es zwar reichlich, aber er verbarg es diskret bis zu dem Moment, wo man zur Tür hereinkam, um einen dann damit zu erschlagen. Das Innere des Gebäudes war ganz und gar darauf berechnet, jeden Unterschied zwischen Substanz und Stil zu verwischen. Hier hatte man es mit einer üppigen Welt von arbeitendem Reichtum zu tun, in der guter Geschmack ein Hauptaktivposten war.

»Liebling«, hörte ich. Allgemeines Wangengeküsse, während die übrigen versammelten Gäste im Foyer durcheinanderquirlten. Frauen mit Tennisbräune und Frisuren wie aus Spannbeton liefen mit Drinks in den Händen umher und plauderten mit Männern, die übergroße, bis zum Hals zugeknöpfte Hemden und an den nackten Füßen Mokassins mit Quasten trugen. Derweil lungerten schmollmündige Kellnerinnen mit Tabletts voller Gläser in Türen herum, wie Zigarettenverkäuferinnen im Stork Club, die sich von jemand Geringerem als F. Scott Fitzgerald nicht beeindrukken lassen. Keiner der Anwesenden konnte den Blick von den Wänden lassen.

Sie konnten nicht anders. Sowenig wie ich. Max Karlin hatte die Zentrale seiner Firma mit Gemälden geschmückt, deren Urheberschaft und Autorität selbst für einen Banausen wie mich unverkennbar waren. Überall hingen maßgebliche Werke des Who's who der modernen australischen Kunst. Jedes Bild schien den Stil seines Schöpfers so vollkommen zu veranschaulichen, daß ich es mir buchstäblich verkneifen mußte, die Namen laut auszusprechen. Hier ein Tucker, da ein Boyd, ein Dobell, ein Perceval. In der Lobby hingen sich zwei Nolans gegenüber. Auf halber Höhe der Treppe, zu beiden Seiten, hingen ein Whiteley und ein Smart.

Lange bevor Max die Bilder ausgingen, gingen mir die Namen aus, aber bis dahin hatte ich es mitgekriegt, und zwar laut und deutlich. Was ästhetisches Urteilsvermögen anlangte, konnte keiner so leicht Max Karlin das Wasser reichen. Und wer genug Kohle hatte, um sich Zimmerschmuck dieser Güteklasse zuzulegen, mußte wirklich schwer reich sein.

Während die großen Tiere vor mir die Treppe hinaufgingen, hörte ich neben mir ein diskretes Hüsteln und sah mich, als ich zur Seite blickte, Phillip Veale gegenüber. Seine Augen huschten mit lustigem Zwinkern über mein nässendes Ohr. »Body Art?« fragte er. »Der letzte Schrei, wie ich höre.« Als Zugeständnis an die wochenendtypische Zwanglosigkeit hatte er die Manschetten gegen ein pastellgelbes Polohemd mit einem Krokodil auf der Brust vertauscht. »Aber nicht so dauerhaft wie das hier.« Er neigte sein Glas mit Kir Royal zur nächstgelegenen Wand. »Eindrucksvoll, nicht wahr? Max macht seine Sammlung nicht jeden Tag der Öffentlichkeit zugänglich. Und wenn, dann nur für eine wirklich unterstützenswerte Sache. Heute ist's der Fonds des CMA für Neuerwerbungen. Die Spende beträgt hundert Dollar pro Kopf.«

Ich wurde blaß und wäre beinahe über die unterste Stufe gestolpert.

»Sie und ich brauchen uns keine Sorgen zu machen«, sagte er mit dünnem Lächeln. »Das Personal hat freien Eintritt. Was die anderen angeht« – seine Geste umfaßte die Beau Monde um uns herum –, »die zahlen liebend gern. Sie kommen sich dadurch bedeutend vor.« Vom Foyer gingen Büros ab, deren Türen offenstanden und geschmackvoll behängte Wände zeigten. Veale neigte den Kopf in Richtung des nächstgelegenen. »Seien Sie so freundlich, und leihen Sie mir Ihr van goghsches, *s'il vous plaît.*«

Das Büro enthielt Perry Whites Schreibtisch, der eigens

zu diesem Anlaß bis auf vier Telefone und zwei Computerterminals frei geräumt war. Abgesehen von dem Schreibtisch und der karamelfarbenen Landschaft eines Malers, dessen Name mir auf der Zunge lag, hatten wir das Zimmer für uns. »Diese schreckliche Geschichte am Graben«, gluckste Veale. »Der Minister hat schon davon gehört, nehme ich an.«

»Hat schon in aller Herrgottsfrühe die Presse am Telefon gehabt.«

»Sie haben seine Privatnummer?« Veale war entsetzt.

»Sie steht im Telefonbuch.« Angelos Vorstellung von demokratischer Verfügbarkeit. »Er hat ihnen gesagt, sie sollen ihn zufriedenlassen.«

»Und das völlig zu Recht. Sämtliche Anfragen der Presse sind vom stellvertretenden Direktor der National Gallery zu beantworten. Nicht, daß er ihnen irgend etwas zu sagen hätte – abgesehen davon, daß er bestätigen kann, daß ein Gallery-Mitarbeiter die Leiche gefunden hat. Aber das wissen Sie ja bereits.«

Mit anderen Worten, ich war nicht der einzige, der den Vormittag damit verbracht hatte, mich mit den Fakten vertraut zu machen. »Der Tote hatte mit dem Ministerium zu tun, wie ich höre«, sagte ich.

Veales Augenbrauen hoben sich. Offensichtlich kannte er noch nicht alle Fakten. »Ach ja?«

»Hat bei der letzten Ausschreibung ein kleines Stipendium gekriegt. Zweitausend.«

Von einem Verwaltungschef konnte man nicht erwarten, daß er über jede popelige Ausgabe Bescheid wußte. Aber Schlüsse ziehen, das konnte er. »Ahh«, machte er.

»Und er hat im ehemaligen YMCA gewohnt. Eine unserer Einrichtungen, nicht wahr?«

»Vorübergehend. Bis zum Abriß. Die Räumlichkeiten werden bestimmten unterstützenswerten Unternehmungen und Personen zur Verfügung gestellt. Aber dort wohnt doch niemand.« Der bloße Gedanke an die erbärmlichen Verhältnisse schien ihn zu entsetzen.

»Dieser Taylor hatte jedenfalls ein Atelier dort«, sagte ich. »Es wäre interessant, zu wissen, ob er noch in anderer Hinsicht mit dem Ministerium in Verbindung stand.« Das war zwar unwahrscheinlich, aber ich war Veale so weit voraus, daß ich ihn in die Defensive gedrängt hatte – ein guter Platz für einen Verwaltungsdirektor, und sei er noch so tüchtig und sympathisch. »Ganz recht«, beeilte sich Veale, mir zuzustimmen.

Kommenden Montag morgen würden einigen stellvertretenden Direktoren die Hufe glühen. Bis dahin sollte Veales prompter Aufmerksamkeit für das heikle Problem die Anerkennung nicht versagt bleiben. »Darf ich Sie übrigens mit Angelo bekannt machen?« fragte ich, während ich ihm ins Foyer zurück voranging.

»Dafür ist Montag noch reichlich Zeit.« Veale machte eine höflich-abwehrende Geste, die andeutete, daß er sich nicht übermäßig ärgern würde, wenn man ihm daraufkam, daß er sich an seinem freien Tag um seinen Laden kümmerte. Wir gingen die Treppe hinauf in das Mezzanin.

Agnelli und Karlin verstanden sich prächtig, zwei wohlgerundete Erfolgstypen, die sich im wolkenlosen Himmel der Gesellschaft des jeweils anderen sonnten. Sie standen Schulter an Schulter vor einem Gemälde, während Karlin sich in einem Monolog erging. Agnelli bebte vor Vergnügen über jedes Bonmot seines Gesprächspartners. Seine Hände steckten, wie ich zu meiner Erleichterung sah, fest in seinen eigenen Taschen. Ganz nahe neben Agnelli stand Fiona Lambert. Und rechts von Karlin stand, mit der Miene eines erfolgreichen Ehestifters auf einer Verlobungsfeier, Lloyd Eastlake.

Veale und ich begaben uns in eine Warteschleife, um eine Unterbrechung in Karlins Monolog abzupassen. »Dieser Szabo-Kauf«, sagte ich zu ihm, um die Zeit irgendwie hinzubringen. »Daß Angelo gewissermaßen unbesehen eine Entscheidung über einen so bedeutenden Zuschuß geerbt hat, macht ihm möglicherweise ein bißchen Bauchschmerzen. Wenn er ein, zwei Vertreter von Firmen kennenlernen könnte, die an dem Projekt beteiligt sind, würde ihn das sicher ungemein beruhigen.« Das war kein Geplauder, das war Zuhälterei. In der Hoffnung, Agnelli in flagranti zu erwischen. Wahnsinn, sagte ich mir, schiere Verrücktheit. Hör auf damit.

»Sieht so aus, als wäre er uns zuvorgekommen«, sagte Veale mit einer Kopfbewegung zur offiziellen Entourage hin. »Obelisk Trust, ein Beitrag von 150000 Dollar, wenn mich mein Gedächtnis nicht trügt. Verschiedene andere Spender haben kleinere Beträge gestiftet. Fünfzigtausend hier, zwanzig dort.« Er senkte vertraulich die Stimme. »Kunden von Obelisk, könnte ich mir denken, die sich ihren Kreditrahmen erhalten wollen.«

Von Obelisk Trust hatte ich schon – vage – gehört, und ich empfand es als ein gewisses Versäumnis von mir, daß ich nicht mehr wußte. Es war irgendein Kreditinstitut, soviel immerhin war mir bekannt, Teil des offenen Geldmarktes, der seit der Deregulierung und der Einführung des flexiblen Dollarkurses aus dem Boden geschossen war. Handelsbanken, Arbitrageure, Terminhändler, waghalsige Geschäftemacher – die Medien waren wie besoffen davon. Man konnte den Fernseher nicht anmachen, ohne zu sehen, wie sich irgendein eierköpfiger Experte mit ernstem Gesicht in die Kamera beugte und etwas vom FTSE-Index und Zinsen für kurzfristige Schuldverschreibungen raunte. Es war ungeheuer schwer, auf dem laufenden zu bleiben. Über Aktienkursschwankungen und Wechselkurse wurde häufiger berichtet als über das Wetter. Zeitunglesen war, als sähe man bei irgendeiner Sportart zu, ohne die Regeln zu kennen.

Veale reagierte auf mein verständnisloses Gesicht. »Lloyd Eastlake«, sagte er. »Vorstandsvorsitzender von Obelisk Trust.«

Ineinandergreifende Rädchen. Hüte auf Hüten. »Wie praktisch«, sagte ich. Und gefährlich nahe an einem Interessenkonflikt.

Veales Stimme bekam einen leicht verärgerten Unterton. »Was das Centre for Modern Art und das Beratungsgremium Bildende Kunst angeht, sind die Verfahrensrichtlinien rigoros eingehalten worden.« In Phillip Veales Zuständigkeitsbereich gab es in Ausschüssen keine Mauscheleien. Zumindest nicht schriftlich. »Was Obelisk Trust angeht, habe ich keinen Grund zu der Annahme, daß sich Lloyd Eastlake jemals anders als hundertprozentig korrekt verhält.«

Eine Hand wäscht die andere. Während wir daneben stehen und die Seife halten. Aber Veale zu reizen hatte keinen

Sinn. »Wo ist denn nun das Bild von Szabo?« sagte ich und blickte mich um. »Muß ja ein tolles Ding sein.«

Veale entspannte sich wieder. »Sie meinen, für sechshunderttausend Dollar wollen Sie ihm das auch geraten haben.«

»Das letzte Bild, das ich gekauft habe, war auf dem Deckel einer Shortbread-Dose. Fünf Dollar fünfzig, und ich mußte das Zeug essen.«

Karlin, Agnelli & Co waren durch das Mezzanin in einen geräumigen Sitzungssaal spaziert, in dem weitere Bilder hingen. Mittendrin stand ein hufeisenförmiger Tisch, der unter einem üppigen Büffet von Früchten und Designergebäck nahezu verschwand. Das Aroma ausgezeichneten Kaffees lag in der Luft, so daß mir das Wasser im Mund zusammenlief. »Ich bezweifle stark, daß irgendwer je damit gerechnet hat, daß ein Szabo einmal eine solche Summe bringt«, sagte Veale gerade. »Wahrscheinlich wäre sein Beitrag zur australischen Kunst weitgehend unbemerkt geblieben, wenn sich Fiona Lambert nicht unermüdlich darum bemüht hätte, seinen Ruf zu fördern und ihn der Öffentlichkeit zur Kenntnis zu bringen.«

»Und was wäre ein besserer Maßstab für die Bedeutung eines Mannes«, sagte ich, »als der Preis seiner Arbeit.«

Veale schürzte die Lippen und ließ damit erkennen, daß er mich wegen meines Zynismus bedauerte. In gewisser Weise gab ich ihm recht. »Dabei ist es doch paradox«, meinte ich, »daß so viele Künstler niemals die Früchte ihres Erfolges ernten.«

»Richtig. Ich habe Szabo selbst nie kennengelernt, aber seinen Galeristen, Giles Aubrey, kannte ich recht gut. Ich bezweifle, daß Karlin Anfang der Siebziger, als er das Bild kaufte, mehr als fünf-, sechstausend dafür bezahlt hat.« Praktisch geschenkt. Zur damaligen Zeit bloß ein Jahresgehalt für einen von Max' Angestellten.

Ein Großteil der Gäste hatte sich zum offiziellen Teil der Veranstaltung in den Sitzungssaal verfügt und machte sich über Blätterteigstückchen und Mokka her. Ich genehmigte mir ein Glas aus einer Flasche mit der Aufschrift Bollinger, goß auch Veale eines ein und schnupperte an einer Platte mit zierlichen, rosa-weißen Sandwiches. »Kaviar?« fragte ich mich.

»Erdbeeren«, sagte Veale.

Du lieber Himmel. Erdbeer-Sandwiches. Nun hatte ich wirklich alles gesehen. Meinte ich. Aber da hatte ich mich geschnitten.

»Meine Damen und Herren«, begann Karlin, und seine Stimme lag kaum über Gesprächslautstärke. Wie durch Zauberei verstummten das Stimmengewirr und das Kratzen von Gabeln auf Tellern. Sie hatten mindestens ebensosehr dafür bezahlt, Karlin wie seinen Kunstwerken nahe zu sein. Sein unternehmerisches Geschick, sein Glück und sein Geschmack waren legendär. Berühmt, um das mindeste zu sagen. Vielleicht färbte etwas davon ab, wenn man nur nahe genug stand und aufmerksam genug zuhörte.

»Zur heutigen Veranstaltung zugunsten des CMA-Programms für Neuerwerbungen heiße ich Sie herzlich willkommen.« Karlins Rednerstimme war zugleich weich und aufgerauht, eine Kombination aus feuchtem Beton und gewaschener Seide, die eine Mischung aus Zugänglichkeit und Überzeugung vermittelte. Unwillkürlich kam einem der

Satz »Wenn gnädige Frau vielleicht dieses Modell anprobieren wollen« in den Sinn.

Karlin sprach weiter. »Und besonders herzlich heiße ich unseren neuen Kulturminister Angelo Agnelli willkommen, der es sich nicht hat nehmen lassen, heute hierzusein, was in meinen Augen sehr für sein Engagement hinsichtlich der bildenden Kunst spricht...«

Bloß für den Fall, daß ihn irgendwer nicht kannte, machte Ange einen halben Schritt vorwärts, lächelte schüchtern und sonnte sich in den Blicken der Versammelten. Man hörte ein Geraschel, das Applaus hätte sein können. Mit einem Nicken bestätigte Ange in aller Bescheidenheit, daß es das Amt, nicht der Mensch war, dem Anerkennung gebührte. Dennoch gab er deutlich zu erkennen, daß es ihn persönlich freute, unter Gleichgesinnten zu weilen. Ein Fotograf machte die Runde und ließ sein Blitzlicht ploppen.

Karlin gestand Ange seinen Moment der Beachtung zu, ehe er fortfuhr. »Dank der Weitsicht der Regierung wird ein großartiges Gemälde, das bislang nur von wenigen Glücklichen betrachtet werden konnte, in Kürze im Centre for Modern Art hängen, wo es jedermann zugänglich sein wird. Ich spreche natürlich von Victor Szabos *Unser Heim.*«

Beim letzten Satz trat Karlin leicht zur Seite, um den Versammelten den Blick auf das hinter ihm an der Wand hängende Gemälde freizugeben. Leider stand Phillip Veale vor meiner Nase und verdeckte mir die Sicht, so daß ich nur ein Stück Blau in der oberen rechten Ecke erkennen konnte. Während Karlin weitersprach und uns davon unterrichtete, daß der Anlaß für ihn von Bedauern über den Verlust eines hochgeschätzten Besitztums getrübt sei, steckte ich mir das letzte Stückchen Erdbeer-Sandwich in den Mund und reckte den Hals, um über die eiskremfarbene Schulter meines Vordermanns hinwegblicken und meine Augen weiden zu können.

Mein Kiefer erstarrte mitten in der Kaubewegung. Man hätte mich mit einer Vogelfeder umhauen können. Das Bild, das vor mir an der Wand von Max Karlins Sitzungssaal hing, war mir derart vertraut, daß ich zunächst dachte, meine Augen spielten mir einen Streich. Es stellte einen wolkenlosen australischen Himmel und ein Stück sattgrünen, perfekt manikürten Rasens dar. Mitten auf dem Rasen stand ein Victa Special Zweitakter-Rasenmäher. Dahinter erhob sich ein verblendetes Doppelhaus mit rotem Dach, das etwas intensiv Unheilvolles ausstrahlte.

15

Mag sein, daß ich nicht viel von Kunst verstehe, aber ich bin lange genug Mitglied der Labor Party, um Nagetiergeruch zu erkennen, wenn er in meine Richtung weht. Deshalb stellte ich, als das Redenschwingen vorbei war, Veale und Agnelli einander vor und überließ sie dem Austausch von Höflichkeiten, während ich mir den Szabo aus größerer Nähe ansah.

Ein Experte hätte vielleicht subtile Unterschiede feststellen können – Pinselführung, Farbabstufung, die unbestimmbare Aura des Genies –, aber ich konnte das Bild ums Verrecken nicht von dem unterscheiden, das ich vor kaum zwei Stunden in Marcus Taylors Atelier gesehen hatte.

Eastlake bemerkte mein starkes Interesse und stellte sich neben mich. »Wollen Sie in van Goghs Fußstapfen treten?« fragte er. Der Scherz wurde allmählich fadenscheinig.

»Ein Angelunfall«, sagte ich. »Sie müßten erst mal den Fisch sehen.«

Er wies mit dem Kopf auf *Unser Heim.* »Nun geben Sie's schon zu«, sagte er. »Es hat ein gewisses *je ne sais quoi*, stimmt's?«

»Ach, ich weiß nicht«, sagte ich achselzuckend.

Aber Eastlake hatte recht. Und das nicht nur mit seiner Bemerkung, daß das Bild nichts enthielt, was Empörung hervorrufen könnte. Es leistete für die Vorstadt, was die australischen Maler des neunzehnten Jahrhunderts für den Busch geleistet hatten – es machte sie zu einem lohnenden Thema für die Kunst. Und adelte damit die, die darin wohnten, implizit zu Helden. *Unser Heim* war der Parthenon des Wohnens im Reihenhaus, dem zur Abrundung ein wenig satirische Lakonik beigemischt war. Und ein Anflug von Geheimnis, damit man wußte, daß es sich um richtige Kunst handelte.

»Ich habe früher genau solche Häuser gebaut«, gestand Eastlake mit der Sentimentalität des Besitzers.

Und Millionen waren darin aufgewachsen. Mit leichtem Kopfneigen erkannte ich die Überlegenheit seines Urteils an. »Wie kommt es von hier zum CMA?«

Administrative Details interessierten Eastlake nicht. »In einer Kiste, nehme ich an.« Daß er es fertigbrachte, zugleich liebenswürdig und herablassend zu wirken, hätte einem leicht auf die Nerven gehen können. Doch verglichen mit der gnadenlosen Fadheit der meisten Geschäftsleute, die ich kennengelernt hatte, war Lloyd Eastlakes Offenheit auf entwaffnende Weise erfrischend. »Um solche Sachen kümmert sich Fiona.«

Fiona Lambert steckte auf der anderen Seite des Raums mit Becky Karlin und einem behelmten Honigfresser zusammen, den ich vom CMA her kannte. »Der Typ, der gestern abend auf den Tresen gestiegen ist und versucht hat, seine Rede zu halten«, fing ich an. »Der dann runtergefallen ist.«

Eastlakes Aufmerksamkeit war anderswo. Max Karlin hatte Agnelli von Phillip Veale losgeeist, führte ihn hinaus auf das Mezzanin und bugsierte ihn auf eines der Büros zu. Das Allerheiligste, vermutlich. Eastlake gab einen ungeduldigen Laut von sich und setzte ihnen nach.

Das hätte ich wahrscheinlich auch tun sollen. Schließlich hatte ich Agnelli und Karlin ja auch nur zusammengebracht, weil ich kontrollieren wollte, was sich zwischen den beiden abspielte. War ich nicht hier, um mir meinen Verdacht bestätigen zu lassen? Doch nun beschäftigte mich etwas anderes, etwas, was mich statt dessen hinausführte in die Gluthitze der Straße, zu den am Bürgersteig aufgereihten Luxusautos, wo ich das Siegel zum tiefgekühlten Innern von Eastlakes großem, silbergrauem Mercedes erbrach. »Morgen«, sagte ich, »Noel.«

Spider drehte sich nicht zu mir. Das Gesicht hinter seiner Brille so ausdruckslos wie das eines Fischs, saß er einfach nur da und betrachtete den Sportteil des *Herald.* Seine Mütze hatte er auf die Ablage des Armaturenbretts gelegt. Selbst als ich mich neben ihn setzte, wandte er sich mir nicht zu. Ein Knopf tief am Armaturenbrett sah nach Zigarettenanzünder aus. Ich drückte mit dem Daumen darauf, bis er einrastete. Im Fairlane ließ mich Agnelli nicht rauchen.

So saßen wir da, ich zur Seite gedreht, Spider mit Blick in das V seiner Zeitung. Das Profil war entschieden Noel Webbs vorteilhaftere Ansicht. So sah er nicht ganz nach sanitärem Anschluß aus. »Tja«, sagte ich. »Lange nicht gesehen.« Und lange keiner Antwort gewürdigt. So lange, daß ich reichlich Zeit hatte, eine Zigarette hervorzuholen und damit gegen das Päckchen zu klopfen. Klack, machte der Zigarettenanzünder. Spiders Hand schoß vor. Er hielt das glühende Ding tief, so daß ich mich zum Anzünden vorbeugen mußte und meinen Nacken exponierte. An seinem kleinen Finger blitzte ein Goldring, dick und quadratisch, der reinste Zähnebrecher. Ein richtiger Primitivling, dieser Spider. »Der Job ist genau das richtige für dich«, sagte ich. »Diese stumm bedrohliche Nummer hast du wirklich gut drauf.«

Spider ruckte das Kinn in die ungefähre Richtung des Karlcraft-Gebäudes. »Wirst du da drin nicht vermißt?« fragte er unbeeindruckt. »Du Hochkaräter.«

»Für alte Freunde hab ich immer Zeit«, sagte ich und schnippte geistesabwesend ein Ascheflöckchen auf den blaßgrauen Teppich des Wagens. »Komisch, was?« Ich streckte die Beine aus und lehnte mich gegen die Kopfstütze. »Da haben wir uns zwanzig Jahre lang nicht gesehen, und auf einmal kreuzen sich unsere Pfade ständig. Zum Beispiel heute morgen im Parkhaus des Ballet Centre.«

Spider schloß ganz langsam seine Zeitung, faltete sie ordentlich zusammen und legte sie neben seine Mütze. RÄT-

SELRATEN UM TOD IM GRABEN lautete eine spaltenbreite Schlagzeile auf der Titelseite. Endlich wandte er mir sein verspiegeltes Gesicht zu. »Keine Ahnung, wovon du redest.« Sein Tonfall war unaufgeregt, höhnisch. »Weißt du wahrscheinlich selber nicht.«

Das Innere des großen Wagens kam mir plötzlich beengend vor. Mit Noel Webb war schon als Kind nicht gut Kirschen essen gewesen. Und wenn er den harten Mann herauskehrte, dann vielleicht deshalb, weil er genau das war. Der sentimentale Typ war Spider jedenfalls nicht, nie gewesen. Und jedwede schwache Verbindung zwischen uns bestand längst nicht mehr. Ich bekam mit jeder Sekunde kältere Füße.

Fast eine Stunde lang hatte ich im Oulton Reserve gewartet und unter meinem Dufflecoat die geschmuggelte Flasche Bourbon umklammert, deren Hals warm und klebrig in meiner Hand lag. Das Training ging zu Ende, das Stadion leerte sich, und ich saß noch immer da, und ein Teil von mir schämte sich und ein anderer empfand Trotz. Schämte sich wegen des Diebstahls, denn ich hatte meinen Vater noch nie bestohlen. Schämte sich wegen des Grundes, aus dem ich es getan hatte, nämlich um Freundschaft zu kaufen. Wartete nur darauf, daß mein Vater mich erwischte. Wartete nur auf Spiders Zweifel, daß ich nicht liefern konnte. Und während ich wartete, trank ich in kleinen Schlückchen davon. Das Zeug schmeckte feurig und herb, aber es hielt mich warm. Und half mir beim Warten.

Als Spider endlich kam, tauchte er aus dem Nichts auf, stand in der bleiernen Dämmerung plötzlich vor mir. »Hast du's?« fragte er und ließ sich neben mir nieder. Noch zögerte ich und hielt die Flasche unter meinem Mantel verborgen, weil ich unseren Pakt ausdrücklich bestätigt haben wollte.

»Du hast es nicht, stimmt's?« Seine Verachtung war verletzend. »Du hast Schiß gekriegt, stimmt's?«

In diesem Moment brachen die Fletchers aus einem Teebaumgehölz am Rand des Stadions. Georgie, der große, hatte eine Eisenstange in der Hand. Die Zwillinge folgten ihm auf den Fersen. Wie Attila und seine Horde kamen sie auf uns zugestürmt.

Zwanzig Jahre sind eine lange Zeit. Menschen verändern sich. Doch wenn Noel Webb sich verändert hatte, so bemerkte ich nichts davon. Vielleicht hatte ich ihn unterschätzt, als ich ihn unter Autodieb abgeheftet hatte. Vielleicht war er ja zu etwas Anspruchsvollerem aufgestiegen.

»Schöner Wagen«, sagte ich und ließ den Blick über die Einlegearbeit aus Walnußholz gleiten. »Bist du schon lange Mr. Eastlakes Chauffeur? Wie hat er dich doch gleich genannt? Sein Statussymbol, stimmt's?«

»Was geht das dich an?« In Spiders Stimme hatte sich Verärgerung eingeschlichen, Anzeichen dafür, daß vielleicht eine Kommunikation möglich war.

»Wahrscheinlich gar nichts«, pflichtete ich ihm bei. Wahrscheinlich war es nichts weiter als ein alter Groll aus meiner Jugend, eine oktopusbedingte Gereiztheit und ein argwöhnisches Gemüt. Aber wenn ich ein bißchen im Topf rührte, blubberte vielleicht noch etwas anderes an die Oberfläche. »Es ist nur so, daß sich die Aktivitäten deines Brötchengebers und die Interessen meines Brötchengebers in bestimmten Punkten überschneiden. Und um mich richtig um die Interessen meines Brötchengebers kümmern zu können, muß ich immer grob informiert sein. Ich hatte eigentlich gehofft, daß du das verstehst, wo wir doch beide in der Dienstleistungsbranche sind.«

Er schnaubte verächtlich. »Weißt du mit deiner Zeit nichts Besseres anzufangen?«

Das wußte ich in der Tat. Es war kurz vor halb eins. In etwas mehr als zwei Stunden sollte Reds Flugzeug ankommen, und von einem Päckchen Zigaretten abgesehen hatte ich noch überhaupt nichts eingekauft. »Ich kann auch jederzeit Lloyd fragen«, sagte ich achselzuckend. »Ich dachte nur, ich frag dich zuerst. Will ja schließlich keinen alten Freund in Verlegenheit bringen.«

»Ich scheiß mich gleich ein, Whelan«, sagte Spider, vor pennälerhafter Verachtung triefend. Aber er legte den Kopf um eine Winzigkeit schräg, und ich wußte, daß sein Blick zum Rückspiegel gegangen war.

Der Mercedes hatte elektrische Fensterheber. Das Fenster auf meiner Seite öffnete sich mit leisem Surren und ließ einen mörderischen Hitzeschwall herein. Ich steckte den Kopf hinaus, blickte zurück zu den Leuten, die vereinzelt aus dem Karlcraft herauskamen, und ließ das Fenster wieder hochsurren. »Ganz wie du willst«, sagte ich. »Mr. Eastlake wird bald hier sein.«

Spider blies die Backen auf und pustete die Luft langsam und stetig wieder aus, als wäre ich ein begriffsstutziges Kind, das seine Geduld auf die Probe stellte. Dann schüttelte er den Kopf, als käme er widerwillig zu einer Entscheidung, die er bereits bereute, beugte sich vor mir herüber und öffnete lässig das Handschuhfach. Der Deckel klappte herunter, und zum Vorschein kam eine glänzende, verchromte Pistole.

Dergleichen sah ich nicht jeden Tag. Genau gesagt, ich hatte noch nie eine gesehen. Jedenfalls keine echte. Vor nicht allzu langer Zeit trugen nicht einmal Cops Pistolen. Und jetzt, wo sie's taten, waren es mit Sicherheit keine solchen. Das da war eine verchromte Automatic mit kreuzschraffierten Griffschalen. Ich hatte genügend Filme gesehen, um soviel zu wissen. Ob es die allerneueste Beretta .44 mit allen Schikanen und angeschlossenem Fanartikel-Handel war, wußte ich nicht, und es war mir auch egal. Kanonen interessierten mich nicht. Ich hatte eine Heidenangst vor ihnen, aber sie interessierten mich nicht. Neben der Pistole lag ein ungeöffnetes Päckchen Wrigley's Arrowmint. Spider ließ mich einen Moment lang die Pistole bewundern, dann griff er nach dem Kaugummi und klappte das Handschuhfach zu.

Ich kapierte. Noel Webb war kein bloßer Türaufhalter, kein niedriger Domestike. Er war auch nicht bloß wegen seines guten Aussehens, seiner Beflissenheit und seiner meisterlichen Fahrkunst da. Er war da, weil Lloyd Eastlakes Geschmack, was modische Accessoires anbelangte, die Beschäftigung eines Leibwächters einschloß.

Falls ein Arschloch wie Noel Webb glaubte, er könne mich dadurch einschüchtern, daß er mir seinen Penisersatz zeigte, hatte er sich geschnitten. Um Murray Whelan zu beeindrucken, brauchte es mehr als ein Stück Metall. Andererseits wollte ich mit Kanonen nun wirklich nichts zu tun haben. Spider wickelte seinen Kaugummi aus und hielt mir das Päckchen hin. Nimm es, oder laß es bleiben.

Ich war fix und fertig, verkatert, stocksauer, wurde belogen, hatte ein kaputtes Ohr und war mit meinem Zeitplan in Rückstand. Wenn Eastlake meinte, er brauchte einen bewaffneten Aufpasser, ging mich das nichts an. Sowenig wie die Tatsache, daß er es für richtig befunden hatte, den Job Spider Webb zu geben. Was die verschwundene Kopie von *Unser Heim* anging, kam mir das plötzlich unwichtig vor. Das eigentliche Spiel wurde von den großen Jungs oben in Max Karlins Büro gespielt, nicht hier unten in der Gosse mit einem Blödmann, der eine Kanone trug. Anstatt am Ball zu bleiben, jagte ich einer Chimäre hinterher. Solcher Mist gehörte nicht zu meinem Aufgabenbereich.

»Wir sehen uns, Spider«, sagte ich müde und öffnete die Tür.

Webb hatte bereits wieder die Nase in die Zeitung gesteckt. »Wir sind ja nicht blind.«

Ich wünschte, die Leute würden das nicht ständig zu mir sagen. Man konnte glatt paranoid davon werden. Wenigstens hatte er nichts über mein Ohr gesagt. Aus naheliegenden Gründen. Auch wenn meins völlig ramponiert war, fiel es nicht halb so sehr auf wie eins von Spider.

Ich ging zu Karlins Büro zurück. Agnellis Fairlane hatte sich in Bewegung gesetzt und fuhr die Straße entlang von mir weg. Großartig. Agnelli fuhr ohne mich, der Mistkerl. Wahrscheinlich hatte er nicht nur Max Karlin um eine kleine Wahlkampfspende angehauen, sondern er ließ mich auch noch im Stich. Mein Charade stand am Parliament House, ein dutzend Straßen weiter.

Am ehesten würde ich noch am Queen-Victoria-Markt ein Taxi erwischen. In meinem Kopf nahm eine Einkaufsliste Gestalt an. Von der Gluthitze des strahlend blauen Himmels gebeugt, eilte ich durch die von der Sonne verödeten Straßen. Samstags schloß der Markt um halb eins, und das war es schon.

Das jahrhundertealte, täglich frische Aroma der offenen Buden schwebte zu meiner Begrüßung heran. Heiße, gezuckerte Doughnuts, überreife Tomaten, das Geknister und die Ausdünstungen von Zwiebelhäuten, der beißende Geruch von Sojasauce und Lebendgeflügel. Dies alles miteinander vermischt, mit den Auspuffgasen von Gabelstaplern angereichert und unterm Grill der Blechdächer gebacken. Dann kam die Geräuschkulisse – das Scharren schlurfender Füße, das Gebrüll, mit dem letzte Sonderangebote angekündigt wurden, die hartborstigen Besen der Straßenkehrer, das Pladdern der Wasserschlauchstrahlen in dampfenden Rinnsteinen.

Die oberen Stände waren bereits geschlossen, ihre üppigen Warenberge zu einer Hügelreihe unter grauen Planen geschrumpft. Weiter unten fand ich nach Überquerung einer Straße, die vom Hupen zurückstoßender LKWs dröhnte, einen noch geöffneten Chinesen, der bereit war, seinen Gewerbeschein zu riskieren, indem er mir taufeuchte Nektarinen und dicke Ingwerknollen anbot. Zu einem überteuerten Preis kaufte ich Mangos, Mandarinen und feste Tomaten. Red mochte Avocados. Ich kaufte sechs. Einer Griechin, die hinter der letzten Glasvitrine der Delikatessen-Abteilung gerade die Kasse leerte, schwatzte ich Feta, Schinken und Walnußbrot ab. Dann schleppte ich meine Vorräte zum Taxistand. Sämtliche anderen Mistkerle von Melbourne waren mir zuvorgekommen.

Bis zur Landung von Reds Flugzeug waren es noch zwei Stunden. Das Abstauben konnte warten. In jeder Hand eine überladene Plastiktüte, marschierte ich hügelaufwärts Richtung State Library.

16

Schon oberflächliches Wissen ist gefährlich, doch wer wirklich gefährlich leben will, beginnt damit am besten in der State Library. Selbst an einem ruhigen Samstagnachmittag kann ihr freundliches Personal diffuseste Befürchtungen in einen Bienenschwarm bedrohlicher Konsequenzen verwandeln.

Still und friedlich lag der Lesesaal da, weit unter seiner halbkugelförmigen Kuppel, durch die kühles, unterseeisches Licht herabsickerte – die wie Speichen zur Nabe nach der Mitte hin gestellten Tische ein unmerklich sich drehendes Rad im stummen Getriebe der Weisheit. Ich übergab meine Lebensmittel der Obhut der Garderobenfrau und ging vom Allgemeinen zum Besonderen über, dem *Art Sales Index*, in dem die Werke aufgeführt waren, die bei den bedeutendsten Auktionen der Welt unter den Hammer kamen.

Die internationalen Kunstpreise spielten völlig verrückt. In den vergangenen fünf Jahren hatte sich der Handelswert – von uralten Bronzen bis hin zu zoologischen Aquarellen – weltweit verachtfacht. Beteiligt waren nicht nur das Yasuda Fire and Marine oder das Getty Museum. Die ganze Welt mischte mit. Englische Steuerberatungsfirmen kauften sowjetische Konstruktivisten auf, brasilianische Viehmakler versuchten, das flämische Rokoko zu monopolisieren, und ein ehemaliger Schildermaler aus Perth hatte soeben 43 Millionen Pfund für van Goghs *Sonnenblumen* bezahlt. Für solche Beträge konnte man auch noch das Ohr verlangen. Fast über Nacht wurden gefärbte Stoffetzen ohne eigentlichen Wert von der Logik des Marktes in Waren verwandelt, deren Preise so hoch waren, daß man mit dem Geld ganz Afrika hätte ernähren können.

Die einheimischen Preise wollten hinter New York und London nicht zurückstehen und waren dem globalen Trend dicht auf den Fersen. Dem australischen Auktionsanzeiger zufolge brachten bescheidene kleine Bilder bekannter australischer Künstler, die man in den letzten zwanzig Jahren jederzeit für zwei Riesen hätte kaufen können, plötzlich das Fünf- bis Zehnfache.

Victor Szabos Name tauchte selten, in manchen Jahren überhaupt nicht auf. Andererseits aber umfaßte sein Gesamtwerk nach dem, was ich im Botanical Hotel gehört hatte, nur ungefähr vierzig bekannte Gemälde. Davon waren in den vergangenen Jahren elf auf Auktionen angeboten worden, sechs mehr als einmal. Die Preise waren zunächst langsam gestiegen und hatten kaum mit dem allgemeinen Trend Schritt gehalten. Dann, in jüngerer Zeit, hatte sich das Tempo erhöht. Die Steigerung entsprach einer allgemeinen Tendenz des Marktes, bislang unterbewertete Künstler ausfindig zu machen, da der Wert der großen Namen ins Astronomische ging.

Als Spitzenpreis für einen Szabo waren hunderttausend Dollar genannt. Nichts, was auch nur entfernt an den Betrag herankam, den Karlin forderte. Entweder war an *Unser*

Heim mehr dran, als man auf den ersten Blick wahrnahm, oder irgendwer wurde hier beschissen.

Der ungebändigte Blick: Das Genie Victor Szabos 1911–77 von Fiona Lambert war eine schön gestaltete Couchtisch-Angelegenheit, die vor zwei Jahren erschienen war. Reichlich Text, prächtige Abbildungen und auf dem Vorsatzblatt ein Abschnitt Biographisches über die Verfasserin. Ausstellungskuratorin, Galeriedirektorin, BA (Honours). Heiße Luft.

Beim Durchblättern fand ich, wonach ich suchte. *Unser Heim: Öl auf Leinwand, 175 cm x 123 cm, 1972. Privatbesitz.* Ich brütete über der Hochglanzoberfläche der Abbildung, suchte nach irgendeinem bislang übersehenen Detail, anhand dessen ich dieses Bild von dem unterscheiden könnte, das ich in Marcus Taylors Atelier gesehen hatte. Es war sinnlos. Die beiden Bilder waren in meiner Erinnerung in eins zusammengefallen.

Zwei Bilder, zwei tote Männer. Der eine ein Künstler von wachsender Berühmtheit, seit zehn Jahren tot. Der andere ein unbekannter *loser,* seit zwölf Stunden tot. Zweierlei verband sie miteinander. Das eine war ein Bild von einem Haus mit einem Rasenmäher davor. Das andere war ein eselsohriges Foto in der erbärmlichen Sammlung persönlicher Habseligkeiten eines Selbstmörders. Irgend etwas an alledem stimmte nicht. Beunruhigende Möglichkeiten gingen mir im Kopf herum, setzten mir zu. Das fehlende Gemälde. Salinas emotionale Spielchen. Spiders bedrohliche Geheimnistuerei. Irgend etwas war im Busch, und es roch faul. Es roch nach einem Ei in Angelo Agnellis Gesicht. Ich beschloß weiterzuschnüffeln.

In Lamberts Index stand kein Marcus Taylor. Ich watete in den Text hinein. *Die Plastizität des Werkes von Victor Szabo inszeniert ein vielschichtiges, fast zwanghaftes Auseinanderfallen in unzählige Identitäten,* begann er. *Sein Vokabular verschweißt das Spezifische des thematischen Vorwurfs mit der Logik der Allegorie und schlägt so eine Brücke zwischen dem entpersonalisierten Formalismus der Abstraktion und der narrativen Poetik einer ungehemmten Suche nach dem archetypisch Profanen.*

Darin würde ich ihr ganz bestimmt nicht widersprechen. Ich las weiter. Es wurde nicht einfacher. Im Vergleich zur Kunstkritik perlte der mehlige Jargon der Bürokratie wie Nachtigallengesang. Nicht einmal im Munde des Oppositionsführers vermittelten Worte so wenig. Während ich übersprang und überblätterte und einen Faden von Verständnis aus dem Wollknäuel von Fiona Lamberts Prosa herauszufieseln versuchte, kritzelte ich die wenigen biographischen Fakten, die dabei abfielen, mit einem Kugelschreiber, den jemand auf dem Katalogkasten vergessen hatte, auf einen Bestellzettel.

Soweit ich feststellen konnte, lief es im großen und ganzen darauf hinaus, daß Szabo im habsburgischen Budapest geboren war, in den dreißiger Jahren in Paris Kunst studiert hatte und nach dem Zweiten Weltkrieg als Heimatloser nach Australien gekommen war. Da er aufgrund der Umstände und seines Temperaments keinen Kontakt zur einheimischen Kunstszene fand, landete er als Bahnarbeiter in den Blue Mountains westlich von Sydney und zeichnete und malte in seiner Freizeit. Ende der Fünfziger lebte er im Süden, wohnte am Rande von Melbourne, widmete sich ausschließlich der Malerei, stellte sein Werk gelegentlich aus und fand zuweilen sogar einen Käufer. Der für ihn typische Realismus begann sich herauszubilden, und er beschäftigte sich verstärkt mit dem Thema Vorstadt. Er malte ständig, zerstörte jedoch den größten Teil seiner Produktion und behielt nur seine gelungensten Bilder. Als menschenscheuer Einsiedler wahrte er nur über seinen Händler Giles Aubrey den Kontakt zur Außenwelt. Schließlich überwarf er sich auch mit diesem. Seine Begabung, so formulierte es Fiona Lambert, konnte die Zwänge der Beziehung nicht mehr ertragen.

Etwa um diese Zeit, 77 oder 78, erschien Lambert selbst auf der Bildfläche. Und das keinen Moment zu früh. Bis zu diesem Zeitpunkt war in der Geschichte keine Frau aufgetreten, die nicht entweder selbst Künstlerin, Frau eines Künstlers oder Kunstkritikerin war. Wenn man Fionas Version der Lebensgeschichte von Victor Szabo Glauben schenken wollte, war es kein Wunder, daß der alte Knabe in ihren Armen das Zeitliche gesegnet hatte. Reine Verblüffung über sein plötzliches Glück.

Falls es irgendeinen Anhaltspunkt für eine Verbindung zwischen Szabo und Taylor gab, so war er jedenfalls nicht in Fiona Lamberts Text zu finden. Ich durchblätterte erneut die Illustrationen. Skizzen, gekonnte Landschaftsdarstellungen, architektonische Details, Kohlestudien, die fertigen Gemälde.

Zwei der Zeichnungen, die von Anfang der fünfziger Jahre datierten, waren weibliche Akte. Wo hatte er wohl seine Modelle gefunden, dieser neuaustralische Bahnarbeiter? Eines war eine Rückenansicht, grob umrissen, ein paar breite Striche, die die Krümmung eines Rückens, eine Haarsträhne, die Wölbung eines Gesäßes andeuteten. Das andere war eine detailliert ausgeführte Bleistiftskizze, Gesicht und Schultern im Dreiviertelprofil.

Die Ähnlichkeit war unverkennbar. Es war die Frau auf dem Schnappschuß in Marcus Taylors Schreibtischschublade. Auf dem Erinnerungsfoto wirkte sie ausgelassener. Die Frau auf der Zeichnung dagegen wußte, daß er bald gehen würde, ihr kunstbeflissener europäischer Liebster. Die glückliche Zeit, in der die Kamera sie zusammen auf dem Aussichtspunkt in den Bergen eingefangen hatte, verblaßte rasch. Ihr Bauch war aufgebläht, ihr Gesichtsausdruck resigniert. Marcus Taylors Geburtsort war laut seinen Bewerbungsunterlagen Katoomba, Juwel der Blue Mountains, Tor zum ursprünglichen australischen Busch.

Ehe ich die Bibliothek verließ, wollte ich noch einen Blick in ein paar andere Publikationen werfen. *Veneer: Journal für zeitgenössische Kulturkritik* erschien vierteljährlich. Ich schlug die Seite mit dem Impressum auf. *Veneer,* hieß es dort in der denkbar kleinsten Type, *dankt dem Beratungsgremium Bildende Kunst des Kulturministeriums des Staates Victoria für finanzielle Unterstützung.* Ich maß dem keine Bedeutung bei. Ich fand es bloß interessant, das war alles.

Das zweite Buch, das ich konsultierte, war fast genauso klein gedruckt. Es war dick und gelb und ruhte auf einer Metallkonsole unter dem Münztelefon im Foyer. Unter Kunsthändler war zwischen »Atelier on the Yarra« und »Aussie's Aborigine Art« ein Eintrag für »Aubrey Fine Art«. Ich wählte die Nummer und verlangte nach Mr. Giles Aubrey.

Es herrschte ein Moment Schweigen, dann kam ein Geräusch, bei dem es sich um das Hochziehen von Augenbrauen gehandelt haben könnte. »Giles Aubrey ist schon seit einiger Zeit nicht mehr bei uns«, sagte eine hochnäsige Männerstimme.

»Sie wissen nicht zufällig, wo ich ihn erreichen kann?«

»Eigentlich nicht. Er hat das Geschäft vor mehreren Jahren verkauft und sich zur Ruhe gesetzt. Ich bin der jetzige Eigentümer. Kann ich Ihnen vielleicht helfen?« Mit anderen Worten, kann ich dir ein Bild verkaufen, und wenn nein, dann verpiß dich.

»Es handelt sich um eine ziemlich heikle Geschichte«, sagte ich, »die die Herkunft eines Werkes betrifft, das ich vor einiger Zeit gekauft habe, als Mr. Aubrey noch der Verantwortliche war. Ehe ich juristische Schritte einleite, würde ich gern mit Mr. Aubrey sprechen. Falls das allerdings nicht möglich ist... Wie, sagten Sie, war doch gleich Ihr Name?«

»Einen Moment, Sir.« Ein paar Sekunden später nannte er mir eine Telefonnummer. Die ersten drei Zahlen, die den Ortsbereich bezeichneten, sagten mir nichts, doch vermutete ich einen der eleganten Vororte im Osten.

»Das ist Eaglemont, richtig?« Ein Viertel mit einem leicht künstlerischen Anstrich.

»Coldstream«, sagte Augenbraue, darauf bedacht, mich loszuwerden.

Coldstream natürlich. Eltham, Kangaroo Ground, Christmas Hills, Yarra Glen, Coldstream. Draußen, wo die Lebensmitteldiscounter und die Möbelhäuser Gärtnereien und Keramikläden Platz machten. Eine Buschland-Boheme aus Lehmziegeln und Rotwein, auf deren Waldlichtungen einst Kolonien freidenkender Künstler ihre Behausungen aufgeschlagen hatten, um aus Metallschrott Wombats zu bildhauern, Jazz zu hören, ihre Frauen zu tauschen und sich Bärte wachsen zu lassen. Wo einst Minister von Schattenkabinetten im Rollkragenpullover hingegangen waren, um sich von polygamen Anarchisten porträtieren zu lassen. Lange bevor die Kunst zur Industrie wurde, zu der Zeit, als sie noch ein Talisman gegen das triumphierende Spießertum der sich ausbreitenden Vorstadt war, waren diese buschigen Hügel ihr Camelot.

Viel Camelot war dort draußen nicht mehr übrig – nicht, seit die Kunst sich in die Innenstadt verfügt hatte, postmodern geworden war und sich vor dem Ausschuß für Wirtschaftsförderung auf ihre Multiplikatorenwirkung und ihr Kosten-Nutzen-Verhältnis berief. Nicht, seit die betuchten vorstädtischen Vogelbeobachter ihre Range Rover in ihren Einfahrten parkten und ihre Buschpfade mit Betonkopfsteinen in altertümlicher Optik pflasterten, die in einer Riesenauswahl durchweg natürlicher Designerfarben erhältlich waren. Nur die halbwilden Kinder der Künstler waren, mittlerweile dreißig, übriggeblieben und gingen, nach Patschuli stinkend, noch immer barfuß. Und der alte Giles Aubrey, der sich an irgendeiner Biegung des Flusses zur Ruhe gesetzt hatte.

Sein Telefon klingelte lange, so lange, daß ich mir meine Worte zurechtlegen konnte und schon glaubte, er werde nicht abnehmen. »Giles Aubrey.« Eine Stimme mit gerundeten Vokalen und knapper Sprechweise, eine Stimme von der Art, die man früher als kultiviert bezeichnet hätte und die nahelegte, ich solle umgehend mein Anliegen vortragen – und wehe, ich stellte mich dumm an.

Wer auf Giles Aubreys Unterstützung hoffte, mußte den Respektvollen machen und seine fünf Sinne beisammenhalten. Ich entschuldigte mich dafür, daß ich ihn am Wochenende störte, deutete an, daß ich auf ausdrückliche Weisung des Kulturministers anrief, und fragte ihn, ob er mir einen Augenblick seiner fraglos kostbaren Zeit schenken und ein paar Hintergrundinformationen zu Victor Szabo liefern könne. »Der Minister ist derzeit auf eine begrenzte Anzahl sachverständiger Quellen angewiesen. Ms Lambert, Szabos Biographin, war natürlich äußerst hilfreich.«

Bei aller Durchtriebenheit in seiner Stimme ließ sich Giles Aubrey nicht dazu herab, der Versuchung zu kleinlicher Rivalität nachzugeben. »Was genau möchten Sie wissen, Mr. Whelan?«

»Es geht mehr um den persönlichen Aspekt. Familiäre Einzelheiten, Kinder, solche Sachen.«

»Ich weiß nicht recht, ob ich Ihnen folgen kann.« Seine Stimme zitterte vom Alter, aber er konnte mir sehr wohl folgen.

»Victor Szabo ist der Öffentlichkeit immer noch weitgehend unbekannt.« Hier bewegte ich mich auf unsicherem Boden. »Deshalb wird man sich natürlich sehr für seinen Hintergrund interessieren, wenn angekündigt wird, daß ein staatliches Museum sechshunderttausend Dollar für eines seiner Gemälde ausgibt.«

»Soviel? Für ein Bild von Victor? Tatsächlich?« Hinter der patrizischen Ungläubigkeit lag noch etwas anderes. Genugtuung, vielleicht. »Welches, wenn ich fragen darf?«

Ich sagte es ihm. Längeres Schweigen trat ein, und als er schließlich etwas sagte, geschah es in einem Ton, als erlebe er das Eintreffen eines lange erwarteten Ereignisses. »Ach du meine Güte«, sagte er. »Du meine Güte.«

Coldstream war gute anderthalb Stunden entfernt. »Ich bin irgendwann heute nachmittag in Ihrer Gegend«, sagte ich. »Vielleicht könnte ich vorbeischauen?«

»Aber ja.« Seine Einwilligung kam sofort und vorbehaltlos. »Manches bespricht man wirklich besser unter vier Augen.« Das letzte Haus, sagte er mir, am Fuß des Hügels.

Doch alles der Reihe nach. Die Frucht meiner Lenden war im Anmarsch. Ich schaffte meine Einkäufe zum Parliament House, räumte sie in den Charade und hatte, als ich am Flughafen ankam, noch ein paar Sekunden Zeit.

Tullamarine wimmelte von italienischen Familien, die auf den Alitalia-Flug aus Rom warteten und sich die Beine in den Bauch standen, während der Zoll ihre Großmütter nach geschmuggelter Salami filzte. Reds Flug hatte zehn Minuten Verspätung – so daß ich noch lesen konnte, was die Experten der Samstagszeitungen zur Kabinettsumbildung zu sagen hatten.

Stühlerücken auf der Titanic, so der allgemeine Tenor. Da uns dieselben Leuchten vor den letzten Wahlen zuversichtlich eine Niederlage prophezeit hatten, versuchte ich, nicht gekränkt zu sein. Schließlich hatten wir mit zwei Sitzen Vorsprung gewonnen. Der Artikel des *Herald* über die Geschichte am Graben umfaßte fünf Absätze, brachte nur die knappsten Fakten und lag auf der erwarteten Linie. In einem Kasten daneben ging es um Selbstmorde berühmter Künstler.

Alles in allem hatte ich, nachdem das Flugzeug gelandet war, eine halbe Stunde am Gate gewartet, als die letzten Passagiere durch das Tor strömten. Red war nicht darunter.

Es war eindeutig sein Flug. Eindeutig. Die Frau am Schalter der Fluggesellschaft überprüfte es, indem sie ihre glänzenden Fingernägel über eine Tastatur flitzen ließ und auf ihrem Monitor nachsah. Unbegleitetes Kind, Redmond Whelan. Mit Ticket, bestätigt und an Bord gegangen. Ob ich ihn in der Menschenmenge vielleicht schlicht übersehen hätte? Es seien eine ganze Menge Familien mitgeflogen, die aus dem Urlaub zurückkamen. Ob er vielleicht direkt zur Gepäckausgabe gegangen sei?

»Das würde er nie tun«, sagte ich mit wachsender Panik und drehte mich, um es ihr zu beweisen, mit schwungvoller Armbewegung um.

»Reingelegt!«

Red stand mit breitem Grinsen hinter mir.

17

Wir umarmten uns, seine Wange an meinem Brustbein, sein Gesicht vom Schild seiner Baseballmütze verdeckt. Es war eine kräftige, aber kurze Umarmung. Selbst ein Zehnjähriger muß auf sein Image bedacht sein.

»Tja«, sagte ich und hielt ihn auf Armeslänge von mir ab, um ihn besser betrachten zu können. Jedesmal, wenn ich Red wiedersah, hatte er sich auf subtile, unbeschreibbare Weise verändert. Sein Gesicht hatte noch immer etwas von einem Barockengel, doch der Körper darunter war sehniger, hatte weniger Babyspeck. Seine Endgestalt, diese Einbildung gestand ich mir zu, würde er eher mir als seiner Mutter zu verdanken haben. »Wie geht's dir so?«

»Gut.«

»Wie war der Flug?«

»Gut.«

»Wie waren deine Ferien?« Drei Wochen Strandurlaub in Noosa Heads mit Wendy und ihrem Anwaltsfreund. Ich wollte es gar nicht so genau wissen.

»Gut.«

So weit, so gut. »Gut«, sagte ich.

Als ziemlicher Vielflieger reiste Red mit leichtem Gepäck. Ein Rucksack und ein Walkman, mehr war es nicht. Alles, was er sonst noch brauchte – mehrere hundert Comics, ein Skateboard und Kleider zum Wechseln – erwartete ihn in seinem Zimmer in meiner Wohnung. *Unserer* Wohnung, dachte ich und floß schier über vor Rührung.

Damals, als Red sieben war und seine Mutter in Canberra an ihrer Zukunft in der Oberliga der Antidiskriminierung bastelte, hatten er und ich fast ein Jahr lang zusammengewohnt. Wendy war in regelmäßigen Abständen nach Hause gekommen und hatte häufig angerufen, doch manchmal waren wir wochenlang nur zu zweit und ließen es uns gutgehen. Okay, wir aßen so oft außer Haus, daß wir im Pizza Hut unseren eigenen Tisch hatten, wir schliefen in einem Bett, um uns Hausarbeit zu sparen, und wir schwänzten ab und zu die Schule. Aber ich bestellte jedesmal Pizzas mit hohem Gemüseanteil, bestand darauf, daß Red sich mindestens einmal die Woche die Zähne putzte, und hielt ihn relativ frei von Parasitenbefall. Und daß Wendy ihn eines Morgens allein antraf, als sie früher als erwartet ankam, war ein unvermeidlicher Zufall. Die olivenhäutige Schönheit in meinem Bett und der Hell's Angel mit dem Stemmeisen auf dem Dach hatten eine vollkommen einleuchtende Erklärung, die sie sich nur leider nicht anhören wollte.

»Was hat der Kieferorthopäde gesagt?« fragte ich auf dem Weg zum Parkplatz.

Red demonstrierte mit offenem Mund das Problem. »E at geagt, i auche eine Ange.«

»Wieso brauchst du eine Spange?« Abgesehen davon, daß das nur irgendeinem überteuerten Zahnklempner die Taschen füllen würde, schickte ich Wendy bereits fünfhundert Dollar pro Monat. Nicht daß mich auch nur ein Penny reute.

»E at geagt, i ab ei Ü er iß.«

»Du hast keinen Überbiß. Dein Gesicht ist genauso geformt wie meins. Und ich sehe ja wohl okay aus, oder?«

Red beäugte mich skeptisch. Sein Blick verweilte auf meinem verpflasterten Ohr. Er sagte nichts, aber ich sah die beiden schon vor mir, wie sie mir in der Mary-Martin-Filiale von Sydney *Erste Hilfe für den Heimwerker* als Geburtstagsgeschenk einpacken ließen.

»Meinst du, Tark ist heute zu Hause?« Das war Red von seiner sensiblen Seite: Er wollte nicht, daß ich glaubte, er besuche eigentlich gar nicht mich. Tarquin Curnow war sein bester Kumpel in Melbourne, möglicherweise auf der ganzen Welt, und die beiden hatten zweifellos schon miteinander telefoniert und Pläne für das Wochenende ausgeheckt. Jedesmal wenn Red zu Besuch kam, ging er direkt zu

Tarquin, und die beiden klebten zusammen wie siamesische Zwillinge.

Ich fühlte mich nicht gekränkt. Tarquin Curnow war seit dem Kindergarten mit Red befreundet, und beim Kauf meines neuen Hauses hatte den Ausschlag gegeben, daß es nach hinten auf dieselbe Straße hinausging wie die große Terrasse der Curnows. Tarquins Eltern, Faye und Leo, waren alte Freunde von mir, und bessere, als ich sie verdiente, besonders Faye, die dazu neigte, sich über meinen unbeweibten Status Sorgen zu machen, der ihrem Empfinden von Natürlichkeit zuwiderlief. Ich begann allmählich, ihre Meinung zu teilen.

Die Temperatur lag schon eine ganze Weile bei vierzig Grad, und meine Einkäufe müffelten schon etwas, als wir den Charade ausfindig gemacht hatten und den Parkplatz hinter uns ließen. Wir fuhren direkt zu den Tarquins. Wenig sinnvoll, nur heimzufahren, um ein Stück Käse in den Kühlschrank zu legen. Der von Faye war genauso kalt.

Die Haustür der Curnows wurde von einem vierjährigen Mädchen in verblichenem rosa Kleidchen geöffnet. Sie ignorierte mich völlig, warf einen einzigen Blick auf Red, drehte auf dem Läufer im Flur eine Pirouette und sauste in das schattige Hausinnere. »Er ist da. Er ist da. Red ist da.« Das war Fayes und Leos Jüngste, Chloe. Kein Wunder, daß es Red hier gefiel. Hätte Chloe einen Korb voller Rosenblätter gehabt, hätte sie sie vor ihm ausgestreut.

Der Flur endete in einem kunterbunt möblierten Raum, teils Küche, teils Wohnzimmer, der mit dem üblichen Schutt des Familienlebens übersät und mit schweren Stabrollos verdunkelt war. Die Rollos machten ungefähr drei

Grad Unterschied aus, so daß man sich eher wie in Kairo als wie in Khartum vorkam. Trägheit lag über dem Haus. Tarquin rappelte sich wie eine Gottesanbeterin von einem Sitzsack vor dem Fernseher hoch, und die Jungen sausten in verschwörerischer Vorfreude die Treppe hinauf. Chloe folgte ihnen optimistisch.

Leo war oben und hielt ein Nickerchen. Faye stand in einem kurzen Kittel am Ausguß und wusch unter laufendem Wasser eine Handvoll Grünzeug. Ich machte den Kühlschrank auf. »Ich nehme auch eins«, sagte Faye.

Der Kühlschrank war ein Füllhorn, das alles von Anchovis bis Zucchini enthielt. Ich legte Schinken und Feta hinein, machte zwei Flaschen Cooper's Pale Ale auf, ließ mich in den nächststehenden Sitzsack sinken und begann mich endlich zu entspannen.

Faye, die auf Teufel komm raus den neuesten Kochtrends folgte, war Journalistin beim *Business Daily* – eine jener Zeitungen, in denen Artikel mit Überschriften wie OECD GIBT GDP GRÜNES LICHT und BANKENVERBAND HÖRT WACHSTUMSSIGNALE stehen –, während Leo irgend etwas Obskures in der Verwaltung der Melbourne University machte. Keiner von beiden war das, was man als Erfolgstyp bezeichnen würde, und der Kontrast zwischen Fayes milliardenschweren Themen und ihren bescheidenen anarchischen persönlichen Verhältnissen hörte niemals auf, mich zu amüsieren.

»So.« Sie fügte der Fülle im Kühlschrank ein weiteres getauftes Gemüse hinzu, trocknete sich die Hände an ihrem Kittel und ließ ihre üppige Gestalt in einen von einer Katze zerkratzten Sessel sinken. »Hast du noch einen Job oder was?« Die Frage war sowohl privater als auch beruflicher Natur. Stets auf mein persönliches Wohlergehen bedacht, wollte sie außerdem die volle Wahrheit über die Kabinettsumbildung wissen.

»Zufriedenstellende Leistungsnachweise vorausgesetzt«, sagte ich ihr.

»Kulturministerium, wie?« sagte sie mit anerkennendem Pfeifen. »Das erklärt das Ohr. Willst wohl die Kunstclique beeindrucken, wie?«

»Ohne viel Erfolg.« Ich gab ihr einen kurzen Überblick über den vergangenen Abend, bis hin zu der Szene am Graben der National Gallery. Die Geschichte mit der Leiche interessierte sie nur am Rande – sie war nicht die Sorte Journalistin –, doch mein unvollendet gebliebenes Erlebnis mit Salina Fleet entlockte ihr ein mitfühlendes Glucksen. »Hast in letzter Zeit nicht viel Glück, was, Murray?«

»Wie kommt es eigentlich, daß ich nie jemand Normalen kennenlerne?« fragte ich, mittlerweile entspannt genug, um mich auf abgeklärte Weise selbst zu bemitleiden.

»Und was ist mit Eloise? Du kannst nicht behaupten, daß sie nicht normal ist.«

Eloise war Fayes jüngste Übung in Dinnerparty-Kuppelei. Eine Verlagslektorin, die einem verlassenen Kind glich und so nervös über meine kleinen Scherze lachte, daß ihr die Rote-Bete-Suppe zur Nase herauskam. Später brach sie auf ihrer Schwelle in Tränen aus, als ich versuchte, mich der Situation angemessen zu verhalten.

»Sie war eigentlich ganz nett«, sagte ich, denn ich wollte nicht undankbar wirken. »Nur eben nicht mein Typ.«

»Was ist denn dein Typ, Murray?« Faye betrachtete mich

allmählich als größere Herausforderung. Sie lud mich ständig zum Essen ein und setzte mich neben irgendeine laut tickende biologische Uhr. Bis jetzt hatte sie mich mit einer arbeitswütigen Kinderärztin, die ging, als ihr Piepser während des Osso buco Laut gab, einer Linguistiklektorin und einer aufstrebenden Wirtschaftsanwältin, die das Immobiliengeschäft aus dem Effeff kannte, zu verbandeln versucht. Und dann war da noch Jocasta gewesen, über die man am besten so wenig wie möglich sagte. Der Name sprach ja wohl auch für sich selbst.

»Ich weiß nicht«, sagte ich. »Jemand, den ich nicht beeindrucken und mit dem ich nicht konkurrieren muß. Jemand, der nicht schon bei der Vorspeise mein Erbgut taxiert. Jemand Nettes. Bei dem so richtig die Post abgeht.«

»Jemand, den du bei Bedarf aufblasen kannst?« sagte Faye. »Viel verlangst du ja nicht gerade.«

Die Jungs kamen mit Handtüchern über den Schultern die Treppe heruntergepoltert. »Dürfen wir ins Schwimmbad, ja? Sag schon, dürfen wir, ja?«

»Ich weiß was Besseres«, sagte ich. »Wir gehen in den Busch und suchen uns ein Wasserloch.« Coldstream dürfte strenggenommen wohl als Busch anzusehen sein. Red schien von der Idee angetan.

»Müssen wir?« quengelte Tarquin. Er würde eines Tages Politiker werden, unser Tark. Er tat prinzipiell nichts, ohne daß man ihn zunächst unter Druck setzen mußte.

»Ich würde ja auch Chloe mitnehmen«, sagte ich mit einem Augenzwinkern zu Tarquin. »Aber der Sicherheitsgurt ist kaputt.« Das gab den Ausschlag. Eine rein männliche Expedition in die Wildnis.

»Du bleibst hier und hilfst Mami«, sagte Faye zu dem völlig geknickten Mädchen. »Und heute abend machen wir ein Picknick im Park, okay? Du kannst deine Freundin Gracie dazu einladen, okay?«

Ich ging nach oben ins Badezimmer der Curnows und nahm den Verband von meinem Ohr ab. Es verheilte sehr schön. Jedenfalls würde ich mein Ohrabtrennungserlebnis besser überstehen als Vinnie van G. Mit ein bißchen frischer Luft war mein Ohrläppchen in zwei, drei Tagen wieder so gut wie neu.

Mit Sonnencreme eingeschmiert, stiegen die Jungen und ich in den Wagen. »Bleibt im Schatten, gebt auf Äste im Wasser acht und verirrt euch nicht«, mahnte Faye nützlicherweise. »Und paßt auf Schlangen auf.« Ich gab ihr mein schon etwas matschiges Obst und beendete damit ihre Beratung über das richtige Verhalten im Busch, ehe Tarquin kneifen konnte.

Mit heruntergekurbelten Fenstern brausten wir über den Highway und sangen mit dem Radio mit. Hits und Erinnerungen. *Ah bin cheated. Bin mistreated. When will ah be loved.* »Warst du ein Mod?« wollte Red wissen. »Oder ein Rocker?«

Binnen einer halben Stunde hatten wir das bebaute Gebiet hinter uns gelassen und gelangten in offene Landschaft, Stoppelfelder von einer Farbe wie Tee mit Milch. An der Abzweigung nach Kangaroo Ground verlief die Straße zwischen zwei Weinbergen hindurch, und die Jungen ließen mich glauben, ich hätte ihnen weisgemacht, daß tatsächlich Känguruhs zwischen den Reben hindurchhüpften. Die Straße erklomm sanft gewellte Hügel, fiel in locker bewaldete Täler ab und wand sich durch Tunnel von sprenkeliger Dunkelheit. Auf einer kahlen Erhebung stand, von schütteren Zypressen umgeben, eine Holzschindelkirche mit abblätterndem Anstrich, davor ein baufälliges Schild: »UCHT UND IHR WERDET FINDEN.«

»Apropos«, sagte ich. »Ich muß noch schnell bei jemandem vorbei.« Den Hang zum Schwindeln, den sich Eltern angewöhnen, wird man nur schwer wieder los.

»Ooohhh«, stöhnten die Jungen im Chor, aber der Wind riß das Gejammer mit sich fort.

An der Feuerwache von Christmas Hills, einer Wellblechhütte, saßen freiwillige Feuerwehrleute in Erwartung des Schlimmsten bis zur Hüfte nackt im Schatten eines Betonwassertanks und bewegten sich nur, um den von unserer Vorbeifahrt aufgewirbelten Staub fortzuwedeln. Am hinteren Ende einer ungepflasterten Straße fand ich, wie angegeben, Giles Aubreys Haus in einem zundertrockenen Wäldchen junger Sandarakzypressen.

18

Der architektonische Stil war die hiesige Spezialität: Lehmziegelgotik. Tonfarbene Adobewände mit hochsitzenden Fenstern, das Ganze tief in den Hang geschmiegt. Irgendwo weiter unten wand sich der Fluß zwischen den Bäumen dahin. Wir gingen auf der Suche nach dem Eingang um das Haus herum. Unter unseren Füßen raschelte trockenes Laub, und von den hellen Tönen der Glockenvögel klangen uns die Ohren. »Vorsicht vor Schlangen«, ermahnte ich die Jungen. Es wäre typisch für Tarquin, sich beißen zu lassen.

»Sie meinen doch wohl hoffentlich nicht mich.« Der Mann, der das sagte, saß auf einer breiten, mit Terrakottafliesen belegten Terrasse im Schatten einer Pergola an einem Gartentisch. Hinter ihm führte eine Glastür in ein Haus voller Bilder, Teppiche und Bücher. Vor ihm stand auf alten Zeitungen ein Körbchen mit Tomatensetzlingen.

Er war ein vertrockneter kleiner alter Hahn mit wachen Rheumatikeraugen und einem von spinnwebenartigen Blutgefäßen durchzogenen Teint. Der Kordelzug seines breitkrempigen Strohhutes saß fest unter seinem Kinn, und er trug ein Paar Gartenhandschuhe aus Leinwand. Im Aufstehen streifte er sie ab, streckte die Hand aus und machte den Charmanten. »Giles Aubrey«, verkündete er. »Und du bist…?«

Es war Red, an den er sich wandte, und einen Moment lang sah es so aus, als würde der Junge mich blamieren. Dann ergriff er Aubreys Hand und schüttelte sie ernst. »Redmond Whelan«, sagte er. Damit war sein Vorrat an Etikette so ziemlich erschöpft.

»Also, Redmond Whelan«, sagte Aubrey. »Wenn ihr beide den Weg da hinuntergeht, kommt ihr zu einer sehr schönen Stelle zum Schwimmen. Ihr braucht nicht mal eine Badehose. Es ist mein Privatbadeplatz.«

Schon startbereit, warteten die Jungen auf meine Erlaubnis. »Es ist ganz ungefährlich«, versicherte mir Aubrey. »Und ich bin nun wirklich für niemanden mehr eine Gefahr.«

Ich nickte, und die Jungen sausten den Hügel hinunter.

Aubrey griff nach einem Spazierstock mit schnabelförmigem Knauf und deutete auf den Korb mit den Setzlingen. »Wären Sie so nett, die mitzubringen?« Auf den Stock gestützt, ging er mir würdevoll voran zu einem Gemüsebeet am Fuße einer kurzen, aus alten Eisenbahnschwellen bestehenden Treppe. Die Erde war fest und trocken, der Salat geschossen. Ein steiler Pfad lief den Hang hinab, und durch die Bäume drangen Geplantsche und Gelächter zu uns herauf. Aubrey ließ sich auf die Knie nieder und stach mit einer kleinen Schaufel auf die Erde ein.

»Ich habe das mit dem jungen Marcus im Radio gehört«, sagte er. »Tragisch. Habe zuerst gar nicht richtig geschaltet. Früher hieß er nämlich Marcus Grierson. Grierson ist natürlich der Name der Mutter. Hatte trotzdem gleich ein ungutes Gefühl. Und als Sie dann angerufen und das Bild erwähnt haben, war mir auf einmal alles klar. Szabo ist das ungarische Wort für Schneider, ›tailor‹. In dieser Hinsicht war er ziemlich durchsichtig, der gute Marcus. Und nun ist der Geist wohl aus der Flasche. Ich nehme an, es stand alles in diesem Abschiedsbrief, von dem die Rede war?«

Sieh an, sieh an, sieh an. »In dem Brief sind gewisse Behauptungen aufgestellt worden«, sagte ich. »Aber wir würden gern hören, was Sie dazu zu sagen haben, ehe wir weitere Maßnahmen ergreifen.«

»In meinem Alter« – Aubrey drückte die Erde um die Setzlinge fest, und er ließ sich Zeit damit – »noch seinen guten Ruf verlieren.« So spät im Jahr gepflanzte Tomaten würden vermutlich nicht reif werden.

»Wenn Sie vielleicht ganz von vorn beginnen.« Der nüchterne Bürokrat, das war die richtige Methode.

Aubrey packte mein Knie und stemmte sich hoch. Sein Gewicht war so gering, daß ich den Druck kaum spürte. Die Gärtnerei hatte er mir zuliebe veranstaltet, eine Demonstration, daß das Alter ihn nicht ermüdet hatte. »Ich setze Wasser auf.« Gastfreundschaft verlangte bestimmte Rituale. Er goß die Setzlinge, und wir gingen den Hang wieder hinauf.

Aubreys häusliches Ambiente war eine eklektische Mischung aus wertvollen Erbstücken und veralteter Modernität. Gemälde in Erdtönen mit übertriebenen Rahmen. Ein mit Schellack-Politur behandeltes Sideboard, auf dem handgetöpferte Keramikknollen mit verlaufener Glasur standen. Perserteppiche. Abgenutzte dänische Luxussessel. Giles Aubrey hatte einmal auf schmalem Grat getanzt.

Ein Platz für alles, und alles an seinem Platz. Das Teegeschirr stand bereits auf dem Tisch. »Soll ich eingießen?« fragte er. »Eine Ingwerwaffel?«

Ich stellte mir meine Tasse aufs Knie, räusperte mich und wartete. Auch die Beichte hatte ihr Protokoll.

»Anfang der Siebziger hätte es Victor Szabo sehr gut gehen können«, begann er. »Sein Werk wurde zunehmend anerkannt, und zwar hauptsächlich dank der Popularität der amerikanischen Fotorealisten.« Er zuckte resigniert die Achseln. Der kultivierte Bückling war in Aubreys Branche vermutlich ein Berufsrisiko. »Aber Victor war ein schwieriger Mensch, ein Perfektionist, neurotisch und unberechenbar. Und ein Trinker. Er arbeitete monatelang an einem Bild, dann ging er auf eine Sauftour und verbrannte es anschließend. Was er machte, war gut, aber ich konnte von Glück reden, wenn ich pro Jahr drei, vier Bilder von ihm bekam. Ich habe ihm Vorschüsse bezahlt, was damals nicht ungewöhnlich war. Hundert Dollar die Woche für Lebensunterhalt und Malmaterialien, und das wurde dann mit den Verkäufen verrechnet. Hat mich ein Vermögen gekostet, der Mann. Er hatte ein altes Farmhaus gemietet, oben bei Yarra Glen. Das gibt es mittlerweile nicht mehr – eine Wohnsiedlung.« Er war dabei, abzuschweifen.

»Und Marcus?« fragte ich.

»Tauchte Mitte 72 auf. War damals gerade zwanzig. Victor hat sich ihm gegenüber ganz schrecklich verhalten und bestritten, daß er seine Mutter überhaupt gekannt hat, obwohl Marcus Bilder von den beiden hatte. Bestritten, daß er der Vater des Jungen war, obwohl eine unverkennbare Ähnlichkeit bestand. Dabei wollte Marcus gar nichts, außer Künstler sein. Er hatte Victor gegen den ausdrücklichen Wunsch seiner Mutter ausfindig gemacht. Ich glaube, er sah sich ein wenig als Victors Protegé. Hat seine Mappen mitgebracht und sie seinem Vater zu Füßen gelegt. War auch durchaus befähigt. Jedenfalls geschickt. Und das, denke ich, sprach Victors Ego an. Und so durfte Marcus als eine Art unbezahlter Sklave dableiben. Bei meinen Besuchen dort fand ich Victor häufig in seinem Atelier vor, wie er mit einem Pinsel in der einen und einer Flasche in der anderen Hand herumwütete, während Marcus auf Händen und Knien auf dem Küchenboden lag und ihm seine Leinwände grundierte. Marcus war fast zwei Jahre dort, und seine Anwesenheit schien sich günstig auszuwirken. Victor konnte nicht Auto fahren, aber Marcus hatte einen alten Kombi und tauchte alle paar Monate mit drei, vier Bildern im Laderaum in meiner Galerie in South Yarra auf. Nie genug für eine Ausstellung. Wahrscheinlich hätte ich damals Verdacht schöpfen müssen, aber Victor hatte mich inzwischen soviel Geld gekostet, daß ich lieber nicht genauer darüber nachdachte.«

Der Tee war mittlerweile lauwarm. Ich warf einen Blick zur Tür hinaus, spitzte ein Ohr in Richtung Fluß, hörte kein Geräusch von den Jungen. Aubrey stemmte sich hoch und griff nach seinem Spazierstock. »Vielleicht hat der Bunyip sie geholt«, sagte er. Gleich hinter dem Gemüsegarten blieben wir am oberen Ende des Pfades stehen. Unter uns lag der Fluß, eine Untiefe über Kiesgrund. Red und Tarquin lagen bäuchlings nebeneinander auf den Kieseln und ließen sich vom Wasser überströmen. Ihre nackte Haut schimmerte weiß vor dem braunen Gesprenkel der Steine.

Aubrey nahm den Anblick mit einem Seufzer in sich auf. *»Quam juvenile femur!«* rief er aus.

Die dritte Deklination hatte ich seit jeher nur schwach im Griff, aber ich kriegte mit, worauf er hinauswollte. Der alte Giles war ein leidenschaftlicher Geher, und hätte einen »jugendlichen Oberschenkel« gut gebrauchen können. »Wann hat sich Ihr Verdacht bestätigt?« fragte ich.

»Als ich eines Tages unangekündigt aufgetaucht bin. Victor war sturzbetrunken, und Marcus hat im Atelier gearbeitet. Da hat er zugegeben, daß der größte Teil dessen, was er im vergangenen Jahr geliefert hatte, gar nicht von Victor, sondern von ihm stammte. Victor hatte keine Ahnung, was da vor sich ging. Marcus hat mich gebeten, ihm nichts davon zu sagen.«

»Und eins dieser Bilder war *Unser Heim*?«

»Das mit Abstand beste davon.«

»Aber Sie haben es Karlin trotzdem verkauft.«

»Karlin hatte es bereits gekauft. Ich hätte es ihm sagen müssen, ich weiß. Aber das Thema, die Ausführung, alles bis auf die eigentliche Urheberschaft war klassischer Victor Szabo. Und ich habe darauf bestanden, daß Marcus damit aufhört. Habe ihm sogar seine eigene Ausstellung ermöglicht. Peinliche Angelegenheit. Prätentiös-akademischer abstrakter Expressionismus. Das einzige, was sich verkauft hat, habe ich selbst aus Mitleid gekauft. Victor ist nicht einmal zu der Ausstellung gekommen. Bald darauf hatten die beiden einen Riesenkrach, und Victor hat ihn hinausgeworfen. Sie haben nie wieder miteinander geredet. Zwei Jahre später habe ich die Galerie verkauft und mich zur Ruhe gesetzt.«

»Sie und Marcus Taylor waren also die einzigen, die wußten, daß *Unser Heim* eine Fälschung ist?«

Aubrey zuckte angesichts des Wortes zusammen. »Soviel ich weiß, ja. Ich hatte Angst, daß bei Victors Tod alles herauskommt. Das Testament war ein harter Schlag für Marcus, aber als er damals nichts sagte, habe ich die Sache aus meinem Gedächtnis verbannt, und da ist sie seither auch geblieben.«

»Das Testament?«

»Marcus hatte sich Hoffnungen gemacht, daß Victor ihn schließlich in irgendeiner Form anerkennen würde. Aber er hat ihn nicht einmal erwähnt. Mit keinem Wort. Hat alles dieser Lambert hinterlassen. Marcus war am Boden zerstört.«

Was für eine deprimierende kleine Geschichte. Vater-Sohn-Beziehungen sind selbst unter den günstigsten Bedingungen notorisch schwierig. Dieser Victor Szabo hörte sich nach einem Fall der allerübelsten Sorte an. Was Marcus Taylor, das arme Schwein, an psychologischem Narbengewebe mit sich herumgeschleppt haben mußte, hätte jeden fertiggemacht. Zum Glück hatte mein Sohn seine ödipale Schlacht schon gewonnen. Jedenfalls zur Hälfte. Für seine Mutter konnte ich mich nicht verbürgen.

»Er war für Frauen empfänglich, der gute Victor, und Fiona Lambert war kaum ein Drittel so alt wie er. Nicht daß er viel zu vererben gehabt hätte, bloß ein paar Bilder und seinen wachsenden Ruhm. Aber aus beidem hat sie jedenfalls das Maximum herausgeholt.«

»Die Schwarze Witwe.«

Aubrey schnaubte verächtlich. »Ach was, glauben Sie das doch nicht. Das hat sie selbst erfunden. Schamlose Eigenwerbung. Victor ist an Leberzirrhose infolge schlechter persönlicher Hygiene und zuviel billigen Weins gestorben.«

Ich hatte Mühe, die Bedeutung dessen zu erfassen, was Aubrey mir da erzählte. Die Neuigkeit, daß es sich bei dem Szabo des CMA gar nicht um einen Szabo handelte, war Dynamit. Sie war geeignet, nicht nur Fiona Lambert, die selbsternannte Expertin, in Verlegenheit zu bringen, sondern auch die Kompetenz der Regierung, die den Kauf mitfinanziert hatte, der Lächerlichkeit preiszugeben. »Ein juristisches Verfahren ist wohl unvermeidlich«, sagte der alte Mann, der an seinem Stock sichtlich abbaute.

»Das habe nicht ich zu entscheiden. Darf ich vorschlagen, daß wir dieses Gespräch bis auf weiteres vertraulich behandeln?«

Er nickte reumütig, als empfinge er eine bedingte Absolution. Es gab noch andere Fragen, die ich Aubrey hätte stellen sollen, solange ich die Möglichkeit dazu hatte. Aber die Geschichte von Taylor und Szabo hatte mein väterliches Gewissen gezwickt. Weit unten schwangen sich Red und Tarquin von einem überhängenden Ast aus in gefährlich seichtes Wasser. Also dankte ich Aubrey für seine Offenheit, versicherte ihn meiner Diskretion und ließ den alten Schrumpfvogel dann dort stehen: Tiberius inmitten seiner Tomaten.

Nachdem ich mich am sandigen Ufer ausgezogen hatte, stürmte ich ins Wasser und jagte Red und Tarquin wie aufgescheuchte Kraniche vor mir auseinander. Oberschenkeltief mitten im Fluß, ließ ich mich auf den Grund sinken und schwelgte in der kühlen Umarmung des Wassers.

Konnte man sich wirklich in derart flachem Wasser ersäufen? Konnte irgendein Gefühl der Kränkung, irgendein Drang zur Selbstdramatisierung stark genug sein, den fundamentalen Überlebensinstinkt des Körpers zu überwinden? Ich stieß mich vorwärts, ließ mich über den gesprenkelten Kies tragen und hielt dabei mit schierer Willenskraft die Luft an. Konnte irgendwer wirklich jenes reflexartige Gieren nach Luft beherrschen, das mich so unerbittlich nach oben trieb? Ich tauchte auf, schleuderte keuchend Wasser zur Seite.

Nein, Salina hatte unrecht. Marcus Taylor hatte sich nicht umgebracht. Sein Tod war ein Unfall. Er hätte nur zu keinem günstigeren Zeitpunkt kommen können, das war alles.

19

Vierzig Kilometer stromabwärts bot der Yarra im größten Hafen südlich von Singapur Liegeplätze für Öltanker und Containerschiffe. Näher an seiner Quelle bestand er im Hochsommer aus wenig mehr als einer Reihe flacher Teiche, die sich in weiten Abständen entlang einem schmalen, sich zwischen den flachen Hügeln hindurchwindenden Bett verteilten.

Wir gingen auf Erkundungstour. Die steilen Uferböschungen zu beiden Seiten waren dicht mit bleistiftgeraden Sandarakzypressen und struppigem Unterholz bewachsen, aus dem hier und da Granitnasen hervorstanden. Giles Aubrey hatte keine unmittelbaren Nachbarn, und wir hätten uns schon binnen Minuten in irgendeiner pfadlosen Wildnis befinden können. Hier, im ewigen Busch, konnten Mann und Junge an den Herausforderungen der rohen Natur ihre Männlichkeit erproben.

»Au«, sagte Tarquin. »Ich hab mich an dem Baum da aufgeschürft.«

Unerschrocken gingen wir immer weiter, kraxelten über Felsen und Brücken aus umgestürzten Baumstämmen. »Gibt's denn hier keine Schlangen?« wollte Tarquin wissen.

»Haltet die Augen offen«, sagte ich, auf das in mir eingewurzelte Wissen über den Busch gestützt. In meinen Adern floß Pionierblut. Meine Urgroßmutter väterlicherseits hatte einmal einen Pub in Ballarat geführt. »Macht beim Gehen möglichst viel Lärm.« Dieser Rat war überflüssig. Falls Tarquin es schaffte, gebissen zu werden, würde das an ein Wunder grenzen.

»Was macht man, wenn man gebissen wird?« wollte Red wissen.

Schlangen waren nicht gerade meine Stärke, jedenfalls nicht im zoologischen Sinne. Aber das Gelände erschien mir wie für sie geschaffen – von der Sonne gewärmtes Gestein, überall Spalten und Ritzen, reichlich Frösche und anderes Getier, das zum Trinken ans Wasser kam. Ich war es den Jungen schuldig, die altehrwürdige Folklore des Busches an sie weiterzugeben. »Man muß sich von jemand das Gift aus der Wunde saugen lassen«, erklärte ich. »Das ist die gängige Behandlung. Außer du wirst in den Hintern gebissen.«

»Was passiert dann?« fragte Tarquin, der mit ängstlichen Blicken das Flußufer musterte.

»Du steckst den Kopf zwischen den Beinen durch«, sagte Red und nahm mir damit die Pointe aus dem Mund, »und gibst deinem Arsch einen Abschiedskuß.«

An einer Stelle, an der ein Rieseneukalyptus über das Wasser hinausragte, rastete ich im Schatten und rauchte eine Zigarette, während die Jungen weiter auf Erkundung gingen. Zu meinen Füßen murmelte ein kristallklarer Bach. Libellen flitzten hierhin und dahin. Eukalyptusduft durchdrang die Luft. In der Ferne sangen Kookaburras. Ich schwelgte in der Ruhe des Busches und verbannte jeden Gedanken an meine Arbeit – an Agnelli, an die Presse und Marcus Taylor, an Spider und das Szabo-Duplikat. Langsam fielen mir die Augen zu.

»Hilfe!« ertönte ein Schrei von jenseits der Biegung. »Komm schnell.« Red. Und ohne mich zu vergackeiern, so wie es sich anhörte.

Sie war schwarz, so dick wie mein Handgelenk und lag

zusammengerollt zu Tarquins Füßen. Einen Stock in der Hand, kreiste Red in einiger Entfernung und brüllte um Hilfe. Tarquin stand vollkommen starr vor Angst. Er mußte fast draufgetreten sein. »Rühr dich nicht«, schrie ich. »Deine Mutter bringt mich um, wenn dir was passiert.«

Ich riß Red den Stock aus der Hand, sprang vorwärts und schlug auf die widerliche schwarze Spirale ein. Gleichzeitig stieß ich Tarquin zur Seite. Die Schlange zuckte unter dem Schlag, schnellte hoch und entpuppte sich als Fahrradschlauch.

»Reingelegt!« gackerten Red und ich im Chor und gaben uns in der altehrwürdigen australischen Tradition die Fünf.

»Mein Knöchel«, jammerte Tarquin und wand sich auf dem Boden. »Du hast mir den Knöchel gebrochen.«

Ich brauchte fast eine Stunde, um ihn im Erste-Hilfe-Griff flußabwärts, den Hügel hinauf und zum Wagen zu tragen. Den Fuß fest mit meinem Hemd bandagiert, jammerte er bis zu dem Augenblick, in dem ich ihn auf den Rücksitz setzte. »Können wir auf dem Heimweg ein Eis kaufen?« fragte er.

»Halt die Klappe, Tark«, sagte Red. Aber er meinte es nicht so. Vermutlich wußte er schon die ganze Zeit Bescheid.

Es war weit nach acht, als wir wieder in der Stadt eintrafen. Ein Briefchen von Faye wies uns an, in die Exhibition Gardens, fünf Minuten entfernt, zu kommen, wo uns ein Picknick erwartete. Während die Jungen nach Frisbeescheiben und Skateboards stöberten, flitzte ich rasch zu mir hinüber, zog mir Shorts und ein T-Shirt an und steckte eine Flasche Pinot in einen Plastikbeutel.

Die Schatten wurden schon länger, als wir zum Park gingen. Türen und Fenster der Häuser waren geöffnet, um die buttergelbe Dämmerung hereinzulassen. Kochgerüche und Gitarrenriffs drangen nach draußen, und die alten italienischen und griechischen Restbestände der früheren Bevölkerungsstatistik waren herausgekommen, um ihre Gartenwege abzuspritzen und, sich fächelnd, auf ihren winzigen vorderen Veranden zu sitzen. *Waffen für Afghanistan,* lautete das verblassende Grafitto. *Affen für Tito.*

Faye war nicht die einzige, die auf die Idee gekommen war, an diesem Abend an der frischen Luft zu essen, so daß der Rasen des Parks kräftig mit Picknickenden und Liebespaaren gesprenkelt war. Von den Tennisplätzen her schlug das Tock-tock der Filzbälle einen wechselnden Rhythmus zum Chor der unzähligen Zikaden.

Chloe kam zwischen den Bäumen hervor, um uns zu den anderen zu führen. Bei ihr war ein Mädchen gleichen Alters, großäugig und scheu. Sie ging uns voran zu einer großen Moreton-Bay-Feige, an deren Fuß eine Decke ausgebreitet war. Das Ganze sah sehr nach *Déjeuner sur l'herbe* aus. Leo, hochgewachsen und mit dunklem Bart, lag, ein Weinglas aus Plastik in der Hand, auf einen Ellbogen gestützt auf der Seite. Faye war damit beschäftigt, Behälter aus einer Kühltasche zu nehmen und sie auf der Decke zu verteilen. Zwischen ihnen saß, die Beine angezogen und mit einem gelegentlichen Blick über die Schulter nach den Mädchen, eine Frau, die ich nicht kannte. Sie war der Frau auf Manets Bild nicht unähnlich, außer daß sie natürlich nicht nackt war. Ihr loses Sommerkleid deutete lediglich an, wie sie womöglich darunter aussah. Eher der üppige Gauguin-Typ, vermutete ich.

Von mir und Leo abgesehen war kein Mann in Sicht.

Verdammte Faye, dachte ich. Spielte schon wieder die Kupplerin und versuchte mich unter die Haube zu bringen.

»Murray Whelan«, strahlte Faye, als ob sie kein Wässerchen trüben könnte. »Das ist Claire Sutton.«

Claire Sutton hatte einen Wust kastanienbrauner Haare, der zu einem buschigen Pferdeschwanz zusammengefaßt war, und eine hohe runde Stirn. Wir nickten flüchtig. Ich ließ mich auf den Boden nieder und warf Faye einen finsteren Seitenblick zu.

»Ich habe Claire gerade erzählt, daß du beruflich mit Kunst zu tun hast«, hakte sie nach. »Claire hat auch mit Kunst zu tun.«

»Aha.« So wie ich Faye kannte, konnte das alles heißen, vom Reiten ohne Sattel in einem Zirkus bis zur Leitung von Makramee-Kursen. Ich reichte meine Weinflasche Leo, der sich wie üblich um die Getränke kümmerte. Was Faye an Salaten und kaltem Fleisch auftischte, stammte direkt von den Rezeptseiten der Farbbeilagen.

Die Kinder fielen über das Essen her, und Tarquin begann plötzlich wieder zu humpeln. »Guacamole?« fragte Red. Sidney wirkte Wunder für seine Bildung.

»Zhough«, sagte Faye. »Ein jemenitischer Dip aus Koriander, Kreuzkümmel und Knoblauch. Was ist denn nun schon wieder, Tarquin? Du tust es auf das Huhn.«

»Wir sind Klettern gegangen.« Tarquin hüpfte auf einem Fuß auf und ab und schlenkerte mit dem anderen vor der Nase seiner Mutter herum. Red behäufte einen Pappteller mit allem, was in seiner Reichweite war. Leo hatte die Flasche zwischen die Oberschenkel geklemmt und zerrte an einem Korkenzieher.

»Eigentlich habe ich nicht mit Kunst zu tun.« Zum erstenmal sah ich Claire in die Augen. Sie war, so erkannte ich, genauso Opfer wie ich. »Der Politiker, für den ich arbeite, hat nur gerade dieses Ressort bekommen.«

Das Mädchen mit den scheuen Augen, offensichtlich Claires Tochter, kletterte über sie, um nach einem Brötchen zu greifen. »Geh schön spielen, Gracie«, sagte Claire. Claire hatte einen breiten Mund, einen Anflug von Himmelfahrtsnase und wachsame braune Augen, die andeuteten, daß sie, wenn Claire dies beschloß, auch lachen könnten. »Ich war Konservatorin« – sie warf mir einen raschen Blick zu, um festzustellen, ob ich wußte, was das war – »in der National Gallery. Aber jetzt habe ich ein Geschäft für Kunstdrucke und Rahmen.« Es handelte sich eher um einen Austausch von Referenzen als um ein Gespräch.

»Artemis heißt es«, schwärmte Faye. Mit einem Teller in der Hand und dem Knöchel auf dem Wege der Besserung, humpelte Tarquin davon. »In der Smith Street. Probier mal die Tapenade.«

Auf der Fahrt zum Ministerium für Ethnische Angelegenheiten war ich öfter am Artemis vorbeigekommen. Markise über dem Bürgersteig. Das Schaufenster voller präraphaelitischer Jungfrauen. Die Tapenade war eine schwarze Pampe, die wie eine Kreuzung aus Seetang und Vegemite schmeckte. Ich rollte sie auf meiner Zunge herum. »Artemis?« Der Bezug entging mir. Etwas Literarisches vielleicht.

»Mondgöttin der Amazonen«, sagte Faye. »Eine Mischung aus Olivenpaste, Kapern und Anchovis.«

»Roten oder weißen?« fragte Leo. »Capinata? Frittata? Aioli?«

Mondgöttin der Amazonen? Mir wurde bang ums Herz.

»Bloß ein Scherz!« verteidigte sich Claire eilends, bekam dabei Krümel in ihr üppiges Dekolleté und wischte sie im Weiterreden peinlich berührt weg. »Ein Wortspiel. Arty Miss. Was mein ehemaliger Mann sich unter einem flotten Namen vorstellte. Er hat das Geschäft unter dieser Bezeichnung eintragen lassen, und die ist dann hängengeblieben. Er allerdings nicht.«

Die Mängel von Exehemännern waren nach meinem Dafürhalten ein Thema, das man am besten vermied. »Rate mal, was ich zu Mittag gegessen habe, Faye. Erdbeer-Sandwiches. War bei diesem Brunch in Max Karlins Firmenzentrale. Seine Kunstsammlung ist unglaublich. Muß Millionen wert sein.«

»Kann sein, daß er sie nicht mehr lange hat«, sagte Faye, die der Versuchung, aus dem Nähkästchen zu plaudern, nicht widerstehen konnte. »Was ich so höre, ist sein Karlcraft-Centre-Projekt zum Faß ohne Boden geworden. Er hat sich in Erwartung künftiger Mieter bis zur Halskrause verschuldet, aber bis das Gebäude fertig ist, wird es in der Innenstadt ein Überangebot an Büroraum geben. Wenn er nicht umgehend ein paar langfristige Mietverträge an Land zieht, riskiert er, bald mit dem Bauch nach oben zu schwimmen.« Faye redete liebend gerne so. »Es heißt, daß seine Gläubiger so langsam ziemlich nervös werden. Versuch mal das Mesclun, Claire. Chloe, Grace, kommt und trinkt etwas.«

Das Mesclun war eine Mischung aus Kapuzinerkresse,

Löwenzahn und Ringelblume. »Ißt man das?« flüsterte Claire hinter vorgehaltener Hand und machte damit gemeinsame Sache gegen unsere Peinigerin. »Oder schmiert man sich's ins Haar?«

Als ich hierhergekommen war, hatte ich nichts so sehr gewollt, wie mich der Trägheit des Abends hinzugeben. Mittlerweile war ich mir da nicht mehr so sicher. Vielleicht lag es am Wein. »Du hast dich selbst übertroffen, Faye«, sagte ich. »Wer sind denn seine Gläubiger?«

»Diverse Kreditinstitute. Guarantee Corp, Obelisk Trust. Walnuß-Pesto?«

»Von Obelisk habe ich schon gehört«, sagte ich und gab mir alle Mühe, Claire nicht vorne ins Kleid zu schauen, als sie nach den *crudités* griff. »Was ist das genau?«

»Stipp dein Pita hinein. Das war mal die Kreditgenossenschaft der Baugewerkschaft. Dann hat ein Typ names Lloyd Eastlake sie übernommen, in einen offenen Investmentfonds umgewandelt und in Obelisk umbenannt. Es ist ein Fonds der sogenannten open-end-Kategorie. Verwaltet einen gemeinsamen Fonds mehrerer Investoren. Hauptsächlich Gewerkschaften.«

»Claire hat unsere Trishaw-Fahrer aus Djokjakarta gerahmt, weißt du, Murray«, sagte Leo.

Vergrößerungen von Fayes kunstvollen Urlaubsfotos säumten, schmeichelhaft gerahmt, den Flur der Curnows. »Die gleich hinter der Haustür?« sagte ich bewundernd. »Das waren Sie?«

»Straßenhändler zu rahmen ist mein tägliches Brot.« Claire erlaubte ihren Augen ein kleines Lächeln und begann sich zu entspannen.

Ehe ich sie fragen konnte, ob sie nicht Lust hätte, sich einmal meine Radierungen anzusehen, umschwärmten uns die Kinder wie Indianer, die das Fort stürmen. Wir aßen. Mit nichts als einem Kaffee und einem Beerensandwich im Bauch, fiel ich gefräßig über das Essen her. Faye und Claire redeten über Kindergartenpolitik.

Nach dem Essen holte Leo einen Schläger hervor, und wir spielten mit den Kindern Kricket, wobei wir das ›Ballspiele verboten‹-Schild als Stäbe verwendeten. Claire schaffte mit meinem ersten Ball einen Sechserschlag. Mit der Zeit liefen die Schatten ineinander, und vom Himmel senkte sich sanft die Nacht herab. Wir schlichen durch die samtene Dunkelheit und fütterten vorsichtige Opossums mit Obstresten.

»Na?« zischte mir Faye hinter einem Baum ins Ohr. »Dreiunddreißig. Hat ihr eigenes Geschäft. Sieht nicht schlecht aus.«

Was erwartete sie eigentlich von mir, daß ich die Frau auf der Stelle besprang? »Wo ist denn der Vater des Kindes?«

»Hat sie vor einem Jahr verlassen. Neues Schätzchen.«

»Kaffee?« fragte Leo. »Sambuca? Port?«

Nach Moskitos schlagend, gingen wir zu Fuß zu Claire und Leo zurück. Ich nahm Grace auf den Arm. Als wäre es ihr gebührendes Recht, schlang sie mir die Arme um den Hals. Müde schmiegte sich ihr Kopf in meine Schulterbeuge. Eine Tochter, dachte ich, wäre schön. Irgendwann.

»Normalerweise ist sie nicht so vertrauensvoll«, sagte Claire.

»Ich würde Murray nicht über den Weg trauen«, sagte Faye.

Im Fernsehen lief *Cleopatra.* Mit schläfrigen Kindern

drapiert, fläzten wir im Dunkeln vor dem flackernden Gerät. Die wie kleine Kätzchen auf dem Schoß ihrer Mütter zusammengerollten Mädchen wurden von Richard Burtons narkotischen Vokalen bald eingeschläfert. Elizabeth Taylor, fabelhaft verrucht, schäumte und wütete. Leo lag in einem Sitzsack am Boden, Tarquin benutzte die Schienbeine seines Vaters als Kopfkissen. Red schlummerte an meiner Schulter. »Der Film«, meinte Claire, »ist länger als der Nil.« Trotzdem machte sie keine Anstalten zu gehen.

Was machten wohl die armen Leute heute nacht, überlegte ich. Max Karlin, der trotz all seines äußeren Drum und Dran auf der Kippe stand. Verzweifelt versuchte, jene Großmieter aufzutreiben, jene kostbaren, millionenschweren Kunden, die willens und in der Lage waren, auf der gepunkteten Linie zu unterschreiben: zehn Etagen für zehn Jahre. Multinationale Konzerne. Öffentliche Einrichtungen. Ministerien, die Platz für Hunderte von Federfuchsern brauchten, damit die dann an ihren Schreibtischen sitzen und Millionen von Wasserrechnungen verschicken konnten.

Bis der Abspann lief, waren Claire und ich als einzige noch wach. Vielleicht hatte die ganze Bildschirmsinnlichkeit mich ja auf falsche Gedanken gebracht, aber ihre Haltung erschien mir mehr als zufällig aufreizend. Sie war lasziv am anderen Ende der Couch hingegossen, und ein paar abtrünnige Korkenzieherlöckchen umrahmten ihr Gesicht. Der Stoff ihres Kleides folgte ihren Konturen. Sie konnte sich unmöglich nicht bewußt sein, wie lüstern sie aussah.

Unter gesenkten Lidern hervor schätzte sie meine Reaktion ab.

Ohne mein Interesse länger zu verhehlen, ließ ich träge

meinen Blick über ihren Körper gleiten. Und sah dann zu, wie sie umgekehrt das gleiche tat.

Wir verschlangen uns mit den Augen. Nun galt es, zu handeln, den flüchtigen Moment zu nutzen. Vorsichtig hob ich Reds Kopf von meinem Schoß. Meine Hand schob sich auf Claires ausgestrecktes Bein zu.

Reds Augen gingen auf. »Reingelegt!« gähnte er. Sein Arm streckte sich plötzlich und traf mein verletztes Ohr.

»Au!« sagte ich. Faye schreckte hoch und weckte damit Chloe.

»Hä?« schniefte Leo und ließ aus Versehen Tarquins Kopf auf den Boden fallen. »Ist es vorbei?«

»Mein Knöchel!« stöhnte Tarquin. »Du hast mir gegen den Knöchel getreten.«

Im Nu war ein größeres Herumgepolter im Gange, als Cleopatra es sich je hätte träumen lassen. »Ist es schon Zeit heimzugehen, Mami?« quengelte Grace und rieb sich die Augen.

»Ja, Liebes«, seufzte Claire. »Das ist es wohl.«

20

Der Sonntag dämmerte klebrig feucht herauf, und seine Schwüle verhieß Regen. Mit Heraufdämmern meine ich nicht die rosenfingrige Morgenröte. Ich meine auch nicht des Tages erste Blüte, als ich nach meiner reizenden Schlafgenossin griff, während vor meinem Fenster Vögel trällerten. Ich meine acht Uhr, als ich die Laken von mir schleuderte, mich davon überzeugte, daß Red in seinem Zimmer noch schlief, und dann zur Straßenecke tappte, um mir die Zeitungen zu holen. Ich hatte so tief geschlafen, wie es die Hitze zuließ, aber Träume hätte ich mir bessere wünschen können. Wieder war ich von Noel Webb heimgesucht worden.

Wieder saßen wir im winterlichen Zwielicht auf einer Parkbank im Oulton Reserve, Spiders Verachtung klang mir in den Ohren, und vor uns hatten sich die Fletchers aufgebaut.

Die Fletchers waren schmächtige Kerlchen, aber sie waren mit einer Kost aus Gürtelschnallen und Bremsflüssigkeit großgezogen worden und uns zahlenmäßig überlegen. Sie waren Sharpys, eine amorphe Gruppe von schrecklichem Ruf, Vorläufer der Skinheads. In einer Zeit, in der jeder heranwachsende Jugendliche der Welt sich nach längeren Locken und engeren Hosen sehnte, trugen die Sharpys kurzgeschorenes Haar und karierte Hosen, die so abartig weit waren, daß sie wie Fahnen flatterten. Man munkelte, daß sie Messer trugen, und sie waren weniger eine Gang als ein wandelndes Pulverfaß, das darauf wartete, gezündet zu werden. Und nun hatten sie mich gefunden.

Der Augenblick, den ich am meisten fürchtete, war gekommen. Und Noel Webb, mein noch unbezahlter Beschützer, rückte von mir ab. Von seinen Zwillingsbrüdern flankiert, schob Geordie, der Siebzehnjährige, sein Gesicht dicht vor meines. »Was glotzt'n so?« schnarrte er. Sein entblößter Schädel nahm mein gesamtes Gesichtsfeld ein.

Ein feiges Blöken kam aus meinem Mund. »Gar nichts.«

Die Zwillinge kicherten. »Gah nix, gah nix.«

Sie benahmen sich wie Schwachsinnige, aber das machte

sie nicht weniger gefährlich. Der Junge, den ihr Bruder tot-getreten hatte, war nicht viel älter als ich. Mich zu wehren würde sie nur provozieren. Nicht daß mir der Gedanke gekommen wäre, mich zu wehren. Meine Eingeweide waren zu einem Übelkeit erregenden Klumpen geschrumpft, und meine Beine waren Brei. Die geklaute Flasche unter meinem Mantel war meine einzige Hoffnung.

Doch ehe ich sie hervorholen und als Bittopfer darbringen konnte, hatte Geordie mich am Ellbogen gepackt und hochgezerrt. Die Zwillinge kamen von beiden Seiten heran und stießen mir wie Kolben ihre knochigen Knie in die Oberschenkel. »Au!« sagte ich. Pflaumenweich. Ein Fuß hakte sich hinter meine Ferse und riß mir das Bein weg. Wayne und Danny hatten sich so nahe an mich herangedrängt, daß ich zuerst gegen den einen, dann gegen den anderen taumelte. Sie klemmten mir die Arme fest, stießen mich seitwärts, ließen mich wie einen Kreisel herumwirbeln, knufften und schlugen mich, während ich mich drehte, und feuerten sich dabei noch an.

Ein Kreis von Gesichtern sauste vor mir vorbei. Fletcher-Gesichter. Noel Webbs Gesicht. Um seinen Söldnerlohn gebracht, war Spider zum Feind übergelaufen. Oder noch schlimmer. Von vornherein eine abgekartete Sache. Immer rundherum wirbelte ich und versuchte die ganze Zeit, die Flasche unter den Falten meines Mantels hervorzuklauben. Schwindelig, wie in einer Zwangsjacke, vor Panik schwitzend. In diesem Augenblick wachte ich auf.

Beide Sonntagszeitungen brachten den Selbstmord im Graben auf Seite drei. Beide brachten ein Bild von Salina Fleet in Witwenkleidung, wie sie versonnen eine von Marcus Taylors Zeichnungen betrachtete, als handele es sich um das Turiner Grabtuch. Ich brachte Red zum Frühstück frische Croissants mit und rief Ken Sproule an.

Er hatte schon Zeitung gelesen. »Wie vorauszusehen«, sagte er. »Angelo kann aufhören, sich in die Hose zu machen.« Trotz der flapsigen Bemerkung über Agnelli war es Sproule sinnvoll erschienen, die Ohren offenzuhalten. »Dieses Geschwätz von Selbstmord ist doch alles Käse. Man hat eine Abschürfung am Hinterkopf festgestellt, die zu einem Sturz paßt. Nach Ansicht der Cops ist er auf der Brüstung gegangen, gestolpert, hat sich den Kopf gestoßen und ist hineingestürzt.«

»Und das Manifest?«

»Kann alles bedeuten. Oder nichts. Daß es bei der Leiche gefunden wurde, heißt nicht unbedingt, daß es ein Abschiedsbrief war. Aber ein Selbstmord aus Verzweiflung bringt nun mal viel mehr Auflage als ein ungeschickter Besoffener. Besonders, wenn auch die Freundin diese Schiene fährt. Du wirst es erleben: Heute in einer Woche wird er ein großes, verkanntes Talent sein, und seine Bilder werden in den Auktionshäusern auftauchen. Sieht übrigens nicht schlecht aus, die Freundin, was? Sitzt in irgendeinem Ausschuß im Ministerium, weißt du.«

»Wo wir gerade miteinander telefonieren«, wechselte ich das Thema, »ich habe neulich abends Lloyd Eastlake kennengelernt. Was macht eigentlich so eine große Nummer in einem popeligen Ausschuß wie dem für Kulturelle Angelegenheiten? Er paßt da rein wie ein Rennpferd in den Ponyklub.«

»Parlamentarische Ambitionen«, sagte Sproule. »Der

einzige Grund, warum sich irgendwer in einen politischen Ausschuß wählen läßt. Wenn du kein Gewerkschaftsfunktionär bist, ist das die beste Möglichkeit, auf dich aufmerksam zu machen und dahinterzukommen, wie der Hase läuft. Ich vermute, Eastlake hat sich auf die Kultur geworfen, um sich als jemand zu profilieren, der nicht bloß ein mickriger Geldmensch ist.«

»So mickrig kam er mir eigentlich gar nicht vor.«

»Das liegt daran, daß du ein behütetes Leben geführt hast, Murray. Diese Karre mit Chauffeur beeindruckt vielleicht seine Einleger, aber da, wo's drauf ankommt, heißt das nicht viel. Auf jeden Alan Bond oder Robert Holmes à Court kommen hundert Lloyd Eastlakes. Sie sind ein Zeichen des Wirtschaftsaufschwungs und schießen aus dem Boden wie Pilze nach einem Regen. Wir brauchen sie, damit das System funktioniert. Aber verwechsle Eastlake ja nicht mit ernsthaftem Geld. Wahrscheinlich kannst du seine Millionen an einer Hand abzählen.«

»Trotzdem kein schlechtes Ergebnis für einen kleinen Schreiner.« Ich streifte meine Zigarette an einer Untertasse ab, trank kalten Instantkaffee aus einem angestoßenen Becher und fragte mich, was ich wohl täte, wenn ich auch nur eine lausige Million hätte. »Und warum will er ins Parlament?«

»Warum will das überhaupt irgendwer? Wenn wir jeden Parlamentskandidaten psychoanalysieren würden, hätten wir volle Klapsmühlen und leere Parlamente.«

Einem ausgebufften Typen wie Ken Sproule konnte man nie unbesehen glauben. Mag sein, daß er Brunnenvergiftung betrieb. Mag sein, daß er mir die reine Wahrheit sagte. Aber mit einem hatte er recht. Bei unserer Arbeit war es das beste, nicht allzu genau über die Motive von Leuten nachzudenken.

»Noch etwas.« Da Ken in redseliger Stimmung war, konnte ich ihm wenigstens zuhören. »Was hat es eigentlich mit dieser Neuerwerbung des Centre for Modern Art auf sich? Dreihunderttausend Dollar sind ein ganz schön großzügiger Zuschuß, oder?«

»Laß mich zufrieden. Wenn ich erst mal anfange, dir die Hintergründe sämtlicher Zuschüsse vom letzten Jahr zu verklickern, belemmerst du mich alle fünf Minuten.«

»Nun sei doch nicht so, Ken. Angelo muß mit der Entscheidung leben, also kann ich ja wohl erfahren, welche Überlegungen dahinterstehen.«

»Was gibt's da groß zu erzählen? Das CMA hat einen Zuschuß beantragt. Das Beratungsgremium Bildende Kunst hat empfohlen, ihn zu bewilligen. Gil Methven ist der Empfehlung gefolgt. Das ist alles.«

»Ich habe ja vielleicht ein behütetes Leben geführt, aber ich ziehe mir die Hosenträger nicht mit der Beißzange an. Eastlake ist sowohl Vorsitzender des CMA als auch Vorsitzender des Beratungsgremiums Bildende Kunst.«

»Na und? Eastlake hat den Vorsitz ruhen lassen und ist bei der Abstimmung über den Zuschuß aus dem Zimmer gegangen.« Das war nichts weiter als die gängige Prozedur, mit der man etwaige Unterstellungen eines Interessenkonflikts abwehrte.

»Eastlakes Komitee hat den Zuschuß nur befürworten können. Die letzte Entscheidung lag beim Minister.«

»Willst du auf irgendwas Bestimmtes raus, Murray?«

»Es ist ein großer Zuschuß. Lloyd Eastlake muß ganz schön nachgeholfen haben, um Gil dazu zu bewegen, daß er zustimmt.«

»Gil hat sich bereit erklärt, die Hälfte des Kaufpreises zu übernehmen, wenn das CMA die andere Hälfte aufbringt. Er hat nicht damit gerechnet, daß die für einen unbekannten Künstler solche Beträge auftreiben könnten. Aber Eastlake ist damit rübergekommen, also blieb Gil keine andere Wahl, als sich an seine Zusage zu halten. Das Centre for Modern Art ist Eastlakes Hauptsteckenpferd, aber er übt noch eine Menge anderer Funktionen aus. Nicht sehr sinnvoll, den Vorsitzenden des Kulturpolitischen Ausschusses ins Abseits zu stellen, bei den Freunden, die Lloyd Eastlake in den Gewerkschaften hat.«

»Seine Kunden?«

»Eastlake hat schon seit damals, als er noch in der Baubranche war, mit den Gewerkschaften zu tun. Bei all den Fusionen und Zusammenschlüssen haben einige Gewerkschaften plötzlich festgestellt, daß sie auf beträchtlichen Vermögenswerten sitzen und außerdem noch die Pensionsfonds ihrer Mitglieder verwalten müssen. Sie brauchen finanziellen Sachverstand. Es hat sich rumgesprochen, daß Eastlake ein glückliches Händchen hat, und auf einmal hat er für eine ganze Menge Genossen den Kassenwart gemacht. Hast du schon mal von Obelisk Trust gehört? Das ist Eastlake.«

»Und Obelisk spendet die Hälfte des Anteils des CMA am Kaufpreis für dieses Bild?«

»Ganz recht.«

»Einem Museum zu helfen, ein Bild zu kaufen, scheint mir für einen Laden wie Obelisk nicht gerade die ideale

Methode, Sponsorengelder zu plazieren«, sagte ich. »Benutzt Eastlake nicht einfach nur Gewerkschaftsgeld, um sich in der Kunstszene ein bißchen Ansehen zu kaufen?«

»Möglich. Außerdem tun er und Max Karlin sich damit gegenseitig einen Gefallen. Obelisk hat einen Haufen Geld im Karlcraft-Projekt stecken, und einen Spitzenpreis für eines von Max' Bildern zu zahlen kann als Geste des Vertrauens in das Projekt verstanden werden, als Methode, andere Investoren bei der Stange zu halten.«

Endlich kamen wir zum Kern der Sache. »Mit anderen Worten, das Kulturministerium hat gerade dreihunderttausend Dollar öffentliche Gelder dafür ausgegeben, eine von Lloyd Eastlakes Investitionen zu päppeln.«

»Nicht bloß Eastlakes, mein Lieber. Wir stecken alle mit drin. Das Karlcraft-Centre-Projekt beschäftigt derzeit eine kleine Armee von Bauarbeitern, die meisten davon Gewerkschaftsmitglieder. Es gibt für alles mögliche Geld aus, von Beton bis zu Türklinken, und unterstützt so die hiesige Wirtschaft. Wenn es erst einmal steht und läuft, wird es weite Teile des Geschäftsviertels wiederbeleben, Hunderte von Jobs im Einzelhandel schaffen und dem Staat Millionen an Einnahmen bringen. Die Kultur als Schmiermittel für diesen Prozeß einzusetzen ist doch sehr clever, meinst du nicht auch?«

Wie konnte ich da Einwände erheben? Ich sagte Ken Sproule, daß ich ihm ein Mittagessen schuldete, und legte auf. »Eia popeia, raus aus der Heia«, rief ich durch Reds Tür. »Wenn du den ganzen Tag schläfst, werden wir nicht viel Gescheites unternehmen können.«

Er stand auf und ging geradewegs zu Tarquin hinüber.

Bis ich mit dem Frühstück fertig war und die Zeitungen gelesen hatte, war es kurz vor zehn Uhr. Ich suchte die Karte mit Eastlakes Telefonnummer heraus, betrachtete sie eine Weile und dachte über die Geschichte nach, die Giles Aubrey mir erzählt hatte.

Wie der alte Giles gesagt hatte, der Geist war aus der Flasche. Das routinemäßige Ermittlungsverfahren zur Identifizierung von Marcus Taylor würde zwangsläufig seine Verbindung zu Victor Szabo ergeben. Ich hatte ja selbst nur ungefähr fünf Minuten dazu gebraucht. Aubrey war in Bekennerlaune. Früher oder später würde die ganze Sache ans Licht kommen. Öffentliche Gelder für Kunst auszugeben war schon riskant genug. Sie für eine Fälschung auszugeben würde uns wie regierungsunfähige Idioten dastehen lassen. Angelo würde direkt in die Schußlinie geraten. Man würde einen Weg finden müssen, die Sache in aller Stille aus der Welt zu schaffen. Ich rief Eastlake auf seinem Handy an und sagte ihm, ich hätte ihn gern so bald wie möglich wegen der Szabo-Erwerbung gesprochen.

»Verstehe«, sagte er. »Sie kümmern sich PR-mäßig um Angelos Interessen.« Genau. Er sagte, er sei auf dem Weg zum Deli in der Toorak Road, und schlug vor, sich dort zu treffen.

Ich ging die Hintergasse hinauf und steckte den Kopf zu Fayes und Leos Küchentür hinein. Faye hatte die Hände im Ausguß, Leo den Kopf im Kühlschrank. »Wo ist der Kuchen?« fragte er. Die Jungs saßen auf dem Boden vor der Glotze. Um diese Zeit kamen noch keine Cartoons, so daß sie sich mit einem Dokumentarfilm über Rinderwahnsinn begnügen mußten.

»Da fällt mir ein«, sagte ich zu Red, »ruf mal lieber deine Mutter an.«

»Steht direkt vor dir«, sagte Faye. »Also, Murray, was hältst du von Claire? Tarquin, mach den Fernseher aus. Wir fahren in zehn Minuten.« Die Curnows, stellte sich heraus, waren im Begriff, zur Feier des siebzigsten Geburtstages von Leos Mutter aufzubrechen, und würden den ganzen Tag fort sein.

»Komm und ruf deine Mutter an.« Ich zog Red zur Hintertür hinaus. »Dann zeige ich dir, wo die reichen Leute wohnen.«

Die reichen Leute wohnen in Toorak. Wir umfuhren das Stadtzentrum, überquerten den Fluß und tauchten in die lauschigen Bezirke dieses Stadtteils ein. In stillen Sackgassen und gewundenen Alleen verdrehten wir wie Touristen die Hälse und begafften die Anwesen des reichen Packs. In Sydney, ließ ich Red wissen, gab es massenhaft Protze und Obermotze. Aber wenn man echtes, gesundes blaues Blut sehen wollte, kam man um Toorak nicht herum.

Vorbei an provenzalischen Bauernhäusern und kalifornischen Haciendas fuhren wir mit dem Charade die Toorak Road entlang, eine Straße, in der sämtliche Läden Boutiquen sind und sogar die Milch mehr kostet als anderswo. Das Deli war am innenstadtnahen Ende, ein Ort, wo es ums Sehen und Gesehen-Werden ging, mit Porsches am Bordstein und vierzehn verschiedenen Sorten von frisch gepreßtem Saft. Eastlakes Mercedes war auf der anderen Straßenseite geparkt, zwischen einem vw-Kabrio mit einem Airedale-Terrier auf dem Rücksitz und einem Volvo-Kombi mit Surfbrettern auf dem Dachträger.

Spider Webb stand neben dem Mercedes und betrachtete das Schaufenster eines Männerbekleidungsgeschäfts namens Pour Homme. Wir parkten etwas weiter die Straße entlang vor einem jener Läden, die Groucho-Marx-Stehlampen, pinkfarbene Neontelefone und klingende Geburtstagskarten verkaufen. Ein Nepp für reiche Kids. Red begann bei dem Anblick zu strahlen, und so rückte ich zehn Dollar heraus. »Laß dir Zeit!« sagte ich ihm. »Und wenn du klaust, dann laß dich nicht erwischen!«

Das Deli war eine Goldmine. Cappuccinos für die Betuchten. *Pain au chocolat* mit Akzent auf dem Akzent. Handys deutlich sichtbar. Blondinen mit perfekter Frisur und aufgeworfenen Lippen. Jüdische Ehemänner mit melancholischen Gesichtern und dicker Gold-Rolex. Anwälte in Freizeitkleidung.

Lloyd Eastlake, der in weißer Tenniskleidung mit blauer Paspelierung in einer bevorzugten Nische saß, war in seinem Element. Ihm gegenüber saß eine gepflegte Frau Ende Vierzig mit einer großen Sonnenbrille und einem harten Mund. Sie hatte sich die Sonnenbrille ins Haar geschoben, das jenen nach Blechschlosserei aussehenden Glanz aufwies, für den reiche Frauen in den Taxidermie-Salons der Gesellschaftsfriseure ein Vermögen ausgeben.

Eastlake sah mich kommen und winkte mich zu sich herüber. »Murray Whelan«, sagte er. »Meine Frau Lorraine.«

Das also war die Tochter des Bosses, deren Hand dem jungen Lloyd geschäftlich nach oben geholfen hatte. Lorraine sah aus, als habe sie das Ganze seither unentwegt bereut und finde nur darin Trost und Zerstreuung, daß sie so viel wie möglich von seinem Geld ausgab. Sie war gerade im Aufbruch.

»Ich hoffe, ich unterbreche Ihr Spiel nicht«, sagte ich umgänglich, eine deutliche Anspielung auf den Tennissport.

»Lorraine spielt nicht«, sagte Eastlake. »Nicht wahr, Liebling?«

»War nett, Sie kennenzulernen«, meinte Lorraine. Sie hatte meinen Namen bereits wieder vergessen. Als sie dem Ausgang entgegensteuerte, machte ein rotgesichtiger Mann, dem der Immobilienmakler ins Gesicht geschrieben stand, Anstalten, das Vakuum zu füllen. Eastlake wies ihn mit lässiger Geste ab, winkte nach mehr Kaffee und bat mich, Platz zu nehmen. »Sie sehen nicht allzu glücklich aus«, sagte er leutselig. »Zahlt Ihnen Angelo nicht genug?«

»Tut mir leid, aber ich bringe schlechte Nachrichten«, sagte ich und kam damit gleich zur Sache, ehe irgendeine Gesellschaftsfliege zu uns herübersummen und auf uns landen konnte. »Ich glaube, wir haben ein Problem.«

»So?« Angesichts meiner Ernsthaftigkeit heiterte sich seine Miene belustigt auf.

»Wir beide«, sagte ich. »Der Szabo ist nicht echt. Ich fürchte, man hat Sie hereingelegt.«

Er bekam schmale Augen und taxierte mich neu. »Sie haben Ihr Licht unter den Scheffel gestellt.« An der Oberfläche war sein Ton immer noch spielerisch, aber er hatte einen kühlen Beiklang. »Ich wußte gar nicht, daß Sie so beschlagen sind.«

»Ich war gestern in der Gegend von Eltham und habe jemanden namens Giles Aubrey kennengelernt. Er war Victor Szabos Galerist.«

Als Aubreys Name fiel, beugte Eastlake sich vor und begann mich ernst zu nehmen. »Giles Aubrey«, sagte er. »Ein Fanfarenstoß aus der Vergangenheit. Na, sagen Sie schon, was hat Ihnen der alte Bursche ins Ohr geflüstert?«

»Er hat gesagt, *Unser Heim* sei von jemand anderem gemalt worden.«

»So, hat er das?« Unter der Schnodderigkeit lag ein Anflug von Gereiztheit, den er nicht ganz verbergen konnte. »Hat er auch gesagt, von wem?«

»Von Szabos unehelichem Sohn«, sagte ich. »Marcus Taylor.« Eastlake sah mich verständnislos an. »Der Mensch, den man aus dem Graben der National Gallery gefischt hat.« Das Ganze klang ein wenig weither geholt. »Das hat er mir jedenfalls erzählt.«

Eastlake wich zurück und machte gewollt große Augen, als nähme ich ihn auf den Arm. Als er sah, daß ich es ernst meinte, schwand die Belustigung aus seinem Gesicht. Er spitzte die Lippen und rieb sich das Kinn, wie um die Bedeutung des eben Gesagten zu verdauen.

Ein Kellner kam und stellte Cappuccinos vor uns hin. Eastlake musterte mich eingehend, als wollte er meine Verläßlichkeit prüfen. Dann faßte er einen Entschluß. Er griff nach seinem Löffel und beugte sich vor. Als er sprach, geschah es in leisem, vertraulichem Ton. »Können Sie ein Geheimnis für sich behalten, Murray?«

Ich gab keine Antwort, aber er sollte ruhig weiterreden.

»Nicht ich bin hereingelegt worden«, sagte er grinsend. »Sondern Sie.«

21

Eastlake baute auf dem Schaum seines Cappuccinos eine schwimmende Insel aus Zucker und sah zu, wie sie langsam versank. »Giles Aubrey ist ein verbitterter, verdrehter alter Mann«, sagte er. »Und er hat Ihnen ein Garn vorgesponnen. Sie haben ihm wohl nicht zufällig erzählt, wieviel wir Karlin für das Bild bezahlen, oder?«

»Möglich, daß ich was davon gesagt habe«, räumte ich ein.

»Und daraufhin ist er mit seiner Geschichte herausgekommen?«

»Er war sehr überzeugend.«

»Nach allem, was man so hört, ist er das wohl auch. Sie wären nicht der erste, der auf ihn hereinfällt. Jede Menge authentische Szabo-Staffage, könnte ich mir vorstellen. Die Sache mit dem Selbstmörder im Graben der National Gallery, wie hieß er doch gleich...«

»Marcus Taylor.«

»Das ist ein hübsches aktuelles Detail. Bestimmt hat Aubrey die Geschichte in den Nachrichten gesehen und die Gelegenheit ergriffen, ein bißchen Unheil zu stiften.«

»Warum sollte er so was tun?«

»Die Vergangenheit«, sagte Eastlake. »Alte Wunden. Aubrey war ehrlich von Victor Szabo überzeugt, aber er hat ihm nicht zum Erfolg verhelfen können. Wahrscheinlich hat er sogar draufgezahlt. Wenn er sieht, was für Summen Szabos Bilder derzeit bringen, muß er ja stocksauer sein. Aber das Geld, vermute ich, spielt noch die geringste Rolle. Er ist eifersüchtig auf Fiona Lambert, weil sie die ganze Anerkennung dafür einsteckt, daß sie Szabo posthum Anerkennung verschafft hat. Es war Fiona, die *Unser Heim* in Karlins Sammlung ausfindig gemacht, als maßgebliches Werk erkannt und vorgeschlagen hat, daß das CMA es kauft. Die Echtheit von *Unser Heim* in Zweifel zu ziehen wäre die perfekte Methode, ihren Ruf zu untergraben.«

Bis zu einem gewissen Grade war das plausibel. Vielleicht hatte Aubrey meinen Anruf als Gelegenheit genutzt, sich nachträglich an Fiona Lambert zu rächen. Aber das erklärte keineswegs alles. »Der Ertrunkene, dieser Taylor«, sagte ich. »Er hat einen Abschiedsbrief hinterlassen. Ein Manifest hat die Presse es genannt. Angelo hat befürchtet, die könnten sich vielleicht irgendwas zusammenphantasieren. Also bin ich gestern, kurz vor Max Karlins Brunch, in Taylors Atelier gewesen und hab mich mal ein bißchen umgesehen. Er hatte eine perfekte Kopie von *Unser Heim* gemalt.«

Eastlake nippte gemächlich an seinem Cappuccino und musterte mich dabei über den Rand seiner Tasse hinweg. »Ganz schön umtriebiger Bursche sind Sie, was?« sagte er. »Aber ich weiß trotzdem nicht, worauf Sie hinauswollen.«

»Ich auch nicht«, sagte ich. »Aber angesichts dessen, was Aubrey mir später erzählt hat, empfand ich es schon als merkwürdigen Zufall.«

»Es ist durchaus nicht ungewöhnlich, daß jüngere Künstler Kopien von epochemachenden Gemälden anfertigen. Das beweist bloß, was ich gesagt habe. *Unser Heim* ist ein Meisterwerk.«

»Aber Taylor hatte außerdem ein Foto von sich und Victor Szabo. Untermauert das nicht in gewisser Weise Aubreys Geschichte?«

Von meiner Beharrlichkeit amüsiert, hatte Eastlake Geduld mit mir. »Ich habe auch ein Bild von mir und dem Premierminister. Deswegen bin ich noch lange nicht sein Lieblingskind.«

So betrachtet, wirkten meine Befürchtungen allesamt ein wenig weither geholt. »Sieht so aus, als hätte ich Ihre Zeit verschwendet«, sagte ich und steckte nun selbst die Nase in meinen Kaffee.

»Ganz im Gegenteil«, meinte Eastlake. »Es war völlig richtig von Ihnen, zu mir zu kommen. Wir haben in der Tat ein Problem. Die Kunstwelt lebt vom Klatsch. Giles Aubreys böswillige Unterstellungen könnten viel Schaden anrichten.«

»Aubrey kann sagen, was er will. Aber er kann nichts beweisen. Laut seinem eigenen Eingeständnis hätte nur Taylor seine Geschichte bestätigen können – und der ist tot.«

»Darum geht es nicht. Wir sprechen hier von Wahrnehmungen. Der Wert eines Kunstwerks ist eine höchst anfällige Abstraktion. Falls sich herumspricht, daß es hinsichtlich der Urheberschaft von *Unser Heim* Zweifel gibt, könnten ähnliche Spekulationen aufkommen, was die Echtheit anderer Werke in Max Karlins Sammlung angeht. Man braucht nur anzudeuten, daß ein Bild nicht das ist, was es zu sein vorgibt, und die Leute machen sich womöglich auch über die anderen Gedanken. Jemand in Ihrer Position, in der unmittelbaren Umgebung des Kulturministers, besitzt eine gewisse Glaubwürdigkeit. Was Sie sagen, findet Gehör, wird weitergegeben, hat Gewicht.«

»Ich denke, ich verstehe die Situation durchaus, Lloyd«,

sagte ich angelegentlich, denn mir mißfiel, daß er meinte, mich ausdrücklich ermahnen zu müssen, Aubreys Geschichte nicht an die große Glocke zu hängen. »Aber mir geht es eher um mögliche Peinlichkeiten für Angelo als um den Marktwert von Max Karlins Kunstsammlung. In jedem Fall kommt es darauf an, dafür zu sorgen, daß Aubrey den Mund hält. Gestern hat er sich bereit erklärt, die Geschichte für sich zu behalten, aber wer weiß, wie lange das vorhält.«

Dazu hatte sich Eastlake bereits etwas überlegt. »Lassen Sie's drauf ankommen. Er soll dazu stehen oder das Maul halten. Wenn ihm bekannt war, daß *Unser Heim* nicht echt ist, und er trotzdem Karlins Geld genommen hat, dann ist das Betrug. Deuten Sie mögliche strafrechtliche Konsequenzen an, und ich wette, er wird sich förmlich überschlagen, eine Erklärung zu unterschreiben, die die Echtheit des Bildes bestätigt.«

Ein etwas ausführlicheres Gespräch mit Giles Aubrey stand ganz gewiß auf der Tagesordnung. »Ich werde morgen zu ihm fahren«, sagte ich.

»Tun Sie, was Sie für ratsam halten, Murray.«

Nachdem der offizielle Teil damit erledigt war, akzeptierte ich eine zweite Tasse Kaffee und nahm entspannt meine Umgebung wahr. Das Cafeteria-Dekor war offensichtlich so wenig die Hauptattraktion des Deli wie die Qualität seiner Mohrenköpfe oder die Frische seiner Säfte. Die Kunden waren füreinander da. Während unserer Unterhaltung hatte Eastlake gesellschaftliche Signale aus anderen Nischen aufgefangen und erwidert. Nun sah der Immobilienmakler mit dem Rote-Bete-Gesicht seine Chance und wechselte, die Tasse in der Hand, an unseren Tisch. »Hey, Eastie«, sagte er schweifwedelnd. »Wie läuft denn dein neuer Mercedes?«

Eastlake stellte uns nur mit Vornamen vor. Malcolm trug ein Gucci-Hemd, das bei einem zwanzig Jahre Jüngeren vielleicht etwas gebracht hätte. »Schon Lloyds neuen Wagen gesehen?« Sein Kopf ruckte nach hinten in Richtung Straße. »So ein Spitzenauto, und er besorgt sich dafür einen Chauffeur. Das ist genauso, als läßt man die Hausherrin vom Butler vögeln. Was fahren Sie denn, Murray?«

»Was Kleineres«, sagte ich. Dann, da wir nun einmal davon redeten: »Sind gute Fahrer leicht zu finden, Lloyd?«

»Noel?« Eastlake hatte sich entspannt und war mitteilsam. »Ich habe ihn nicht gefunden«, sagte er. »Er hat mich gefunden. Ihr kennt doch den Parkplatz für Mitglieder in Flemington?«

Bereit, an Perlen von Witz und Weisheit aufzufangen, was Lloyd Eastlake fallenzulassen geruhte, quetschte sich Malcolm neben mich. Der Parkplatz für Mitglieder war der Ort, wo die Silberschwänze am Cup Day ihre Huhn-mit-Schampus-Picknicks abhielten. Man brauchte kein regelmäßiger Rennbesucher zu sein, um diesen Ort zu kennen. Ich nickte. Weiter.

»Es war letztes Frühjahr beim Rennbahnfest. Ich war mit Ihrem Vorgänger Ken Sproule dort. Hat schwer was übrig für die Pferdchen, der gute Ken. Wir hatten einen schönen Tag und beide reichlich geladen. Wie wir dann beim Auto sind, beschließt Ken, daß er mich in meinem Zustand nicht fahren lassen kann. Es fängt zu regnen an, und wir stehen direkt vor dem Auto...«

»Das war der 450 SLC, stimmt's?« warf Malcolm ein. »Das zweitürige Coupé.«

»... und streiten uns herum, ob ich noch fahren kann. Auf einmal kommt dieser Bursche an, der macht da die Runde, arbeitet für irgendeine Autowerkstatt. Die laufen den Nachmittag über dort herum, schauen nach Dellen, Rostflecken und dergleichen. Sie klemmen ihre Karte unter den Wischer – Lackschaden, gesprungenes Scheinwerferglas, ganz egal – und dazu gleich einen Kostenvoranschlag.«

Ich sah es förmlich vor mir. Wie Spider Webb mit einem 25-Cent-Stück in der Hand auf dem Parkplatz der Bonzen herumstrich und auf die große Chance lauerte.

»Da kommt Ken eine Idee. Der Bursche kann uns in die Stadt fahren, das Auto über Nacht behalten und in Schuß bringen und es am nächsten Morgen bei mir vorbeibringen. Entweder das, oder wir müssen im Regen zum Haupteingang gehen, ein Taxi nehmen und am nächsten Tag den Wagen holen. Also hab ich okay gesagt. Am nächsten Morgen steht der Mercedes in meiner Auffahrt, tipptopp in Ordnung, hat noch nie so gut ausgesehen. Optimal eingestellt sei er auch nicht, und auch dazu hatte der Bursche ein paar Vorschläge. Schließlich hat er sich auch noch um den Wagen meiner Frau gekümmert. Als ich auf den SEL umgestiegen bin, habe ich einen Chauffeur gebraucht und ihn ganztags eingestellt.«

Malcolm war begeistert von den Abenteuern des reichen Kavaliers. »Ein Auto für hundertfünfzigtausend Riesen, und du gibst einem Wildfremden die Schlüssel?«

Keine schlechte Geschichte, aber für mich hörte sich das Ganze nach Kneipengerede an. Und nach einer komischen

Methode, einen Leibwächter anzuheuern. Durch das Schaufensterglas des Deli war auf der anderen Straßenseite Spider zu sehen. Er nippte an einem Styroporbecher und kaute zugleich träge Kaugummi. Leeräugig, gelangweilt, wachsam. Bügelfrei. »Das ist doch der Typ mit den Ohren, stimmt's?« Ich schob zur Verdeutlichung das meine nach vorn. Die Wunde heilte sehr schön.

Ein Paar Gesellschaftslöwen kam zu uns herübergeschnürt, sie mit einem Alice-Haarband, er in einem Trainingsanzug, Gesichter von der Vernissage im CMA. Eastlake warf mir ihre Namen zu. »Sie erinnern sich doch...« Ich erinnerte mich daran, daß ich jemanden hatte, mit dem ich meine Zeit sinnvoller verbringen konnte. Ich bot meinen Platz an, sagte hallo, entschuldigte mich und ging Red suchen.

Für seine zehn Dollar hatte er ein Päckchen Pfefferminzbonbons und ein kleines elektronisches Spielzeug in Form eines Raumschiffs bekommen. Die Pfefferminzbonbons waren nicht schlecht. Ich war gerade dabei, Red noch ein paar abzuschwatzen, als wir über die Kuppe der Punt Road kamen und auf das hintere Ende einer Autoschlange trafen, die sich bis zum Fluß hinunterzog.

Bei der Domain Road bog ich rasch links ab und gelangte am Botanischen Garten vorbei zur St Kilda Road. Dort war der Verkehr weniger dicht, obwohl beim Arts Centre einiges los war. Ob Marcus Taylors in allen Medien breitgetretener Tod das Interesse an den Alten Meistern wiedererweckt hatte? Die Eiswagen waren in voller Stärke zurückgekehrt, und auf den Stahlwellen der Skulptur auf dem Rasen neben der Concert Hall surften jugendliche Delinquenten mit Skateboards. Red wurde von dem Anblick magnetisch angezogen. Spontan fuhr ich in eine Parklücke.

Neben der Skulptur vor dem State Theatre, einem grauenhaft häßlichen, braunen Klumpen, hatte sich ein Jongleur aufgebaut. Er war als Neptun verkleidet und hielt gleichzeitig drei Schnitzmesser und eine Fackel in der Luft. Ich glaube, ich wußte, wie ihm zumute war. Gerade als er fertig wurde, nahte durch die Menge hindurch ein Oktopus auf Stelzen. »Guck mal da«, sagte ich zu Red. »Es ist schwieriger, als es aussieht.« Zumal eine der Stelzen einen Knick hatte. Aber Red interessierte sich nicht für irgendwelche promenierenden Fische. Sein Interesse galt den Skateboardern. Ich sagte ihm, er solle ruhig hingehen, ich käme in ein paar Minuten nach.

Ich sprang auf die Brüstung des Grabens und steuerte an den dort geparkten Kehrseiten vorbei auf den Eingang der National Gallery zu. Die Brüstung war etwas weniger als einen Meter breit, was ungefähr einem gewöhnlichen Tisch entsprach. Nicht gerade eine akrobatische Herausforderung. Andererseits hatte Marcus Taylor, was das Balancieren auf Tischen anging, nicht gerade Bedeutendes vorzuweisen. Jemand, der ein paar intus hatte, hätte ohne weiteres ausrutschen, sich auf dem harten grauen Basalt den Kopf stoßen und die Besinnung verlieren können. Aber wieso war Taylor überhaupt auf der Brüstung entlanggegangen? Er kam aus der anderen Richtung, und der direkteste Weg zum YMCA führte nicht an der Vorderseite des Gebäudes vorbei.

Ich ging den Weg, den ich genommen hätte, wenn ich Taylor gewesen wäre, nämlich hintenherum. Am Bühneneingang der Concert Hall hatte derselbe Typ Dienst, der mich tags zuvor ins Kulturministerium hineingelassen hatte, und ich überredete ihn, mir den YMCA aufzuschließen. Die gleiche Aura von krankhafter Melancholie durchdrang das Gebäude, nicht aber die gleiche Stille. Als die Fahrstuhltür im dritten Stock ruckelnd aufging, kam mir über den Flur Lou Reed entgegen.

Er kam aus einem der zuvor verschlossenen Zimmer. Eine Frau in einer Latzhose steckte den Kopf zur offenen Tür heraus und sah mir mit schmal werdenden Augen entgegen. »Wenn Sie Journalist sind«, sagte sie, »sind Sie ein bißchen spät dran. Ich hab denen, die gestern hier waren, schon alles gesagt, was ich weiß. Nämlich nichts. Der Typ war der reinste Einsiedler.« Sie hatte ein Stück Zeichenkohle in der Hand. Hinter ihr konnte ich große, an der Wand befestigte Packpapierbögen sehen. Sie waren mit schwarzen Kringeln bedeckt, die sich in ein paar Millionen Jahren vielleicht zu Pferden weiterentwickelt haben würden. Oder Hunden. Oder Giraffen.

»Wenn ich wie ein Journalist aussehe, dann ganz unabsichtlich, das kann ich Ihnen versichern.« Ich machte eine Kopfbewegung zu Taylors Ende des Flurs hin. »Ich bin so was wie ein Freund von ihm.« Tja, Taylor war nicht mehr imstande, mir zu widersprechen.

»Ach so«, sagte sie. »Ich wußte ...« Ich wußte gar nicht, daß er welche hatte, wollte sie sagen, konnte sich aber gerade noch rechtzeitig bremsen. »Ich hatte nicht viel mit ihm zu tun. Wie gesagt, er ist für sich geblieben.«

»Als ich das letzte Mal hier war, hat er an einem bestimmten Bild gearbeitet. Dafür interessiere ich mich gewissermaßen.«

»Bedienen Sie sich«, sagte sie und wandte sich angewidert ab. »Alle anderen haben das schließlich auch getan.«

Als ich die Tür aufmachte, kam ich dahinter, was sie meinte. Aus Taylors Zimmern war fast alles gestohlen worden, was irgendeinen Wert besaß. Der Campingkocher war geklaut worden, ebenso die Mikrowelle, die Schreibtischlampe, sogar Gläser mit benutzten Pinseln. Von dem aus Backsteinen und Brettern bestehenden Regal waren die meisten Bücher verschwunden. Übriggeblieben waren ein halbes Dutzend alter Nummern von *Veneer*, ein dünner Band mit dem Titel *Die Notwendigkeit der australischen Kunst* und eine eselsohrige Ausgabe von *Der ungebändigte Blick.* Ich blätterte sie durch. Ein Blatt Pauspapier markierte die Abbildung von *Unser Heim*, dessen wesentliche Details präzise auf ein Bleistiftgitter übertragen waren. Mit einer solchen Schablone hätte ein guter Zeichner das Bild ohne weiteres auf sein wirkliches Format vergrößern und auf Leinwand übertragen können. Sie verriet mir nichts, was ich nicht schon wußte: daß Marcus Taylor eine ziemlich gute Version von *Unser Heim* angefertigt hatte. Ob das sein erster oder sein zweiter Versuch war, warum er es getan hatte und wo die Kopie sich befand, waren alles Fragen, die unbeantwortet blieben.

Taylors eselsohrige kleine Fotosammlung war nach wie vor in der Schreibtischschublade. Als ich sie erneut mit der Skizze in Fionas Buch verglich, bestand noch immer wenig Zweifel, daß Victor Szabos Modell die Frau auf dem Foto war. Der junge Hippie, der Taylor hätte sein können, hätte noch immer Taylor sein können. Szabo war noch immer eindeutig Szabo. Ich steckte die Schnappschüsse ein.

Auch das billige Briefmarkenalbum mit dem Plastikeinband und dem armseligen Inhalt aus neueren Marken niedriger Nennwerte war noch da. Briefmarkensammeln war ein Hobby, das mich noch nie gefesselt hatte. Doch spare in der Zeit, so hast du in der Not. Wenn Red das Album nicht gefiel, dann vielleicht einem anderen Kind. Dieser Kleinen zum Beispiel, Grace. Mit der Philatelie würde ich vielleicht nicht alles erreichen, aber sie würde mir zumindest einen Vorwand liefern, Grace' Mutter zu besuchen.

Das Sparbuch steckte immer noch in dem Spalt zwischen Wand und Schreibtisch, in den es mir bei meiner überstürzten Flucht gerutscht war. Mit einem entsprechend zurechtgebogenen Kleiderbügel stocherte ich es heraus und betrachtete kurz darauf das Interessanteste, was ich den ganzen Tag zu Gesicht bekommen hatte.

Die Kritik mochte ihn verschmäht haben, doch mit Sicherheit hatte Marcus Taylor für irgend etwas, was er tat, einen Markt gefunden. In den vergangenen sechs Monaten hatte er eine ganze Reihe von Einzahlungen getätigt. Die Beträge schwankten zwischen zwölfhundert und viertausend Dollar, die Gesamtsumme betrug fast zwanzigtausend. Kein schlechter Notgroschen für einen Mann, in dessen Bewerbung um ein Stipendium stand, daß sein einziges Einkommen die Arbeitslosenunterstützung sei.

Ich grübelte darüber nach. Aber nicht sehr lange. Red würde sich schon fragen, was aus mir geworden war. Ich ließ das Sparbuch wieder hinter den Schreibtisch fallen. Es kam mir wie Beweismaterial vor. Wofür, wußte ich nicht. Ich klemmte mir das Briefmarkenalbum unter den Arm und ging wieder nach unten, an der Seite der National Gallery entlang. Eine Gruppe Jugendlicher, die volle Pulle einen Einkaufswagen vor sich herschob, kam mir entgegengestürmt. Einer von ihnen kauerte in dem Wagen, hielt sich krampfhaft an den Seiten fest und schrie wie ein Wahnsinniger auf den Jungen ein, der den Wagen lenkte.

»Hilfe!« schrie er. »Mord! Mord!«

22

Im Telefonbuch stand nur eine S. Fleet mit Adresse im zentralen Geschäftsviertel. Little Lonsdale Street. Am Westende, zum Güterbahnhof hin. Spitze. Niedrige Mieten. So ziemlich der ideale Ort für ein Loft. Fünfzehn Minuten zu Fuß bis zum Arts Centre. Mit dem Auto fünf.

»Warte hier«, sagte ich zu Red, nachdem ich um die Ecke geparkt hatte. »Es wird nicht lange dauern.«

»Psst«, sagte er. Er hatte den Kopf gebeugt, und seine Daumen manipulierten wie rasend die Flüssigkristallblips seines kleinen elektronischen Spielzeugs. »Ich will den Rekord brechen.« Das Briefmarkenalbum hatte verständlicherweise keinen Eindruck gemacht. Es lag vergessen auf dem Rücksitz.

»Zehn Minuten«, sagte ich. »Dann werden wir uns mal ein bißchen amüsieren, nur wir beide.« Er blickte nicht auf.

Das Aldershot Building waren sechs Stockwerke verblichener Glanz, eine Beaux-Arts-Pralinenschachtel, die vom Boom der Achtziger datierte. Anwälte an den nahe gelegenen Gerichten mochten hier einmal ihr Quartier gehabt haben, Wollhändler, Viehzucht-Firmen, Reeder, Börsenmakler. Dann war es mit dem Boom vorbei. Die gehobene Geschäftswelt zog aus, und die Schmuck-Grossisten und Musikverlage zogen ein. Mit der Zeit, während der Taubenkot auf den verschnörkelten Plinthen sich häufte, wurden daraus Zweimann-Schneidereien und dubiose Fotografen, Puppenärzte und Zahntechniker. Und irgendwann hatten die strengen Brandschutzvorschriften auch diese bescheidenen Unternehmer vertrieben.

Doch das Gesetz der unbeabsichtigten Folgen setzt selbst das Gesetz zur Brandverhütung außer Kraft, und die Mieter, welche durch die astronomischen Kosten von Deckensprinklern und CO_2-Löschern vertrieben worden waren, wurden von schwarzarbeitenden schwulen Friseuren, Raubdruckern und Loft-Bewohnern abgelöst – alles Mietverhältnisse auf Handschlag-Basis, mit mehr als einem zugedrückten Auge. Im Aldershot war eigentlich niemand da, und falls doch, dann nur zu Besuch.

An den Wänden der kleinen Eingangshalle im Erdgeschoß klebten Reklamezettel von Diskotheken. Zwischen ihnen, neben dem Lift, hing eine häufig geänderte Liste der Mieter. Salina Fleet wohnte ihm sechsten Stock. Ich nahm den Lift, eine moderne Angelegenheit, nicht älter als vierzig Jahre, mit zylindrischen Bakelitknöpfen, die wie die Zitzen einer schwarzen Sau hervorstanden. Die Fahrstuhltür ging direkt auf den Flur. Salinas Tür war gleich die erste.

Zunächst reagierte sie nicht. Ich klopfte, wartete, klopfte erneut. Von irgendwoher kam ein Reggae-Rhythmus, ging direkt vom Skelett des Gebäudes aus – Träume von Jamaika. Ich klopfte erneut und wollte mich gerade abwenden, als die

Tür sich einen Spaltbreit öffnete und Sal vorsichtig durch die Lücke spähte.

»Ach, du bist's.« Ihr Mund schenkte mir ein nervöses, automatisches Lächeln, während ihre Augen einen Weg um mich herum in den Flur suchten. Sie waren kalt und glänzten, als wäre sie gerade dabei gewesen, sie zu polieren, und hätte sie, um die Tür zu öffnen, wieder in die Höhlen zurückstecken müssen, so daß sie sich noch nicht hatten erwärmen können. Ihre ehemals fruchtigen Lippen waren dünn und bläßlich. Unwillkürlich schob sie den kleinen Finger dazwischen und biß sich einen kleinen Nagelhalbmond ab.

»Keine Angst«, sagte ich in aller Harmlosigkeit. »Ich bin nicht hier, um dein Angebot anzunehmen.«

Ihre Haut spannte sich straff über dem Nasenrücken und betonte so ihr vogelähnliches Profil. Das Gesicht war um ungefähr fünf Jahre gealtert, seit ich es zum erstenmal gesehen hatte. Sie machte die Tür nicht weiter auf, und sie bat mich nicht herein.

»Tut mir leid, daß ich einfach so hereinschneie«, sagte ich. »Aber ich habe gehört, man hat so gut wie entschieden, daß Marcus' Tod kein Selbstmord war. Ich dachte, das sollte ich dir sagen.«

Sie nahm die Mitteilung hin, als hätte sie sich bereits mit dieser Möglichkeit abgefunden. Ihre Halsmuskeln spannten sich zu einem winzigen Nicken, dem Aufpicken eines unsichtbaren Getreidekorns. »Irgendwo habe ich das in gewisser Weise gehofft. An einem Unfall kann ich mir nicht die Schuld geben, oder?«

»Ich war gestern ein bißchen kurz angebunden«, sagte

ich. »Wenn du also gern darüber reden möchtest.« Ich senkte den Blick. »Von Freund zu Freund.«

Sie griff durch den Türspalt und legte mir sanft die Hand auf die Brust. »Du bist lieb, Murray. Wirklich. Aber ich möchte jetzt lieber allein sein.« Sie bedachte mich mit dem pathostriefendsten Blick, der je vor einem Spiegel geprobt wurde, seufzte tief und machte einen Schritt zurück.

Das hatte sie schon mal probiert. Beim letzten Mal hätte es beinahe geklappt. Ehe die Tür zugehen konnte, hatte ich den Fuß dazwischen. Durch den Spalt konnte ich ein Bett sehen. Auf dem Bett lag ein Koffer. »Willst du verreisen, Sal?«

»Was fällt dir ein!« fauchte sie durch den Spalt und stemmte die Schulter gegen die Tür. »Du kannst nicht einfach gewaltsam hier eindringen.«

Mein 30-Kilo-Gewichtsvorteil rührte sich nicht von der Stelle. »Rede mit mir«, sagte ich. »Bitte.«

Der Druck gegen die Tür verringerte sich etwas. »Ist das offiziell oder was?«

»Oder was.«

Sie wich stumm zurück und ließ die Tür aufklaffen. Der völlige Mangel an geheuchelter Gastfreundlichkeit hatte etwas erfrischend Ungeprobtes.

Was Salina ihr Loft nannte, war ein großer Raum mit hoher Decke, früher einmal vielleicht der Unterrichtsraum einer Stenotypistinnenschule oder die Werkstatt eines Hutmachers. Man hatte mit Spanplatten einen Küchen- und einen Badbereich abgeteilt, den Boden abgeschliffen und die Wohnung mit Einzelstücken von Retro-Möbeln des Zsa-Zsa-Gabor-auf-Safari-Stils eingerichtet. Die Garderobe war ein Kaufhauskleiderständer auf Rollen, halb leer. Den Rest des Platzes nahm das ungemachte Bett ein, auf dem ein paar vereinzelte Kleidungsstücke und ein kleiner, halbgepackter Koffer lagen. Der Aschenbecher enthielt ungefähr fünftausend halb gerauchte Kippen mit leichtem Grünstich.

»Hübsch«, sagte ich.

Meine Meinung war Salina Fleet zutiefst gleichgültig. »Was soll das Ganze?« fragte sie.

Die alte Sal war ein Stück weit zurückgekehrt. Sie trug eine Caprihose zu einem pinkfarbenen, in der Taille geknoteten Ginghamhemd und große Kreolen. Sie war allerdings noch immer in Trauer. Die Caprihose war schwarz. Ein kleiner Bluff hatte mir Einlaß verschafft, aber viel weiter würde ich damit nicht kommen. Sie hatte sich an eine Fensterbank gelehnt und fest die Arme verschränkt. Sie würde sich nicht einschüchtern lassen.

Ich hatte nicht vor, sie einzuschüchtern. Um deutlich zu machen, daß meine Absichten ehrenhaft waren, kehrte ich dem Bett den Rücken zu und hockte mich auf die Armlehne eines Sofas mit Zebramuster. »Ob Selbstmord oder Unfall, Marcus Taylors Tod ist eine heiße Geschichte. Du bist nicht die einzige, mit der die Presse geredet hat. Es kursieren alle möglichen Gerüchte. Mein Job besteht darin, der Meute immer einen Schritt voraus zu sein.«

Das war natürlich nicht die ganze Wahrheit. Letzten Endes war es nicht die protestantische Arbeitsethik, die meinen Motor auf Touren brachte, sondern mein schwaches Ego. Ich hatte den deutlichen Eindruck, daß irgendwer seine Spielchen mit mir trieb. Wer und zu welchem Zweck war noch nicht erkennbar. Aber es gefiel mir nicht. Überhaupt nicht. »Wo du doch dem Beratungsgremium Bildende Kunst angehörst, dachte ich, du könntest mich vielleicht beraten.«

»Gerüchte?« Mit gespielter Lässigkeit steckte sie sich eine Zigarette in den Mund und ließ ein Wegwerffeuerzeug klicken. »Was denn für Gerüchte?«

»Fangen wir mal mit gestern an. Du bist im YMCA gewesen, um ein Bild zu holen, stimmt's? Aber irgendwer ist dir zuvorgekommen.« Ihr Feuerzeug zündete nicht. Immer wieder ließ sie mit dem Daumen das Rädchen klicken. Ich zückte meines, ging zum Fenster hinüber und gab uns beiden Feuer. »Stimmt's?«

»Das hab ich dir doch schon gesagt.« Sie stieß Kooly aus. »Ich wollte ein paar persönliche Sachen holen.«

»Zahnbürste? Intrauterinpessar? Kleine Sachen, die leicht in eine Bildermappe passen.«

»Und für mich von Marcus Abschied nehmen.«

»Indem du mich anmachst?«

»Ich war durcheinander. Verletzlich.«

Auf dieser Schiene würden wir nicht weit kommen. Ich verfügte mich zu dem Zebra zurück. »Erzähl mir von Marcus. Wie hat eure Beziehung angefangen?«

Sie zuckte die Achseln. »Wie fängt so was an? Wir haben uns letzten Winter kennengelernt. Auf einer Ausstellung. Er hat mich wegen eines Stipendiums belemmert. Er war hoffnungslos – gleichzeitig unsicher und arrogant.« Alles Dinge, denen Frauen nicht widerstehen können. »Ich hatte gerade eine Enttäuschung hinter mir. Wir sind im Bett gelandet. Du weißt ja, wie das ist.«

Beinahe. »Und so hat er sein Stipendium gekriegt.«

Das war unter die Gürtellinie. »Diese Entscheidung hat der Ausschuß getroffen, und zwar aufgrund künstlerischer Qualität.«

Nun kamen wir endlich weiter. »Guter Künstler, der Mann? So gut wie sein Vater, Victor Szabo?«

»Wie kommst du denn auf *die* Idee?« Die Vermutung war offenbar grotesk.

»Wie ich schon sagte: Es kursieren Gerüchte.« Ich nahm die Fotos aus der Tasche und zeigte ihr den Schnappschuß von Szabo und dem Jungen, der Taylor hätte sein können. »Wie der Vater, so der Sohn. Und nach allem, was ich mitgekriegt habe, hatte der alte Szabo mehr als einen leichten Hang zum Alkohol in seinen Genen. Marcus hat ein geschicktes Händchen für den Pinsel geerbt. Er konnte von fast allem eine passable Kopie herunterhauen, wie ich höre. Nicht daß ich das beurteilen kann, aber was ich von seinem Werk gesehen habe, bestätigt diese Auffassung jedenfalls.«

Sie machte große Augen. »Du hast es gesehen?«

»Es?«

Eine Zeitlang sagte sie gar nichts mehr. Sie war zu sehr damit beschäftigt, mich mit Blicken zu rösten. Sie hätte auf fünf Schritt Entfernung Popcorn aus mir machen können. Zum Glück hatte ich meine Asbesthaut an.

Als das nicht funktionierte, warf sie den Kopf zurück und studierte, wie sich der Rauch ihrer Zigarette in trägen Windungen zur Decke emporkräuselte. Ich studierte ihn ebenfalls. In mühelosem Aufstieg als ununterbrochene Säule reichte er höher und höher, ein sich immer mehr in die Länge ziehender, ausgesponnener Faden, der sich den geprägten Blechplatten weit oben entgegenstreckte. Dann, als es gerade so schien, als wäre sein Ziel in Reichweite, geriet er ins Wanken, zerfiel zu einer ephemeren Masse wirbelnder Spiralen und verflüchtigte sich.

»Von meiner Seite aus hat es keinerlei falsche Darstellungen gegeben«, sagte sie abrupt. »Das möchte ich ganz klarstellen.«

»Natürlich.«

Sie fing an, hin und her zu gehen, sich an die richtige Betrachtungsweise heranzupirschen. »Wenn diese Sache weitere Kreise zieht, verlange ich Schutz.«

Schutz? Vor wem? Wovon redete sie eigentlich? »Verstehe«, sagte ich. »Du willst nicht als Sündenbock herhalten?«

Nachdem sie sich verständlich gemacht hatte, wechselte Salina in den Verhandlungsmodus über. »Allerdings«, sagte sie. »Marcus' Bilderproduktion war eine vollkommen legitime Form von postmodernem Diskurs, mit dem er sich sehr weit vorwagte. Seine Pastiche-Parodien wirklicher Kunstwerke dekonstruierten gekonnt die gemeinhin geltenden Vorstellungen von Wert, Echtheit und Originalität. Sie waren eine kritische Antwort auf die überragende Bedeutung des sogenannten berühmten Künstlers.« Sie hielt, während sie hin und her ging, einen regelrechten Vortrag. »Seine Bilder waren niemals bloße Kopien. Wenn sie später von anderen als solche mißverstanden wurden, dann ist das nicht mein Problem. Es war nicht meine Aufgabe, ein Bedeutungsmonopol durchzusetzen. Legitime Anleihen, das waren sie. Von meiner Seite hat es nie einen Versuch gegeben, sie als Originale auszugeben.«

Manchmal – nicht oft, aber manchmal – ist es tatsächlich

so einfach. *Uchet und ihr werdet finden.* Sofern ich den Kunstjargon nicht noch schlechter beherrschte, als ich befürchtete, hatte mir Salina Fleet soeben gesagt, daß Marcus Taylor Fälschungen hergestellt und daß sie sie für ihn auf den Markt gebracht hatte.

»Und zu diesen ›Anleihen‹« – ich hakte die Finger um das Wort, ließ es mir auf der Zunge zergehen und kostete seinen geschmeidigen Wohlklang aus – »gehörte auch ein ›Pastiche‹ von Victor Szabo? Eine ›Parodie‹ von *Unser Heim,* perfekt bis hin zur Seriennummer auf dem Motorrasenmäher?« Sie nickte. Ich war auf der richtigen Spur. »Wie du sagst, eine vollkommen berechtigte Form künstlerischen Schaffens. Und wo ist es jetzt?«

Das brachte sie jäh aus dem Tritt. »Herrgott im Himmel!« stieß sie hervor. »Heißt das etwa, du weißt es nicht? Ich dachte...«

»Du dachtest was?«

Aber nun war die Klappe zu. Sie hatte aufgrund der Annahme verhandelt, daß ich etwas wußte, was ich nicht wußte, nämlich wer die Szabo-Kopie hatte. Ihre Hände zitterten. Sie ging zur Tür hinüber und riß sie auf. »Raus«, zischte sie. »Du Schwein.« Mir dämmerte, daß sie eine Heidenangst hatte. Wenn sie nicht schauspielerte, war sie sehr überzeugend. »Raus. Raus.«

»Vor wem willst du geschützt werden? Ich kann dir helfen.«

»Geh einfach«, befahl sie eisig, und wieder zerrte ihr Mund an einem Fingernagel. »Ich äußere mich nur noch in Gegenwart eines Anwalts. Wenn du nicht rausgehst, fange ich an zu schreien.«

Sie ließ mir kaum eine Alternative, als zu tun, was sie verlangte.

»Unter den gegebenen Umständen«, sagte sie, als ich an ihr vorbeiging, »halte ich es für das beste, daß ich vom Beratungsgremium Bildende Kunst zurücktrete.« Da der Handel mit dubiosen Kunstwerken kaum die ideale Qualifikation für eine Mitgliedschaft war, fand ich die Idee gut. Ich kam allerdings nicht mehr dazu, ihr das zu sagen. Sie hatte bereits die Tür zugemacht.

Fünfzehn Minuten waren vergangen, seit ich Red seinem Computerspiel überlassen hatte. Ein paar mehr würden nicht schaden. Ich holte den Fahrstuhl herauf, drückte den Knopf für das Erdgeschoß und trat rasch aus der Kabine. Otis der Fahrstuhl schloß schmatzend seine großen Gummilippen, knurrte und schlich sich. Ich lehnte mich an die Wand und zündete mir eine Zigarette an.

Sie war bis zum Filter heruntergebrannt, als Salina aus ihrer Wohnung kam. Sie hatte ein Paar goldene Sandaletten an und trug den kleinen Koffer in der Hand. Bei meinem Anblick blieb sie stehen. Sie wollte gerade etwas Unschönes sagen, als der Fahrstuhl kam. Er machte ein dumpfes Geräusch, und die Tür ging auf. In der Kabine stand Spider Webb.

Der große Ausdruckslose höchstpersönlich, samt Sonnenbrille und mahlenden Kiefern, wie ein Trottel mit weichgeklopfter Birne. Er registrierte zuerst mich, dann, zehn Meter hinter mir, Salina. Ich registrierte sie ebenfalls. Sie sah aus wie ein Tier in der Falle. Ich trat vor den Lift und versperrte Spider den Weg. Er stand einfach nur leicht breitbeinig da und taxierte mich. Die Tür begann sich zu schließen. Ich trat in die Kabine, und die Tür glitt hinter mir zu.

Keiner der Knöpfe war gedrückt. Er hatte in diese Etage gewollt. Wohin sonst? Ich schlug mit der Faust auf den Knopf für das Erdgeschoß, und wir begannen, abwärts zu fahren. Ich drehte mich zur Tür um, wie man das in einem Fahrstuhl stets tut. »Du kommst ganz schön herum, wie?« sagte ich.

Seine Hand schoß an mir vorbei und traf den roten Nothalteknopf. Der Fahrstuhl kam so abrupt zum Stehen, daß ich das Gleichgewicht verlor. Bevor ich es wiedererlangen konnte, hatte mir Spider den Unterarm vor die Brust gepreßt und mich an die Wand gedrückt. »Was soll der Scheiß?« knurrte er und verströmte dabei einen Schwall von Arrowmint.

Unter den gegebenen Umständen ging ich davon aus, daß die Frage weitgehend rhetorisch war. Ich trat ihm gegen das Schienbein. Er machte leichtfüßig einen Schritt zur Seite, als wiche er einem verschütteten Drink aus, und rammte mir den Handballen in den Solarplexus. Das setzte meine Optik unter Wasser, und ich hätte mich gern ein wenig hingesetzt. »Ummphh«, machte ich. »'n nu' los?«

Spider hatte sein Gesicht so dicht vor meines geschoben, daß ich, als er den Mund aufmachte, das Herstellerzeichen auf seinen Amalgamfüllungen lesen konnte. Noch näher, und wir hätten uns verloben müssen. Von seinen Augen konnte ich allerdings nur mein Spiegelbild in den Spiegelgläsern sehen. In drei Tagen waren wir uns fünfmal begegnet, und ich hatte noch immer nicht seine Augen gesehen. Ein regelrechter Ray Charles, der Kerl. So wie die Spiegelbilder aussahen, die mich anstarrten, verstand er es ziemlich gut, mir Angst einzujagen. »Weißt du, was dein Problem ist, Whelan?« fragte er.

Mittlerweile war ich schlau genug, nicht einmal den Versuch einer Antwort zu machen. Ich stand einfach nur da, hätschelte meine innere Heulsuse und wartete darauf, daß das Gefühl von Verflüssigung in meinen Eingeweiden nachließ. Spider verfiel in den sanft begütigenden Ton eines psychotischen Feldwebels. »Du übernimmst dich. Das ist dein Problem. Du mußt lernen, einen Wink zu verstehen. Die Finger von Sachen zu lassen, die dich nichts angehen.«

Er drückte einen von Otis' Knöpfen, und der Fahrstuhl setzte seinen Abstieg fort. Spider trat zurück und wartete mit auseinandergestellten Beinen lässig darauf, daß wir im Erdgeschoß ankamen. »Du blöder Affe!« sagte ich. »Soll ich jetzt beeindruckt sein oder was?«

Offen gestanden war ich es, und zwar sehr. In meinem Beruf kommt es eher selten vor, daß man von irgendwelchen Halsabschneidern mit Kanonen Prügel bezieht. Derlei passiert normalerweise nur in der Bundespolitik. »Ich gehe zu Eastlake. Das kostet dich deinen Job.« Es klang erbärmlich, aber etwas Besseres fiel mir nicht ein. Zum Teufel mit diesem Machogehabe.

Der Fahrstuhl kam unten an, und die Tür glitt auf. »Das brächtest du nie fertig«, sagte Spider fröhlich. »Nicht einem alten Kumpel gegenüber.« Mit einer Gebärde wie ein Oberkellner ließ er mir beim Verlassen des Fahrstuhls den Vortritt. »Und du solltest deinen Sohn nicht allein im Auto sitzen lassen. Sonst bist du irgendwann wegen Vernachlässigung dran.«

Wir standen da und sahen einander an. Er im Fahrstuhl, ich davor. Dann lächelte er. Ein Lächeln von der Sorte, die eine Uhr zum Stehen bringen könnte. Er lächelte immer noch, als die Fahrstuhltür zuglitt.

Da drehte ich mich um und rannte los. Ich rannte zur Eingangstür des Aldershot Building hinaus, den Hügel hinunter und um die Ecke. An der Kreuzung vor mir stieg Salina Fleet gerade in ein Taxi. Sie mußte die Feuertreppe genommen haben. Ich kam im Sprint bei dem Charade an.

»Du hättest hier sein müssen, Dad«, sagte Red mit bitterem Vorwurf, den Blick gesenkt, die kleinen Hände unaufhörlich zuckend. »Ich hab zwanzigtausend Punkte geschafft.«

23

Die Polizeistation in der Russell Street stammte geradewegs aus Gotham City, eine Ziegelsteinwand mit tausend blinden Fenstern und einer Funkantenne auf dem Dach. Zentrale an alle.

Als wenn auch unbedeutender Angestellter der amtierenden Regierung konnte ich Polizisten nur als meine Kollegen betrachten. Gütige und tüchtige Gesetzeshüter. Unsere Jungs in Blau. In anderen Teilen unseres großen Landes waren die Bullen rugbyspielende, rassistische Rüpel mit dicken Hälsen, die Bestechungsgelder nahmen und sich in Bordellen herumdrückten. Doch von der Polizei Victorias behauptete das niemand. Verteidiger der Witwen und Waisen, einer wie der andere. Beschützer der Unschuldigen.

Aber nicht unbedingt eines ministeriellen Beraters mit einem Wust von Vermutungen, unzureichend begründeten Beschuldigungen und einem Kind, an dessen Sicherheit er denken mußte. Genaugenommen einer ganzen Menge von Sachen, an die er denken mußte. Wir fuhren, ohne anzuhalten, an der Russell Street vorbei. »Wie wär's mit Kino?« fragte ich. Etwas, was wir gemeinsam unternehmen konnten. Ein kühler, dunkler Ort, wo wir uns verstecken konnten und ich anfangen würde, ein paar Sachen auseinanderzuklamüsern.

»Die Hard?« fragte Red. *»Young Guns?«*

Was war nur aus Pippi Langstrumpf geworden? Vielleicht war das Kino doch keine so gute Idee. Wir spielten mit ein paar anderen Möglichkeiten und beschlossen schließlich, noch einmal auf Erkundung zu gehen.

Wir schafften an diesem Nachmittag eine ganze Menge. Schule, Freunde, Ferien. Wendy. Meine frühere Gattin war mit einem Staatsanwalt vom New South Wales Crown Law Department zusammen. Er hieß Richard. Man brauchte nicht Clifford Possum Japaljarri zu sein, um da die Punkte miteinander zu verbinden. »Wie ist er denn so?« fragte ich.

Wendy war ein Ellbogentyp. Mit ihrer Ellbogenmentalität war sie mich losgeworden. In unserer Ehe zweier gleicher Partner war einer gleicher als der andere. Wir stritten nicht miteinander. Wir waren einander nicht untreu – jedenfalls nicht daß ich wüßte. Wendy bewegte sich einfach schneller als ich und zielte in eine andere Richtung. Ich brauchte fast zehn Jahre, um dahinterzukommen, sie etwas weniger. Wenn dieser Richard sie glücklich machen konnte, prima. Eine glückliche Wendy wäre ein toller Anblick.

»Er ist okay, denke ich«, sagte Red, ein derart nichtssagendes Urteil, daß ich lächeln mußte und es mir fast das Herz brach. Dieser Richard war womöglich noch jahrelang da. Wendy konnte sich zusammentun, mit wem sie wollte, aber wenn Dicky Boy anfing, sich als Reds Stiefvater zu bezeichnen, würde es Ärger geben.

Mit Strandschuhen und Sonnenschutz für aufregende Abenteuer ausgerüstet, nahmen wir dieselbe Route wie am Nachmittag zuvor. Auf dem Freeway an den Blumenverkäufern vorbei, den Obstgärten und Gestüten, den Go-Kart-Bahnen und Oldtimer-Rallyes. Am Sugarloaf Reservoir kauften wir Sandwiches und Limonade und aßen im Würstchendunst der öffentlichen Grills. Es waren massenhaft Leute da, clanbewußte Kroaten, kakophone Kambodschaner und urwüchsige Typen mit Bierflaschen in der Faust. Das Schwimmen war verboten, und nachdem wir einmal über den Staudamm gegangen waren, Steine in das Trinkwasser von morgen geworfen und den erfolglosen Bemühungen der Angler am Überlaufdamm zugesehen hatten, machten wir uns in anspruchsvolleres Terrain auf.

Die Luftfeuchtigkeit betrug 110 Prozent, die Luft war so dick wie Fayes Tapenade, und man kam sich vor wie in der Sauna. Der Himmel klebte über uns wie der Schleim einer Schnecke und verhieß Regen, ohne welchen zu bringen. Die Schuppen an der Feuerwache von Christmas Hills standen leer. Die Feuerwehr war ausgerückt. Ein Trupp Pfadfinder füllte sich am Wasserhahn die Flaschen. Durch die Windschutzscheibe meines bescheiden klimatisierten, japanischen Schrägheckmodells hindurch bedachte Red sie mit verächtlichen Blicken.

Einen Kilometer vor Giles Aubreys Privatstraße parkten wir auf einem Wendeplatz und trotteten zu Fuß den bewaldeten Hang hinab auf den stumpfen Glanz des Wassers zu. Eine Kaskade aus Steinen und Blättern zog sich vor uns das Gefälle hinunter. Der Fluß war träge und nicht viel kühler oder feuchter als die Luft um uns herum. Wir zogen uns aus und rannten platschend, spritzend und lachend hinein.

Eine halbe Stunde später, als wir uns, von Fels zu Fels hüpfend, einen Weg flußaufwärts suchten, scheuchten wir eine ausgewachsene Braunschlange auf. In einer einzigen flüssigen Bewegung glitt sie, so lang wie ein Besenstiel, mit hervorspitzelnder Zunge über unseren Pfad. Red drängte sich rückwärts gegen mich, während er zusah, wie sie in einem Spalt zwischen zwei Felsbrocken verschwand. »Wow«, flüsterte er ehrfürchtig und mit einer gehörigen Portion Angst. »Tark wird stocksauer sein, weil er das verpaßt hat.«

Mit etwas mehr Respekt vor unserer Umgebung marschierten wir weiter. Red war immer noch begeistert, wenn auch nicht mehr ganz so draufgängerisch. Selbst wenn er vorauseilte, um unseren Weg zu markieren, achtete er darauf, mich nicht aus den Augen zu verlieren, und blickte immer wieder zurück, um sich zu vergewissern, daß ich Anschluß hielt. Es wurde dunkler. Die Wolken waren angeschwollene Auberginen, wallend und kochend und so nahe, daß man meinte, sie berühren zu können. Wie ein dürrer Stecken forkte ein Blitz den Himmel.

Wir wateten aus einer schmalen Schlucht heraus auf den trockenen Sandstreifen unterhalb von Giles Aubreys Haus.

Als Red das Seil erspähte, mit dem er und Tarquin so leichtsinnig Tarzan gespielt hatten, rannte er voraus.

Auf halber Strecke blieb er, die Augen auf den Boden geheftet, abrupt stehen. »Dad«, rief er gellend, zwischen Fluchtinstinkt und völliger Bewegungslosigkeit gefangen. »Komm schnell. Schlangenangriff.«

Ein Mann lag mit dem Gesicht nach unten auf dem freiliegenden Flußbett neben der erodierten Böschung. Ein Arm war hinter seinen Oberkörper gebogen, der andere in seinem Nacken verdreht. Es war keine natürliche Haltung, und er bewegte sich nicht.

Ich packte Giles Aubrey an der Schulter und drehte ihn herum. Er war so leicht wie Balsaholz und mausetot. Sein Gesicht war flach gegen den trockenen Quarzsand des Flußbetts gedrückt worden und mit Muskovitkörnchen gesprenkelt, Diamantstaub auf dem fleckigen rosa Pergament seiner Haut.

Wie lange er schon dalag, war unmöglich zu sagen. Er fühlte sich weder warm noch sonderlich kalt an. Wie er dorthin gekommen war, ließ sich schon leichter feststellen. Eine kleine Lawine von Laub und Kieseln umquoll seine in Sandalen steckenden Füße. Er war die fast senkrechte Böschung des Flußufers herabgestürzt, ein Gefälle von fast zehn Metern. Es war ein übler Sturz gewesen, und nach der verdrehten Lage der Gliedmaßen zu urteilen, war der Tod wohl augenblicklich eingetreten.

Red hatte einen Stock gefunden und bezog Posten. »Kannst du die Schlange sehen?«

»Er ist gestürzt.« Ich deutete nach oben auf den Pfad zum Gemüsebeet und demonstrierte, was passiert war.

»Stimmt«, sagte Red enttäuscht. »Ganz schön kraß.«

In der Tat kraß. Wir ließen Aubrey im Sand liegen, der noch vom Spiel der Jungen tags zuvor aufgewühlt und zertrampelt war, kletterten auf die Böschung und machten die Stelle ausfindig, wo er ins Straucheln gekommen war. Der Spazierstock mit dem Entenschnabelknauf lag auf der Uferböschung. Die ausgestreckte Gestalt lag unmittelbar unterhalb davon. Ich hob den Stock auf und zeigte damit stumm auf die Schleifspuren, die einen Pfad den Hang hinunter beschrieben. Red nickte ernst, als nähme er eine wichtige moralische Lektion in sich auf. Das passiert, wenn man zu dicht am Abhang geht.

Ein Knall wie von einem Gewehrschuß zerriß die Luft, die Temperatur fiel um zehn Grad, und die Atmosphäre kondensierte sich zu Regentropfen. Einer nach dem anderen begannen sie zu fallen, so langsam, daß man mitzählen konnte. Sie waren so groß wie Golfbälle, so dick und schwer, daß sie im Staub Krater aufwarfen. Dann goß es mit einmal. Regen wühlte die Erde auf und verwandelte sie in Schlamm.

Schutzsuchend flitzten wir in Richtung Haus. Red war vor mir da. Wir waren beide schon klatschnaß. Als ich zur Tur hereinkam, stand er am Telefon und hielt mir den Hörer hin. Vermutlich hatte es geklingelt, als er hereingestürmt war, und der Regenguß hatte das Geräusch übertönt. Ich hielt mir den Hörer ans Ohr. »Hallo«, sagte ich.

Es war niemand am Apparat, man hörte bloß ein Klingelzeichen, das im leisen Tonbandrauschen eines Anrufbeantworters jäh verstummte.

»Danke für Ihren Anruf«, verkündete eine patrizische

Stimme. »Ich bin im Augenblick leider nicht persönlich zu erreichen. Bitte hinterlassen Sie eine Nachricht.« Kurz, sachlich, höflich, selbstbewußt. Phillip Veale.

Die Stirn fragend gefurcht, legte ich langsam auf. »Wahlwiederholung der letzten Nummer«, erklärte Red dem Idioten der Familie. »Kommt bei *Murder She Wrote* andauernd vor.«

»Wie kommst du darauf, daß es Mord ist?«

Red zuckte die Achseln. Er war gar nicht darauf gekommen. Er folgte lediglich der korrekten Fernsehprozedur. »Jetzt mußt du 911 wählen«, sagte er mir.

»In Australien dreimal die Null«, erklärte ich ihm und wählte. »Es war ein Unfall. Er war sehr alt und ist abgestürzt. Und faß nichts anderes an, okay?«

Während ich der Notrufzentrale noch Einzelheiten durchgab, wurde ich ein Geräusch gewahr. Ein wiederholtes Pochen. Ein leises Pulsieren, kaum hörbar über dem Getrommel des Regens auf dem Dach. Ich legte auf, spitzte die Ohren und ging dem Geräusch nach. Es kam von der Stereoanlage, einem jener Bang & Olufsen-Geräte, die wie ein Teetablett aus eloxiertem Aluminium aussehen. Aubrey hatte gut und gern tausend Schallplatten gehabt, die sauber ausgerichtet in einem eigens dafür angefertigten Holzregal standen. Ich legte den Tonarm auf die Stütze und hob die Platte am Rand an. Faurés *Requiem,* mit von Sowieso als Dirigent. Ein bißchen leichte Kost für einen schwülen Sonntagnachmittag. Ich steckte die Platte in die Hülle.

In Aubreys Kleiderschrank fand ich einen Gabardinemantel. Bis ich die Böschung hinuntergekraxelt war, erschien es mir nur noch wie eine sinnlose Geste. Seine Kleidung und sein Haar waren tropfnaß, und um seine verdrehten Gliedmaßen gabelten und verzweigten sich kleine Wasserrinnsale. Das korrekte Verfahren bestand wahrscheinlich darin, ihn liegenzulassen, wo er war. Ihn mit offenem Mund zwischen den Pfützen liegenzulassen, bis entsprechend qualifizierte Leute kamen und taten, was entsprechend qualifizierte Leute tun.

Aber ich hatte Tee mit diesem Mann getrunken und eine seiner Ingwerwaffeln gegessen. Ihn im Schmutz liegenzulassen hätte sich wie ein wohlberechneter Akt von Respektlosigkeit ausgenommen. Ebensosehr mir selbst wie ihm gegenüber. Außerdem begann der Fluß zu steigen. Regengepeitschtes Wasser schob sich auf den Toten zu. Die Todesursache lag klar auf der Hand und war an der deutlich sichtbaren Schleifspur seines Sturzes von der Böschung abzulesen. Ich stand einen Moment lang da und betrachtete den zweiten nassen Leichnam, den ich in ebenso vielen Tagen gesehen hatte. Dann hüllte ich Aubrey in den Mantel und trug ihn ins Haus. Ich glaube, der Mantel wog mehr.

»Was du mir gestern gesagt hast«, fragte ich, während wir miteinander durch den Geruch nach feuchter Erde und das Getrommel des Regens auf Laub stapften. »Was davon stimmte, und was war gelogen? Und worüber hast du mit Phillip Veale geredet?« Aber Giles Aubrey gab keine Antwort.

Falls es ein Problem war, daß ich den Toten woandershin gebracht hatte, so sagte mir das niemand. Im Grunde sagte mir niemand sehr viel. Ich hatte Aubrey gerade auf sein Bett gelegt, als der Krankenwagen kam. Die 2-Mann-Besatzung ignorierte den Regen, der sich zu einem dampfenden Geniesel abgeschwächt hatte. Ich hätte den Mann eigentlich kaum gekannt, erklärte ich. Mein Sohn habe ihn gefunden.

»Diese alten Leute«, sagte der Fahrer nicht ohne Mitgefühl. »Sie müssen unbedingt allein wohnen.«

Das Etikett eines Tablettenröhrchens auf dem Nachttisch trug den Namen einer hiesigen Ärztin, die die Sanitäter kannten. Sie wurde angerufen und erklärte sich bereit, sofort zu kommen. Sie werde, wie man mir sagte, den Totenschein ausstellen. Außerdem wurde ein nahe gelegenes Bestattungsinstitut angerufen. Die erforderlichen Maßnahmen waren eingeleitet. Red und ich konnten nichts mehr tun. Wir waren schon fast beim Charade, als mir aufging, daß sie mich nicht einmal nach meinem Namen gefragt hatten.

Unsere Fahrt in die Stadt verlief in gedämpfter Stimmung. Meine Aufmerksamkeit konzentrierte sich auf Sonntagsfahrer, schlechte Sichtverhältnisse und glatte Straßen. »Du hast das gut gemacht«, sagte ich zu Red. »Nicht viele Kinder in deinem Alter haben schon einen Toten gesehen. Wie geht's dir jetzt?«

Er fummelte am Radio herum – unaufgeregt, unsterblich. »Das Leben ist eine Schinderei«, sagte er. »Dann stirbt man.« Die entscheidende Frage in meinem Kopf blieb unausgesprochen. »Ist er gestürzt? Oder ist er gestoßen worden?«

Wir schafften es dann doch ins Kino. Nicht *Die Hard*, sondern *Moonwalker*. Zuerst aßen wir preiswert chinesisch, dann saßen wir nebeneinander im Dunkeln und sahen zu, wie sich Michael Jackson anderthalb Stunden lang zwischen den Beinen kratzte. Meine Gedanken schweiften, suchten nach einem Faden, an den ich mich in diesem Labyrinth von Möglichkeiten klammern und mit dem ich die Fragmente aus Fakten und Vermutungen verbinden konnte.

Marcus Taylor macht im Centre for Modern Art eine kleine Szene. Was hatte er doch gleich gesagt? »Dieses Gebäude ist auf einer Lüge errichtet.« Sechs Stunden später ist er tot. Ein in seiner Tasche gefundener Brief schwadroniert über korrupte Hände an den Hebeln der Macht. »Ihr wißt nicht, was ihr kauft.« Aus seinem Atelier verschwindet ein Bild.

Salina Fleet, mein zum Reinfall gewordenes Himmelsgeschenk. Sie behauptet, Taylors Freundin gewesen zu sein, und gibt sich die Schuld an seinem Selbstmord. Dann spielt sie die Beziehung herunter und akzeptiert ohne Überraschung die These, daß sein Tod ein Unfall gewesen ist. Sie rückt mit der Information heraus, daß sie seine ›Anleihen‹ verkauft hat, und verlangt Schutz, dann wird ihr plötzlich klar, daß sie mehr gesagt hat, als ratsam ist, und macht dicht. Kurz darauf flüchtet sie voller Angst. Aber nicht vor mir. Ihre Tasche ist bereits halb gepackt, als ich zu ihr komme. Vor Spider Webb.

Spider, mein alter Kumpel. Der Super-Bodyguard, der mich warnt. Aber wovor? Die 60 000-Dollar-Frage. Oder die 600 000-Dollar-Frage? Die gemeinsame Verbindung zwischen Salina und Spider – Taylors verschwundenes Gemälde, *Unser Heim,* Ausführung 2. Und Lloyd Eastlake? Wie paßte er ins Bild? Oder hatte er gar nichts damit zu tun? Und Giles Aubrey, mit seiner unglaublichen Geschichte von der unentdeckt gebliebenen Fälschung. War er darüber, buchstäblich, zu Fall gekommen?

Bis sich Michael Jackson in eine fliegende Untertasse verwandelte und in den Weltraum schoß, wußte ich eins mit Sicherheit. Etwas, was ich schon gewußt hatte, ehe wir ins Kino gekommen waren. Solange Red in der Stadt war und auch nur die geringste Möglichkeit bestand, daß Spider Webb seine implizite Drohung wahr machen könnte, würde ich mich nur um meine eigenen Angelegenheiten kümmern.

Als wir wieder auf der Straße standen, hatte das Geniesel aufgehört, und die Wolkendecke war verschwunden. »Guck mal«, sagte Red und deutete nach oben. »Michael Jackson.«

Mein Blick folgte seinem Finger zu der Stelle, wo der Mond wie eine Kerze hinter einem Papierschirm leuchtete. Er stand tief am Himmel, unmittelbar über dem hoch aufragenden Stahlskelett des Karlcraft Centre. »Dieses Gebäude ist auf einer Lüge errichtet«, hörte ich Marcus Taylor sagen.

»Reingelegt«, krähte Red. Als wir über die Straße zum Auto gingen, griff ich nach seiner Hand. Er war noch nicht so groß, daß er sie mich nicht halten ließ.

24

Mein neuer Schreibtisch war aus echtem Holz. Mein neuer Stuhl hatte eine verstellbare Rückenstütze. Den neuen Morgen hatte der nächtliche Regen rein gewaschen. Für Montag waren milde achtundzwanzig Grad bei blauem Himmel vorhergesagt. Meine Schuhe waren gewienert, und es hatten sich gerade genug Gesprächsnotizen angesammelt, um mir zu bestätigen, daß ich ein Mann war, den zu kennen sich lohnte.

Aber an meinem ersten offiziellen Arbeitstag in meinem neuen Job um Viertel vor neun mit zwei Zehnjährigen im Schlepptau zu erscheinen war wohl kaum die ideale Methode, den Federfuchsern des Kulturministeriums Angst einzujagen.

Red war bei mir, weil sein Rückflug nach Sydney erst um zwanzig nach neun an diesem Abend ging, und zumindest für ein paar Stunden mußte unsere gemeinsame Zeit hinter den Erfordernissen meines Jobs zurückstehen. Tarquin Curnow kam mit, weil ich am Abend zuvor mit Faye und Leo eine Abmachung getroffen hatte.

Das Dilemma, in dem wir uns an diesem Morgen befanden, war zu der Jahreszeit weit verbreitet. Überall in der Stadt mußten Eltern wieder in die Tretmühle. Aber die Schule hatte noch nicht wieder angefangen. Noch eine Woche lang waren Mütter und Väter gezwungen, eine Betreuung für ihre Kinder zu improvisieren. Zum Glück arbeitete Leo an der Universität, wo der Begriff Arbeit noch einer Definition harrt. Wir hatten vereinbart, daß er sich zur Mittagszeit davonmachen und nachmittags auf die Jungs aufpassen würde, wenn ich sie vormittags beschäftigte. Wie genau ich das anstellen sollte, wußte ich allerdings noch nicht recht.

»Ihr zwei könnt auf meinem Macintosh Computerspiele spielen«, sagte Trish, die vor Agnellis Tür bereits wieder Checkpoint Charlie installiert hatte. »Seid nicht so laut, und kommt mir nicht in die Quere.« Mir gegenüber nahm

Trish nach wie vor eine abwartende Haltung ein, aber für Red hatte sie eine Schwäche, seit er ein Baby war.

Dank der Abkühlung hatte ich zum erstenmal seit einer Woche gut geschlafen. Und ich hatte diese Gelegenheit nicht dadurch vergeudet, daß ich von Spider Webb träumte. Eine der ersten Lektionen, die man in einer politischen Partei lernt, ist, Geduld zu haben, sich höherer Gewalt zu beugen, sein Pulver trocken zu halten und den rechten Augenblick abzupassen. Ich hatte beschlossen, ihn nicht vor halb zehn heute abend abzupassen, dem Zeitpunkt, zu dem Reds Flugzeug in einer Höhe von 10000 Metern und mit einer Geschwindigkeit von 500 Knoten in Richtung Norden fliegen würde. Ab da, und nicht eher, würden Spider Webb und das Geheimnis des verschwundenen Bildes wieder oben auf meiner Prioritätenliste stehen.

Unterdessen hatte ich, während die Jungen in einer Ecke des ministeriellen Empfangsbereichs saßen und die Galaxie gegen Invasoren verteidigten, anderes zu tun.

Zuerst hieß es allerdings: gewußt, wie. Da mein ursprünglicher Einfall, Agnelli und Max Karlin zusammenzubringen und die weiteren Entwicklungen im Auge zu behalten, sich als Fehlschlag erwiesen hatte, war es an der Zeit, ein paar direkte Fragen über den Abstecher meines Bosses in die Welt der Wahlkampffinanzierung zu stellen. Ich trat an meinen neuen Schreibtisch, nahm den Hörer meines neuen Telefons ab und rief Duncan Keogh in der Parteizentrale an. »Murray Whelan hier, Duncan«, sagte ich. »Ich rufe von Angelo Agnellis Büro aus an.«

Weiter kam ich nicht. »Herr des Himmels«, unterbrach mich Keogh gereizt, »weiß jetzt schon die halbe Stadt Bescheid? Sag Agnelli, er soll nicht so verdammt ungeduldig sein. Ein, zwei Tage spielen überhaupt keine Rolle. Wenn wir die Festgeldeinlagen vor der Fälligkeit kündigen, müssen wir Strafe zahlen. Und was den Kassenbestand von« – er raschelte mit Papieren – »207 860 Dollar angeht, der ist am Freitag nachmittag, genau wie von Angelo angeordnet, in Obelisk Trust investiert worden. Sag ihm, daß er sich damit vorläufig zufriedengeben muß.«

Mein neuer Stuhl war ergonomisch korrekt, was aber nicht verhinderte, daß ich fast davon heruntergefallen wäre. An sich war es ein guter Gedanke, die Rendite der Parteiersparnisse zu verbessern. Das hätte dieser Hohlkopf Duncan schon vor Monaten tun müssen. Und wenn Obelisk die beste Rendite bot, um so besser. Blieb es wenigstens in der Familie. Aber eine sechsprozentige Steigerung der Zinseinkünfte würde die Schatulle nicht in dem Maße füllen, von dem Agnelli gesprochen hatte. Wenn er schon in elementaren Betriebswirtschaftsfragen so fix war, was unternahm er dann erst in puncto Klinkenputzen? Was für Gegenleistungen bot er dort, wo die großen Spenden zu holen waren?

Während ich noch mühsam verdaute, was Keogh mir gerade gesagt hatte, erschien Agnelli persönlich an meiner Tür. Er zog seine Manschette zurück und tippte auf das Zifferblatt seiner Armbanduhr. »Veales Informationsbesprechung«, sagte er mit Lippensprache. »Kommst du?«

»Angelo ist gerade hier bei mir«, sagte ich in die Sprechmuschel. »Ich bin sicher, er weiß deine Tüchtigkeit zu schätzen.« Ich legte abrupt auf und schnitt eine Grimasse wie jemand, der gerade eine Nervensäge losgeworden ist. Agnelli, der mir in Richtung Konferenzzimmer voranging, ließ keinerlei Interesse daran erkennen, mit wem ich gerade geredet hatte.

Die Zeremonie ›Information des neuen Ministers‹ war eine Übung wie aus dem Lehrbuch. Veale und ein paar stellvertretender Direktoren legten auf professionelle Weise die Grundsätze, Ressourcen und Arbeitsabläufe des Ministeriums offen. Agnelli nickte die ganze Zeit weise. Ich machte mir Notizen. »Irgendwelche Fragen?« wollte Veale nach einer Stunde wissen.

Die Frage, die ich Veale unbedingt stellen wollte, blieb ungestellt. Das Geheimnis von Giles Aubreys Telefonanruf würde warten müssen, bis sich eine günstigere Gelegenheit bot. Ich stellte stattdessen ein paar nebensächliche Fragen, bloß um zu zeigen, daß ich bei der Sache war. Über die Arbeitsgruppe zur Verbesserung der Nutzungsmöglichkeiten der Bibliothek. Über die Bestandsaufnahme der ökonomischen Auswirkungen des International Festival. Über die Beratungsgremien, die Empfehlungen über Zuschüsse abgaben. Ich griff mir aufs Geratewohl eines heraus. »Dieses Beratungsgremium Bildende Kunst, zum Beispiel. Wie geht da eigentlich die Auswahl und Ernennung der Mitglieder vonstatten?«

»Der Vorsitzende des Gremiums nominiert ›Sachverständige‹. Einer von Veales Stellvertretern beantwortete die Frage. »Vorbehaltlich der Zustimmung des Ministers, natürlich.«

Die ohne weiteres erteilt werden würde. Kein Minister hatte Zeit oder Lust, die Besetzung der hundertundeins Ausschüsse zu überprüfen, die erforderlich waren, um eine gesunde Bürokratie am Laufen zu halten. Er oder sie ließ sich vom Urteil des jeweiligen Vorsitzenden leiten. In diesem Falle Lloyd Eastlake.

Damit war die Sitzung praktisch beendet. Ange nahm mich in sein Büro mit und breitete eine Ausgabe des Boulevardblatts *Sun* auf seinem Schreibtisch aus. »Schon gesehen?« fragte er.

Ich hatte beim Frühstück die Zeitungen überflogen und nichts über die Leiche im Graben gefunden. Einen schrecklichen Moment lang dachte ich, ich hätte etwas übersehen und Agnelli würde mich wegen Pflichtversäumnis zusammenstauchen. Aber er hatte die Zeitung bei einem Teil aufgeschlagen, den ich niemals las – auf der Gesellschaftsseite. NEUER KULTUR-OBERBOSS ANGELO AGNELLI BEI WOHLTÄTIGKEITSFETE ZUR UNTERSTÜTZUNG DES CENTRE FOR MODERN ART, lautete die Schlagzeile. Das Foto zeigte Ange zwischen Max Karlin und Fiona Lambert, im Hintergrund *Unser Heim.*

»Ganz verheißungsvoller Start, was?« strahlte der neue Oberboss. »Mich mit Max Karlin zusammenzubringen war eine deiner besseren Ideen.«

Einen Moment lang war ich versucht, Agnelli mitzuteilen, daß ich sein Gespräch mit Duncan Keogh mit angehört hatte und von seiner Anweisung wußte, einen großen Batzen der Kriegskasse der Partei in Obelisk Trust zu investieren. Meine Besorgnis zu artikulieren und ihm nach Möglichkeit klarzumachen, daß er auf gefährliche Gewässer zusteuerte. Aber mein jahrelanger Umgang mit Agnelli hatte mich gelehrt, daß direkter Widerspruch eine wenig aussichtsreiche Taktik war. An einem Seil kann man nicht schieben, rief ich mir in Erinnerung.

»Nichts von wegen Korruption an hohen Stellen, wie ich sehe.« Agnelli bedachte sein Foto mit einem weiteren bewundernden Blick und faltete die Zeitung zusammen. »Sieht so aus, als wäre die Geschichte mit dem Toten im Graben endgültig gestorben.«

Die Presse schweige sich zu dem Thema aus, gab ich zu. »Jedenfalls im Augenblick.«

»Wo wir gerade von Wasser reden«, fuhr Agnelli fort. »Ich mache eine Inspektions- und Orientierungstour, um mich über Staubeckenressourcen und Speichereinrichtungen zu informieren. Die Behörde für Wasserversorgung rückt einen Hubschrauber heraus. Bin erst morgen vormittag wieder da.« Mit anderen Worten ein Vergnügungsausflug in die Berge. Zur Mittagszeit würde er von einem Paar Wasserski hinter dem offiziellen Stausee-Inspektionsboot aus die Wasserqualität des Lake Eildon bewerten. »Meinst du, du kannst dafür sorgen, daß das Ministerium nicht zusammenkracht, solange ich weg bin?«

Zum Teufel mit dem Ministerium! dachte ich. Wenn Angelo nicht im Büro war, hatte ich freie Bahn, abzuhauen und das bißchen Zeit, das Red und ich noch zusammen hatten, so gut es ging, zu nutzen. Es konnten Monate vergehen, bis ich meinen Sohn wiedersah. »Ich habe mehr als genug zu tun«, sagte ich.

»Hoffentlich nicht zuviel, um mir eine Rede zu schreiben«, sagte Agnelli. »Laut Terminkalender muß ich morgen abend in der Trades Hall eine Kunstausstellung eröffnen.« Seiner Ausbildung nach war Angelo Anwalt. Er hatte sich schon früh in seiner Laufbahn auf Fälle von Arbeitsunfallentschädigung spezialisiert und sah sich immer noch als

Freund der Arbeiter. »Ich würde gern etwas darüber sagen, was gewöhnliche arbeitende Menschen von großer Kunst haben«, wies er mich an. »Und bring reichlich Witze darin unter.«

Kaum hatte ich Agnelli mit der Versicherung, seine Rede werde ein Meisterwerk, im Fahrstuhl untergebracht, da fing mich im Foyer Phillip Veales Sekretärin ab und sagte mir, der Direktor hätte mich gern gesprochen. Veale blickte mit dem unerschütterlichen Gleichmut eines Kung-Fu-Meisters von seinem Papierkram auf. »Bitte machen Sie die Tür zu, Murray.«

Als ich mich wieder umdrehte, ließ er sich gerade auf der Schreibtischkante nieder und zupfte die Bügelfalte an seinem Knie nach oben, damit der Stoff seiner Hose vom Hinsetzen keinen Schaden nahm. »War der Minister mit der kleinen Darbietung heute morgen zufrieden, was meinen Sie?«

»Brillante Vorstellung«, gab ich zu. »Wird interessant sein, wie sich Angelos Pläne für eine umfassende organisatorische Umstrukturierung auswirken.«

Veale bedachte meinen kleinen Spaß mit einem resignierten Seufzer. Ein weiterer Minister, eine weitere Umstrukturierung. In der Sitzung war er liebenswürdig und korrekt gewesen. Kein ironischer Tonfall, keine wissenden Nebenbemerkungen. Ein Mann mit einem fein abgestimmten Gespür für das richtige Verhalten. Nun preßte er die Fingerspitzen zusammen und setzte eine zögernde Miene auf, als grüble er über eine möglichst taktvolle Methode nach, ein heikles Thema zur Sprache zu bringen. »Ein kleiner Rat«, begann er tastend. »Wenn es erlaubt ist.«

Klar, bedeutete ich ihm. Nur zu.

»Als relativer Neuling in der Verwaltung dieses Ministeriums werden Sie sich zweifellos noch einige Zeit einarbeiten müssen. Und Sie werden, wofür ich volles Verständnis habe, darauf bedacht sein, bestimmte Informationsquellen zu erschließen. Dabei dürfte es klug sein, sich stets vor Augen zu halten, wie klein und inzestuös die Kunstwelt sein kann. Egos spielen eine Rolle, viele davon außerordentlich empfindlich. Es gibt reichlich verborgene Absichten. Unterstellung und Klatsch blühen.«

Bis jetzt hatte er mir noch nichts gesagt, was ich in meiner Position nicht schon wissen müßte. Ich fragte mich, wo unsere kleine Plauderei wohl hinführte.

Veale kam zur Sache. »Giles Aubrey hat mich am Samstag angerufen. Er hat mir gesagt, Sie hätten sich an ihn gewandt und um Informationen vertraulicher und sensibler Natur gebeten. Er hat sich nach Ihrer offiziellen Stellung erkundigt. Ich habe ihm gesagt, daß Sie ein Mitarbeiter des Ministers sind.« Einer von mehreren, deutete sein Tonfall an. Nicht unbedingt ein wichtiger.

Er hielt inne, da er offenbar erwartete, daß ich mich näher erklärte. Statt dessen kam ich ihm mit einer Frage. »Hat er Ihnen gesagt, worüber ich mit ihm reden wollte?«

Veales Stimme bekam einen tadelnden Unterton.

»Wie ich Ihnen schon sagte, haben Giles und ich einander einmal recht gut gekannt. Aber wir hatten schon eine ganze Weile nicht mehr miteinander gesprochen. Ich fand es offen gestanden schwer begreiflich, was Sie dadurch zu gewinnen hofften, daß Sie sich dem Klatsch und den Unterstellungen eines notorisch selbstsüchtigen Menschen wie Giles Aubrey aussetzen.«

Ach so. Mir hätte klarsein müssen, daß Aubrey meine Referenzen überprüfen würde, ehe er mit mir redete. Das erklärte den Telefonanruf. Leider hatte er, so wie es sich anhörte, auch die Gelegenheit genutzt, irgendeine alte Wunde wieder zu öffnen. Veale war mir an den Karren gefahren, und das ohne guten Grund.

Jetzt war ich an der Reihe, vergrätzt zu klingen. »Ich kann Ihnen versichern«, sagte ich, »daß ich Giles Aubrey in einer rein beruflichen Angelegenheit angesprochen habe, nämlich um ihn wegen der Bewertung eines Bildes zu konsultieren. Falls er etwas anderes angedeutet hat, hat er Sie irregeführt. In jedem Fall war mein Kontakt mit ihm nur kurz. Er ist gestern gestorben. Ein Sturz, wie es scheint.«

Das ließ ihm die Luft heraus. »Ach«, sagte er.

Eine kontemplative Muse strich mit ihren Schwingen über sein Gesicht. Seine Gedanken begannen sich nach innen zu kehren. Ich spürte den privaten Charakter seiner Überlegungen, gab ein paar vage versöhnliche Geräusche des Sinnes, daß ich ihn verstanden hätte, von mir und zog mich leise zurück, wie der Elefant aus dem Porzellanladen.

Es war halb elf vorbei. Die Jungen hatten allmählich genug davon, auf Trishs Computer Außerirdische zu massakrieren. Ich ging rasch die Zettel mit den Gesprächsnotizen durch, dann griff ich aufbruchbereit nach meinem Jackett. In diesem Augenblick läutete der Empfang an, um mir zu sagen, daß ich einen Besucher hatte, einen gewissen Mr. Micaelis. Da ich annahm, daß es sich um einen Frühankömmling handelte, der auf einen außerplanmäßigen Termin hoffte, ging ich hinaus, um ihm zu sagen, daß er kein Glück hatte.

Micaelis war irgendwo Mitte Dreißig, trug einen dunklen Anzug und roch nach Brut 33. Er hatte das leicht zu kurz gekommene Aussehen des zweiten Sohns einer Einwandererfamilie. Sein älterer Bruder fuhr den Familien-LKW. Sein jüngerer Bruder studierte Medizin oder Architektur. Die großen Pläne für ihn waren nicht über Buchführung oder Stadtplanung hinausgekommen. Buchführung, nach der Krawatte zu urteilen. Er sah nicht nach Künstlertyp aus.

»Tag auch!« sagte er fröhlich. »Hätten Sie wohl einen Moment Zeit?« Er reichte mir seine Karte. Sie trug einen kleinen blauen Stern und ein französisches Motto in Prägedruck. *Tenez le droit.* Detective Senior Constable Chris Micaelis, stand darunter. Victoria Police. Sieh an, sieh an. *'allo, 'allo, 'allo.*

Wir gingen durch die Tür mit der Aufschrift ›Minister‹ und in mein Büro. Trish warf mir einen wissenden Blick zu, als wir an ihr vorbeikamen. Sie hatte nichts von ihrer Ausgebufftheit eingebüßt. Einen Schuldeneintreiber erkannte sie immer noch, wenn sie einen sah.

Micaelis lehnte das von mir angebotene Erfrischungsgetränk ab und parkte seinen Kadaver im angezeigten Möbelstück. »Sie wissen vermutlich, worum es geht«, sagte er.

»Nein, aber vermutlich werden Sie's mir gleich sagen.«

»Dieser Todesfall am Wochenende.« Mit seiner bemühten Beiläufigkeit, das wußten wir beide, machte er niemandem etwas vor. »Wie ich höre, waren Sie dabei, als man die Leiche geborgen hat.«

Einen ganz kurzen Moment lang wußte ich nicht recht, ob er von Taylor oder von Aubrey sprach. Micaelis registrierte mein leises Zögern. »Ms Fleet hat uns Ihren Namen genannt«, sagte er. Nur kein falsches Zartgefühl, wollte er damit sagen. Wir wissen, daß du mit seiner Freundin zugange warst.

Zu gegebener Zeit – dann nämlich, wenn Red vor Spider Webbs Drohungen sicher war – würde ich der Polizei alle meine Befürchtungen mitteilen. Bis dahin würde ich mich korrekt verhalten, jede Frage beantworten, die mir gestellt wurde, und möglichst viel herauszufinden versuchen. »Richtig«, sagte ich. »Salina und ich sind, äh, im Park spazierengegangen. Wir haben den Menschenauflauf am Graben gesehen und sind hingegangen. Da wurde der Tote gerade in einen Krankenwagen geschoben.«

Sherlock der Grieche nickte ermutigend. »Dann haben Sie Taylor also gekannt?«

»Vorgestellt worden sind wir einander nie. Zum erstenmal gesehen habe ich ihn am Freitag abend bei einer Ausstellung im Centre for Modern Art. Er war betrunken und ist ein bißchen unangenehm aufgefallen, wie Sie wahrscheinlich wissen. Gegen halb zehn habe ich ihn dann noch mal gesehen. Da ist er allein die Domain Road entlanggegangen, und zwar noch betrunkener, so wie es aussah. Als ich ihn das nächste Mal gesehen habe, war er tot.«

Micaelis nickte unverbindlich. »Und Salina Fleet? Die kennen Sie wohl recht gut?«

»Eigentlich nicht. Kennengelernt habe ich sie am Freitag nachmittag hier – sie gehört einem unserer Beratungsgremien an. Sie war bei der Ausstellung im Centre for Modern Art – derselben, bei der auch Taylor war. Hinterher bin ich zum Essen ins Botanical Hotel gegangen und ihr dort wieder über den Weg gelaufen. Der Pub hat gegen eins geschlossen, und dann habe ich mit ihr einen langen Spaziergang im Park gemacht. Wir haben gesehen, daß am Graben irgend etwas im Gange war, und sind hingegangen. Die Sache hat sie schwer mitgenommen, und kurz darauf sind dann Ihre Kollegen erschienen.«

Micaelis studierte seinen Handrücken, als zöge er seine Notizen zu Rate. »Zwischen ein und drei Uhr morgens war sie also mit Ihnen zusammen. Auf einem Spaziergang im Park?«

Es war klar, was er damit andeuten wollte. Er hatte ja auch beinahe recht. »Es war eine warme Nacht«, sagte ich ihm unbewegt.

»Haben Sie sie seither wiedergesehen?«

»Gestern am frühen Nachmittag. Ich habe kurz bei ihrer Wohnung in der Stadt vorbeigeschaut, um zu sehen, wie es ihr geht.«

»Mmm«, machte er, als hätte ich lediglich eine bekannte Tatsache bestätigt. »Und wie ging es ihr?«

»Taylors Tod hat sie natürlich mitgenommen. Sie wollte offenbar lieber allein sein.«

Während Micaelis darüber nachdachte, stand er auf und trat, die Hände in die Taschen geschoben, ans Fenster. Er wippte auf den Absätzen und klimperte in den Tiefen seiner Hose mit einem Schlüsselbund. »Sie wissen nicht zufällig, wo wir Ms Fleet im Augenblick erreichen können, oder? Sie ist gestern abend nicht nach Hause gekommen.«

»Vielleicht ist sie bei Freunden«, schlug ich vor.

»Irgendeine Vorstellung, wer?« fragte er angelegentlich.

»So gut kenne ich sie nicht. Haben Sie's mal bei ihrer Arbeitsstelle probiert?«

Ich brauchte Micaelis nicht zu erzählen, wie er seinen Job zu erledigen hatte. »Bei *Veneer*? Nicht gerade eine Ganztagesstelle. Das letzte Heft ist gerade erschienen, und man hat sie dort seit mehreren Wochen nicht gesehen.«

Nichts in seinem Auftreten ließ auf Besorgnis hinsichtlich Salinas Sicherheit schließen. Das bestätigte noch einmal meine Entscheidung, Spiders Erscheinen im Aldershot Building zu verschweigen. Statt dessen ging ich auf Informationen aus. »Wir bekommen hier widersprüchliche Angaben über die Todesursache zu hören«, sagte ich. »Wissen Sie denn schon, ob es Selbstmord oder ein Unfall war?«

»Die genaue Ursache steht noch nicht fest«, sagte der Detective Senior Constable. »Sie kennen doch die Polizei.« Er zuckte zerstreut die Achseln, als spräche er von einem leicht exzentrischen gemeinsamen Bekannten. »Sie hat gern sämtliche Fakten, ehe sie sich festlegt.«

»Fällt denn irgend etwas an diesem Fall aus dem Rahmen?« hakte ich nach. »Wollen Sie Salina aus einem bestimmten Grund sprechen?«

»Reine Routinesache«, sagte er. »Sie geben uns doch Bescheid, falls Ms Fleet sich mit Ihnen in Verbindung setzt?«

Die Jungen hampelten vor meiner Glastür herum und versuchten, mich auf sich aufmerksam zu machen. Bestimmt langweilten sie sich und wollten endlich los. Micaelis' Blick wanderte von ihnen zu mir. In bestimmten Dingen sind die Gedanken des männlichen Südeuropäers ein offenes Buch. Ich konnte förmlich dabei zusehen, wie Micaelis zwei und zwei zusammenzählte und eine knallige Fünf herausbekam. Ich war ein verheirateter Mann, der ein bißchen was nebenher laufen hatte.

»Falls Ihnen noch etwas einfällt, worüber wir Ihrer Ansicht nach Bescheid wissen sollten«, sagte er.

»Werde ich nicht zögern, mich mit Ihnen in Verbindung zu setzen«, versicherte ich ihm. Und das würde ich auch ganz bestimmt. In etwas weniger als zwölf Stunden.

Ich machte die Tür auf und begleitete ihn ins Foyer hinaus. Die Jungen fingen mich ab. »Rat mal, was passiert ist, Dad«, sagte Red und zupfte mich am Ärmel. »Tarquin hat den Computer gekillt.«

Über den Macintosh hinweg schoß Trish mörderische Blicke auf mich ab, während sie auf ihrer Tastatur herumhämmerte und verzweifelt versuchte, ihre abgeschossenen Dateien wiederzufinden.

Ich komplimentierte den Cop in den Fahrstuhl, und wir hauten schleunigst ab.

25

Ich ließ den Jungen die Wahl zwischen drei Möglichkeiten: *Gold der Pharaonen* im Museum of Victoria, *Schätze der verbotenen Stadt* in der National Gallery oder ein vorzeitiger Lunch. Sie votierten mit zwei zu null Stimmen für eine Capricciosa mit einer Extraportion Käse und Zitroneneis zum Nachtisch.

Wir fuhren über die Princes Bridge und steuerten durch die Stadt hindurch die Lygon Street an, wo die Pizzerias und Gelaterias dichter gesät sind als Borlotti-Bohnen in einem Teller Minestrone. Kurz hinter der Polizeizentrale, wo die Russell zur Lygon Street wird, erwischten wir neben dem

Achtstundentag-Denkmal eine rote Ampel. An der Ecke schräg gegenüber, auf dem winzigen Rasenfleck vor der Trades Hall, stand eine neu errichtete Plakatwand. Kunstausstellung, las ich. Kunstsammlung des Pensionsfonds des Gewerkschaftsverbandes. Eintritt frei. Eröffnung Dienstag.

Das war das Ereignis, für das ich laut Agnellis Anweisung bis morgen früh eine heiter erbauliche Rede schreiben sollte. Da ich nun einmal hier war und die Jungen noch anderthalb Stunden beaufsichtigen mußte, beschloß ich, zwei Fliegen mit einer beiläufigen Anregung zu schlagen. »Siehst du das Haus da, Red?« Ich deutete auf die altersfleckigen korinthischen Säulen des einstmals prächtigen Portikus der Trades Hall. »Dort hab ich vor deiner Geburt gearbeitet. Kommt, ich zeig's euch.«

Die Jungen brachen in ein aufmüpfiges Gemurre aus. »Das dauert nur zehn Minuten«, untertrieb ich. »Außerdem ist es erst halb zwölf – die Pizzaöfen sind noch gar nicht an.«

Die Trades Hall war in den siebziger Jahren des 19. Jahrhunderts gebaut worden, ein Palast der Arbeit und ein großartiges Beispiel hochviktorianischer, klassizistischer Architektur. In den sechziger Jahren des 20. Jahrhunderts kam ein Ziegelsteinannex hinzu, ein reiner Zweckbau, dessen Gestalt von der damaligen Vorstellung geprägt war, daß kein Schwein sich um Architektur scherte. Wir fuhren auf der anderen Seite eine kopfsteingepflasterte kleine Straße hinauf und parkten in einem unterirdischen Gewölbe zwischen dem alten und dem neuen Gebäudeteil. Hier hatte ich vor dreizehn Jahren als wissenschaftlicher Assistent der Gewerkschaft der Städtischen Angestellten meine Karriere begonnen, doch seither hatte sich wenig verändert. Vielleicht war die Schmutzpatina, die an den Wänden haftete, ein wenig dicker. Vielleicht waren die Gerüche, die von den Toiletten außerhalb des Gebäudes ausgingen, ein wenig kräftiger. Doch am Fahnenmast baumelte komischerweise immer noch die gleiche fadenscheinige rote Fahne. Als ich den Jungen erzählte, daß die Partei, die das Land regierte, hier gegründet worden war, verdrehten sie die Augen und beklagten sich über den Geruch.

»Kommt schon«, drängte ich, denn ich hatte ein kleines Schild ausgemacht, das anzeigte, daß unser Ziel im obersten Stock lag. »Wollt ihr die Einschußlöcher von der Schießerei sehen, bei der die Wahlfälscherbande den Cop erschossen hat?«

»Na gut«, maulte Red wenig begeistert. »Wenn's unbedingt sein muß.«

Die Geschichte des Gefechts, das sich Gangster im Jahre 1915 auf dem Flur des ersten Stocks mit der Polizei geliefert hatten, gehörte schon so lange zur Mythologie der Trades Hall, daß ich in den drei Jahren, die ich dort arbeitete, keine zwei identischen Versionen der Ereignisse gehört hatte. Einig war man sich nur darin, daß das von Kugeln durchsiebte Treppengeländer in den sechziger Jahren von einem Andenkenjäger geklaut worden war. Was mir viel erzählerischen Spielraum verschaffte. »Die Treppe da sind sie hinaufgestürmt«, improvisierte ich frei, »und haben dabei aus der Hüfte geschossen.«

Wir gingen eine mit Steinplatten belegte Treppe hinauf, die von den unzähligen Auf- und Abstiegen der zahllosen Vorsitzenden der mannigfaltigen Komitees der engagierten

Verfechter der Sache der Arbeiter in der Mitte ausgetreten war. Auf dem Treppenabsatz im ersten Stock hing an der Wand eine geschnitzte Ehrentafel, auf der in gestochener, schon leicht verblichener Schrift sämtliche Generalsekretäre der Gewerkschaft der Kesselflicker und Gasinstallateure von 1881 bis 1963 standen. Ich berührte Red an der Schulter und zeigte auf einen Namen. R. Cahill, 1903–09. »Redmond Cahill«, sagte ich. »Dein Urgroßvater.«

»Und wo sind jetzt die Einschußlöcher?« fragte Red unbeeindruckt. Wenn ich mir schon die Mühe machte, eine falsche, in der Tradition der Arbeiterbewegung verwurzelte Herkunft zu erfinden, konnte der Junge doch wenigstens so tun, als wäre er interessiert. »Hier entlang«, log ich und führte sie einen verlassenen Flur hinunter. Im Haus war es so ruhig, daß ein Söldnerregiment in den Seitengängen eine Panzerfaust hätte abfeuern können, ohne Gefahr zu laufen, jemanden zu treffen.

So ruhig war es in der Trades Hall nicht immer zugegangen. Ursprünglich war sie als Quartier für die Handwerkerverbände errichtet worden, die Melbourne zur reichsten Stadt der südlichen Halbkugel gemacht hatten. Mit der Zeit hatte sie mehr als hundert verschiedene Gewerkschaften beherbergt. Den Verband der Konfektionsmacher, die Bruderschaft der Hufschmiede, den Bund der Stiefelmacherangestellten, die Straßenbahn- und Omnibusfahrer – kein Handwerk war zu klein, kein Beruf zu speziell, als daß seine Angehörigen nicht ihre eigene Gewerkschaft gehabt hätten. Irgendwann war über einen Zeitraum von hundert Jahren hinweg jede Nische und Ritze des Gebäudes kolonisiert worden. Seine einst imposanten Hallen wurden zu einem Kaninchenbau von Büros, ausgestattet mit Nachtpötten und vollgestopft mit Männern in geflickten Strickjacken, und auf den Fluren herrschte ein Gewimmel von Frauen mit Bienenkorbfrisuren und flachen Schuhen.

Aber diese Zeiten waren längst vorbei. Der unaufhaltsame Marsch des Fortschritts hatte den Laden gründlich durchgeputzt und die alten Organisationen zu industriell verankerten Supergewerkschaften verschmolzen und rationalisiert, die Namen wie Werbeagenturen trugen und gehobenere Unterkünfte bevorzugten. Die AWU-FIME, die AFME-PKIU und die CFMEU hatten die alte Bude zugunsten eines moderneren Quartiers anderswo aufgegeben. Abgesehen vom Trades Hall Council, der den neuen Flügel einnahm, waren nur noch wenige Mieter übrig.

Allerdings stand die Arbeiterbewegung ihrem Erbe nicht völlig gleichgültig gegenüber.

Nach und nach, so wie man das Geld dafür zusammenschnorren konnte, wurde der verblichene Glanz des Gebäudes wiederhergestellt. Die Treppenhäuser waren mit Stukkateur-Gerüsten zugestellt, und der Geruch von frischer Farbe hing in der Luft. Eine Kunstausstellung sollte stattfinden. Irgendwo. Wenn ich bloß wüßte, wo. Es gab keine Hinweisschilder mehr.

Im obersten Stock angekommen, standen wir vor einem Paar kniehoher, weißer Socken. Sie gehörten zu Bob Allroy, dem spitzbäuchigen, langjährigen Hausmeister der Trades Hall. Er stand auf einer Leiter und war damit beschäftigt, über einer Doppeltür ein Transparent aufzuhängen. »Kunstausstellung des Pensionsfonds« stand darauf.

»Das ist der einzige noch lebende Mensch, der persönlich

den Todeskampf des angeschossenen Polizisten erlebt hat«, sagte ich zu den Jungs. Mittlerweile hatten sie mitgekriegt, daß meine improvisierte geführte Tour bloß ein Vorwand war, und machten deutlich angeödete Gesichter.

Bob Allroy stieg schwer atmend von der Leiter. Er war ein Pechvogel und nie wieder richtig auf die Beine gekommen, seit er 1953 im Laderaum eines Schiffes von einem herabfallenden Sack Getreide getroffen worden war. Sein ganzes Leben seither war eher eine Geste der Solidarität der Arbeiterklasse als eine Bestätigung seiner Nützlichkeit. »Ach, du bist es«, brummte er, obwohl er sich nur an mein Gesicht erinnerte, ohne ihm einen Namen zuordnen zu können. Er öffnete einen Flügel der Doppeltür, und ich half ihm, die Leiter hineinzutragen. »Unglaublich, was?« keuchte er.

Da hatte er recht. Als ich diesen Raum das letzte Mal gesehen hatte, war er ein Labyrinth aus billigen Spanplatten und gebrauchten Axminster-Teppichen gewesen, ein Tierasyl für Funktionäre der Maurer- und Fliesenlegergewerkschaft. Jetzt war er ein geräumiger Empfangssaal mit poliertem Parkettboden, handbedruckten Tapetenfriesen und frisch antikisierten Fußleisten. Im rechten Winkel zu den Wänden hatte man bewegliche Raumteiler aufgestellt, die eine Reihe flacher Alkoven bildeten, und an ihnen lehnten, das Gesicht zur Wand, Stapel von Bildern, die darauf warteten, aufgehängt zu werden.

»Kunstausstellung«, erklärte Bob, nicht ganz beifällig. »Die Kleine vom Kulturbüro feiert krank, und nun rate mal, an wem die ganze Arbeit hängenbleibt?«

Bob Allroy würde nicht mal in einer eisernen Lunge arbeiten, und das wußten wir beide. »Macht offiziell erst morgen auf«, ermahnte er mich, falls ich daran gedacht haben sollte, einen Gratisblick auf die Bilder zu werfen. Ich sei nicht zu einem außerplanmäßigen Rundgang hier, versicherte ich ihm, sondern um mir auf die Schnelle ein bißchen Hintergrundinformation für eine Rede zu besorgen, die ich schreiben müsse.

Bob trat an eines der Fenster und leckte sich die Lippen, seine mit Leberflecken übersäte Nase wie ein Magnet von dem rotierenden Brauerei-Reklameschild auf dem John Curtin Hotel angezogen, das auf der anderen Straßenseite deutlich zu sehen war. Die Kleine vom Kulturbüro sei wohl morgen wieder da. Das müsse sie auch, wenn zur offiziellen Eröffnung alles fertig sein solle. Bis dahin wendete ich mich wohl besser an Bernice Kaufman, nebenan in der Verwaltung. Die wisse vermutlich Bescheid.

Diese Möglichkeit bestand eindeutig. Es gab, nach ihrer eigenen Selbsteinschätzung, sehr wenig, worüber Bernice Kaufman nicht alles wußte. Sie war nicht umsonst Vorsitzende des Lehrerverbandes gewesen. Ein paar Minuten mit Bernice, und ich hatte beste Aussichten, mehr über die Kunstsammlung des Pensionsfonds zu erfahren, als ich je zu wissen brauchte. Mehr als genug, um Agnellis Rede zu schreiben. Die Witze allerdings nicht. Die würde ich selbst schreiben müssen.

Bob Allroy stieg seine Leiter hinauf und begann Glühbirnen in die Reproduktion einer Gaslampe mit geätztem Glasschirm einzuschrauben, die von der Decke hing. »Bleibt ja von der Kunst weg, ihr Jungs«, warnte er. »Das Zeug ist einen Haufen Geld wert.«

Ich schloß mich dieser Mahnung an und sagte Red und Tarquin, sie sollten sich einen Moment allein amüsieren, ich hätte etwas Wichtiges zu erledigen. Dann flitzte ich zum Trades Hall Council hinüber, wo Bernice Kaufman sich in einem Büro, an dessen Tür »Stellvertr. Geschäftsführerin« stand, hinter einem Wall von Papier verbarrikadiert hatte. Sie hatte ein paar Minuten Zeit für mich, aber wirklich nur ein paar. »Ich will meinen Ultraschalltermin nicht versäumen«, sagte sie.

Eines mußte man Bernice lassen: In der Zeit, die man brauchte, um hallo zu sagen, hatte sie ganz zufällig auf die Tatsache aufmerksam gemacht, daß sie schwanger war. Wenn man fünfunddreißig wird, hatte Bernice festgestellt, beginnt man auf der Powerfrau-Skala Punkte zu verlieren, sofern man keinen Mutterstatus, am besten den von der ledigen Sorte, vorzuweisen hat. Man konnte die knallhärteste, vielseitigste Emanze in der Stadt sein – das machte alles keinen Eindruck, wenn man nicht auch einen Beißring in der Handtasche und aufgesprungene Brustwarzen hatte. Also hatte Bernice einem Organisator der Gewerkschaft der Ungelernten Arbeiter gerade genug Körperflüssigkeit abgepreßt, um sich die Mitgliedschaft im Club der Breichenfütterer zu sichern. Natürlich war sie nicht einfach gewöhnliches Mitglied. Angebufft zu werden würde jetzt, wo Bernice mitmischte, nie wieder so sein wie vorher.

»Mach die Zigarette aus«, blaffte sie. »Hast du noch nie was vom Passivrauchen gehört?«

Bernice Kaufman, soviel stand fest, hatte nichts Passives. Ich ließ meine Kippe fallen und trat sie erbarmungslos aus. Das Baby war erst in fünf Monaten fällig.

Als ich erklärte, was ich wollte, konnte Bernice es nicht fassen. »Ich kann's nicht fassen«, sagte sie. »Berater des Kulturministeriums? Agnelli muß verrückt sein. Du bist ein kultureller Analphabet.«

»Deshalb bin ich ja zu dir gekommen, Bernice«, sagte ich. »Ich brauche sozusagen ein bißchen praktische Ausbildung.«

Als ich sie überzeugt hatte, daß ich wirklich Hintergrundinformationen für Agnellis Rede zur Ausstellungseröffnung brauchte, griff sie in eine Schublade ihres Aktenschranks und zog einen dicken Ordner heraus. Sie war, so ergab sich, von Amts wegen Prokuristin des Pensionsfonds des Gewerkschaftsverbandes. »Der Fonds verwaltet mehrere Millionen Dollar von Geldern der Mitglieder. Die Kunstsammlung stellt zwar nur einen kleinen Prozentsatz unserer gesamten Vermögenswerte dar – ihr derzeitiger Wert wird auf annähernd eine halbe Million Dollar geschätzt –, aber sie ist ein wichtiges Element bei der Aufrechterhaltung eines möglichst stark diversifizierten Portfolios. So wie sich die Finanzmärkte in letzter Zeit verhalten, dürfte die Kunst, offen gesagt, im Augenblick unsere dankbarste Investition sein.«

Meine Belustigung war wohl zu offensichtlich. Bernice wechselte den Kurs und reichte mir ein Blatt aus dem Hefter. »Das sind die inhaltlichen Richtlinien, wie vom Verwaltungsrat des Pensionsfonds festgelegt. Kannst du behalten. Und ruhig auch zitieren.«

Der Schwerpunkt der Sammlung, hieß es dort, lag auf Werken, die eine positive Sicht der Arbeitswelt vermittelten und die Perspektiven und Ziele gewöhnlicher arbeitender

Menschen reflektierten. »Angelos Rede sollte hervorheben, daß die Sammlung Werke einiger sehr prominenter Künstler enthält.«

Das tat sie tatsächlich. Das Werkverzeichnis, das Bernice mir gab, umfaßte eine Seite und war mit bekannten Namen von der Sorte gespickt, die die Basis darüber beruhigen würde, daß man ihren Pensionsfonds nicht für die Avantgarde verpulverte. *Potoroo 2* von Clifton Pugh, las ich. *Dry Gully* von Russell Drysdale. *Man in Singlet* von William Dobell.

»Sind ein paar von euch mit einem Scheckheft zu Sotheby's und Christies gegangen, oder was?«

Ich nahm Bernices vernichtenden Blick nicht persönlich. Sie hielt jeden für einen Schwachkopf. »Die Sammlung ist vor etwas mehr als einem Jahr vom Verwaltungsrat ins Leben gerufen worden, und zwar im wesentlichen als Investitionsmöglichkeit. Da Käufe dieser Art Fachwissen erfordern, lassen wir uns von einer einschlägigen Consulting-Firma, Austral Fine Art, beraten. Austral macht Werke ausfindig, die sich für die Aufnahme in unsere Sammlung eignen, kauft und verkauft in unserem Namen, kümmert sich um die Versicherung und so weiter. Bis jetzt sind die Werke lediglich gelagert worden. Aber vor ein paar Monaten haben wir beschlossen, sie auch auszustellen, damit unsere Mitglieder die Investition, die wir in ihrem Namen getätigt haben, besser würdigen können. Tatsächlich ist es das erste Mal – und darauf sollte Angelo vielleicht auch hinweisen –, daß die gesamte Sammlung der Öffentlichkeit präsentiert wird.« Sie legte die Hände auf die Schreibtischkante und hievte sich, weil sie zwei hochstemmen mußte, mühevoll hoch. »Und jetzt muß ich wirklich los. Kann den Arzt nicht warten lassen.«

Ich begleitete sie zum Fahrstuhl. Ihr Gang hatte bereits etwas Watschelndes. »Dann weißt du also bald, ob's ein Junge oder ein Mädchen wird – oder möchtest du's lieber erst bei der Geburt erfahren?«

Bernice mochte ein Kind kriegen, aber sie hatte trotzdem noch alle Tassen im Schrank. »Wissen ist Macht, Murray«, sagte sie. »Hast du denn von gar nichts eine Ahnung?«

Ich steckte den Papierkram ein, den sie mir gegeben hatte, und ging zum Ausstellungssaal zurück. Abgesehen von Bob Allroys Leiter, einem verlassenen Werkzeugkasten auf dem Boden und den noch nicht aufgehängten Bildern, die die Wände säumten, war er leer. Eine eisige Panikwelle überschwemmte mein Inneres. Ich hätte die Jungs auf keinen Fall aus den Augen lassen dürfen! »Red!« rief ich. »Tarquin!« Meine Rufe hallten auf dem verlassenen Flur wider.

Plötzlich sprangen die Jungen, die Arme wie Varietékünstler weit ausgebreitet, hinter dem entferntesten Raumteiler hervor. »Reingelegt!« kreischten sie.

Noch während ihnen das Wort über die Lippen kam, stolperte Tarquin rückwärts über Bob Allroys Werkzeugkasten und knallte mit voller Wucht gegen die Trittleiter. Der leichtgebaute Aluminiumturm schlitterte zur Seite, schwankte und kippte um. Ich stürzte vorwärts, um ihn abzufangen, und prallte mit Red zusammen. Tarquin, nützlich wie immer, stand mit offenem Mund herum. Einen Moment lang schien die Zeit stillzustehen.

Die Leiter tat es allerdings nicht. Mit einem gewaltigen metallischen Scheppern krachte sie auf den oberen Rand eines der an der Wand lehnenden Bilder, zerlegte den Rahmen in vergoldetes Kleinholz und quetschte die Leinwand zu einem verbeulten Haufen zusammen. Das Ergebnis sah aus wie ein Pianoakkordeon, das von einem Strommast platt gemacht worden ist.

»Wow«, sagte Tarquin.

»Klappe halten.« Ich sank neben der Katastrophe auf die Knie. »Klappe halten, Klappe halten, Klappe halten.« Das Herz schlug mir bis zum Hals, so daß ein weiteres Gespräch unmöglich war.

Der Rahmen des Bildes war völlig zerstört, die Fugen auseinandergebrochen, die Leisten zu vier getrennten Stükken von prunkvoll nutzlosem Profilholz reduziert. Der Spannrahmen war ein abgeplatteter Rhombus, auf dem in zerknitterten Falten die Leinwand hing.

Mit schweißnassen Händen zog ich die verknautschte Masse vorsichtig wieder einigermaßen in ihre ursprüngliche rechteckige Form. Was ich sah, erfüllte mich mit einer Mischung aus unaussprechlichem Entsetzen und äußerster Erleichterung.

Das ramponierte Bild war ein kleines Ölgemälde. Es zeigte einen einsamen, hageren Farmarbeiter. Er hockte auf einem knorrigen Baumstumpf neben dem verrottenden Skelett eines Ochsen. Sein von der Dürre gezeichneter Blick ging über eine versengte Landschaft zu einem Horizont ohne besondere Merkmale. Das Bild trug keine Signatur. Es brauchte auch keine.

Niemand sonst malte so unvergleichlich rote Erde und von Rost zerfressenes Eisen. Niemand sonst würde sich trauen. Es war das sofort erkennbare Markenzeichen eines

Künstlers, dessen sehnige Buschbewohner und sonnengedörrte Veranden einmal die Wände jedes Pubs und jeder Grundschule von Hobard bis Humpty Doo geziert hatten.

»Dry Gully«, ächzte ich. »Von Sir Russell Scheiß Drysdale.«

Red und Tarquin stellten lammfromm die Leiter wieder auf, von meinem offensichtlich panischen Zustand stärker aus der Fassung gebracht als von dem Schaden, den sie mit ihrem Streich angerichtet hatten. »Sieht eigentlich gar nicht so schlimm aus«, meinte Red lahm.

»Klappe halten«, bedeutete ich ihm.

Aber mein Junge war ein kluges Köpfchen, und was er sagte, war nicht ganz falsch. Die Leinwand hing eingeknickt und verzogen auf ihrem schiefen Skelett, doch das Bild selbst hatte die Sache offenbar unbeschadet überstanden. Von ein paar winzigen, vermutlich altersbedingten Rissen abgesehen gab es kein Anzeichen dafür, daß der phlegmatische Grenzreiter aus großer Höhe von einem herabsausenden Blechteil getroffen worden war.

Und angesichts dessen, daß das eigentliche Kunstwerk noch intakt war, nahm sich die Zerstörung des Rahmens mit einmal weniger katastrophal aus. Das waren schließlich nichts weiter als ein paar Stücke vergoldetes Holz. Wenn ich rasch handelte, wäre es vielleicht gerade möglich, das Ganze wieder einigermaßen in seinen vorherigen Zustand zu bringen, ehe Bob Allroy zurückkam. Zumal Bobs Werkzeugkasten praktischerweise gleich neben mir auf dem Parkettboden stand.

»Schnell«, befahl ich den Jungen. »Paßt an der Tür auf.« Dann schnappte ich mir eine Zange und einen Schraubenzieher, raffte das kaputte Stück an mich, sprintete den Flur entlang zum Männerklo und schloß mich in einer freien Kabine ein.

Die Vergeblichkeit meiner Aufgabe zeigte sich rascher, als ich die gerissenen Fugen wieder festgekeilt hatte. Selbst unter idealen Arbeitsbedingungen und mit den richtigen Werkzeugen hätte die Arbeit mich überfordert. Da das Holz des Spannrahmens durchgebrochen war, ließ sich keine Spannung auf die Leinwand bringen. Je mehr ich herumfummelte, desto hoffnungsloser wurde es. Außerdem war noch kaum eine Minute vergangen, als Red an die Kabinentür klopfte. »Dad! Dad!« zischte er. »Er ist wieder da.« Es blieb mir nichts anderes übrig, als die Suppe auszulöffeln.

Das Bild wie eine Ikone auf einer russischen Beerdigung vor mir her tragend, schritt ich den Flur entlang auf den Schauplatz des Verbrechens zu, die schuldbewußten Übeltäter im Gänsemarsch hinter mir. Als wir uns dem Ausstellungssaal näherten, kam Bob Allroy gerade zur Tür heraus und zog sie hinter sich zu. Ohne einen Blick in unsere Richtung vollführte er einen Schwenk und eilte die Treppe hinunter.

»Können wir's nicht einfach hierlassen?« fragte Red und drückte die Klinke der verschlossenen Tür zum Ausstellungssaal. »Und abhauen.«

Das konnten wir. Aber Bernice wußte, daß ich dagewesen war. Und mit einem zerstörten Gemälde konfrontiert, würde sich Bob Allroy sehr rasch daran erinnern, daß die einzigen Leute, die die noch ungeöffnete Ausstellung besucht hatten, der Typ, der mal im Erdgeschoß für die MEU gearbeitet hatte, und seine zwei Jungs gewesen waren.

Es war genau halb eins. Durch ein Fenster am oberen Treppenabsatz sah ich zu, wie Bob die Straße überquerte und das John Curtin Hotel betrat.

Die Zeiten, als der industrielle Arm der Arbeiterbewegung seinen Ellbogen auf den Tresen des John Curtin Hotel aufgestützt hatte, waren längst vorbei. Aber bei manchen Leuten sind Traditionen nicht totzukriegen, und zu ihnen gehörte auch Bob. Es würde mindestens eine Stunde vergehen, bis er mit seinem flüssigen Lunch fertig war und zu Leiter und Werkzeugkasten zurückkehrte.

»Wer ist Sir Russell Scheiß Drysdale?« fragte Tarquin.

»Klappe halten«, meinte ich. »Und mitkommen.«

Die Überreste von *Dry Gully* im Arm, sauste ich lässig die Treppe hinunter. Das Gewölbe war verlassen.

»Behalten wir es etwa?« fragte Red und sah ungläubig zu, wie ich das Bild in ein altes Strandbadetuch wickelte.

»Klappe halten«, murmelte ich, bog nach links in die Victoria Parade ein und trat aufs Gaspedal. Was ich brauchte, war ein Restaurator mit Sofortbedienung.

26

Artemis Prints and Framing lag vom Ministerium für Ethnische Angelegenheiten aus ein Stück weit die Straße hinunter, wo die Smith Street mit ihren vielen Geschäften in die Victoria Parade einmündet. Da der Laden auf der Westseite der Straße lag, gehörte er genaugenommen zu Fitzroy, einem Stadtteil, der auf dem besten Weg war, total zu verbürgerlichen. Doch die Smith Street galt mit beiden Seiten allgemein als Bestandteil von Collingwood, einer Adresse, die ihre verwegeneren proletarischen Züge nie ganz hatte ablegen können. Als steckte Artemis buchstäblich in dieser Doppeldeutigkeit fest, war es zwischen einem Naturkostladen namens Tasty Tao und einem Geschäft für gebrauchte Elektrogeräte eingeklemmt, dessen Kühlschränke aneinandergekettet waren, um Ladendiebe abzuschrecken.

Inklusive Parkplatzsuche, brauchte ich bis dorthin genau sieben Minuten und fünfzehn Sekunden.

Es war trotz zweier Beinahezusammenstöße, als ich zwei Kreuzungen bei Gelb überfuhr, eine ruhige Fahrt. Die Jungs beschränkten sich darauf, ihre reuigen Mienen zu perfektionieren, und hatten ihre gegenseitigen Schuldzuweisungen auf ein Minimum beschränkt. Ich scheuchte sie mit Geld für Sojamilcheis und der Anweisung, an dem Tisch auf dem Bürgersteig zu warten und Ärger zu vermeiden, ins Tasty Tao. »Aber was ist mit unserer Pizza...«, fing Tark an, als ihn ein Rippenstoß von Red zum Schweigen brachte. Ich nahm das ins Handtuch gewickelte Bündel aus Leinwand und Feuerholz aus dem Charade und stieß die Tür von Artemis Prints auf. Im hinteren Teil des Ladens ertönte ein Summer.

An den unverputzten Ziegelsteinwänden hingen dicht an dicht Inneneinrichtungsartikel für den lokalen Heimwerkermarkt. Kunstdrucke von Museumsknüllern in Aluminiumrahmen. Georgia O'Keefe im Guggenheim. Moderne Meister. Klimt und Klee. Rustikale Rahmen um Reklameschilder längst nicht mehr existierender Marken von Obstkonserven. An der hinteren Wand, neben einem Torbogen, den ein Vorhang verhüllte, hing eine Auswahl von Rahmenmustern, ihre umgekehrten rechten Winkel wie nach unten verzogene Münder. Claire führte, wie ich zu meiner Freude sah, ein breites Angebot.

Sie stand, noch üppiger, als ich sie in Erinnerung hatte, hinter der Ladentheke und bediente einen Teenager in hautenger, vorgewaschener Jeans und einem Hemdchen, das den Bauchnabel freiließ. Eindeutig die zu Collingwood gehörende Straßenseite, wahrscheinlich aus den Hochhäusern des sozialen Wohnungsbaus. Eher ein Joan-Jett-Fan als ein Joan-Miró-Aficionado. »Wieviel kostet noch mal das entspiegelte Glas?« fragte das Mädchen gerade.

»Fünf Dollar mehr«, sagte Claire. Auf der Ladentheke zwischen ihnen lag ein aufgezogenes Poster von einem zigarrerauchenden Affen in karierter Weste auf einem Einrad. Das Glas war mit Klebeband repariert. Highlife im Hochhaus. »Aber man merkt den Unterschied auch.«

Claire blickte dem Mädchen über die Schulter und nahm mein Eintreffen zur Kenntnis. Ihre Miene blieb ausdruckslos, doch sie zwinkerte mir zu, eine Aufforderung, ihre Belustigung zu teilen. »Bitte gedulden Sie sich noch einen Moment«, sagte sie. »Sir.«

Lippenkauend erwog der Teenager das entspiegelte Glas einen Moment lang und entschied sich dann, keine halben Sachen zu machen.

»Ich denke, Sie werden feststellen, daß es sich lohnt«, sagte Claire. »Sie werden alles viel besser sehen. Morgen können Sie es abholen.« Ich spürte, daß es ihr nicht leichtfiel. Sie hatte sich für die Kunden mit etwas Make-up, Chinos mit Bundfalten und einer ärmellosen weißen Bluse aufgebrezelt. Ihr bei Tageslicht noch viel atemberaubenderes, kastanienbraunes Haar war hochgetürmt und wurde von Kämmen zusammengehalten.

»So«, sagte sie, als das Mädchen ging, und beäugte mein in das Handtuch gewickeltes Bündel, als wäre es ein unnötiger, aber nicht unwillkommener Vorwand. »Sagen Sie bloß nicht, Sie wollen auch Ihre Straßenhändler gerahmt haben.«

Von dem Moment an, als ich durch die Tür gekommen war, hatten mich Zweifel beschlichen. Über eine Schüssel Tapenade hinweg flirtende Blicke zu wechseln war eines. Mit einem geklauten Kunstwerk im Geschäft der Frau hereinzuplatzen war etwas anderes. Desperado-Dummbeutel und sein defekter Drysdale. Ich lächelte hilflos und nahm all meinen Mut zusammen.

»Das Ganze kommt Ihnen vielleicht etwas unverschämt vor«, fing ich an. »Das heißt, es ist möglicherweise nicht so ganz das, was Sie normalerweise tun. Und selbst wenn, könnte es sein, daß Ihnen in diesem speziellen Fall nicht ganz wohl dabei ist. Sie kennen mich im Grunde nicht, das ist mir klar, aber es ist so etwas wie ein Notfall, und, na ja, wenn Ihnen nicht wohl dabei ist, dann verstehe ich das vollkommen, und vielleicht könnten Sie mich an jemand anderen verweisen...«

Angesichts dieses Gelalles spitzte Claire vor unverhohlener Belustigung die Lippen. »Ein Notfall!« Sie räumte den gesprungenen Schimpansen beiseite, um die Ladentheke frei zu machen. »Wie Sie sehen, sind Notfälle unsere Spezialität.« Wenn ich es für nötig hielt, ein bißchen Gesums zu machen, hatte sie nichts dagegen, mitzuspielen.

»Es gehört Freunden«, sagte ich und legte mein Bündel vor sie hin. Das Gemälde war, strenggenommen, gestohlen. Falls sich unvorhergesehene Schwierigkeiten ergaben, wollte ich nicht, daß Claire als Helfershelferin in die Sache verwickelt wurde. Ein bißchen Flunkerei erschien mir am besten. »Fragen Sie nicht, was passiert ist.« Ich warf einen vorwurfsvollen Blick nach hinten über meine Schulter.

Claire folgte ihm nach draußen, wo die Jungs sich über den Tisch auf dem Bürgersteig hinweg mit Eiscremestückchen beschossen. Sie bedachte mich mit einem verständnisvollen Nicken. Detaillierte Erklärungen erübrigten sich. Was war das Elterndasein schließlich anderes als eine lebenslange Aufräumaktion?

»Und Ihre Freunde wissen noch gar nichts davon?« Ihr Tonfall ließ darauf schließen, daß dergleichen in ihrem Beruf nicht ungewöhnlich war. »Sie möchten es gern zurückbringen, bevor sie überhaupt merken, daß es fort ist?«

»Genau.« Ich begann das Handtuch auseinanderzufalten. Sie half mir dabei. Ihre Hände waren gepflegt und kräftig, und als ihre Finger über meine strichen, spürte ich, wie ich errötete. »Das Gemälde selbst ist anscheinend nicht beschädigt«, sagte ich und hielt den Kopf gesenkt. »Bloß der Rahmen. Es braucht nur ein paar Heftklammern und ein bißchen Leim.«

Das letzte Stück Handtuch klappte zur Seite und enthüllte, was sich wie die Nachwirkungen eines tropischen Wirbelsturms ausnahm. Drysdales einsamer Treiber wirkte, wenn überhaupt, noch niedergedrückter. Claire stieß einen anerkennenden Pfiff aus. »Ist es das, was ich glaube?«

»Leider ja. Ein original Russell Drysdale. Aber wie gesagt, das Bild selbst ist offenbar nicht beschädigt. Ein paar Heftklammern, ein, zwei Nägel...«

Unter der Ladentheke befand sich eine schwarze Schürze. Claire zog sie an, dazu ein Paar weiße Baumwollhandschuhe. Minniemaus. »Interessant«, sagte sie. »Die einzigen anderen Drysdales, die ich gesehen habe, waren auf Holzfaserplatte.« Sie begann, Holzstücke, Draht und Leinwand voneinander zu lösen. Aus ihrer Kehle drangen ominöse diagnostische Laute.

»Wie gesagt, das Bild selbst ist offenbar nicht beschädigt.« Bemüht, mich nützlich zu machen, strich ich sinnlos daran herum. »Ein paar Heftklammern...«

Sie schlug mir die Hand weg. »Das lassen Sie mal lieber mich beurteilen«, sagte sie. »Hier ist einiges zu tun.«

»Äh«, sagte ich, wand mich unbehaglich und trat von einem Bein aufs andere. »Die Sache ist die...« Ich sah auf meine Uhr.

»Wieviel Zeit habe ich?« fragte sie, ohne von ihrer Untersuchung der Trümmer aufzublicken.

»Eine halbe Stunde.« Ich zuckte verlegen.

»Sie machen wohl Witze.« Aber sie nahm bereits die Enden des Handtuchs auf.

Auf der anderen Seite des Torbogens in der hinteren Wand des Ladens befand sich eine schmale Werkstatt, die von einem langen, mit Werkzeugen übersäten Tisch beherrscht wurde. Eine Wand nahmen Regale mit Profilholzrahmen ein. In der anderen befand sich ein Fenster, das auf den Zaun zum Nachbargrundstück ging. Eine Treppe führte in den ersten Stock. Claire räumte ein halbfertiges Passepartout weg, legte das ramponierte Bild mit der Vorderseite nach unten auf den Tisch und knipste mit einer Zange das Drahtgewirr der Aufhängung ab.

»Sie wissen gar nicht, wie dankbar ich Ihnen bin«, sagte ich, Meister Ehrlich.

»Sagen wir mal so: Es ist schon eine ganze Weile her, daß ich die Möglichkeit gehabt habe, mit einem Künstler von dieser Statur zu arbeiten.« Sie nahm die gespannte Leinwand aus dem Rahmen und hielt sie hoch. Sie drückte die einander gegenüberliegenden Ecken behutsam zusammen, so daß die Leinwand sich leicht wölbte. »Zumal wenn er von einem Bus angefahren worden ist.«

Ohne Rahmen wirkte die gespannte Leinwand jämmerlich klein, kaum größer als zwei Schallplattenhüllen. Die lange Zeit von der Rahmenfuge verdeckten Ränder bildeten einen scharfen weißen Kontrast zum trüben Grau des übrigen Gewebes. Claire zog die Nase kraus. »Hmmm«, machte sie. »Haben Sie das schon lang?«

Ich sah auf meine Uhr. »Seit ungefähr siebzehneinhalb Minuten.«

»Ihre Freunde, wie lange haben die es schon?«

»So zirka ein halbes Jahr, denke ich. Wieso?«

»Reine Neugier.« Sie drehte das Bild mit der Vorderseite nach unten und begann die Regale mit den Rahmenleisten zu durchstöbern.

»Hallo, Reds Dad.« Von irgendwo hinter mir kam eine Kinderstimme. Ich brauchte einen Moment, um ihren Ursprung auszumachen. Claires kleine Tochter Gracie lugte schüchtern hinter der Tür eines unter der Treppe eingebauten Schrankes hervor. Voller Freude darüber, daß sie mich überrascht hatte, öffnete sie weit die Schranktür, hinter der ein winziger, mit Schmierpapier und Farbstiften übersäter Tisch zum Vorschein kam. »Das ist meine Spielschule«, sagte sie. »Mami hat sie für mich gemacht.« Ihr Blick folgte mir quer durchs Zimmer, als ich ihre Einladung annahm, mir ihr Reich genauer anzusehen.

»Deine Mami ist sehr geschickt«, sagte ich, und ich meinte es ganz ernst. Gracie nahm das als persönliches Kompliment, ließ sich am Tisch nieder und begann voller Überschwang mit einem Filzstift zu zeichnen.

»Das ist genau die Art von Ermutigung, die ich bei der Arbeit gern höre«, sagte Claire. »Machen Sie ruhig damit weiter.«

Sie zog eine Profilleiste aus dem Regal an der Wand und hielt sie neben ein Stück des zerbrochenen Rahmens, so daß ich die beiden miteinander vergleichen konnte. Von einer etwas satteren Vergoldung am alten Rahmen abgesehen, waren sie nahezu gleich. »Einen neuen Rahmen zu bauen geht schneller, als den beschädigten zu reparieren. Dieses Profil hier ist ziemlich verbreitet, deshalb ist es höchst unwahrscheinlich, daß Ihre Freunde den Unterschied überhaupt bemerken.« Ich konnte mir nicht vorstellen, daß Bob Allroy den Umtausch mitkriegte.

»Aber zuerst muß ich die Leinwand vom Spannrahmen nehmen, die kaputten Streben austauschen und die Leinwand wieder aufziehen.« Mit entschlossenem Schwung warf sie den kaputten Rahmen in einen metallenen Abfalleimer voller abgeschnittener Glasstücke.

»Geht das denn alles in einer halben Stunde?« Ich wurde langsam hippelig, warf nervöse Blicke auf meine Uhr und war so nützlich wie eine Schwesternhelferin bei einer Bypassoperation.

Claire zuckte lässig die Achseln. »Das werden wir bald

wissen.« Die Sache machte ihr Spaß, und das hatte nicht nur mit der beruflichen Herausforderung zu tun. Sie begann die Nägel herauszuziehen, die die Leinwand auf dem Spannrahmen festhielten.

Ich ging hin und her. Auf dem Boden stand ein Kompressor, dessen Schlauch zu einer pneumatischen Guillotine auf einem Seitentisch führte. Teure Stücke. Elektrische Tacker. Glasplatten. Werkzeuge. Regale mit ungerahmten Drucken. Zwei Planschränke aus Metall, nicht billig. Passepartouts. Eine ganze Wand mit Profilhölzern. Dazu Miete, Steuern, Nebenkosten.

Claire, die Nägel herauszog, las meine Gedanken. »Nicht ganz das, was ich mir vorgestellt habe, als ich von der National Gallery weggegangen bin. Ich habe mich in einer schikken kleinen Galerie sitzen sehen, in der ich einer anspruchsvollen Kundschaft die Werke interessanter junger Grafiker anbiete. Das Problem war, daß im Umkreis von einer halben Meile zehn andere Leute genau die gleiche Idee hatten.«

»Sind Sie deshalb von der National Gallery weggegangen, um dieses Geschäft aufzumachen?«

»Nein, umgekehrt.«

Gracie zupfte an meinem Ärmel und gab mir ein Blatt Papier. Zwei krakelige Filzstiftkreise, einer mit einem Hut und Rosinenaugen.

»Das bin ich, stimmt's?« Das Kind nickte. Wer sonst? »Danke. Es ist wunderschön.«

Den Tisch zwischen uns, blickte Claire auf. »Fiesling«, murmelte sie. Im denkbar nettesten Ton. Ich mußte an mich halten, um nicht über den Tisch zu setzen und ihr eine kleine Demonstration zu geben.

»Umgekehrt?«

»Ich war sechs Jahre lang in der Gallery, seit meinem Examen. Dort habe ich auch« – ihr Blick ging rasch zu Gracie, dann wieder zu ihrer Arbeit – »Gracies Vater Graham kennengelernt. Er war in der Verwaltung. Wir waren ein paar Jahre zusammen, und als Gracie unterwegs war, habe ich Mutterschaftsurlaub beantragt. Das hatte dort noch nie jemand gemacht. Von Frauen, die schwanger wurden, hat man erwartet, daß sie in aller Stille verschwinden. Es hieß, das sei nicht vorgesehen, und der Antrag wurde abgelehnt.«

»Das ist Diskriminierung«, sagte ich. Eine Überprüfung der arbeitsrechtlichen Praktiken der National Gallery, so beschloß ich, würde oberste Priorität für mich haben, sobald ich wieder im Büro war. Sofern es nicht schon passiert war, würde sich da umgehend einiges ändern, falls ich irgendeinen Einfluß auf die Vorgänge dort hatte.

»Ich wollte die Sache durchfechten, aber Graham war dagegen. Er meinte, es könnte sich negativ auf seine Karriere auswirken. Er hat mich darin bestärkt, dieses Geschäft aufzumachen und Geld hineinzustecken. Nach Grace' Geburt hat er ein Jobangebot aus dem Ausland bekommen. Jetzt ist er Personalchef des Hong Kong Museum of Oriental Antiquities, und ich befestige entspiegeltes Glas auf Schimpansen und rahme anderer Leute Urlaubsfotos.«

Sie war nicht verbittert, sie erzählte lediglich eine Geschichte. Sie senkte die Stimme um ein Register – ob des Kindes oder meinetwegen, konnte ich nicht sagen. »Wir sehen ihn nicht mehr.«

»Prima«, sagte ich. »Prima, wie Sie das machen.« Sie

hatte erst ungefähr die Hälfte der Nägel herausgezogen. Nun, da sie sich mit dem eigentlichen Bild befaßte, nahm sie es sehr genau und ging äußerst langsam vor. Es war 12 Uhr 58. Meine Füße beschrieben einen immer kleiner werdenden Kreis auf dem Werkstattboden.

»Herr des Himmels«, sagte sie und kam offensichtlich nur deshalb um den Tisch herum auf meine Seite, um mich wie zufällig zu streifen. »Hören Sie auf, wie ein Tiger im Käfig herumzustreichen. Sie machen mich nervös.«

Du lieber Himmel, weswegen sollte sie nervös sein? Ich war derjenige mit der Krise am Hals. Vielleicht, dachte ich, sollte ich mich mit meiner Zappeligkeit eine Zeitlang woandershin verziehen. Meine Zeit sinnvoller nutzen und mit Red und Tarquin zu Leo gehen, damit Claire, von meinem Herumgeschnüre unbelästigt, mit der Arbeit vorankam. »Raus mit Ihnen«, sagte sie. »In Ihrem momentanen Zustand kann ich Sie nicht gebrauchen.«

»Alles in Butter«, sagte ich den Jungs und scheuchte sie mitsamt ihren tropfenden Stummeln von halbgelutschtem Johannisbroteis ins Auto.

Das Haus der Curnows war, wenn man die Nebenstraßen von Fitzroy benutzte, weniger als einen Kilometer entfernt. Obwohl ich wußte, daß es kaum zehn Minuten dauern würde, die Jungs abzuliefern und zum Artemis zurückzukehren, mußte ich gegen den Drang, zu rasen, ankämpfen. Das Gedöns um das zerstörte Gemälde hatte meine Pläne mit Red gründlich vermasselt. Im Radio kamen die Einuhrnachrichten, und ich beugte mich vor und drehte die Lautstärke auf.

Prinz Sihanouk hatte die Friedensgespräche über Kambodscha verlassen. Wieder mal. F. W. de Klerk war zum Chef der südafrikanischen Regierung gewählt worden. Dann konnte ja nichts mehr schiefgehen. Kaiser Hirohito war gestorben. Kein bißchen zu früh, der alte Kriegsverbrecher. Die Polizei sprach im Hinblick auf den Tod des Mannes, dessen Leiche man im Graben der National Gallery gefunden hatte, von gewissen Verdachtsmomenten. Das Wetteramt hatte sich auf dreißig Grad als Tageshöchsttemperatur festgelegt, und der Aktienindex lag unverändert bei 1539,4.

Diese Nachricht – die Verdachtsmomente, nicht der Aktienindex – kam nicht ganz unerwartet. Salinas Verschwinden mußte zwangsläufig Verdacht erregen, selbst wenn zuvor keiner bestanden hatte. Marcus Taylors nasser Tod zog immer weitere Kreise. Ein Bild von Agnelli auf den friedlichen Wassern des Lake Eildon schoß mir durch den Kopf. Ich konnte nicht umhin, mich zu fragen, wer noch alles über Bord gehen würde, ehe diese Affäre vorbei war.

Leo quittierte die Ablieferung der Jungs mit einem Winken von der Haustür der Curnows aus. »Ich komme dann nach der Arbeit«, sagte ich zu Red. »So gegen sechs. Dann essen wir unsere Pizza, okay?«

»Okay«, sagte Red, pflegeleicht wie immer. Ich war zehn Sekunden nach eins wieder bei Artemis Prints. Genug Zeit für eine schnelle Kippe. Während ich daran zog, betrachtete ich die Angebote im Schaufenster. Wenn man bedachte, was Claire für mich tat, konnte ich wenigstens etwas kaufen. Die präraffaelitischen Jungfrauen waren nicht gerade meine Schuhnummer. Ich entschied mich für einen Mondrian-Druck. Dann fiel mir mein kleines Geschenk für Gracie ein, und ich flitzte über die Straße zum Wagen und holte Marcus Taylors Briefmarkenalbum von der hinteren Ablage, wo Red es hingeworfen hatte.

Der Summer ertönte, als ich zur Tür hereinkam. Als Claire den Kopf hinter dem Vorhang hervorsteckte, um nachzusehen, wer gekommen war, stand ich wie ein wartender Kunde an der Ladentheke. »Psst«, sagte ich und winkte sie zu mir. Sie kam vorsichtig, im Gesicht einen fragenden Ausdruck.

»Ich habe mich noch gar nicht richtig bedankt.« Ich sagte es absichtlich leise, damit sie näher herankommen mußte, um mich zu verstehen. Dann nahm ich mein Herz in beide Hände. Ich legte ihr den Arm um die Taille, zog sie an mich und küßte sie sanft auf den Mund.

Ihre Lippen, weich und trocken, gaben zögernd nach. Ich atmete den Duft ihres Haars ein: Apfelshampoo, schwindelerregend. Sie gab sich dem Kuß hin, akzeptierte ihn, erwiderte ihn. Wir schwankten leicht, und keiner von uns holte Luft. Ihre Hand fand meinen Nacken und preßte mich dichter an sie. Der Kuß dauerte. Und dauerte.

Plötzlich löste sie sich von mir. Wir traten einen Schritt voneinander zurück, beide kräftig schluckend und blinzelnd. »Deine Freunde«, sagte sie. »Wieviel haben sie für das Gemälde bezahlt?«

Ihre Augen leuchteten erwartungsvoll. »Keine Ahnung«, sagte ich achselzuckend. Ich hatte die Sache schon im Kopf durchgerechnet, über die Höhe des Schadensersatzes spekuliert. Mich gefragt, wie es mit der Versicherung aussah. Die Sammlung des Pensionsfonds umfaßte ungefähr vierzig Gemälde, Gesamtwert eine halbe Million Dollar. Durchschnittspreis zirka $ 12 000. Drysdale einer der Stars. »Vielleicht zwanzigtausend Dollar. Wieso?«

»Komm mal mit.« Claire zupfte an meiner Hand, zog mich zur Werkstatt. Der Vorhang teilte sich, und sie ließ mich los, als Gracie gerade von ihrer Malerei aufblickte. Ich hatte das Briefmarkenalbum noch in der Hand und hielt es dem Kind hin. »Magst du Briefmarken?«

»Sticker?« Ihre Schüchternheit war wie weggeblasen, und sie griff begeistert nach dem Buch.

Claire stand am Arbeitstisch und forderte mich mit in die Hüften gestemmten Händen dazu auf, ihre Arbeit in Augenschein zu nehmen. Der neue Rahmen war fertig und vom Original nicht zu unterscheiden. Er war noch leer. Daneben lag der reparierte Spannrahmen, ein mit Gegenstreben versehenes Holzrechteck, noch ohne den Stoff, und neben diesem die ungespannte Leinwand von *Dry Gully.* Ockerrot und rostbraun, sah sie aus wie die frisch abgezogene Haut irgendeines Wüstenreptils. Dann lag da noch ein weiteres Stück Leinwand, genauso groß wie *Dry Gully,* ein ziemlich dilettantisches Seestück, daß offenbar reichlich grob aus einem größeren Bild herausgeschnitten worden war. Und schließlich, von einem dicken Lineal offengehalten, ein Nachschlagewerk, *The Dictionary of Australian Artists.*

»Irgend etwas an diesem Bild ist mir gleich seltsam vorgekommen.« Mit der Theatralik eines Bühnenzauberers, der gleich ein Wunder an Fingerfertigkeit vollbringen wird, machte sie sich daran, es mir zu zeigen. Als erstes drehte sie *Dry Gully* um und forderte mich auf, den Zustand der Leinwand zu begutachten. Auf dem Spannrahmen hatte sie eine staubgraue Pergamentfarbe gehabt. Nun zeigte sie ein frisch aussehendes Kalkweiß. Am Gewebe, genau in der Mitte, haftete ein kleines Stück Papier mit einem aufgedruckten Bild, ein paar Wörtern und einer Zahl. Als ich mich vorbeugte, um es genauer zu betrachten, zog Claire mir die Leinwand weg. »Eines nach dem anderen.«

Sie deutete auf die andere Leinwand. »Als ich den Drysdale vom Spannrahmen abgenommen habe, ist das darunter hervorgekommen.« Um zu demonstrieren, was sie meinte, legte sie *Dry Gully* mit der Vorderseite nach unten auf den Tisch und das Seestück, ebenfalls mit der Vorderseite nach unten, darüber. Die beiden Leinwände paßten perfekt aufeinander. Die Rückseite von *Dry Gully* wies nun dieselbe schmutzige Cremefarbe auf wie zuvor in aufgezogenem Zustand. »Zwei Leinwände«, sagte Claire. »Eine auf der anderen – wodurch der Eindruck entsteht, das Gemälde auf der Vorderseite wäre viel älter, als es in Wirklichkeit ist.«

»Und warum würde jemand das tun?« fragte ich.

Sie nahm die falsche Rückseite ab und ließ mich das Papierviereck genauer betrachten. Es hatte gezackte Ränder und trug ein Bild der Oper von Sydney, gekrönt mit dem Haupt William Shakespeares. Australia Post, lautete die Aufschrift, 43 cents. UK-Australia Bicentenary Joint Issue.

»Big Bill in Hollywood«, sagte ich. »Was bedeutet das?«

»Daß Russell Drysdale, wenn er dieses Bild gemalt hat«, sagte Claire, »es posthum getan haben muß.« Ihr Zeigefinger senkte sich auf den biographischen Eintrag in dem Nachschlagewerk. »1988 war er nämlich schon sieben Jahre tot.«

27

»Du meinst, es ist eine Fälschung?«

Herr des Himmels! Was war nur los mit mir? Ich war erst drei Tage bei diesem Kunstzirkus, und schon stolperte ich auf Schritt und Tritt über Fälschungen. Zuerst *Unser Heim*, und nun *Dry Gully.* War nun, da ich mich auf diesem Feld tummelte, keine australische Landschaftsdarstellung, kein Kunstwerk mehr sicher?

Claires professionelle Neugier war angestachelt, aber sie zog keine voreiligen Schlüsse. »Es ist mit Sicherheit kein Original, aber was die Frage angeht, ob es eine Fälschung ist – das kommt ganz darauf an.«

»Worauf denn? Entweder es ist echt, oder es ist nicht echt.«

Claire schürzte nachdenklich die Lippen und hielt den falschen Drysdale ans Licht, als wollte sie sein Geheimnis durchdringen. »Ich bin keine Expertin, aber das scheint mir ein sehr gekonnter Versuch zu sein, Drysdales Werk zu reproduzieren. Daß das mit einem erheblichen Maß an Kunstfertigkeit geschehen ist, macht es an sich noch nicht zu einer Fälschung. Besitzer wertvoller Kunstwerke lassen manchmal hochwertige Kopien anfertigen – um ihre Versicherungsprämien zu drücken, aus Angst vor Diebstahl oder im Falle zufälliger Beschädigungen. Sie schließen das Original weg, hängen die Kopie auf und wiegen die Leute in dem Glauben, sie sei das Original. Vielleicht haben deine Freunde das auch gemacht.«

»Was, wie eine Herzogin, die ihr Diamantdiadem im Safe aufbewahrt und eine Straßkopie trägt?« Nur daß es in der Trades Hall herzlich wenig Herzoginnen gab.

»Genau. Vielleicht geben deine Freunde auch nur ein bißchen an. Sie haben sich eine Kopie gekauft und aller Welt erzählt, es wäre ein Original.«

Was glaubte sie denn, was für Freunde ich hatte? »Diese Leute bestimmt nicht«, sagte ich. »Das ist nicht ihr Stil.«

»Du weißt nicht zufällig, ob ein Echtheitszertifikat dabei war, oder?«

»Was ist das?«

»Ein Dokument, in dem der Verkäufer Einzelheiten zur Herkunft des Bildes nennt und bescheinigt, daß es auch wirklich das ist, was es vorstellt.«

Ich sagte ihr, ich könne nicht glauben, daß meine Freunde irgend etwas kauften, ohne daß der Papierkram in Ordnung war.

»Du weißt nicht zufällig, wo sie es gekauft haben?«

»Ich glaube, das wurde privat abgewickelt. Über eine Firma namens Austral Fine Art.«

Sie nahm ein Telefonbuch von einem Regal. »Nie gehört. Aber Kunsthändler gibt's in dieser Stadt wie Sand am Meer.« Es gab eine ganze Seite davon, darunter auch die Aubrey Gallery. Aber keine Austral Fine Art.

»Fälschung ist leider nicht mein Gebiet«, sagte Claire. »Ich habe nur mit ungenauen Zuschreibungen und echten Irrtümern zu tun gehabt. Die National Gallery hat ein Rembrandt-Selbstporträt, bei dem sich herausgestellt hat, daß es gar nicht von Rembrandt stammt. Wir haben ›Schule Rembrandts‹ daraus gemacht und es hängen lassen. Aber vorsätzliche Täuschung, das ist etwas ganz anderes.«

Ich ließ mich von ihr vorsätzlich in aller Ausführlichkeit ins Bild setzen. Ich hatte bereits das ungute Gefühl, daß ich wußte, was hier ablief. Aber ich wollte auf gar keinen Fall einen voreiligen Schluß ziehen, nur weil es der naheliegende war. »Was meinst du, was die Briefmarke bedeutet?«

»Ja, interessant, was? Das ist offenbar so etwas wie ein persönliches Zeichen. Eine heimliche Signatur, wenn du so willst.«

»Warum dann an so auffälliger Stelle? Damit steigt doch das Risiko, daß die Täuschung entdeckt wird.«

»Stimmt. Aber vielleicht hat der Betreffende ja gewollt, daß sie entdeckt wird.«

»Aber warum sollte ein Fälscher entdeckt werden wollen? Das würde doch dem Zweck der Fälschung zuwiderlaufen.«

»Nur, wenn das Motiv Gewinnsucht ist. Aber ich habe schon von Fällen gehört, wo es dem Fälscher weniger um Geld ging als darum, die Experten zu täuschen. Nachdem die Kritiker und Kuratoren in lyrische Ergüsse darüber ausgebrochen sind, daß die Hand des Meisters in jedem Pinselstrich sichtbar sei, meldet sich der Fälscher und enthüllt, daß das fragliche Bild nicht 1889 von van Gogh in Arles, sondern vergangenen Dezember von Joe Bloggs in Tante Gertrudes Geräteschuppen gemalt worden ist.«

Wie hieß es doch gleich in der Erklärung, die man in Marcus Taylors Tasche gefunden hatte? *»Ihr sogenannten Experten … Ihr Spekulanten und Sammler, die ihr nicht einmal wißt, was ihr kauft … Ihr laßt euch alle täuschen und betrügen.* Da stand auch noch etwas anderes. Etwas von einer Aktion, mit der die Öffentlichkeit wachgerüttelt werden sollte. Da man den Brief bei seiner Leiche gefunden hatte, war man automatisch davon ausgegangen, daß mit dieser Aktion sein Selbstmord gemeint war. Wenn er sich nun aber nicht umgebracht hatte, was konnte er dann gemeint haben?

»Gracie, Liebes«, sagte ich. »Leihst du mir noch mal kurz das Buch mit den Stickern?«

Gracie hatte inzwischen gemerkt, daß die Sticker schon aufgeklebt waren, und fühlte sich leicht betrogen. Sie gab das Album zögernd heraus. »Glaub schon«, sagte sie. »Aber nur kurz.«

Die Marken datierten vom Vorjahr. Unter jeder stand in winziger Blockschrift ein Name. Manche erkannte ich als Namen von Künstlern. William Dobell stand unter einer Marke zum Gedenken an die Olympiade von Seoul. Durchs Ziel gehende Läufer, 65 Cents. Margaret Preston bildete ein Paar mit einem Opossum. Die von der britischen und der australischen Post gemeinsam herausgegebene Marke mit dem kulturellen Thema trug die Aufschrift ›Drysdale‹.

Das Werkverzeichnis des Pensionsfonds, das Bernice mir gegeben hatte, steckte noch in meiner Tasche. Ich faltete es auseinander und verglich die Namen mit denen unter den Briefmarken. Jedem Künstler der Sammlung entsprach eine Marke. Achtunddreißig Namen, achtunddreißig Marken. Das Album war Taylors Werkregister, sein Produktionsverzeichnis.

Claire betrachtete mein Verhalten natürlich mit einer gewissen Verständnislosigkeit. »Was soll denn das alles?« fragte sie.

»Moment noch.« Mit Hilfe des *Dictionary of Australian Artists* überprüfte ich zwei der Namen. Noel Counihan und Jon Molvig. Ich hätte ihr Werk auch dann nicht erkannt, wenn es mir mit reichlich Impasto ins Gesicht gesprungen wäre, aber ihre Namen sagen mir etwas. Dem Nachschlagewerk zufolge waren sie beide tot. Ich versuchte es mit einem Namen, den ich nicht kannte. Er stand nicht darin, sowenig wie drei andere, die mir nichts sagten. Wie es aussah, enthielt die Sammlung des Pensionsfonds nur Werke von toten oder noch unentdeckten Künstlern.

Wenn das bedeutete, wonach es aussah, dann waren sämtliche Gemälde, was Salina Fleet vermutlich referentielle Bilder auf dem schmalen Grat postmodernen Diskurses nennen würde. Fälschungen.

»Herrgott noch mal, nun sag mir endlich, was hier vorgeht!« Claire wurde langsam ungeduldig und ärgerte sich über meine Geheimnistuerei. »Das Ganze ist ein Witz, stimmt's? Du spielst mir irgendeinen komplizierten Streich, hab ich recht?«

»Wenn's bloß so wäre«, sagte ich. »Darf ich mal dein Telefon benutzen?«

»Nur, wenn du mir sagst, was los ist.«

Von der Reaktion ihrer Mutter auf mein ausweichendes Verhalten wie elektrisiert, war Grace ganz Ohr. Als ich ihr das Briefmarkenalbum hinhielt, wurde sie auf einmal wieder schüchtern und wollte es nicht zurücknehmen. Ich legte es statt dessen auf ihren kleinen Schreibtisch.

»Ja«, sagte ich zu Claire. Ich legte ihr leicht die Hände auf die Oberarme, eine versöhnliche Geste. Sie schüttelte sie ab. »Ich verspreche es. Sobald ich es selbst genau weiß. Meinst du, du könntest das Bild vorläufig wieder in seinen vorherigen Zustand bringen?«

»Willst du denn deinen Freunden nichts sagen?«

»Was denn? ›Soll ich euch mal was über euren Drysdale verraten? Stellt euch vor, es ist in Wirklichkeit gar kein Drysdale! Und die Stücke hier sind der Beweis dafür.‹ Ich habe das Bild ohne ihr Wissen und ohne ihre Erlaubnis genommen. Im Augenblick bleibt mir nichts anderes übrig, als mich an den ursprünglichen Plan zu halten und es an seinen Platz zurückzuschaffen, ehe sie merken, daß es weg ist. Das verschafft mir soviel Spielraum, daß ich mir überlegen kann, wie ich es ihnen beibringe oder sie selbst dahinterkommen lasse.«

Sie war sichtlich alles andere als überzeugt. Aber sie war auch so neugierig, daß sie ihr besseres Wissen vorübergehend auf Eis legte. »Das Telefon steht auf dem Ladentisch!«

Ich ging nach vorn in den Laden, wählte die Nummer des Büros des Polizeiministers und ließ mir Ken Sproule geben. »Nennt ihr das Kriminalistik?« fragte ich. »Was höre ich da in den Nachrichten, von wegen zu Taylors Tod bestehen gewisse Verdachtsmomente?«

Aus der Werkstatt kam das rhythmische Stampfen eines Luftdrucktackers.

»Ich tappe genauso im dunkeln wie du«, behauptete Sproule. »Jetzt, wo in dem Fall polizeilich ermittelt wird, halten wir vom Ministerium uns völlig heraus.«

»Nun hör aber auf. Du mußt doch irgendeine Ahnung haben. Was ist das zum Beispiel für eine Geschichte mit der Freundin?«

Sproule spitzte hörbar die Ohren. »Wo hast du denn das her?«

»Dann weißt du also doch was?«

Ken wurde väterlich. »Ein guter Rat, Murray. Häng dein

Würstchen da nicht in den Senf. Was ihre Ermittlungen angeht, reagieren die Cops auf jede Andeutung von politischer Einmischung notorisch empfindlich. Also sei so gut, und halt dich raus.«

»Was hat das denn mit politischer Einmischung zu tun, wenn man eine Frage stellt? Nun mach dich nicht naß, und sag schon, was Sache ist.«

»Sache ist eine routinemäßige polizeiliche Ermittlung in einem plötzlichen Todesfall«, sagte Sproule in einem Ton, der keinen Widerspruch duldete. »Ich sag dir was« – er wurde ein bißchen nachgiebiger –, »sobald ich irgend etwas Relevantes erfahre, gebe ich dir Bescheid. Mehr kannst du wirklich nicht verlangen, okay?« Okay gleich Ende der Diskussion. Okay gleich niemals.

»Also, ich möchte ganz bestimmt nichts tun, was ein schwebendes Ermittlungsverfahren gefährden könnte, Ken.«

Sproule dachte aus irgendeinem Grund, das wäre witzig gemeint. »Nun reg dich mal nicht so auf, Murray...«

Aber ich legte bereits auf. Das Stampfen hatte aufgehört, und Claire war mit aufmerksamem Gesicht im Torbogen erschienen. »Ich hab dich nie nach deinem Job gefragt«, sagte sie. »Was genau machst du eigentlich?«

Es wurde Zeit, daß ich ihr die Wahrheit beichtete. »Das ist schwer zu erklären«, sagte ich. »Ich bin Assistent des Ministers.«

Der parodistische Drysdale hatte einen neuen Rahmen und war von seinem Zustand vor dem Unfall nicht zu unterscheiden. »Hervorragend«, sagte ich und schlug ihn in das Strandbadetuch ein. Es war fünf nach halb zwei. Mit jeder weiteren Minute erhöhte sich das Risiko, daß das Fehlen des Bildes bemerkt wurde. Und nun stand möglicherweise erheblich mehr auf dem Spiel als eine kleine Verlegenheit wegen eines zufällig entstandenen Schadens. »Wieviel schulde ich dir?«

Das kam so gut an wie ein Elvis-Imitator in der Mailänder Scala. »Zunächst einmal schuldest du mir eine Erklärung.«

»Die kriegst du, das verspreche ich dir.« Ich ging Richtung Tür. »Sobald ich kann.«

Gesülze machte hier keinerlei Eindruck. Die Hände in den Hüften, verstellte mir Claire den Weg. »Und wie bald ist das?«

»Ich will dich wiedersehen. Bald und oft. Aber heute geht es nicht. Ich muß zurück zur Arbeit, und dann muß ich Red zum Flughafen bringen. Ich sehe ihn erst in ein paar Monaten wieder und möchte heute abend ein bißchen Zeit mit ihm verbringen, nur mit ihm. Geh morgen mit mir Mittag essen. Ich verspreche dir, daß ich dir dann alles erzähle.«

Der Vorhang war geschlossen, Gracie nicht in Sicht. Ich legte die Hand auf Claires Hinterkopf. Sie sträubte sich nicht, war aber auch nicht mehr so begeistert. Ich gab ihr einen dicken Schmatz und kam mir blöd vor, als ich zur Tür hinausschoß.

Dank einer grünen Welle schaffte ich es in sechs Minuten zur Trades Hall und stand nach zwei weiteren an der offenen Tür des Ausstellungssaals. Mein in das Handtuch eingeschlagenes Päckchen hatte ich unter dem Arm. Bob Allroy stand mit dem Rücken zu mir auf seiner Leiter, die Hand im geätzten Glasschirm einer nachgebildeten Lampe. Bob war einer der wenigen noch festangestellten Männer, die imstande sind, das Auswechseln einer Glühbirne auf einen ganzen Tag zu strecken. Ich stahl mich durchs Zimmer und stellte das Bild wieder an seinen Platz.

»Faß ja nichts an«, knurrte Bob von oben. »Wenn den Bildern irgendwas passiert, bin ich meinen Job los.«

Dry Gully der Sammlung zurückzugeben war eins, herauszufinden, wie es überhaupt dorthin gekommen war, etwas anderes. Das war eine Frage für Bernice Kaufman.

Die Empfangsdame war noch immer in der Mittagspause, deshalb ging ich geradewegs in Bernice' Büro. Es war ebenfalls leer, genau wie das angrenzende des Tarifexperten. Aber die dicke, fette Hängeregistratur mit der Aufschrift »Pensionsfonds des Gewerkschaftsverbandes« lag immer noch da, wo Bernice sie zurückgelassen hatte. Ich ließ mich in das aufblasbare Ringpolster auf ihrem Stuhl sinken und begann zu suchen.

Bei aller furchterregenden Tüchtigkeit würde Bernice wohl nie irgendwelche Preise des Institute of Management für ordentliche Aktenablage gewinnen. Die Akte des Pensionsfonds enthielt sämtlichen Hausrat – Protokolle von Unterausschüssen, Buchprüfungsberichte, alte Nummern des Rundbriefs – alles auf unerbauliche Weise allgemein gehalten.

Natürlich gab es haufenweise Buchhaltungskram, darunter monatliche Kontoauszüge des Obelisk Trust. Per Dreißigsten des Vormonats hatte der Pensionsfonds auf seinem Obelisk-Konto einen Saldo von etwas über sechs Millionen Dollar, die eine Hälfte als Beteiligung am Gesellschaftskapital, die andere als Treuhandvermögen, wobei ersteres 19,2 und letzteres 22,8 Prozent brachte. Auch jemand, der in den Feinheiten des Finanzwesens unbeleckt war, empfand das als leidlich annehmbaren Ertrag. Aber mich interessierte weniger, wo der Pensionsfonds seine Geldreserven hatte, als vielmehr, wo er seine Kunstwerke herbekam.

Diesen Jackpot knackte ich, als ich einen gutgefüllten Hefter aufklappte und auf ein Blatt Papier mit dem elegant dezenten Briefkopf von Austral Fine Art, Pty Ltd. stieß. Es handelte sich um das Deckblatt eines Dokuments mit fünf Monate zurückliegendem Datum. Darin wurde eine Reihe von Käufen bestätigt, die Austral im Namen des Pensionsfonds des Gewerkschaftsverbandes getätigt hatte, und der Preis jedes einzelnen Werks genannt. Australs Adresse war ein Postfach in South Yarra, und Drysdales *Dry Gully* war mit $ 60 000 die teuerste Einzelerwerbung.

Dem Brief angeheftet waren mehrere Seiten, ebenfalls mit Austral-Briefkopf, die jeweils die Überschrift *Provenienz und Echtheitsnachweis* trugen und aus einer einfachen, einen Absatz umfassenden Erklärung mit einer Unterschrift bestanden. Die von mir gesuchte lautete:

> *Sir Russell Drysdale:* Dry Gully *(1946)*
> *Dieses Gemälde ist das Werk des verstorbenen Sir Russell Drysdale und stammt aus seinem Nachlaß. Austral Fine Art garantiert vorbehaltlos die Echtheit des obengenannten Werkes.*

Die Unterschrift auf dem Brief wie auf den Echtheitszertifikaten war eine prunkvolle, mit dem Füllfederhalter hingeworfene Arabeske und vollkommen unleserlich. Doch Name und Titel, die in Maschinenschrift darunter standen, waren auf einen Blick zu entziffern.

Fiona Lambert, Geschäftsführerin.

28

»Interessant?« Bernice Kaufman stand in der Tür, und ihre Stimme troff vor Sarkasmus.

»Ah!« Ich sprang strahlend auf. »Da bist du ja wieder.« Ich deutete auf den unbesetzten Empfangsbereich. »Du hast doch hoffentlich nichts dagegen, daß ich hier auf dich gewartet habe?«

Bernice' Besitzerblick suchte jede Akte, jeden Ordner und jedes Schriftstück auf Anzeichen von unbefugter Herumpfuscherei ab. »Hast du was vergessen?«

Ich eilte um den Schreibtisch herum und überließ den Thron der Stellvertretenden Geschäftsführerin wieder seiner rechtmäßigen Besitzerin. »Ich hab einen Aufhänger für Angelos Rede, zu dem ich gern deine Meinung hätte.« Ich rieb mir geschäftig die Hände und flocht die Finger ineinander. »Wie wäre es, wenn er das Zusammenwirken von Kunstindustrie und Gewerkschaftsbewegung hervorhebt?«

»Wenn du auch nur die geringste Qualifikation für deinen Job hättest«, beschied sie mich, »dann wüßtest du, daß die Gewerkschaftsbewegung ausgedehnte Verbindungen zum Kultursektor pflegt. Die Gewerkschaft der Maler und Tapezierer bemüht sich schon seit einigen Jahren intensiv darum, bei Künstlern ein Bewußtsein für Gesundheits- und Sicherheitsprobleme zu wecken. Viele Gewerkschaften haben Künstler engagiert, damit sie in Zusammenarbeit mit ihren Mitgliedern Werke schaffen. Die Gewerkschaft der Straßenbauarbeiter hat letztes Jahr ein Stipendium für einen Dichter vergeben.«

Der reinste Asphaltliterat, vermutlich. »Gutes Material«,

sagte ich eifrig. »Genau das, was in Angelos Rede hineingehört. Was ist mit diesen Beratern, die du erwähnt hast, Australasian Fine Arts, gibt es da Gewerkschaftsverbindungen?«

Schon wieder eine dumme Frage. »Es heißt Austral, Murray, Austral. Und ein Verwaltungsratsmitglied des Pensionsfonds mit vielfältigen Beziehungen zur Kunstszene hat sie empfohlen, wenn es das ist, was du mit Gewerkschaftsverbindungen meinst.«

»Da fällt mir ein, daß ich vielleicht die Namen der Verwaltungsratsmitglieder haben sollte. Damit Angelo sie auch entsprechend würdigt.«

Bernice durchblätterte die Akte des Pensionsfonds und reichte mir eine Liste. Vorsitzender des Verwaltungsrates war der Geschäftsführer des Trades Hall Council. Die meisten anderen Namen gehörten prominenten Gewerkschaftsfunktionären. Einige allerdings nicht.

»Lloyd Eastlake«, las ich laut. In meiner Magengrube bildete sich ein Knoten.

Bernice nickte bestätigend. »Kennst du ihn?«

»Er hat den Vorsitz unseres Kulturpolitischen Ausschusses.«

»Dann muß ich dir ja nicht sagen, wie wertvoll er ist. Es war ursprünglich auch Lloyds Idee, daß der Pensionsfonds in Kunst investiert. Der Rest des Verwaltungsrats war ehrlich gesagt nur mäßig begeistert. Aber das hat sich bald geändert. Nicht nur hat Austral zu sehr guten Preisen Werke erstklassiger Künstler erworben, sondern auch Käufer gefunden, die bereit waren, erheblich mehr zu bezahlen, als die Werke uns gekostet haben. Der Verwaltungsrat war von dem Investitionspotential so beeindruckt, daß er sein Engagement sofort ausgebaut hat. Er hat außerdem beschlossen, auf lange Sicht zu planen und eine Sammlung aufzubauen, anstatt bloß spekulativ zu kaufen und zu verkaufen.«

»Dann habt ihr wohl viel mit diesen Leuten von Austral zu tun? Hast du was dagegen, wenn ich mir Notizen mache? Leihst du mir einen Stift?«

Bernice reichte mir Schreibutensilien. »Typisch«, schmunzelte sie. Ich hielt den Stift schreibbereit. »Als Prokuristin bin ich natürlich für die allgemeine Verwaltungsarbeit zuständig. Aber Lloyd besteht darauf – und in diesem Punkt stimme ich ihm zu –, daß jeder unmittelbare Kontakt mit Austral über ihn läuft. Auf diese Weise wird verhindert, daß einzelne Verwaltungsratsmitglieder versuchen, ihren persönlichen Geschmack durchzusetzen. Du kannst dir vorstellen, was für einen Schlamassel es gäbe, wenn wir das zuließen.« Nicht daß Angelos Rede sich in ihren Augen mit solchen Details befassen mußte. »Spiel den wirtschaftlichen Aspekt herunter. Es wäre sinnvoller, hervorzuheben, wie unsere Mitglieder kulturell davon profitieren.«

»Ganz deiner Meinung«, sagte ich. Angesichts dessen, was ich über den tatsächlichen Wert der Bilder im ersten Stock wußte oder vermutete, durfte ich gar nicht an den wirtschaftlichen Aspekt denken. Am ehesten konnten sie noch einen Neuigkeitswert beanspruchen. »Wie war übrigens die Ultraschalluntersuchung?« fragte ich.

Bernice' Hand fuhr wie der Blitz in ihre Tasche. »Sieh selbst.« Sie reichte mir ein Bild, das aussah wie ein Polaroidfoto der Wetterbedingungen über der Baffin Bay, aufgenommen durch das Fliegengitter eines niedrig fliegenden Satelliten während einer Mondfinsternis.

»Ein Junge«, riet ich und deutete auf ein Gebilde, das aussah wie eine Meerenge, die sich in den Nordwestquadranten erstreckte.

Bernice wußte sichtlich nicht, ob sie stolz sein sollte oder nicht. »Manchmal überraschst du mich wirklich, Murray.«

Es warteten noch eine ganze Menge Überraschungen auf Bernice Kaufman, bevor ihr süßer kleiner Knuddelbär schreiend in den Kreißsaal gezerrt wurde. Aber von mir würde sie nichts davon erfahren. Jedenfalls nicht gleich. Sondern erst dann, wenn ich dazu gekommen war, gründlich darüber nachzudenken, was die erstaunlichen Informationen zu bedeuten hatten, die die letzte Stunde ans Licht gebracht hatte. »Danke, Bernice«, sagte ich. »Du hast mir unheimlich geholfen.«

Einen Moment lang entfleuchten Bernice' aufrührerische mütterliche Hormone in ihren Kehlkopf. »Jederzeit, Murray«, seufzte sie müde. »Und jetzt hau ab. Ich hab zu tun.«

Ich steckte Bernice' billigen Kugelschreiber ein, zog mich aus ihrem Büro zurück und ging tief in Gedanken die Treppe hinunter.

Im Kulturministerium, hieß es, schob man eine ruhige Kugel. Das wußte jeder, und wenn Ken Sproule noch soviel von den Kulturgeiern erzählte, die einem das Fleisch von den Knochen rissen. Freikarten für die Oper und dem Minister auf Galaempfängen das Händchen halten, darauf lief es angeblich hinaus. Nicht auf Spider Webb, Leichen, polizeiliche Ermittlungen, fehlende Bilder und Fälscherbanden.

War es wirklich denkbar, daß Lloyd Eastlake wußte, daß

die Gemälde der Sammlung des Pensionsfonds Fälschungen waren? Bestimmt nicht. Verglichen mit den Beträgen, die jeden Tag bei Obelisk Trust durch seine Hände gingen, waren Bilder im Wert von einer mickrigen halben Million nur Kleckerkram. Für ihn stand zuviel auf dem Spiel, als daß er sich auf derart riskante Geschichten einlassen konnte, selbst wenn er entprechende Neigungen hatte.

Aber es waren nicht nur die moralischen, rechtlichen und finanziellen Aspekte zu bedenken. Das Ganze hatte noch einen viel wichtigeren Aspekt, nämlich den politischen. Der Rücktritt des stellvertretenden Premiers und die Kabinettsumbildung hatten dem grassierenden Verdacht entgegenwirken sollen, die Regierung sei in Sachen Finanzen inkompetent und nicht mehr als Hüter der öffentlichen Keksdose geeignet. Wie würde es sich auf das Vertrauen der Wähler auswirken, wenn herauskäme, daß der von der Regierung ernannte Vorsitzende eines ministeriellen Ausschusses, der Stipendien an Künstler vergab, eine Fälschung nicht von einer Fischgabel unterscheiden konnte? Und daß eines seiner Mitglieder gefälschte Kunstwerke vermakelte?

Zugegeben, das war kein Problem von der Art, mit dem eine Regierung steht oder fällt. Aber man wollte auch nicht unbedingt in der Morgenzeitung davon lesen. Jedenfalls nicht, wenn man Mitarbeiter des zuständigen Ministers war. Und dafür zu sorgen hatte, daß genau solche Sachen nicht passierten.

Allmählich wurde das Ganze reichlich kompliziert.

Mit dieser Fälschungsgeschichte zur Polizei zu gehen kam nicht in Frage. Damit wäre nichts gewonnen, womöglich aber einiges verloren. Zum richtigen Zeitpunkt ein leises Wort ins richtige Ohr, dann konnten die Gewerkschaften ihre Toten selbst begraben. Ich würde jedenfalls nicht von meiner Entscheidung abgehen, erst dann mit den Cops zu reden, wenn Red sicher in den Lüften schwebte.

Aber das hieß nicht, daß ich solange nicht selbst ein paar diskrete Nachforschungen anstellen konnte. Das Problem war, wo damit anfangen. Das wollte gut überlegt sein. Ich fuhr zu meinem neuen Ministerium zurück und überlegte dabei die ganze Zeit.

Als ich zur Tür hereinkam, drückte mir Trish ein Bündel Gesprächsnotizen in die Hand. Tanzende Bettelmönche und die Bibliothekarslobby. Streichquartettgründer und Neuerer der Designkunst. Ich wurde dafür bezahlt, die Anrufe dieser Leute zu beantworten. »Dachte, du hättest dir den Tag freigenommen«, sagte Trish.

Ich ging in mein ruhiges neues Büro, setzte mich an meinen neuen Schreibtisch, sah aus meinem großen Fenster und stellte mir dieselbe Frage, die ich mir schon auf der Fahrt von der Trades Hall hierher unentwegt gestellt hatte. Die unausweichliche Frage.

War Lloyd Eastlake wissentlich in die Fälschung der Kunstsammlung des Pensionsfonds verwickelt? Und wenn ja, hieß das dann auch, daß er mit dem Tod von Marcus Taylor zu schaffen hatte?

Hier war ich mit Realitäten konfrontiert, mit denen umzugehen mir meine bisherigen Ämter kaum das nötige Rüstzeug vermittelt hatten, die zu bewältigen ich jedoch rasch lernen mußte, wenn ich den Kopf über Wasser behalten wollte.

Im Ministerium für Ethnische Angelegenheiten hatte ich

durchaus ein paar reiche Leute kennengelernt. Einige der reichsten Leute im Staat waren Einwanderer. Nicht daß man sie häufig in der Bibliothek des Melbourne Club dösen sah. Ihre eigenen Gemeinden kannten sie als Arbeitgeber und Unternehmer, als Gönner von Vereinen für geselliges Beisammensein und Wohltäter, und vielleicht auch noch als etwas anderes, wonach ich mich lieber nicht allzu genau erkundigte. Ich hatte sie als Fürsprecher von Gemeindeprojekten, liebenswürdige Gastgeber von Feiertags-Veranstaltungen und abstrakte Faktoren in kalkulierbaren Wahlgleichungen gekannt.

Aber in einer entscheidenden Hinsicht – nämlich der politischen – waren ihre Transaktionen und ihre Reputationen, ihre Konnexionen und Ambitionen mir im Grunde gleichgültig. Von den ein, zwei Figuren abgesehen, die die olympischen Gipfel der Industrie erklommen hatten, waren sie dem eigentlichen Machtzentrum im allgemeinen nicht nahe. Trotz all ihres Geldes und ihres Einflusses in Teilbereichen blieben sie letztlich außen vor. Kein Verstoß, Irrtum oder Fehltritt von ihrer Seite konnte der Regierung wirklich schaden.

Anders Eastlake. Eastlake gehörte zur Mannschaft, war einer von den Jungs, ein Mann, von dessen Verhalten man auf die Regierung schloß. Ein Mann, der einen Finger in jedem Kuchen hatte: dem Partei-Kuchen, dem Geld-Kuchen, dem Gewerkschafts-Kuchen, dem Kultur-Kuchen. Und in einigen dieser Kuchen steckte mittlerweile leider auch Angelo Agnellis Finger.

Ich suchte Lloyd Eastlakes Karte heraus und legte sie vor mich auf den Schreibtisch. Ich baute eine Hecke aus gelben

Gesprächsnotizen drum herum. Ich klopfte mit dem Stück Pappe gegen das helle Holz. Ich rief Phillip Veale an, der zwei gläserne Trennwände weiter saß. »Ganz hypothetisch gesprochen«, sagte ich. »Wie ist es zu bewerten, wenn sich der Direktor einer öffentlichen Galerie gleichzeitig als Berater für private Kunden betätigt?«

»Ganz hypothetisch gesprochen«, sagte Veale. »Wahrscheinlich ist es legal. Möglicherweise unethisch. Eindeutig unklug.« Er fragte nicht, um wen es sich handelte, und ich sagte es ihm nicht. Ich hatte den deutlichen Eindruck, daß unsere Beziehung auf dem Wege der Besserung war.

Dann rief ich einen Bekannten beim Handelsregister an und bat ihn, die Eintragungen für Austral Fine Art, Pty Ltd nachzusehen. Er versprach, mich binnen einer Stunde zurückzurufen.

Schließlich rief ich Eastlake an. Nicht auf seinem Handy. Wenn er mit dem Wagen oder zu Fuß unterwegs war, würde Spider den Anruf womöglich mitbekommen. Ich rief die Nummer an, die nach direkter Bürodurchwahl aussah. Sie war es auch. Er nahm beim ersten Läuten ab. »Verdammt, wo steckst du denn?« sagte er. »Ich bin hier schon am Rotieren.«

»Ich bin's, Murray Whelan.«

»Ach, hallo.« Er senkte die Stimme um eine Oktave und wechselte auf Gesprächstempo über. »Ich dachte, es wäre jemand anders.«

»Können Sie frei sprechen?« Ich weiß immer gern genau, wer meine Gespräche mithört. »Oder ist noch jemand bei Ihnen im Büro?«

»Nein, ich bin allein. Wieso?«

»Es geht um die Sache, über die wir gestern im Deli geredet haben. Ich muß Sie noch einmal sprechen.«

Eastlake hatte nichts dagegen, am Wochenende auf meinen Hang zur Melodramatik einzugehen. Unter der Woche aber war er ein vielbeschäftigter Mann. »Keine von Giles Aubreys Phantasiegeschichten mehr, will ich hoffen.«

»Aubrey ist tot.«

»Tot? Wie das?«

»Darüber will ich mit Ihnen reden. Unter anderem. Unter vier Augen und so bald wie möglich.«

Es verstrichen mehrere lange Sekunden. »Vor sechs geht es auf gar keinen Fall.«

Nicht die allergünstigste Zeit, was Red anging, aber schließlich hatte ich um die Unterredung gebeten. »Schön«, sagte ich. Eastlake gab mir die Adresse von Obelisk, ein Bürogebäude im Geschäftsviertel, und legte auf.

Drei andere Menschen konnten mir helfen, Licht in die Vorgänge zu bringen. Einer war untergetaucht. Einer lief mir nicht weg. Und den dritten, beschloß ich, überrumpelte man am besten.

»Keine Sorge«, sagte ich zu Trish, als ich an ihrem mißbilligenden Blick vorbei zur Tür hinausging. »Ich gehe nicht weit.«

Bloß über die Straße und zwischen die Bäume.

29

Fiona Lambert trug eine feuerwehrrote, oberschenkellange Hemdbluse, die die Blässe ihrer Haut und die waschfeste

Schwärze ihres Haars hervorhob. Sie stand vor dem Centre for Modern Art und sah zu, wie zwei Männer in Arbeitskleidung eine flache Kiste aus einem in der Auffahrt geparkten Kleinbus hievten.

Ich blieb auf der anderen Straßenseite in meinem Wagen sitzen und sah ihr zu, wie sie den beiden zusah.

Eine junge Frau in Haremshosen und mit einer Bienenkorbfrisur wuselte herum und war allen im Weg. Ich kannte sie von Freitag abend. Janelle Soundso. Fionas Assistentin. Die beiden Lieferanten bugsierten die Kiste durch die Tür, und Fiona und Janelle folgten ihnen.

Unser Heim hatte ein neues Heim.

Und Ms Lambert würde bis auf weiteres viel zu beschäftigt sein, um an der Konsultation teilzunehmen, die mir vorschwebte. Man würde *Unser Heim* auspacken, untersuchen, sich daran weiden und es wegräumen müssen. Ich legte den Gang wieder ein und fuhr los. Ich hatte eine Idee. Nicht die beste Idee, die ich je gehabt habe. Aber im Augenblick war sie irgendwie von bezwingender Logik.

Ich fuhr durch Schattentümpel von Ulmen und Kiefern, bog in die Domain Road ein und fand in einer ruhigen Wohnstraße, die davon abging, einen Parkplatz. Hope Street, stand auf dem Straßenschild. Ich ließ mein Jackett im Wagen und ging um die Ecke.

In der Domain Road mit ihren zweistöckigen Reihen- und kleinen Mietshäusern war es ruhig. Ein einsamer Jogger keuchte den Bürgersteig entlang. Ich lehnte mich an einen geparkten Wagen und besah mir das pinkfarben verputzte Gebäude, in dem Fiona Lambert wohnte. Nach ein paar Minuten kam die Herzoginwitwe mit dem Miniköter zur Eingangstür heraus und trug ihn über die Straße. Sie befestigte eine Leine am Halsband des unbedarften Tiers und führte es in den Park. Zeit für Adalberts Aa.

Als die beiden außer Sicht waren, ging ich in das Haus und stieg rasch die Treppe hinauf bis vor Fiona Lamberts Tür. Ich klopfte zuversichtlich mit dem kleinen Messingklopfer und lauschte dabei auf Geräusche aus der Wohnung gegenüber. Es kamen keine. Ich klopfte noch einmal. Für alle Fälle. Alle Fälle rührten sich nicht, deshalb hob ich den Übertopf aus der Ming-Dynastie an, zog den Schlüssel darunter hervor, schloß die Tür auf und legte den Schlüssel wieder an seinen Platz zurück. Das war kein Einbruch. Auf einen solchen Gedanken wäre ich nie gekommen. Ich schaute lediglich kurz vorbei, und es war gerade niemand zu Hause.

Nicht daß ich mir regelmäßig Zutritt zu anderer Leute Wohnungen verschaffe. Normalerweise war es umgekehrt. Ich hatte Faye einen Schlüssel zu meiner Wohnung gegeben, falls Red einmal hineinmußte, wenn ich bei der Arbeit war, und gelegentlich hatte ich, wenn ich nach Hause gekommen war, etwas Exotisches von ihr im Kühlschrank gefunden. Aber das hier war etwas Neues. Dachte nur, ich erwähne das noch einmal.

Die Wohnung war genau so, wie ich sie zuletzt gesehen hatte. Dieselben Bauhaus-Stühle, dasselbe kastenförmige Sofa, derselbe honigfarbene Eßtisch, dasselbe pornographische Porträt. Durch das vorhanglose Fenster erblickte man zwischen den Bäumen eben noch das Dach des CMA. Falls Fiona beschloß, über den Rasen nach Hause zu düsen, würde ich sie rechtzeitig hindurchkommen sehen.

Das Ziel meiner Suche war vage. Irgend etwas, was Lamberts Verbindung mit der getürkten Sammlung des Pensionsfonds untermauerte. Irgend etwas, was sie mit Marcus Taylor in Verbindung brachte, um die sich gegenseitig ausschließenden Informationen, die ich über ihre Beziehung besaß, zu erklären. Hatte er sie gehaßt, weil sie ihm das Recht des »Erstgeborenen« streitig gemacht hatte? Oder lieferte er für ihre Geschäfte mit Austral Fine Art gefälschte Kunstwerke? Hatte sie womöglich die fehlende Version von *Unser Heim*? Angesichts dessen, was ich mittlerweile wußte, klang Eastlakes Platte von wegen Schülerkopie eines Meisterwerks reichlich hohl.

Das kleine, vom Wohnzimmer abgehende Arbeitszimmer bot sich als Ausgangspunkt meiner Suche an. Ein reiner Zweckraum. Die Wände kahl bis auf eine Reihe winziger Bilder, keins größer als zwölf Quadratzentimeter, jedes in einem anderen Blauton. Ein einfaches Bücherregal voller Kunstzeitschriften. Ein mit Chrom eingelegter Aero-Schreibtisch, sehr schick, und dazu passend ein Papierkorb aus rostfreiem Stahl, leer. Ein Pappkarton, der mehrere Dutzend druckfrische Exemplare von *Der ungebändigte Blick* enthielt. Ein Aktenschrank mit zwei Schubladen. In der unteren Büromaterial. In der oberen Garantien für Haushaltsgeräte.

Auf dem Schreibtisch ein Apple-Computer mit Plastikhaube. Mußte ich mal mit umzugehen lernen. Postkarten. Jemand namens Vicki schrieb, Budapest sei toll. Einladungen zu Vernissagen. Rechnungen. Gas, Strom, Telefon. Ganz normal. Visa, Mastercard, American Express. Plastikgeldausgaben in Höhe von zweitausendzweihundert pro

Monat. Hauptsächlich Klamotten und Restaurants. Auszug des Hypothekendarlehens. Neunhundert pro Monat, noch zu zahlen $ 86 000.

Bei einem Gehalt von wieviel, sechzig Riesen? Fiona Lambert lebte über ihre Verhältnisse. Extravagant, aber soweit noch durchaus im Rahmen. Nichts, was mit Austral Fine Art zu tun hatte. Nicht einmal ein Bogen Briefpapier. Bewahrte wohl alles drüben im CMA auf.

Ich ging den Flur entlang zum Schlafzimmer, nachdem ich zuvor einen prüfenden Blick aus dem Fenster geworfen hatte.

Schwere Vorhänge, einen Spaltbreit offen. Fenster auf einen kleinen Innenhof. Genug Licht. Großer Kontrast zur *Vogue*-Zwanglosigkeit des Wohnzimmers. Extra großes Bett, schwarze, glattgezogene Laken. Baumwolle. Satin wäre geschmacklos. Viele große Plüschkissen, rot. Blasser Teppich, niedriger Flor, weich wie Filz. An der Wand über dem Bett hing ein einziges, riesiges Gemälde. Kein Szabo. Dick aufgetragene Acrylfarbe, erhabene Struktur in kurzen Wellen, wie ein Meer im Sternenlicht. Abstrakt, taktil, sinnlich. Ich konnte saubere Wäsche und Oil of Olaz riechen. Eine rotlackierte Kommode, japanische Antiquität. Der ganze Raum in einem verspiegelten Kleiderschrank, der die ganze Seitenwand einnahm, auf sich selbst zurückreflektiert.

Eine äußerst private Atmosphäre, nach geheimnisvoller Weiblichkeit duftend. Aber vielleicht empfand ich das auch nur so, weil ich schon seit einiger Zeit nicht mehr im Schlafzimmer einer Frau gewesen war.

Ich öffnete den verspiegelten Kleiderschrank und hatte

reichlich Kleider vor mir, die alle entweder rot, weiß oder schwarz waren. Genug Schuhe, um Imelda Marcos den Mund wäßrig zu machen. Etwa ein Dutzend weiße Männerhemden. Erstklassige Marken. Gebügelt. Keine halbe Million Dollar. Keine Gründungsurkunde von Austral Fine Art.

Auf der Ablage auch nichts für mich. Ich sah in der japanischen Kommode nach. Einen Moment länger als unbedingt nötig stand ich da und bestarrte die sündteure Unterwäsche eines Mädchens namens Fiona. Nichts Nuttiges. Nichts Rotes oder Schwarzes. Muschelrosa, elfenbein, cremeweiß. Ich widerstand der Versuchung, etwas anzufassen, kniete mich auf den Boden und sah unters Bett. Nichts, nicht einmal Staub.

Auf der anderen Seite des Flurs war das Badezimmer. Der kompakte Waschtisch war mit Tönungen und Nachtcremes übersät. Princess-Marcella-Borghese-Gesichtspakkung. Ein Schrank enthielt flauschige Handtücher, gefaltet und gestapelt. In einem Wäschekorb aus Rohr lagen feuchte Handtücher und ein weißes T-Shirt mit zwei ineinander verschlungenen, goldenen C auf der Vorderseite.

Die Küche war teuer spartanisch: Alessi-Kessel, Moulinex, Kristall-Weingläser, Poggenpohl-Spüle aus rostfreiem Stahl. Auf einem leeren Küchenwagen japanische Cracker.

Mittlerweile hyperventilierte ich. »Also gut«, sagte ich laut. Zeit, abzuhauen. Falls Fiona Lambert nichts Gutes im Schilde führte, war der Beweis dafür nicht hier zu finden.

Vor dem Abgang ein letzter Blick aus dem Fenster. Fiona Lambert befand sich auf dem Nachhauseweg und überquerte gerade einen sonnenerleuchteten Rasenfleck zwischen zwei Kiefern. Sie war vielleicht noch zwei Minuten entfernt. Auf der anderen Seite des Innenhofes standen Mülleimer, und es gab einen Hintereingang. Ich öffnete die Tür einen Spaltbreit, um meinen Fluchtweg auszubaldowern, und hörte die Treppe herauf rasch Schritte auf mich zukommen, die schweren Schritte eines Mannes.

Wer immer das war, er würde binnen Sekunden auf dem Treppenabsatz stehen. Sein Ziel mußte die Wohnung gegenüber sein. Fiona war noch neunzig Sekunden entfernt. Es würde knapp werden, trotzdem war ein unbemerkter Abgang noch möglich. Ich machte die Tür zu, lehnte mich mit dem Rücken dagegen und wartete darauf, daß der Mann die andere Wohnung betrat.

Die Schritte kamen näher. Mein Gehör, alle meine Sinne, kamen mir übernatürlich geschärft vor. Irgendwo lief ein Radio, es brachte ein Interview. Auf der Domain Road schepperte eine Straßenbahn vorbei. Jemand brauchte einen neuen Auspufftopf. Die Schritte erreichten den Treppenabsatz. Ich wartete auf das Klirren von Schlüsseln oder das Toktok des Klopfers gegenüber. Alles, was ich hörte, war ein Atemgeräusch, das Japsen eines schlecht trainierten Mannes, der an einem Sommertag eine Treppe hinaufsteigt und innehält, um wieder zu Atem zu kommen. Ich horchte angespannt auf eine Bewegung, und das Herz klopfte mir bis zum Hals.

Von weiter weg kam das rhythmische Klacken hoher Absätze rasch die Betontreppe herauf.

Das Hämmern meines Pulses wuchs sich zu einem regelrechten Trommelwirbel aus.

Gleich würde die Tür aufgehen. Mein idiotischer spontaner Entschluß würde fürchterlich ins Auge gehen, ich würde entdeckt werden und ganz dumm dastehen. Welchen Vorwand könnte ich wohl dafür finden, auf diese Weise in die Wohnung einer Frau eingedrungen zu sein? Wie würde es denn aussehen? Man würde mich für einen Höschenschnüffler oder einen kleinen Dieb halten. Einen Perversen, einen Bescheuerten. Wie war ich nur in diese Lage geraten? Welchem idiotischen Einfall hatte ich meinen gesunden Menschenverstand geopfert? Welche exotische Ausrede konnte ich anführen? Ich mußte mir etwas einfallen lassen, und zwar schnell.

Ich tat es. Ich versteckte mich.

Ich versteckte mich an der erstbesten Stelle, einem Schrank mit Lamellentür neben dem Eingang zum Wohnzimmer. Ich hatte ihn für einen Kleiderschrank gehalten, stellte nun aber fest, daß er Besen, Mop und einen Staubsauger enthielt. Ich drängte mich zwischen die Besenstiele und zog die Tür in dem Moment zu, als ein Schlüssel sich in das Schloß der Wohnungstür schob.

Ein Staubwedel kitzelte mich im Nacken. Ein Besenstiel fiel gegen mich und ruhte sich an meiner Wange aus. Die Metalldüse des Staubsaugers hatte sich mir von hinten zwischen die Beine geschoben. Ich stand in starrer Habachtstellung in klaustrophobischer Dunkelheit und erwartete die Schmach meiner Entdeckung.

»Hast du's mitgebracht?« Fiona Lambert öffnete die Tür ihrer Wohnung und trat ein.

Zwei Silhouetten kamen an den schräg geneigten Lamellen der Schranktür vorbei. Dabei bemerkte ich, daß die

Schranktür sich nicht vollständig hinter mir geschlossen hatte. Sie stand noch etwa einen Zentimeter weit offen. Mir erschien es so breit wie der Grand Canyon.

»Hast du den Lieferschein?« fragte eine Männerstimme, ein tiefes Grollen.

Meine Sinne waren so geschärft, daß ich spürte, wie sich die Haare in meinem Nacken aufstellten, daß ich die Staubmoleküle in der Luft schmeckte und die an den Borsten des Besens haftenden Bohnerwachsreste roch. Hinter mir im Dunkel spann eine Spinne ihren klebrigen Faden aus. Mein Körper strahlte Hitze ab. Aus jeder Pore strömte mir der Schweiß, rann an mir hinab und lief mir in die Augen. Mein Herz hämmerte gegen meine Rippen wie das Baßriff in einem Discohit von Maxine Nightingale. Der Speichel in meinem Mund war getrocknet, und als ich ihn herunterzuschlucken versuchte, knisterte er wie ein Stück Zellophan, wenn es zusammengeknüllt wird. Ich kam mir vor, als würde ich gleich in Brand geraten.

Zwei Gestalten gingen an mir vorbei ins Wohnzimmer. Durch die Lücke konnte ich die Schulter eines weißen Hemdes sehen. Der Mann, der es trug, hatte sich etwas unter den Arm geklemmt, das von seinem Oberkörper verdeckt wurde. Er drehte sich etwas zur Seite, und ich konnte die Rückseite seines fast kahlen Schädels erkennen. Er prüfte ein hellgrünes Blatt Papier. Mit dem, was er las, offenbar zufrieden, faltete der Mann das Blatt und steckte es in seine Hosentasche.

»Zeig's mir«, sagte Fiona knapp außerhalb meines Gesichtsfeldes ungeduldig.

Ich konnte eben noch einen Streifen Eßtisch sehen. Der

Mann legte, was er unter dem Arm getragen hatte, auf den Tisch. Es war eine Schuhschachtel in der unverkennbar knalligen Pink-und-Silberfarbe der Karlcraft-Kette. Er nahm den Deckel ab und holte mit Banderole versehene Banknotenbündel daraus hervor. Er stapelte sie zu zwei etwa fünfzehn Zentimeter hohen Häufchen. Die Scheine hatten die blasse Farbe von Hundertdollarnoten. Selbst von einem Besenschrank am anderen Ende des Zimmers aus sah es nach einem Haufen Geld aus.

»Einhunderttausend Dollar«, sagte die sonore Stimme von Max Karlin. »In bar.«

30

»*Ein*hunderttausend?« Lambert war empört. »Das war aber anders abgemacht. Wo ist der Rest meines Geldes?«

Ich hielt den Atem an und beugte mich vor, bis mein Auge beinahe an den Türspalt gedrückt war. Mein Gesichtsfeld verbreiterte sich auf einen Großteil des Wohnzimmers. Fiona Lambert starrte das Geld auf dem Tisch an, und ihr Gesichtsausdruck war ein Mitteldinng zwischen Begeisterung und Gereiztheit.

Karlin ignorierte ihren Ausbruch. »Willst du mir nichts zu trinken anbieten?«

»Du glaubst wohl, du kannst mich übers Ohr hauen?« fauchte Lambert. »Wir hatten das Doppelte vereinbart.«

Karlin steckte die Hände in die Taschen und bewegte sich aus meinem Gesichtsfeld. »Mehr kann ich mir nicht leisten.« Es klang nach ›Vogel friß oder stirb‹. »Wenn ich dich wirklich hintergehen wollte, liebe Fiona, wäre ich gar nicht hier. Sei vernünftig. Es ist immer noch eine Menge Geld.«

»Wir hatten uns auf ein Drittel des Verkaufspreises von *Unser Heim* geeinigt«, beschwerte sich Lambert, und ihr Blick wich keinen Moment von dem Geld. »Wenn ich richtig rechne, sind das zweihunderttausend Dollar.« Karlin war in Richtung Couch gegangen. Lambert drehte sich zu ihm um. »Glaubst du, es war einfach, Eastlake dazu zu überreden, daß er mehr als das Doppelte des Marktpreises bezahlt?«

Karlin schmunzelte nachsichtig. »Ach, ich bezweifle nicht, daß du sehr überzeugend warst, meine Liebe.«

Seine übereinandergeschlagenen Beine kamen in Sicht. Ich konnte ihn mir auf der Couch vorstellen, zurückgelehnt, die Beine vor sich ausgestreckt. »Es ist eben so, daß die Verhältnisse andere geworden sind, seit wir unsere kleine Vereinbarung getroffen haben. Vor einem Jahr bin ich noch leichter an Bargeld herangekommen. Allein den Bauunternehmern habe ich monatlich fünfzigtausend an Schmiergeldern zugeschoben. Aber die Dinge haben sich geändert. Das Geld ist ausgegangen. Meine Banker zählen jeden Penny nach. Die anderen Investoren beobachten mich wie die Falken.«

Fiona Lambert wirbelte zu ihm herum, die nackten Arme verschränkt. »Dann verkauf eben noch eins von deinen Bildern.« Sie war fuchsteufelswild. »Verkauf zwei oder verkauf sonst irgendwas. Bezahl mir, was du mir schuldest.«

»Selbst wenn ich der Meinung wäre, daß ich dir irgend etwas schulde, ich habe einfach nichts mehr, was ich verkaufen kann.« Karlin war nachsichtig mit ihr, aber nicht mitfühlend. »*Unser Heim* war das letzte wirklich wertvolle Bild, das mir noch gehört hat. Die anderen sind schon längst verkauft worden. Ich habe sie zurückgemietet, um den Anschein zu wahren.« Verglichen mit ihm, so die Botschaft, hatte sie nicht zu klagen.

»Lügner!« Sie stampfte tatsächlich mit dem Fuß auf.

Karlin schnaubte belustigt. »Nimm das Geld, Fiona.« Sein Ton war väterlich, nicht aus der Ruhe zu bringen. Er kannte das alles schon. »Sei froh, daß du überhaupt etwas kriegst. Mir bleibt gar nichts. Ich war mal ein Schuhverkäufer, der gern Bilder gesammelt hat. Dann habe ich beschlossen, eine große Nummer im Immobiliengeschäft zu werden. Ich habe meine Läden verkauft, meine Bilder verscherbelt, alles auf ein großes Projekt gesetzt. Und jetzt, nach fünfzig Jahren harter Arbeit, hab ich nichts als Banken, Investoren, Gewerkschaften und Bauunternehmer, die mich allesamt bis aufs Mark aussaugen. Herr des Himmels, ich hab sogar eine Galeriedirektorin, die mich erpreßt.« Er stieß ein trockenes, humorloses Lachen aus, als wäre das die äußerste Demütigung.

»Du brichst mir das Herz.« Die kleine Miss Lambert klang gar nicht mehr so wohlerzogen.

»Sei dankbar, daß du überhaupt etwas bekommst, Fiona. Ich bin nur wegen meiner gefühlsmäßigen Bindung an *Unser Heim* hier. Weil es mir lieber ist, es geht an ein öffentliches Museum, anstatt einfach verhökert zu werden. Und weil ich ein Mensch bin, der sein Wort hält. Jedenfalls war ich das mal.«

»Wo du's hernimmst, ist mir egal«, beharrte Fiona mißmutig. »Ich will mein Geld.«

»Und wenn nicht? Verklagst du mich dann? Ich sehe die Szene im Gerichtssaal schon vor mir. Ich höre deinen Anwalt schon erklären, wie du Geld von mir erpreßt hast.« Karlin stand von der Couch auf und gab eine sarkastische Parodie zum besten. Zu seiner vollen geringen Größe aufgerichtet, imitierte er mit erhobenem Zeigefinger einen vor Gericht plädierenden Anwalt. »›Es bestand eine hieb- und stichfeste Vereinbarung, Euer Ehren. Meine Mandantin, Expertin der Werke Victor Szabos, nahm davon Abstand, absichtlich Gerüchte zu streuen, daß das Gemälde mit dem Titel *Unser Heim* von zweifelhafter Herkunft sei. Er erklärte sich im Gegenzug dazu bereit, das Werk an ihre Galerie zu verkaufen und ihr eine geheime Provision für das Geschäft zu bezahlen. Des weiteren, Euer Ehren, kündigte meine Mandantin an, sie werde, wenn er auf ihre Forderungen nicht einginge, die Echtheit anderer Werke seiner Sammlung und damit deren Marktwert öffentlich in Zweifel ziehen. Eine ganz normale geschäftliche Transaktion, Euer Ehren.‹« Nach gehaltenem Plädoyer drehte sich Karlin auf dem Absatz um und marschierte Richtung Küche. »Ja, Fiona, ich kann mir das so richtig vorstellen.«

Lambert schwieg mit finsterer Miene und klopfte mit dem Fuß auf den Boden. Ihr Blick folgte Karlin und huschte über mein Versteck wie ein Scheinwerfer über eine Gefängnismauer. Ich duckte mich in die Dunkelheit zurück und ließ langsam den verbrauchten Sauerstoff aus meinen Lungen entweichen.

In der Wand hinter mir gluckerte ein Rohr, und Wasser pladderte in einen Ausguß. Karlin war in der Küche, ließ das Wasser laufen und besorgte sich selbst etwas zu trinken.

Im Schutz des Geräusches holte ich tief Luft und versuchte, meine Muskeln zu entspannen. Meine Haut klebte von Schweiß, und mein Puls raste immer noch, aber die Angst vor der Entdeckung ließ nach und wurde von einem Hochgefühl abgelöst. Mein Einfall, hierherzukommen, hatte sich bezahlt gemacht.

Diese Fiona Lambert war wirklich ein Herzchen. Verkaufte eine komplett gefälschte Kunstsammlung. Zwang Karlin, *Unser Heim* zu verkaufen, und erpreßte dann noch eine geheime Provision von ihm. Verleitete Eastlake dazu, das Geld aufzutreiben.

Ich fuhr mit dem vertrockneten Rhinozeros meiner Zunge durch die Kalahari meines Mundes, spitzte die Ohren, um die nächste verblüffende Enthüllung nicht zu verpassen, und hielt erneut das Auge an den Spalt. Was machte es schon, wenn ich entdeckt wurde? Verglichen mit Fiona Lamberts krummen Touren war Besenschrank-Spannerei allenfalls ein soziales Fehlverhalten.

Lambert saß am Tisch und starrte das Geld an. Gier und Triumph standen ihr ins Gesicht geschrieben. Aus der Küche kam Karlins Stimme. »Hör auf zu quengeln, und sei froh, daß du überhaupt etwas kriegst. Meine anderen Gläubiger werden nicht annähernd soviel Glück haben, wenn du's genau wissen willst. Das Finanzimperium von Max Karlin wird demnächst zu einem Haufen Schutt zusammenfallen, und ich werde mir das nicht aus der Nähe ansehen. Ich bin auf dem Weg zum Flughafen. Ich verlasse das Land. Heute nachmittag um fünf wird für meine Privatholding Konkursantrag gestellt. Morgen früh um neun bin ich in Europa, und an meinem Schreibtisch sitzt ein Konkursverwalter. Und die Hunde werden sich um den Kadaver von Karlcraft balgen.«

Karlins Unglück war Fiona Lambert völlig egal. Sie zerriß die Banderole eines Geldscheinbündels, leckte sich den Daumen an und begann zu zählen. Ihre Lippen bewegten sich stumm wie die einer Gläubigen, die einen Rosenkranz betet. Karlin kam aus der Küche, und als er sprach, war seine Stimme so nah, daß ich zusammenfuhr. »Bring nicht alles auf einmal zur Bank. Große Bareinzahlungen werden gemeldet. Und fang auch nicht an, es auszugeben, wenn du nicht willst, daß Lloyd Verdacht schöpft.«

»Hältst du mich für blöd?« fragte Fiona giftig. »Meinst du, das weiß ich nicht?« Seinetwegen hatte sie sich verzählt und mußte noch einmal von vorn anfangen. »Und Lloyd kannst du ruhig mir überlassen. Ich weiß, wie ich mit Lloyd Eastlake umgehen muß.«

Karlin stand direkt vor meinem Versteck und verstellte mir die Sicht. »Ts, ts. Gieriges Mädchen. Ts, ts.« Seine Gestalt bewegte sich Richtung Wohnungstür. »Wiedersehen, Fiona.«

Lambert stand vom Tisch auf. Ich beugte mich zurück und hielt den Atem an. Die Wohnungstür ging auf. »Bon voyage, Max.« Fiona war bis zuletzt bissig. »Und danke für nichts.« Karlins Schritte verklangen rasch die Treppe hinunter. Die Tür wurde geschlossen, und Fiona sagte leise: »Du elender kleiner Geizhals.«

Bezaubernd.

Mein großer Moment, beschloß ich, war gekommen. Reiß die Schranktür auf, spring hinaus, und überrasche die Direktorin des Centre for Modern Art mit ellbogentief im

Sündengeld steckenden Armen. Hau ihr, ohne Rücksicht auf irgendwelche Rechte, den Beweis für ihre Verfehlungen um die Ohren, der sich da auf ihrem skandinavischen Kiefernholztisch in ihrer überkandidelten Absteige stapelt.

Lamberts Silhouette bewegte sich an der Lamellentür vorbei. Ich hielt mein Auge an den Spalt und wartete auf genau den richtigen Moment zum Losschlagen.

Ihre Stimmung hatte sich deutlich gehoben. Sie schleuderte die Schuhe von sich, wiegte sich in den Hüften, bewegte die Arme an ihrer Seite auf und ab und schob sich durchs Wohnzimmer. »Laß dich mal anschauen«, flötete sie kehlig. »Du schönes, schönes Geld.«

Sie nahm eines der Geldscheinpäckchen und fächerte es mit dem Daumen auf. Sie küßte es. Sie strich sich damit langsam über die nackten Arme, schwelgte in seiner Berührung. Sie wand sich geschmeidig. »Money, money, money«, sang sie. Die Melodie aus *Cabaret.*

Sie riß mit den Zähnen die Banderole ab, sie rieb sich mit einer Faustvoll Banknoten über Hals und Oberkörper. Die losen Scheine rieselten an ihren sich wiegenden Hüften vorbei auf den Boden. Sie griff nach einem anderen Bündel und tanzte damit eine langsame, stumme Rumba, drückte sich mit einer Hand das Geld an den Bauch und beschrieb mit der anderen einen Kreis über ihrem Kopf. Sie war in Trance.

Ich traute meinen Augen nicht. Angeturnt von einem Bündel Geld. Es war ein faszinierender Anblick. Und teuflisch sexy. Sie strich mit dem Geldbündel langsam an ihrem Körper hinab, raunte dazu eine leise, kehlige Melodie. Sie bewegte sich aus meinem Gesichtsfeld. Glas klirrte. Sie schwebte wieder in Sicht, einen Drink in der einen, Geld in der anderen Hand. Ich hatte genug gesehen. Zeit zum Losschlagen.

Bum. Bum. Von der Wohnungstür kam ein durchdringendes Klopfen. Ich wäre beinahe an die Decke gesprungen. Ich schob mich rückwärts, und mein Gesichtsfeld verengte sich wieder.

Aus ihrer Träumerei gerissen, ließ Fiona das Geld fallen. Sie kniete nieder und begann, hastig die auf dem Boden verstreuten Scheine einzusammeln. Es klopfte erneut. »Moment«, rief sie, schaufelte einen Armvoll loser Scheine auf, lud sie auf dem Tisch ab und bückte sich nach mehr. »Wer ist denn da?«

»Ich.« Ein Mann. Nicht Karlin.

»Komme gleich.« Sie verschwand kurz aus meinem Gesichtsfeld und kam dann mit einem Stück Tuch, einer Art Überwurf von der Couch, zurück. Es bauschte sich über dem Tisch und fiel dann locker über das Geld. Fiona faßte sich, strich sich Haar und Kleidung glatt. Sie kam auf mich zu und hob unterwegs ihre Schuhe auf. Bei meinem Versteck angekommen, blieb sie stehen, um sich die Schuhe überzustreifen. Dabei lehnte sie sich gegen die Lamellentür, die ins Schloß fiel.

Mein Herz sauste in meiner Brust nach hinten, traf meine Wirbelsäule und prallte davon ab. Meine Beine verlangten einen Wechsel zu anderen Aufgaben. Ich machte mich auf Bloßstellung gefaßt. Für das heftige Hämmern meines Herzens taub, ging Fiona zur Wohnungstür und machte sie auf. Ich konnte durch die abwärts geneigten Lamellen der geschlossenen Schranktür lediglich ein Stück Teppich sehen.

»Hi.« Fiona gurrte, machte ganz den Eindruck, als ob sie kein Wässerchen trüben könnte. »Was führt dich denn hierher?« Als wäre es die schönste Überraschung, die sie den ganzen Tag erlebt hatte.

»Blitzbesuch, sozusagen.« Die Stimme klang vertraut. Als ich sie weiterreden hörte, fiel es mir nicht schwer, ihr ein Gesicht zuzuordnen. »Ich war drüben, weil ich wissen wollte, ob das Bild wohlbehalten angekommen ist. Janelle hat gesagt, du bist zum Lunch nach Hause gegangen, da hab ich gedacht, ich schließe mich an.« Es war Lloyd Eastlake.

Es wurde mit jedem Moment interessanter. Ich wartete gebannt auf Lamberts Reaktion. Sie sagte nichts.

»Möchtest du mich nicht hereinbitten?«

Kurzes Schweigen. »Mm. Ich bin eigentlich schon wieder auf dem Weg zur Arbeit.« Und angesichts der überall verstreuten Hundertdollarnoten nicht auf Essensgäste eingerichtet.

Eastlake ließ sich nicht abwimmeln. »Trinken wir erst mal was. Zur Feier deines Erfolges. Die erste bedeutende Erwerbung des Centre for Modern Art. *Unser Heim,* endlich unser.« Sein Ton war nicht nur der eines Vorsitzenden. »Du siehst so rosig aus. Du hast doch wohl nicht ganz allein getrunken, oder? Aber, aber!«

Sie spielte mit. »Okay, ich gebe es zu. Du hast mich erwischt. Aber ich muß jetzt wirklich los. Das Bild muß richtig gelagert werden. Du weißt doch, wie Janelle ist.«

»Wozu die Eile? Janelle kommt schon zurecht.« Seine Stimme war spielerisch schmeichelnd, hatte jedoch auch einen besitzergreifenden Unterton. »Du hast doch nicht etwa jemanden bei dir, oder?«

»Wen denn?« Sie tat die Vorstellung mit einem Lachen ab, obwohl sie sich über die Unterstellung ärgerte.

»Bei einer attraktiven Frau wie dir«, sagte er und machte so ein Kompliment daraus, »könnte das jeder von einer Million Männern sein.«

Das alles hatte einen Beiklang von selbstverständlicher Intimität. Ich begann zu ahnen, was Fiona damit gemeint hatte, daß sie wisse, wie sie mit Lloyd Eastlake umgehen mußte. »Ich finde es immer ganz toll, wenn du eifersüchtig wirst.« Spielerischer Sarkasmus. »Und das als verheirateter Mann.«

»Nun sei doch nicht so. Was ist denn nun mit dem Drink?« Eastlake hatte keine Lust, in der Tür zu stehen. Er kam herein, ob es ihr gefiel oder nicht.

Ich atmete durch die Haut, versuchte mich durch Willenskraft unsichtbar zu machen. Auf dem lamellengerahmten Teppichviereck vor dem Schrank erschienen Eastlakes Schuhe. Plötzlich drückte sich der Umriß von Fionas rotem Kleid rückwärts gegen die Tür. Die Lamellen bogen sich nach innen durch, und die Tür knirschte in den Scharnieren. Stoff raschelte gegen Stoff. Fiona hatte Eastlake gepackt und zog ihn an sich. Jetzt war noch ein Geräusch zu hören – teils feuchtes Saugen, teils scharfes Einatmen, teils leises Stöhnen. So wie es sich anhörte, knutschten sie sich heftig, die volle gegenseitige Tonsillektomie.

Die Hexe! »Hmm«, murmelte sie anerkennend. »Ich finde es auch aufregend, muß ich zugeben. *Unser Heim* endlich zu kriegen.«

Lloyd Eastlake war einer, der nichts anbrennen ließ. »Hmm«, stimmte er zu. Jetzt, wo sie ihn in Fahrt gebracht hatte, war er nicht mehr zu bremsen. Die Schranktür wölbte sich nach innen. Alles, was ich sehen konnte, waren Fionas nackte Waden, ihre Knöchel, ihre feuerwehrroten Schuhe. Eastlakes Schuhe schoben sich zwischen die ihren, das hellgraue Karomuster seines Hosenbeins rieb sich an ihrem nackten Fleisch.

Bewegung zeichnete den Umriß von Fionas Körper nach. Irgend etwas glitt hinter sie, drückte sich ihr ins Kreuz. Durch die Lamellen hindurch konnte ich deutlich jedes einzelne Haar auf Eastlakes Handrücken sehen. Mein Mund wurde zur Wüste. Es erschien mir unvorstellbar, daß sie mein Herz nicht wummern hörten. Ich konnte jeden ihrer Atemzüge hören, ihren jeweiligen Rhythmus unterscheiden. Ich hätte genausogut mit ihnen im Bett sein können.

Sie hätten genausogut miteinander im Bett sein können. Ihr Atemtempo beschleunigte sich, die Schlürfgeräusche wurden lauter. Eastlakes Hand zog den Saum von Lamberts Kleid hoch. Ihr Slip war blaßlila. Seine Hand glitt darunter, hinab in das Tal zwischen ihren Pobacken. Ihre Füße schoben sich auseinander. »Hmm«, murmelte er. »Ich muß dir öfter ein teures Bild kaufen.«

Sie stöhnte aufmunternd. Eastlakes Hand war nicht mehr in ihrem Slip. Er kniete vor ihr und zog daran. Ihre Beine schlossen sich. Etwas Lilafarbenes huschte über ihre Knie nach unten. Durch das umgekehrte V ihrer Oberschenkel sah ich, wie er sein Jackett abschüttelte. Er griff nach unten und machte sich die Hose auf.

Alles Blut in meinem Körper war zwischen meinen Beinen zusammengeströmt. Ich hätte einen Job als Kleiderhaken annehmen können. Der Puls in meinen Ohren hämmerte wie der Taktschläger auf einer Sklavengaleere. Schneller. Schneller. Rammgeschwindigkeit. Ich kniff die Augen zusammen und versuchte, an etwas anderes zu denken. Irgend etwas anderes. Die Tür klapperte rhythmisch und drohte einzubrechen. Bum, bum, bum.

Ich riskierte einen Blick, obwohl ich schon wußte, was ich sehen würde. Fionas Füße waren verschwunden, hatten sich vom Boden gehoben. Kleine Wülste des roten Kleides wurden zwischen die Lamellen gezwängt, genau wie das nackte Fleisch von Fiona Lamberts Hintern. Ein roter Schuh lag auf der Seite. Der andere war verschwunden. Eastlake trug seine noch. Ich konnte die Nähte erkennen. 400-Dollar-Schuhe. Nur die Spitzen waren zu sehen. Seine Hose hing um seine Knöchel. Seine Wadenmuskeln waren angespannt. Seine Knie waren gebeugt. Seine Oberschenkel stießen rhythmisch.

Bum, bum. Ich schloß die Augen und durchforschte mein Gehirn nach einem ablenkenden Gedanken. Ich riskierte erneut einen Blick und kniff abermals die Augen zusammen.

Eastlakes Hose war Glencheck. Es war das von den Sharpys bevorzugte Muster und gehörte zur Uniform. Weite Hose in Glencheck und hautenge, kastanienbraune Pullover. Das war es, was Geordie Fletcher trug.

Geordie Fletcher und die schrecklichen Zwillinge, Danny und Wayne. Ich war wieder im Oulton Reserve. Drehte mich immer im Kreis, bei jeder Drehung geknufft und geschlagen. Mein Leben lag in den Händen einer Bande gehirnamputierter Sharpys. Spider, mein vermeintlicher Beschützer, hatte sich mit dem Feind verbündet. Meine Hand hielt einen Flaschenhals gepackt. Eine potentielle Waffe, aber in den Falten meiner Jacke verheddert.

Plötzlich löste sie sich. Ich schwang sie wie einen Knüppel. Vom Schwindelgefühl benommen, taumelte ich seitwärts und fiel hin. Die Flasche knallte auf den Betonweg. Glassplitter verteilten sich in einer Alkoholpfütze. Ich lag auf den Knien und atmete den scharfen Geruch ein.

»Blöder Idiot. Du hast sie kaputtgemacht.« Geordie Fletcher hatte mich am Kragen gepackt und zerrte mich hoch. Das war es dann. Das Katz-und-Maus-Spiel war vorbei. Gleich würde ich windelweich geprügelt werden. Die Zwillinge hatten mit ihrem Gejohle aufgehört und waren verstummt. Ihr großer Bruder würde ihnen zeigen, wie so etwas ging.

Dachte er. Ich hatte den Flaschenhals noch in der Hand, einen harten, messerscharfen Zylinder. Ich ließ ihn seitwärts durch die Luft sausen und überraschte Geordie damit. Mein Hieb schlitzte ihm den Oberschenkel und ließ sein Hosenbein aufklaffen. Blut spritzte.

Geordie sprang zurück. In seinem Gesicht malte sich Verblüffung. Meine Angst verwandelte sich in ein Hochgefühl. Ich stieß den Flaschenhals nach vorn und hielt sie mir so vom Leibe. Die Fletchers umkreisten mich, Geordies Überraschung verwandelte sich in Wut. Spider Webb drängte sich zwischen den Zwillingen durch. »Leg das hin, Whelan«, sagte er. »Sei nicht blöd.« Irgendwo in der Dämmerung hinter dem Teebaum knallten Wagentüren, und Schritte kamen eilends auf uns zu. Gleich würden sämtliche Sharpys der Stadt über mich herfallen. Überall war Blut.

»Komm schon, kleiner Scheißkerl«, schrie Geordie. »Versuch's doch.«

Das tat ich. Ich stürzte mich auf ihn. Spider packte mich am Arm. Verdrehte ihn. »Laß fallen. Laß fallen.« Schmerz durchzuckte meinen Ellbogen. Der Flaschenhals fiel mir aus der Hand. Unter meinen Sohlen knirschte zerbrochenes Glas. Geordie trat mir in die Eier. Brennender Schmerz. Spiders Gesicht war dicht vor meinem. »Blöder Idiot.« Zusammengekrümmt, mit schwimmenden Augen, würgte ich.

Die galoppierenden Schritte kamen bei mir an. Hände packten mein Haar, rissen mir den Kopf zurück. Ich schlug wild um mich, denn mittlerweile war mir alles egal. Ein Erwachsener hatte mich gepackt. Eine Polizeiuniform. Die Streifen eines Sergeant. Ich erkannte das Gesicht. Ich hatte ihn schon im Hotel gesehen, wie er nach Lokalschluß mit meinem Vater trank. Mit der flachen Hand schlug er mir so kräftig seitlich gegen den Kopf, daß ich Sterne sah und mir fast die Zähne herausfielen. »Du kommst mit mir, Kleiner.«

»Komm! Komm!« drängte Fiona. »Ja. Ja.« Sie sagte auch noch anderes. Dinge, die ich hier nicht wiederholen will.

Das Tempo von Eastlakes Stößen nahm zu. Die Schranktür ächzte in ihrem Rahmen. Ein leichter Geruch nach Anchovies lag in der Luft. Rums, rums. Casanova stieß ein klagendes Stöhnen aus. Während er wie eine bremsende Dampflokomotive zischte, kamen seine Bewegungen langsam zum Erliegen. Plötzlich war alles still.

Mit einem Geräusch wie von einem Saugnapf machte sich Eastlake von ihr los. Fiona Lamberts nackte Rückseite löste sich von den Lamellen, und ihre Füße fanden den Boden. Ihr Kleid fiel herab. Sie atmete genießerisch aus. Ich wünschte, ich könnte das gleiche tun. »Du Tiger«, sagte sie. »Das war wunderbar.«

Mit einem dumpfen Laut sackte Tiger Eastlake an die gegenüberliegende Wand. Er schluckte, kam wieder zu Atem. »Bist du auch gekommen?«

»Mhm.« Ihn konnte sie vielleicht reinlegen, aber mich nicht.

»Bestimmt?« Seine Stimme war postkoital träumerisch.

»Würde ich dir was vormachen?« Ihre wahre Liebe, das wußte ich, lag auf dem Eßtisch. Die kleine Nummer hatte ihn eine Zeitlang vom Eßzimmer ferngehalten. Aber was wollte sie jetzt machen? Ihn zur Tür hinausschubsen? Ihr Rücken war immer noch gegen den Schrank gedrückt. »Jetzt brauch ich wirklich was zu trinken. Bist du so lieb? Im Kühlschrank ist eine angebrochene Flasche.«

Eastlakes Hände kamen herunter, und seine Hose kam herauf. Ein Reißverschluß schloß sich. Er trat einen Schritt näher. Schmusegeräusche. Er gehorchte. Seine Schuhe schwenkten in Richtung Küche. Während er sich entfernte, löste sich Fionas Rücken von der Tür. Ich spürte eher, als daß ich hörte, wie sie durchs Wohnzimmer flitzte.

Aus der Küche kam das Klappern eines Kühlschrankbords. Flaschen klirrten. Ein Korken wurde gezogen. Eine Schranktür geöffnet. Glas stieß gegen Glas. Ich hätte auch etwas zu trinken vertragen können. Und eine Zigarette. Hinterher rauche ich immer gern.

»Max Karlin hat das Bild nicht zufällig persönlich abgeliefert, oder?« rief Eastlake. Hier herrschte eine erprobte Vertrautheit. Die Leichtigkeit, mit der die Schalter an- und ausgingen. Er und Fiona hatten nicht zum erstenmal miteinander gebumst. Aber die Beiläufigkeit von Eastlakes Frage war ein wenig zu bemüht. Er fragte aus einem bestimmten Grund.

»Max?« Miss Unschuld war entspannt. Die Kohle war wohl sicher verstaut. »Den hab ich seit Samstag nicht gesehen. Wieso?«

Sie kam zum Schrank herüber, hob ihren Slip auf, ging zurück ins Wohnzimmer. »Gibt's denn jetzt was zu trinken?«

»Ich versuche schon den ganzen Tag, ihn zu erreichen.« Eastlake kam aus der Küche. »Er ruft mich nicht zurück.«

Mir fiel ein, wie hastig er bei meinem Anruf abgenommen hatte. Armer Lloyd. Sein Timing war miserabel. Dreißig Sekunden früher, und er wäre Karlin auf der Treppe begegnet.

»Eigentlich müßte ich jetzt wirklich zur Arbeit«, sagte Fiona. Allerdings nicht mehr mit dem Nachdruck, mit dem sie ihn vorhin hatte abwimmeln wollen. Die beiden glichen einem Ehepaar. Er wollte, daß sie ihm zuhörte, während er sich über seinen schweren Tag im Büro beklagte.

»Tut mir leid, wenn ich dich mit meinen Sorgen belaste«, sagte er. »Ich weiß, du magst es nicht, wenn man über die Arbeit redet. Aber wenn du von Max hörst, dann sag ihm, er soll mich umgehend anrufen. Es geht das Gerücht, daß er kalte Füße kriegt. Das Karlcraft Centre ist in einem kitzligen Stadium. Die ganze Sache kann leicht zusammenbrechen, wenn Max ausgerechnet jetzt die Nerven verliert. Obelisk hat einen Haufen Geld in Max Karlin gesteckt. Mehr, als ich ihm leihen durfte. Ich habe Obelisks gesamte Zukunft, und meine, auf Max' Erfolg gesetzt. Wenn er baden geht, gehe ich mit. Wenigstens zurückrufen könnte er mich.«

»Du machst dir zu viele Sorgen.« Fiona spielte den Part der Ehefrau, die ihm über die fiebernde Stirn strich. »Wahrscheinlich ist er bloß in einer Besprechung oder so was. Das klärt sich alles, du wirst sehen. Wenn er anruft, um nachzufragen, ob *Unser Heim* sicher angekommen ist, sage ich ihm, er soll dich umgehend zurückrufen.«

Eastlake ging auf und ab, während Fiona beruhigende Laute von sich gab. Ich konnte nicht genau verstehen, was gesagt wurde. Mein ganzer Körper schmerzte von der Anstrengung, in Habachtstellung zu stehen. Vorsichtig brachte ich meinen Arm in eine Haltung, in der ich meine Uhr ablesen konnte. Dreißig Minuten stand ich nun schon hier. Es kam mir wie Jahre vor. Ich mußte dringend mal. Plötzlich ließ mir wieder etwas das Herz bis zum Halse schlagen. Ich hörte meinen eigenen Namen.

»Ach übrigens«, sagte Eastlake gerade. »Über Giles Aubrey brauchst du dir keine Gedanken zu machen. Dieser Whelan hat mich angerufen und gesagt, Aubrey ist tot. Ich hätte dir erst gar nicht erzählen sollen, was er laut Whelan gesagt hat. Wahrscheinlich hast du dir deshalb Sorgen gemacht.«

»Tot?« sagte sie, nur gelinde neugierig. »Wie das?«

»Das hat Whelan nicht gesagt. Er hat sehr geheimnisvoll getan. Ich sehe ihn später, dann werde ich wohl Näheres erfahren. Jedenfalls ist das ein Problem weniger.«

»Ach, eigentlich habe ich mir wegen Giles Aubrey nie Sorgen gemacht.«

Erneut traute ich meinen Ohren nicht. Aber die Logik

war überwältigend. Was mir Aubrey erzählt hatte, hätte – ob es nun stimmte oder nicht – den Kauf von *Unser Heim* durch das CMA platzen lassen können. Lambert hatte große Anstrengungen unternommen, um sicherzustellen, daß der Kauf über die Bühne ging. Von seinem erfolgreichen Abschluß hing viel für sie ab. Sie konnte kaum untätig zusehen, wie Giles Aubrey ihre Pläne ruinierte. Einer Frau, die so jung, fit und skrupellos war wie Fiona Lambert, dürfte es nicht schwerfallen, einen schwachen alten Mann eine steile Böschung hinunterzustoßen.

»Ich versuch's einfach noch mal bei Max.« Eastlake kam näher, und ich hörte ein deutliches Ächzen, als er sich bückte, um sein hastig abgeworfenes Jackett aufzuheben. Blip, blop, blip. Wählgeräusche eines Handys. Stille. Gläserklirren. Erneut lief der Wasserhahn in der Küche. Fiona räumte auf. Eastlake kam durch, fragte nach Karlin. »Immer noch nicht da? Okay. Ja, wie gehabt.«

Meine Blase war voll. Wenn ich nicht bald aus diesem Scheißschrank herauskam, mußte ich anfangen, Miete zu zahlen.

Die beiden waren an der Tür. »Denk dran, wenn Max anruft…«

»Keine Sorge. Ich sag's ihm.«

»Ich weiß gar nicht, was ich ohne dich täte.« In Eastlakes Stimme lag ungetrübte Zuneigung. Du lieber Gott. Der Trottel war verliebt.

Die Tür schloß sich. Lambert wartete kurz und stieß dann einen langen Seufzer der Erleichterung aus. Sie ging den Flur entlang. Sekunden später machten sich die Rohre in der Wand hinter mir bemerkbar. Vom Badezimmer her kam das Gepladder laufenden Wassers, dann Zähneputzgeräusche. Die Dusche ging an. Über dem Wasserschwall hörte ich das Quietschen, mit dem ein Vorhang an einer Metallstange zugezogen wird.

Ich lehnte mich leicht gegen die Schranktür, so daß sie aufsprang. Nachdem ich mich vergewissert hatte, daß niemand die Treppe heraufkam, zog ich die Wohnungstür hinter mir zu. Mein Hemd war schweißdurchtränkt und mit Spinnweben drapiert. Meine Hände zitterten. Ich sog Luft ein. Mein Atem kam in kurzen Stößen.

Die Hand am Geländer, eilte ich die Treppe hinunter.

31

Wassertröpfchen funkelten im Sonnenlicht. Sprinkler besprengten den Rasen der Domain. Zwischen den Bäumen tollten Kinder herum und bespritzten einander mit Wasserpistolen. An Picknicktischen gossen sich ältere Bürger dampfenden Tee aus Thermosflaschen ein. Nach der Ewigkeit, die ich im Besenschrank verbracht hatte, stand meine Blase kurz vor dem Platzen.

Mit geducktem Oberkörper, wie ein besonders beflissener Japaner, hastete ich über die Domain Road und sah mich nach einer wie immer gearteten öffentlichen Toilette um. Die einzige Toilette in Sicht war ein Beet von schulterhohen, roten und gelben Canna-Lilien. Ich drang in die belaubten Stauden vor und bewässerte die knolligen Wurzelstöcke.

Von der Hüfte abwärts seufzte ich vor Erleichterung. Oberhalb des Halses bemühte ich mich, aus dem gerade

Gehörten schlau zu werden. Einiges war kristallklar. Anderes war dunkel und verworren.

Immer stärker beschlichen mich Entsetzen und das Gefühl meiner Verantwortung.

Diese Fiona Lambert war wirklich ein Herzchen. Und sie hatte Lloyd Eastlake richtig eingeschätzt. Von selbstgefälliger Eitelkeit aufgebläht, war unser Mann in der Kultur ein ideales Opfer. Besonders, nachdem Fiona Lambert ihre Reize hatte spielen lassen.

Schwindel Nummer eins war die Sache mit dem Pensionsfonds. Eastlake hatte seiner Freundin einen Gefallen tun wollen und ihr das Geschäft mit den Kunstkäufen des Pensionsfonds des Gewerkschaftsverbandes zugeschanzt. Das brachte zwar einen Interessenkonflikt auf seiner Seite mit sich, da er sowohl Verwaltungsratsmitglied des Pensionsfonds als auch Verwaltungsratsvorsitzender des Centre for Modern Art war, aber er hatte wahrscheinlich nur getan, was tausend andere Firmenchefs tagaus, tagein auch taten. Seine tolle Liebhaberin allerdings hatte die sich bietende Gelegenheit voll genutzt und dem nichtsahnenden Verwaltungsrat des Pensionsfonds eine komplett getürkte Kunstsammlung untergejubelt. Das schiere Ausmaß ihrer Dreistigkeit war atemberaubend.

Schwindel Nummer zwei war das Szabo-Geschäft. Überzeugt, daß *Unser Heim* ein absolutes Muß für die Sammlung des CMA sei, hatte Eastlake sowohl bei der Regierung als auch bei Obelisk seinen Einfluß geltend gemacht, damit diese den Kauf finanzierten. Fiona hatte unterdessen Max Karlin gezwungen, das Bild zu verkaufen und sie am Verkauf zu beteiligen.

Meine Anwesenheit im Lilienbeet war nicht unbemerkt geblieben. Ein Liebespaar, das ganz in der Nähe auf dem Rasen lag, warf feindselige Blicke zu der Stelle hin, wo mein Kopf das Blattwerk überragte. Ich wandte ihnen den Rükken zu, damit sie nicht auf falsche Gedanken kamen.

Hätte Lambert mit ihrem Pensionsfonds-Betrug wirklich davonkommen können, wenn das Verwüstungspotential zweier herumtobender Zehnjähriger nicht gewesen wäre? Wären Taylors Fälschungen auch angesichts öffentlicher Aufmerksamkeit unentdeckt geblieben? Und warum hatte Taylor mit Lambert zusammengearbeitet? Giles Aubrey zufolge hatte er sie bis aufs Blut gehaßt. War die ganze Taylor-Szabo-Geschichte nur das Produkt von Aubreys notorischem Hang zur Falschdarstellung? Oder hatte sich Marcus Taylor irgendwann mit dem ehrgeizigen jungen Betthasen seines Vaters versöhnt? Oder hatte seine Maklerin, Salina Fleet, die Kundenkontakte abgewickelt? Hatte er womöglich keine Ahnung gehabt, daß Lambert die Käuferin seiner »Anleihen« war?

Ob Lilien eine gelegentliche Dosis konzentrierter Harnsäure guttat? Marcus Taylor. Vielleicht hatte er ja versucht, jemandem ans Bein zu pinkeln. Vielleicht hatte er geglaubt, er habe die perfekte Methode gefunden, sich an Fiona Lambert zu rächen. Vielleicht hatte sie ihm unwissentlich ihre Achillesferse entblößt. Vielleicht wollte er – dafür sprach die Briefmarke auf der Rückseite von *Dry Gully* –, daß seine Fälschungen entdeckt wurden. Aber nicht aus den Gründen, die Claire postuliert hatte – nämlich aus der Eitelkeit des Fälschers heraus –, sondern um Fiona Lambert zu diskreditieren und zu vernichten.

Monatelang hatte er im verborgenen geschuftet, hatte in seinem verlausten Studio im alten YMCA eine ganze Sammlung gefälschter Kunstwerke produziert. Hatte monatelang auf den passenden Moment gewartet. Auf den Moment, in dem er enthüllen konnte, daß seine vollkommen arglosen, postmodernen Huldigungen von Fiona Lambert als Originale ausgegeben worden waren.

Dann aber hatte sich etwas noch Besseres ergeben. Der Erwerb von *Unser Heim* durch das CMA. Eine unwiderstehliche Gelegenheit – nicht nur, um sich an Lambert zu rächen, sondern auch, um seinem toten Vater eins auszuwischen. Frustriert von seiner Unfähigkeit, auch nur die bescheidenste Anerkennung für seine eigenen künstlerischen Leistungen zu ernten – ein lumpiges Stipendium kann noch kränkender sein als gar keines –, hatte Taylor eine exakte Kopie von *Unser Heim* hergestellt, um so die Echtheit von Viktor Szabos Gesamtwerk in Frage zu stellen. *Ödipus meets Hamlet* an den Ufern des Yarra.

Ich teilte das grüne Blattwerk des Blumenrohrs, trat auf den Rasen hinaus und winkte dem empörten Liebespaar fröhlich zu. Durch die Bäume hindurch konnte ich die weiße Fassade des Centre for Modern Art sehen. Ein Szenario, teils Erinnerung, teils Spekulation, begann Gestalt anzunehmen.

Der arme kleine Marcus Taylor. Er war wirklich ein Versager. Er malte seine Kopie von *Unser Heim,* doch dann besoff er sich, wurde übermütig und ließ sich auf der CMA-Vernissage in die Karten schauen. Sein kleiner Auftritt dort mußte ganz schön für Panik gesorgt haben. Kein Wunder, daß Salina Fleet so nervös aussah, als er auf den Tresen gestiegen war und angefangen hatte, mit den Armen zu fuchteln. Sie hatte gewußt, was er sagen wollte. Er hatte sie kurz zuvor, im Hintergarten, einen Blick in sein Redemanuskript werfen lassen.

Fiona Lambert allerdings war kalt wie eine Hundeschnauze. Sie verriet sich nicht, obwohl für sie am meisten auf dem Spiel stand.

Später in der Nacht, als sie vermeintlich im Bett lag, hatte sie Taylor abgepaßt und ihn und seine lästigen Pläne im Graben der National Gallery versenkt.

Der Himmel war blau. Vögel sangen. Das Gras war grün und kühl unter den Füßen. Ich ging durch einen wunderschönen Sommernachmittag zur Hope Street zurück, wo der Charade geparkt war. Ich fragte mich, wie sie es gemacht hatte. Wie sie es geschafft hatte, den bewußtlosen Marcus Taylor auf die Brüstung zu hieven und ins Wasser zu wälzen. Ihn auszuknocken war wohl noch das geringste Problem gewesen. Als ich ihn zuletzt gesehen hatte, wie er den Fußweg an der Domain Road entlanggetorkelt kam, hatte er sich kaum noch auf den Beinen halten können.

Sein großer Moment war in die Binsen gegangen. Aber seine Trumpfkarte hatte er noch nicht ausgespielt. Noch stand *Unser Heim*, Ausgabe 2, auf der Staffelei im YMCA. Sein Tag würde schon noch kommen. Ihr werdet schon sehen, hatte er gesagt. Ihr werdet schon sehen.

Durch einen unregelmäßigen Verkehrsstrom hindurch ging mein Blick genau zu der Stelle hin, an der ich ihn diese Worte hatte murmeln hören. Ich blieb neben einer riesigen Moreton-Bay-Feige stehen, lehnte mich an den Stamm und rief mir die Szene ins Gedächtnis zurück.

Taylor war mir entgegengekommen. Vor mir das Botanical Hotel. Vor Taylor Lamberts Wohnung und, fünfzehn Minuten zu Fuß, sein Zimmer im YMCA. Die sich entfernenden Hecklichter von Lloyd Eastlakes Mercedes.

Noch weiter zurückspulen. Oben in der Wohnung. Fiona am Telefon. Draußen auf der Straße, weniger als fünfzig Meter von der Stelle entfernt, wo ich im Moment stand, Spider Webb, ebenfalls am Telefon.

Das fehlende Verbindungsglied. Spider in die Geschichte einzubauen hatte mich einige Mühe gekostet. Schließlich waren er und Fiona Lambert nicht gerade der Inbegriff des trauten Paars. Aber nun, da ich begann, die Stücke zusammenzusetzen, ergab ein Bündnis zwischen den beiden einen gewissen Sinn. Jeder machte sich aus einer anderen Richtung an Eastlake heran – Spider war auf die große Chance aus, Fiona brauchte Hilfe, um ihre Goldmine auszubeuten.

Spider. Der mich warnte. Und die noch offenen Probleme löste. Probleme wie die Tatsache, daß Taylor mitsamt seinen Schlüsseln auf dem Grund des Grabens gelandet war. Also hatte jemand am nächsten Morgen hingehen, die Szabo-Kopie holen und jeden Hinweis auf die Existenz der Austral-Fälscherwerkstatt beseitigen müssen. Probleme wie die Tatsache, daß ich zuerst dagewesen war, so daß man mich im Keller bei Willy dem Wal hatte einsperren müssen. Probleme wie Salina Fleet.

Erneut dachte ich an Salinas Reaktion am Graben. Ihre von der Signalleiste des Krankenwagens blitzlichtartig eingefangenen Gesichtsausdrücke. Entsetzen, Panik, Angst. Hatte sie erraten, was passiert war? War ihr Beharren darauf, daß Taylor sich umgebracht hatte, eine hastig improvisierte Methode, sich zu schützen, zu demonstrieren, daß man sich auf ihr Stillschweigen verlassen könnte? Und ihr Erscheinen im YMCA? Handelte sie da auf eigene Initiative und wollte schleunigst jeden Hinweis auf Taylors Arbeit beseitigen? Oder waren alle bloß hinter Taylors Kopie von *Unser Heim* her?

Dann war ich aufgetaucht und hatte mein Würstchen in den Senf gehängt. Nicht damit zufrieden, im Keller des YMCA eingeschlossen zu bleiben, hatte ich Radau gemacht. Als Salina mich unabsichtlich befreite, brachte sie sich damit in Schwulitäten. Sie konnte schnell denken, war im Clinch aber nicht ganz überzeugend. Und mittlerweile hatte ich auch das Bild auf der Staffelei in Taylors Atelier gesehen. Mittlerweile war ich zu einer richtigen Nervensäge avanciert. Ich suchte Giles Aubrey auf, bei dem man sich darauf verlassen konnte, daß er die erste sich bietende Gelegenheit ergreifen würde, Unruhe zu stiften, und ich lief mit dem, was er mir erzählte, zu Eastlake. Eastlake wiederum erzählte es Lambert. Und so war Aubrey, mit einer komplizierten Fraktur des Corpus delicti, am Fuß der nächstbesten Uferböschung gelandet. Wenigstens hatte Sal soviel Verstand, sich rar zu machen.

Während ich da stand und, von den grauen Furchen der Moreton-Bay-Feige verborgen, über meine Mitverantwortung für Giles Aubreys Tod nachdachte, kam Fiona Lambert aus dem Wohnhaus heraus. Mit leeren Händen, schimmernden Zähnen und äußerst selbstzufriedener Miene überquerte sie die Domain Road und ging auf das Centre for Modern Art zu.

Es war, beschloß ich, an der Zeit, über Ms Lambert auszupacken. Die Cops damit zu befassen, solange sie die hundert Riesen noch in ihrer Wohnung versteckt hatte. Detective Constable Chris Micaelis würde von mir hören, und das sehr bald. Sobald ich ein paar Anrufe erledigt hatte.

Kaum war Fiona Lambert im CMA verschwunden, eilte ich zum Charade und fuhr zum Büro zurück. Es war kurz vor halb fünf, und die erste Welle des aus der Stadt strömenden Berufsverkehrs hatte gerade eingesetzt. Wer halbwegs bei Verstand war, hatte schon ausgestempelt und war unterwegs zum Strand.

Mich beschäftigte etwas, was ich in Fiona Lamberts Wohnung gehört hatte. Die Welt der Hochfinanz war *terra incognita.* Es wurde Zeit, daß ich mir einen Reiseführer besorgte. Ich bog in die St Kilda Road ein, hielt gleich darauf vor dem Travelodge und durchwühlte meine Taschen nach Münzen.

Ich fand nur Scheine. Das hieß, ich mußte in die Bar gehen und mir etwas zu trinken bestellen, ehe ich das Münztelefon benutzen konnte. Einen Jamiesons und ein Bier zum Nachspülen. Ich mußte sowohl hellwach als auch entspannt sein. Ich steckte die Münzen in einen Apparat in der Eingangshalle und rief beim *Business Daily* an. »Du bist Wirtschaftsjournalistin«, sagte ich zu Faye Curnow.

»Wenn das ein Tip sein soll«, sagte sie, »bist du ein bißchen spät dran.«

»Ich habe tatsächlich einen Tip. Einen Knüller. Aber erzähl mir zuerst was von Obelisk Trust. Das ist doch so ähnlich wie eine Bank oder eine Bausparkasse, oder? Mit Staatsbürgschaft.«

»Glaub das bloß nicht. Hohe Rendite, hohes Risiko.«

»Und wenn ich dir nun sage, daß Lloyd Eastlake ohne Zustimmung seines Verwaltungsrats große Summen Obelisk-Gelder in Karlcraft gesteckt hat?«

»Dann würde ich sagen, daß es ihm womöglich sehr bald leid tut. Es schwirren reichlich Gerüchte herum, daß die Banken Karlins Kredite nicht mehr verlängern wollen. Wenn das passiert, bleibt ihm nichts anderes übrig, als Konkurs anzumelden.«

»Und wie würde er das machen?«

Es war nicht weiter kompliziert. »Man reicht bestimmte Unterlagen beim Federal Court ein. Dann wird umgehend ein vom Gericht ernannter Konkursverwalter tätig, macht alles dicht und fängt an, sämtliche Vermögenswerte zu liquidieren. Die Gläubiger heulen wie gestochene Schweine. Und dann sitzen sie für die nächsten zehn Jahre herum, ohne ihr Geld wiederzusehen.«

»Was würdest du also sagen, wenn ich dir erzähle, daß Mr. Karlins Anwälte, während wir uns hier unterhalten, mit Konkursunterlagen in der Hand zum Gericht unterwegs sind? Und daß ich meine Ersparnisse bei Obelisk Trust angelegt habe?«

»Ich würde sagen, daß du dich wahrscheinlich vom größten Teil deines Geldes verabschieden kannst, wenn du es nicht bis Geschäftsschluß heute abend aus Obelisk herauskriegst. Und ich würde dich fragen, wie verläßlich deine Information über Karlin ist.«

»Ich hab's aus erster Hand.«

»Dann machen wir jetzt besser Schluß. Ich habe einen Artikel zu schreiben, und du hast eine schnelle Abhebung vorzunehmen. Danke für den Tip.«

Mein nächster Anruf brachte mir keinen großen Dank ein. Ich kriegte vielmehr eine kalte Dusche. »Murray Whelan hier«, sagte ich. »Ich rufe aus Angelo Agnellis Büro an.«

»Was ist denn nun schon wieder?« blaffte Duncan Keogh.

Es würde nicht einfach werden. Bei meinem letzten Telefonat mit dem Vorsitzenden des Finanzausschusses hatte ich einfach aufgelegt. »Es geht um diese Einlage bei Obelisk Trust.«

»Ich hab dir doch gesagt, daß ich das erledigt habe.«

»Ja, hast du. Nur hat man sich die Sache in der Strategieabteilung noch mal überlegt. Angelo möchte, daß die Gelder umgehend abgezogen und wie vorher angelegt werden.« Eastlake war nicht der einzige, der seine Befugnisse überschreiten konnte. »Wie du heute morgen gesagt hast, Duncan. Nicht nötig, ins Flattern zu geraten.«

In der Eingangshalle eines preisgünstigen Hotels an einem Münztelefon zu stehen und sich einen Finger ins Ohr zu halten, um das Gedudel nicht zu hören, mit dem eine Gruppe taiwanesischer Zahnarztfrauen verabschiedet wurde, war nicht die ideale Voraussetzung für ein solches Gespräch.

»Du kannst Agnelli von mir ausrichten«, sagte Keogh, »daß ich immer noch der Vorsitzende des Finanzausschusses und nicht irgendein kleiner Bankangestellter bin, und wenn er etwas von mir will, dann soll er gefälligst so höflich sein, mich selbst anzurufen, und nicht seinen Laufburschen damit beauftragen.«

Na großartig. Keogh hatte endlich beschlossen, sich ein Rückgrat zuzulegen. »Hör zu, Duncan …« Aber Duncan hörte nicht zu. Diesmal hatte *er* einfach aufgelegt.

So hatte das keinen Sinn. Ich ging zurück in die Bar und bestellte mir noch ein Bier. Da mir die Möglichkeit, Keogh zu bluffen, nun nicht mehr offenstand, blieb, um die Parteigelder aus Obelisk herauszukriegen, ehe die Bombe platzte, nur noch, Agnelli anzurufen und ihn selbst mit Keogh sprechen zu lassen. Das würde einiges an Erklärungen erfordern. Wenn ich die Wahl gehabt hätte, wäre ich offen gestanden lieber wieder umgehend in Fiona Lamberts Küche zurückgegangen, hätte die Hand in ihren Moulinex-Mixer gesteckt und den Schalter angeknipst.

Ich zermarterte mir das Hirn nach einer plausiblen Lüge. Es war zwecklos. Mir blieb nur die Wahrheit oder ein passables Faksimile davon. Aber zuerst mußte ich zu dem ministeriellen Luftkissenboot durchkommen, das die fernen Wasser des Lake Eildon befuhr. Ich stopfte das Telefon mit Münzen voll und wählte die Nummer von Agnellis Handy. »Der gewünschte Teilnehmer meldet sich nicht«, sagte ein weiblicher Roboter. »Bitte versuchen Sie es in Kürze noch einmal.«

In Kürze? Was glaubte sie eigentlich, wieviel Zeit ich hatte? Es war genau fünf Uhr. Wenn Obelisk sich nach den üblichen Geschäftszeiten richtete, hatte man dort soeben seine Pforten geschlossen. Ich legte auf. Das Telefon behielt mein Kleingeld.

Ich rief beim Kulturministerium an und bat Trish um genaue Auskünfte über den Aufenthaltsort und die Erreichbarkeit meines Brötchengebers.

»Irgendwo unterwegs«, sagte sie unbestimmt. »Und erst spät heute nacht wieder in der Stadt zurück. Wieso, gibt's irgendein Problem?« Trishs Diskretion funktionierte wie ein Einwegventil. Es kam nichts heraus, aber für Input war sie immer offen.

»Nein, keins«, sagte ich. »Irgendwelche Anrufe?«

Mein Bekannter vom Handelsregister hatte sich gemeldet. Austral Fine Art, Pty Ltd, war ein Standardladen mit einem Geschäftskapital von zwei Dollar, im Vorjahr eingetragen. Einziger Anteilseigner war ein gewisser Lloyd Henry Eastlake, Mathoura Road, Toorak.

Das gab mir einen Moment zu denken. Wenn Austral Fiona Lamberts Firma war, wieso gehörte sie dann Eastlake? Was für ein Trottel! Er gab sogar seinen Namen für den Firmenmantel her, mit dem seine Freundin ihn über den Tisch zog.

In diesem Augenblick allerdings war die Struktur von Austral Fine Art die geringste meiner Sorgen. Wenn ich nicht schleunigst etwas unternahm, würden unsere Wahlkampfgelder in ein finanzielles Niemandsland verschwinden. Was wiederum bedeutete, daß Angelo Agnelli, anstatt auf Schultern durch die nächste Wahlsiegesparty getragen zu werden, von Glück reden konnte, wenn man ihm erlaubte, sich davonzuschleichen und mit einem stumpfen Lotterielos Harakiri zu begehen.

Meine Verabredung mit Eastlake war um sechs. Aber wenn ich ihn vorher erreichte, konnte er es vielleicht ermöglichen, Keoghs Einlage rückgängig zu machen. In einer deregulierten Welt des rund um die Uhr fließenden elektronischen Geldverkehrs konnte Eastlake bestimmt eine außerhalb der Geschäftszeit erfolgende Transaktion genehmigen. Vielleicht blieb noch Raum für ein wenig ausgefallene finanzielle Beinarbeit. Ich brauchte ihm nicht die

Wahrheit zu sagen. Ich konnte behaupten, ich hätte von einem Journalisten des *Business Daily* einen Tip gekriegt.

Eastlakes Direktanschluß war besetzt. Sein Handy ebenso. Ich schlug die Nummer von Obelisk nach und rief dort an. Ja, sagte seine Sekretärin, Mr. Eastlake sei da, könne meinen Anruf aber nicht entgegennehmen. Er sei in einer Besprechung und dürfe auf keinen Fall gestört werden.

Die Sache mit der Besprechung war ein hübsches Detail, vorgebracht mit der gekünstelten Überzeugungskraft des Pressesprechers eines Atomkraftwerks während einer Kernschmelze. Entweder versuchte Eastlake immer noch verzweifelt, den schwer zu fassenden Max Karlin zu erwischen, oder der Groschen war schließlich doch gefallen, und er hing am Telefon und versuchte, sich aus dem finanziellen Ruin herauszupalavern.

Mein Name hatte dem Gedächtnis der Sekretärin nachgeholfen. »Mr. Eastlake hat mich gerade gebeten, mich mit Ihnen in Verbindung zu setzen, Mr. Whelan. Es geht um den Termin um sechs. Ob Sie sich wohl am Eingang des Karlcraft Centre in der Little Collins Street mit ihm treffen könnten? Er hat gesagt, er möchte Ihnen einige der dort aufgestellten Kunstwerke zeigen.«

Eine Baustelle war zwar ein merkwürdiger Ort für einen geschäftlichen Termin, aber ich erhob keine Einwände. Vielleicht hoffte Eastlake, dort auch Max Karlin anzutreffen. Er würde sich mit mir begnügen müssen. Es war gerade Viertel nach fünf geworden. Zeit genug, ins Kulturministerium zurückzufahren, den Wagen abzustellen, und die drei Straßen bis in die Innenstadt zu Fuß zu gehen. Der Anruf bei den Cops konnte warten. Berühmte letzte Worte.

32

Dreißig Stockwerke aus Beton und Stahlträgern ragten in den Himmel. Die Little Collins Street entlang verlief ein Bauzaun, der mit Veranstaltungsplakaten und aufgesprühten Graffiti bedeckt war. Iggy Pop. Leder ist Mord. Auf dem Bürgersteig gegenüber entquoll der Royal Arcade ein endloser Strom von Angestellten und Einkaufenden auf dem Nachhauseweg, und sie hatten allenfalls einen flüchtigen Blick für den großen Mercedes, der dicht am Bauzaun geparkt stand. Nur Baufahrzeuge, stand auf dem Schild, 6 bis 18 Uhr.

Diese Zeiten waren pure Schikane, ein Vorwand für die Stadt, Knöllchen zu verteilen. Die Arbeitszeit in der Bauindustrie dauert von 7 bis 16.30 Uhr, und auf Baufahrzeuge deutete nur noch der mehlige Schlamm im Rinnstein hin, Bodensatz des Wassers, mit dem man längst abgefahrene Betontransporter abgespritzt hatte. Unter dem Scheibenwischer des Mercedes steckte ein rosa Zettel.

Spider Webb war nirgendwo zu sehen. Ich fragte mich, wo genau er sich wohl aufhielt. Falls er hier irgendwo herumschlich, bezweifelte ich, daß er in Gegenwart von Eastlake irgend etwas Raffiniertes probieren würde.

Nicht daß von Eastlakes Gegenwart irgend etwas zu sehen gewesen wäre. Die Baustelle lag verlassen da. Durch ein Maschendrahttor im Zaun konnte ich lediglich ein Labyrinth aus Gerüstteilen, Sandhaufen, Hohlblockstapeln und die silbernen Leitungsschlangen der Klimaanlagen sehen. Ich rüttelte an dem Vorhängeschloß und spähte hinein, nahm jedoch nur Schatten und Stille wahr.

Von einer Seitengasse ging ein kleineres Tor ab. An seinem Riegel hing ein offenes Vorhängeschloß. Das Tor führte direkt auf einen Durchgang, einen zwei Meter breiten Tunnel aus weißgestrichenem Sperrholz, der ins Innere der Baustelle führte. Von den unabsichtlichen Stößen beladener Schubkarren und den Ellbogen der Klempnergesellen waren seine Wände mit kleinen Kratern und Schmarren übersät. Durchgang nur mit Helm, stand auf einem Schild. Zutritt für Unbefugte verboten.

Ich hatte keine Befugnis, zumindest keine von der Bauarbeitergewerkschaft, aber ich trat trotzdem ein. Ich ging den unbeleuchteten Gang entlang, atmete Gipsstaub und den Geruch von Kunstharzklebern, hörte nichts als meine eigenen Schritte und hoffte, daß ich in die richtige Richtung ging. Nach vierzig Metern machte der Tunnel einen scharfen Knick, stieg leicht an und mündete auf einen breiten Balkon aus nacktem Beton.

Vor mir erstreckte sich ein gewaltiges Atrium, so riesig wie das Innere einer Kathedrale. Gedämpftes Sonnenlicht sickerte durch eine Glasdecke hoch droben. Eine Reihe von Galerien säumte die Seitenwände, die über mir noch drei Stockwerke hoch emporstiegen. Vom Boden aus, der zwei Stockwerke unter mir lag, sproß ein Gerüstwald nach oben, der sich an die Ränder der vorspringenden Balkone anklammerte und um die Säulenreihe wand, die sich durch die Mitte der großen Halle zog. Das Ganze hatte die Farbe von Asche.

Lloyd Eastlake saß auf einer Palette von Fliesen am Rand des Balkons und starrte ins Leere. Eine Hand lag auf dem Metallrohr eines provisorischen Geländers. Die andere stützte in der Manier von Rodins *Denker* das Kinn. Ob er diese niedergeschlagene Haltung absichtlich eingenommen hatte, konnte ich nicht sagen. Aber sie sprach Bände. Hier saß einer, der schon Bescheid wußte.

Als ich näher kam, drehte er sich um, stand langsam auf und kam mir entgegen. Sein Arm holte zu einer opernhaften Geste aus. »Willkommen in der Karlcraft Galleria«, verkündete er, die Stimme vor Ironie triefend, seine Worte sogleich von der gewaltigen Leere des Raums verschluckt. »Kommen Sie. Bewundern Sie sie.«

Wir standen nebeneinander am Geländer und betrachteten die Aussicht, die sich uns bot, als handelte es sich um ein Naturwunder, eine phantastische unterirdische Grotte. »Über vierzigtausend Quadratmeter Ladenfläche. Fast hundert Modeboutiquen und Einzelhandelsgeschäfte. Fünf Bars, drei Restaurants, ein Kino.« Eastlake sprach, als böte er mir die Herrschaft über alle Städte der Welt an. »Über uns achtundzwanzig Stockwerke erstklassiger Büroraum. Unter uns Stellplätze für tausend Autos.«

Ich blieb stumm, denn ich wußte nicht, was ich antworten sollte. Eastlake forderte mich auf, das Scheitern seines Traums mit ihm zu teilen. Ich konnte ihm schlecht sagen, daß Stellplätze für tausend Autos nie zu meinen Visionen gehört hatten.

»Schon als Loch im Boden war es eindrucksvoll«, fuhr er, nun wehmütig, fort. »Manchmal bin ich hergekommen und habe stundenlang einfach nur zugesehen. Zugesehen, wie es Gestalt annahm. Und mir vorgestellt, wie es fertig aussehen würde.«

Das würde schätzungsweise noch ungefähr drei Monate

dauern. Der Rohbau stand. Die Aufzüge, noch mit schützender Pappe abgedeckt, waren fahrbereit. Überall lagen Stapel von Gipsplatten, Fliesen- und Marmorpaletten, Glas und Kabelrollen, die eine Atmosphäre erzeugten, als wäre der Ort hastig geräumt worden.

Völlig verlassen war er allerdings nicht. Auf der anderen Seite der Betonschlucht, auf der Ebene unter uns, huschte etwas durch den Rand meines Gesichtsfeldes. Ich beugte mich vor und versuchte mit zusammengekniffenen Augen die Schatten zu durchdringen. Ich sah einzig den Eingang einer künftigen Boutique, ein schräg gestelltes Stück Fensterglas. Nichts regte sich. Vielleicht ein Lichteffekt.

Eastlake trug dieselbe Mickymaus-Kawatte wie bei unserer ersten Begegnung. Er hatte den Knoten gelockert und den obersten Hemdenknopf geöffnet. Aus der Nähe wirkte sein Blick verwirrt, leicht verstört. Seine Haut hatte die Farbe von Kitt. Seine Stirn schimmerte von einer ganz dünnen Schweißschicht. Es war das Äußerste an Mitgenommenheit, was ich mir bei ihm vorstellen konnte.

»Ich habe das mit Karlin gehört«, sagte ich. Mittlerweile dürfte es wohl kaum mehr ein Geheimnis sein.

»Das Schwein«, sagte Eastlake, ton- und ausdruckslos, fast ohne Bitterkeit. »›Nichts für ungut.‹ Das hat er zu mir gesagt. ›Nichts für ungut. Das ist bloß ein Geschäft.‹ Ist das zu fassen?«

Karlin hatte recht. Man mußte sich auf das Wesentliche konzentrieren. Ich war nicht hier, um Eastlake zu trösten. Ich hatte selbst Probleme. »Was bedeutet das für Obelisk?« fragte ich. »Für die Gelder, die Agnelli letzten Freitag investiert hat?«

Eastlake hatte mich offenbar nicht gehört. Er beugte sich über das Geländer, blickte geradewegs nach unten. »Sehen Sie das?« sagte er.

Direkt unter uns, zwei Stockwerke tiefer, war ein Stück Bodenmosaik. Die frisch gelegten Fliesen schimmerten im Halbdunkel. Das Muster zeigte ein Füllhorn, aus dem die Früchte des Überflusses quollen. »Kunst am Bau«, sagte er. »Als Hauptinvestor konnte ich darauf bestehen, daß Wandgemälde und Skulpturen...«

Seine Stimme verklang. Er drehte sich um und nahm eine Terrakottafliese von der Palette hinter ihm. Er warf sie wie beiläufig über das Geländer. Fünfundzwanzig Meter tiefer traf sie das Füllhorn und zerschellte wie eine Granate. »Angelo will also sein Geld zurück, ja? Tja, Sie können ihm sagen, daß er da nicht der einzige ist. Ich will auch mein Geld zurück. Und ich habe sehr viel mehr verloren als er.«

Eastlake warf noch eine Fliese, dann noch eine, schleuderte sie hinaus ins Leere. Vier, fünf, sechs warf er in rascher Folge, vor wütender Anstrengung ächzend. Sie prallten von Gerüsten ab, trafen Säulen, sausten abwärts. Das helle Scheppern von hohlem Metall und das Klirren berstenden Glases erfüllten die Luft. Auf der anderen Seite der dröhnenden Leere, weit außer Reichweite, schien der Schatten an einer Stelle heller. Eine Form wie von einem Menschen, der reglos dastand und uns zusah.

So jäh, wie sie aufgeflammt war, verebbte Eastlakes kathartische Wut wieder. Er zog ein Taschentuch aus der Tasche und wischte sich gelassen die Hände. »Obelisk ist am Ende. Als Karlcrafts wichtigster unabgesicherter Gläubiger kann ich von Glück sagen, wenn ich zehn Cents auf den Dollar bekomme.« Trotz seiner Fassade von Gefaßtheit war er angespannter als eine Sprungfeder. »Die Kunden von Obelisk sind ihr Geld wohl leider los. Und das alles, weil Max Karlin vor den Banken den Schwanz eingezogen hat.« Er schüttelte ungläubig den Kopf. »Wenn ich mir vorstelle, daß ich mir noch gestern Gedanken darum gemacht habe, wie der Wert seiner Kunstsammlung zu erhalten ist.«

Wir waren beim Anlaß unseres Zusammentreffens angelangt. »Giles Aubrey ist an einem Sturz gestorben«, sagte ich. »Jedenfalls will man uns das weismachen. Ich persönlich habe da meine Zweifel.«

Eastlake lächelte dünn und wischte sich weiter die Hände. »Und deswegen haben Sie darauf bestanden, daß wir uns treffen? Unter vier Augen, wie Sie es ausgedrückt haben. Damit Sie mir Ihre Zweifel mitteilen können?« Er steckte sein Taschentuch ein, schloß den obersten Knopf seines Hemdes, reckte den Hals und zog seinen Krawattenknoten zurecht. Die obskuren Schlußfolgerungen eines Verrückten waren das letzte, was Lloyd Eastlake zu einem solchen Zeitpunkt gebrauchen konnte. Unser Treffen, ein Boxenstopp auf der Rennstrecke des Lebens, war zu Ende. Er wandte sich zum Gehen.

Ich verstand ihn sogar. Es war Zeit, etwas mehr ins Detail zu gehen. »Ich werde meine Vermutungen der Polizei mitteilen. Und leider sind Sie auch in die Sache verwickelt.«

Er blieb wie angewurzelt stehen. »Ich? Wie das?«

»Weil Sie Besitzer einer Firma namens Austral Fine Art sind. Und wegen der politischen Implikationen, die sich aus deren Geschäften ergeben.«

»Was hat Austral mit Giles Aubrey zu tun? Und was für politische Implikationen?«

Es war eine lange Geschichte, und irgendwo mußte ich schließlich anfangen. »Heute nachmittag«, sagte ich, »bin ich rein zufällig dahintergekommen, daß eines der Gemälde in der Kunstsammlung des Pensionsfonds des Gewerkschaftsverbandes eine Fälschung ist. Ein Gemälde, das von Austral Fine Art geliefert wurde. Es ist durchaus wahrscheinlich, daß auch noch andere von Austral verkaufte Werke Fälschungen sind. Außerdem habe ich den Verdacht, daß die Person, die den Schwindel organisiert hat, auch für den Tod von Marcus Taylor und Giles Aubrey verantwortlich ist. Wir wissen beide, von wem ich rede.« Ich lehnte mich rückwärts an das Geländer und ließ meine Worte wirken. »Nicht wahr?«

Eastlake starrte mich aufrichtig verblüfft an. Er legte den Kopf schräg und erforschte meinen Blick, als versuchte er, meine Motive zu erkennen. Er kam offenbar zu dem Schluß, daß ich vollkommen verrückt war.

Es war eine vollkommen verständliche Reaktion. Nicht nur hatte er gerade den finanziellen Niedergang erlebt. Nun erfuhr er auch noch, daß die Frau, die er liebte, ihn ausgenutzt hatte und außerdem unter Mordverdacht stand.

»Das sind ja bemerkenswerte Behauptungen«, sagte er endlich. »Können Sie sie auch beweisen?«

Ich gab mir alle Mühe, einen besonnenen Eindruck zu machen. »Zugegeben, im Augenblick handelt es sich noch weitgehend um Indizienbeweise. Aber sobald eine richtige Untersuchung stattfindet, wird zwangsläufig alles ans Licht kommen. Wenn ich der Meinung wäre, ich könnte der Polizei meine Vermutungen verschweigen, würde ich es tun. Aber Sie werden sicher verstehen, daß ich nicht mithelfen kann, derartige Machenschaften zu vertuschen.«

»Warum erzählen Sie mir das alles?« Eastlake war aufrichtig verwirrt.

»Stellen Sie sich doch nicht dumm.« Mußte ich es ihm wirklich haarklein auseinandersetzen? »Denken Sie an die politischen Implikationen Ihres kleinen Fehltritts. Sie haben sich für die Labor Party als Gewährsmann in Sachen Kunst etabliert. Sie werden umgehend vom Beratungsgremium Bildende Kunst, vom Vorsitz des CMA und von den diversen anderen Ämtern zurücktreten müssen, die Sie innehaben.«

Eastlake war völlig fassungslos. »Habe ich das richtig verstanden?« fragte er. »Sie sagen mir, Sie haben Ihre Vermutungen so lange zurückgehalten, bis Sie die Möglichkeit hatten, mich zum Rücktritt von meinen offiziellen Ämtern aufzufordern?«

Das traf es nicht ganz, aber ich nickte trotzdem. »Ich weiß, das Kind ist eigentlich schon in den Brunnen gefallen«, sagte ich. »Aber Sie werden mir sicher darin beipflichten, daß Ihre Position unhaltbar ist, sobald alles herauskommt. Je eher Sie handeln, desto besser.«

Eastlake schien diesen Vorschlag ernsthaft zu erwägen. Er senkte den Kopf und fuhr sich mit der Hand langsam durchs Haar. Wir standen etwa drei Schritte auseinander, und ich konnte die kahle Stelle auf seinem Schädel sehen.

Plötzlich kam sie auf mich zu. Eastlakes Schulter rammte mit voller Kraft meinen Oberkörper. Sein Bein hakte sich hinter meine Fersen, so daß es mir die Beine wegriß. Ich verlor den Stand, kippte nach hinten und spürte, wie ich mich über das Geländer neigte. Mein einer Arm schwang heftig aus und kämpfte wild fuchtelnd um Balance. Der andere fuhr verzweifelt auf meinen Angreifer zu, und meine Finger krallten durch die Luft.

»Uumph«, sagte ich, von Schwindelgefühl überwältigt. Dann fiel ich rückwärts über das Geländer und stürzte schwerelos ins Leere.

33

Meine rechte Hand schloß sich um etwas Weiches und Glattes. Mein Schultergelenk verdrehte sich heftig und riß mich in die Senkrechte. Ich fiel nicht mehr. Ich baumelte in der Luft.

»Urrgh«, sagte eine Stimme über mir. Was ich in der Hand hielt, war Lloyd Eastlakes Mickymaus-Krawatte. Irgendwie hatte ich sie zu fassen bekommen, als ich übers Geländer gekippt war. Ich hing mit einem Arm daran und schwang wie ein Pendel hin und her. Meine Füße strampelten durch die Luft. Mein freier Arm schoß nach oben. »Urggh«, sagte die Stimme erneut.

Lloyd Eastlakes Gesicht starrte zu mir herab. Seine Lippen waren lila. Seine Augen quollen hervor. Seine Luftröhre war gegen die Querstange des Geländers gequetscht. Mein Gewicht zerrte ihn nach unten, erdrosselte ihn. Die Finger meiner linken Hand fanden die Krawatte und packten sie. Ich hielt mich mit beiden Händen daran fest und spürte, wie sich die seidene Schlinge immer fester um Eastlakes Hals zusammenzog.

Seine Arme flogen über das Geländer. Er packte seinen nagetierbefallenen Kulturstrick und zog ihn in dem verzweifelten Versuch, den Druck zu vermindern, nach oben. Der dünne Stoff begann meinem Griff zu entgleiten. Meine Ellbogen scheuerten über die rauhe Betonkante des Balkons. Meine Füße schlenkerten hilflos zwei Stockwerke über dem harten Boden.

Während Eastlake nach oben zog, stießen die Knöchel meiner fest geballten rechten Faust gegen die untere Querstange des Geländers. Ich ließ die Krawatte los und langte danach. Meine Finger schlossen sich um glattes Metall. Es hielt mein Gewicht. Mit der linken Hand erneuerte ich sofort meinen Griff um die Krawatte. Aber das Rohr war zu dick, als daß meine Finger es ganz umschließen konnten. Es entglitt ihnen bereits wieder.

Das alles spielte sich sehr schnell ab. Ich vermied es, nach unten zu schauen. Ich schaute nach oben, über die Mickymäuse hinweg. Über mir ragte Eastlake, dessen Hals nicht mehr an der oberen Querstange anlag. Mit einer Hand zerrte er am Vorderteil seiner Krawatte, die andere krallte am Knoten. Speichel tropfte ihm von den Lippen. Seine Augen waren völlig abgedreht. Er hatte versucht, mich umzubringen, und nun würden wir beide sterben.

Nicht, wenn ich es verhindern konnte. Ich ließ mit der linken Hand die Krawatte los und packte die untere Querstange. Eastlake sauste nach hinten, außer Sicht. Nun hatte ich beide Hände am Geländer und begann mich hochzuziehen. Ein Klimmzug. Noch nie meine stärkste Übung. Meine Oberarmmuskeln zitterten. Sie fühlten sich wie Gelatine an. Meine Wange schrammte über die Betonkante.

Dann meine Brust. Mein Sternum. Es war wie der Versuch, ohne den Widerstand des Wassers, von dem man sich abstoßen konnte, aus einem Swimming-pool herauszuklettern. Ich twistete und swingte in der Luft, strengte mich an, ein Bein über die Balkonkante zu bekommen.

Nun konnte ich auch Eastlake sehen. Er war zusammengeklappt und lag auf dem Rücken. Seine Hände rissen an der Garotte um seinen Hals. Er japste nach Luft und wischte sich mit dem Handrücken den Speichel von den Lippen. Dann legte er die Handflächen auf den Boden und stemmte sich hoch. Sein Mund war ein verschmierter Fleck, der die reine Mordlust verriet. Ein rascher Tritt, und mit mir war Feierabend.

»Warten Sie«, keuchte ich. Wenn ich ein paar Sekunden herausschinden konnte, brachte ich vielleicht den Arm über die Stange. »Fiona Lambert ist es nicht wert, daß Sie mich umbringen. Sie benutzt Sie bloß. Sie hat einen Anteil an dem Szabo-Geschäft kassiert. Karlin war heute nachmittag bei ihr in der Wohnung, kurz vor Ihnen. Er hat sie bezahlt. Sie hat gewußt, daß er das Land verlassen will, und Ihnen nichts davon gesagt.«

Eastlake stand wieder und klopfte sich den Staub von der Hose. Er machte zwei Schritte auf mich zu und hob den Fuß.

»Sie wollten doch Beweise«, ächzte ich, und mein Knie fand endlich die Balkonkante. »Sehen Sie in Fionas Wohnung nach. Dort werden Sie eine Karlcraft-Schuhschachtel voller Geld finden.«

»Blödsinn.« Eastlakes Stimme war ein Schnarren. Sein Absatz landete hart auf dem Knöchel meiner rechten Hand.

»Arrgghh«, schrie ich und spürte, wie meine Finger sich lockerten. Während ich mich abmühte, meinen Schwerpunkt auf mein Knie zu verlagern, hörte ich das Geräusch rennender Füße. Es kam von unten und hinten. »Die Cops«, zischte ich mit zusammengebissenen Zähnen, den Arm von Schmerzen durchzuckt. »Ich hab ihnen gesagt, daß ich hierherkomme.«

Es hatte keinen Sinn, ihn bluffen zu wollen. Eastlake war mit Vernunft nicht mehr beizukommen. Sein Gesicht war eine ausdruckslose Maske. Seine Augen waren leer. Das Geräusch rennender Füße wurde zum schrillen Gezwitscher. Fledermäuse, dachte ich. Die quietschenden Räder eines Einkaufswagens. Ein Engelschor, der gekommen war, mich in die Lüfte zu tragen. Die Glocken der Hölle.

Mir ging auf, daß ich fürchterlich danebengelegen hatte. Eastlake tat das nicht, um Fiona Lambert zu schützen. Er hatte seine eigenen Gründe dafür, mich umbringen zu wollen. Austral war ebensosehr sein Schwindelunternehmen wie das von Lambert. Vielleicht sogar in noch stärkerem Maße. Er war es, der Taylor und Aubrey umgebracht hatte. Und ich stand als nächster auf seiner Liste. Deshalb hatte er sich hier mit mir treffen wollen. Du blöder Idiot, dachte ich. Du hast es dir selbst zuzuschreiben. Wenn du umgebracht wirst, hast du es verdient.

Wieder sauste Eastlakes Absatz herab. Eins. Zwei. Auf beide Hände. Ich würde sterben. Alles, was mir noch blieb, war eine rachsüchtige Lüge. »Ihre liebe Fiona vögelt mit Karlin, damit Sie's wissen.«

»Lügner!« Er drückte mir die Schuhsohle gegen die Brust. Seine Hände schlossen sich um das Geländer. Mit einem langgezogenen, gepreßten Ächzen stieß er mich nach hinten. Das Rohr entglitt meinem schwächer werdenden Griff.

Erneut fiel ich in den Abgrund.

Mein ganzes Leben huschte an meinem inneren Auge vorbei. Es stimmt tatsächlich. Genau das passiert. Eine große weiche Titte füllte mir den Mund. Meine Mutter stach mich beim Windeln mit einer Sicherheitsnadel. Mein erster Schultag. Schwester Mary Innocent hob das beinahe einen Meter lange Tafellineal und ließ es mit einem gewaltigen Klatschen auf die Rückseite meiner nackten Beine herabsausen. Meine Knie knickten ein und gaben unter mir nach. Ich sackte zu Boden.

Ich lag auf einer kleinen Plattform aus losen Planken. Sie bildete den oberen Abschluß eines mobilen Gerüsts, wie es Maler benutzen, um an hohe Decken heranzukommen. Jemand hatte es unter mich geschoben, während ich mich oben ans Geländer anklammerte. Das Quietschen war das Rollgeräusch der Räder gewesen. Ich war insgesamt vielleicht vier Meter tief gefallen. Von oben kam das Geräusch rennender Füße. Der Gerüstturm begann zu vibrieren und zu schwanken. Entweder hatten wir ein Erdbeben, oder es kam jemand rasch die an der Seite befestigte Leiter heraufgeklettert.

Adrenalin strömte durch meine Adern. Mein Kampf- oder Fluchtreflex schaltete auf Overdrive. Ich konnte nirgendwohin fliehen. Ich kauerte mich zusammen und hielt mich an der nächstbesten Querstange des Gerüsts fest. Der Schmerz, der meine Finger durchzuckte, ließ mich zusammenfahren, und ich machte mich aktionsbereit.

Eine Hand schloß sich um die oberste Leitersprosse.

Dann eine zweite. Ich sah einen protzigen Goldring am kleinen Finger. Spider Webb kam, um mir den Rest zu geben.

Webbs Kopf tauchte auf, die Sonnenbrille auf das glatte Haar geschoben. Geduckt wie ein Kosakentänzer, trat ich nach seinem Kopf.

Ich traf nicht. Spider hob den Unterarm und lenkte den Tritt mühelos ab. »Blödmann«, fauchte er. »Ich hab dir doch gesagt, du sollst dich raushalten.« Er legte den Kopf schräg und bedeutete mir, still zu sein. Rasch leiser werdende Schritte hallten von Sperrholzwänden wider. Eastlake machte sich über die Rampe davon. Spiders Kopf verschwand. Er kletterte die Leiter wieder hinunter. Es war alles sehr hektisch und klar wie Kaffeesatz.

»Warte«, stieß ich hervor. Vielleicht konnte mir mal jemand verraten, was hier eigentlich ablief. Auf Händen und Knien vorwärts kriechend, spähte ich über den Rand des Turms. Spider rutschte auf den Boden hinunter. Zwischen Tonnen mit schon angemischtem Mörtel hindurch sprintete er auf eine Treppe zu, die zur oberen Ebene führte.

Was immer hier vor sich ging, ich hatte keine Lust, allein gelassen zu werden. Nicht, solange Eastlake noch hier herumwütete. Nicht so weit von *terra firma.* Ich schwang mich auf die Leiter und kletterte behutsam nach unten.

Der Boden war schön. Er gefiel mir ungemein. Ich ließ seine beruhigende Gegenwart durch meine Schuhsohlen nach oben dringen. Ich zitterte wie Espenlaub. Die Erinnerung an Schwester Mary Innocent hatte jedesmal diese Wirkung auf mich. Am Fuß der Treppe stand ein Container mit Holzverschnitt. Im Vorbeigehen griff ich mir ein knüppellanges Stück Latte. Es war nur leichtes Kiefernholz, doch aus einem Ende standen ein paar ungeheuer beruhigende Nägel heraus. Mit mir würde sich niemand anlegen.

Niemand versuchte es. Der obere Balkon war verlassen, die ganze Baustelle still wie ein Grab. Mit langen Schritten lief ich den Durchgang entlang in Richtung Ausgang. Auf alles gefaßt, nahm ich den Knick in großem Bogen. Nichts bringt die guten alten Drüsen so sehr in Schwung, wie wenn man zum Ziel eines Mordversuchs wird.

Spider stand auf der Little Collins Street. Fußgänger hetzten an ihm vorbei. Er war schnell gerannt und holte zusammengekrümmt Atem. Das Heck von Eastlakes Mercedes düste gerade bei Grün über die nächste Querstraße, vorbei an dem aufblitzenden Abbiegeverbot. »Scheiße«, sagte Spider, richtete sich auf und ließ sich das Visier wieder über die Augen gleiten.

Ich hatte keine Ahnung, wie dieser Knülch mit den Henkelohren eigentlich ins Bild paßte. Ich schmeichelte mir nicht mehr, das Bild auch nur halbwegs zu verstehen. Eines aber wußte ich mit Sicherheit: Spider hatte mir gerade das Leben gerettet. Und dafür gibt es bei mir eine Menge Punkte. Ich hätte ihn beinahe geküßt.

»Komplett durchgedreht«, sagte ich. »Dein Chef ist komplett durchgedreht.« Zwei Frauen erspähten im Näherkommen die Latte in meiner Hand und wechselten die Straßenseite. Eine Waffe war mittlerweile wohl überflüssig. Ich warf sie in den Durchgang zurück.

»Jetzt jedenfalls«, sagte Spider, als wäre einzig und allein ich an Eastlakes Verhalten schuld. »Und nur der Himmel weiß, wo er hinfährt.«

Der Himmel und meine Wenigkeit. »Zu Fiona Lambert«, sagte ich. »Jede Wette.«

»Wieso ausgerechnet dahin?« Spider fand die Idee keineswegs naheliegend. »Was hast du zu ihm gesagt?«

»Daß seine Freundin ihn betrügt.« Daß ich Eastlake das gesagt hatte, drückte mir allmählich schwer aufs Gewissen. Genau wie das andere. Das über sie und Karlin. Ich hatte schnell schalten müssen. Die Lüge hatte mir keinen Aufschub verschafft. Aber nach Eastlakes Gesichtsausdruck zu urteilen, mit dem er mir auf den Knöcheln herumgestampft war, hatte sie ins Schwarze getroffen.

»Scheiße«, sagte Spider erneut. »Kein Wunder, daß er ausgeflippt ist.« Er reckte den Hals, und sein Kopf drehte sich wie eine Parabolantenne.

»Was geht hier eigentlich vor, Herrgott noch mal«, fragte ich. »Sag schon.« Ich klang allmählich wie Claire.

»Später.« Spider setzte sich die Straße entlang in Marsch und drehte dabei den Kopf hin und her, als hätte er etwas verlegt. »Warte«, schrie ich und eilte ihm nach.

Der Berufsverkehr begann bereits nachzulassen, aber auf der Swanston Street war immer noch einiges los. Sie ist die Hauptdurchfahrtsstraße durch das zentrale Geschäftsviertel und Fahrtroute für sämtliche Straßenbahnen durch die Stadt. An den Ampeln stauten sie sich zu längeren Reihen. Ich war drei Schritte hinter Spider und ihm trotzdem voraus. Angesichts des Schneckentempos, mit dem sich die Blechlawine vorwärts schob, bestand eine mehr als fünfzigprozentige Chance, daß eine Straßenbahn vor einem Mercedes in der Domain Road ankam. »Bitte, Noel«, flehte ich. »Sag mir, was hier vor sich geht.«

Spider gab keine Antwort. Er war zu sehr damit beschäftigt, sich zusammen mit den anderen Fußgängern zwischen Stoßstangen hindurch auf die gelbgrünen Straßenbahnen zuzudrängen. Die vorderste gehörte zur Linie 8. *Toorak über Domain Road* stand vorne drauf.

Mitten auf der Straße blieb Spider abrupt stehen und beugte sich auf der Fahrerseite eines schwarzen Saab zum Fenster hinab. Als ich ihn einholte, griff er ins Wageninnere, riß dem Fahrer ein Handy vom Ohr und begann Zahlen einzutippen. Das kinnlose Wunder hinter dem Steuer konnte es nicht fassen. Vor Entrüstung prustend, versuchte der Mann die Tür zu öffnen und verlangte sein Spielzeug zurück. Spider hielt mit dem Fuß die Wagentür zu und klemmte sich das Telefon an einen seiner aurikularen Auswüchse. »Nun macht schon«, drängte er. Dann rasch: »Er ist zu Lamberts Wohnung unterwegs. Fahrt schnell hin. Er ist durchgedreht.«

Er warf dem Fahrer das Handy in den Schoß und sprintete zu den Straßenbahnen. Die Ampeln sprangen auf Grün, Luftdruckbremsen zischten, und die vorderste Straßenbahn setzte sich langsam in Bewegung. Spider sprang auf, als sich gerade die Tür zu schließen begann.

Ich war nicht so schnell. Ich rannte nebenher und schwang mich aufs Trittbrett. Die Straßenbahn war überfüllt. Nur noch Stehplätze. Sie überquerte die Kreuzung, nahm Fahrt auf, steuerte auf die Princes Bridge zu. Gesichter starrten zu mir heraus, manche belustigt, manche beunruhigt. Die Tür glitt auf, und eine grobe Hand zog mich ins Innere.

»Haben Sie's eilig?« fragte die Schaffnerin mit finsterem

Gesicht. Sie trug einen Nasenring und säurefeste Arbeitsstiefel zu Uniformrock und -bluse in Grün. »Danke«, sagte ich und begann mich durch das Gedränge heißer Körper hindurch hinter Spider her zum vorderen Teil des Wagens zu kämpfen.

Meine Mitfahrgäste wichen vor mir zurück wie das Rote Meer, und das aus gutem Grund. Mein schmutzverschmiertes Hemd hing mir aus der Hose. Mit einer rotgeschwollenen Hand hielt ich meine pochende rechte Schulter gepackt. Mein halb geheiltes Ohr hatte wieder zu bluten angefangen. Ich keuchte heftig. Und vom Unterleib bis zum Knie zog sich ein aromatischer, feuchter Fleck über mein Hosenbein. Abgesehen von allem anderen, was in den letzten zwanzig Minuten passiert war, hatte ich es offensichtlich auch geschafft, mich anzupinkeln.

Spider war bis zur vordersten Fensterscheibe gekommen. Er war zwischen zwei Bankertypen eingeklemmt, die sich an Halteschlaufen festhielten, und gab sich alle Mühe, so zu tun, als kenne er mich nicht. »Verpiß dich«, zischte er, rückte sich die Brille auf der Nase gerade, strich sich das Haar glatt und fummelte an seinem Schmuck. Ich rückte ihm dicht auf die Pelle. Die beiden Gehaltsempfänger zuckten zurück und wandten den Blick ab. »Bist ein sturer Hund, was?« murmelte Spider, während er den Hals reckte und über die Köpfe der sitzenden Fahrgäste hinweg die draußen auf der Straße vorbeifahrenden Autos im Auge zu behalten versuchte.

»Verlaß dich drauf«, warnte ich ihn. »Und ehe ich nicht ein paar Antworten kriege, gehe ich dir nicht von den Füßen.«

Spider rückte von mir ab, aber er machte zumindest den Mund auf. »Eastlake hat in die Kasse gelangt«, sagte er. »Er hat Gelder von Obelisk Trust auf sein eigenes Konto umgeleitet und damit an der Börse spekuliert. Eine Zeitlang hat das ganz gut funktioniert. Aber als es dann im Oktober '87 zum Börsenkrach kam, hat er alles verloren. Seither spielt er va banque und zahlt den Obelisk-Anhängern ihre Dividende aus ihrem eigenen Kapital. Karlcraft Developments war seine einzige Hoffnung auf einen großen Gewinn, eine Möglichkeit, seine Verluste wettzumachen. Er hat jeden Penny, den er auftreiben konnte, in das Projekt gesteckt. Solange Karlin sich über Wasser hielt, hatte er eine Überlebenschance. Jetzt, wo Karlin eingegangen ist, wird Obelisk wie ein Kartenhaus zusammenfallen. Eastlake hat nicht nur den finanziellen Ruin, sondern auch eine Gefängnisstrafe wegen Betruges vor sich.«

»Außerdem hat er gefälschte Kunstwerke verkauft«, sagte ich, um nicht ganz zurückzustehen. »Als Aushängeschild hat er eine Firma namens Austral Fine Art benutzt.« Immerhin hatte der Kerl gerade versucht, mich umzubringen, so daß ich es gar nicht abwarten konnte, ihn noch tiefer reinzureiten.

Spider schob meinen Kopf zur Seite und verfolgte mit seinem Blick einen Strom überholender Wagen. »Wir wissen alles über Austral«, sagte er. »Deswegen vermuten wir auch, daß er Taylor umgebracht hat.«

Spiders Metamorphose ging mir ein wenig zu schnell vonstatten. »Was heißt ›wir‹? Wer ist ›wir‹?«

Die Straßenbahn ratterte in stetigem Tempo die St Kilda Road entlang und näherte sich dem Kriegerdenkmal. Das

Grün der Parklandschaft zog an uns vorbei. Es war nicht das einzige; als wir abbremsten, um eine Haltestelle vor der Abzweigung in die Domain Road Fahrgäste aussteigen zu lassen, zog auch ein blauer Mercedes vorbei, am Steuer mit grimmigem Gesicht Lloyd Eastlake. Spider begann sich zur Tür durchzudrängeln, ich folgte ihm auf dem Fuß. Die Schaffnerin verstellte uns den Weg. »Fahrscheine, bitte.«

Ich wühlte in meiner Tasche. Spider zückte eine Brieftasche und hielt sie ihr aufgeklappt vor die Nase. Sie betrachtete sie noch immer skeptisch, als ich daran vorbeilangte und ihr eine Faustvoll Kleingeld in die Hand drückte. »Zwei Ganztageskarten, bitte«, sagte ich. Die Straßenbahn bog um die Ecke und beschleunigte den leichten Anstieg der Domain Road hinauf. Während die Schaffnerin unsere Karten lochte, griff ich nach oben und zog die Notbremse. Das Klicketiklack-Crescendo der Straßenbahn erreichte seinen Höhepunkt und verlangsamte sich dann. Die Tür glitt auf.

Eastlakes Mercedes stand auf der Park-Seite der Straße. Er war leer, der Kofferraum offen. Spider sprang auf den Asphalt und rannte los. Ich ebenso.

Ich rannte hinten um die Straßenbahn herum und schaffte es knapp vor einem Pulk von Gegenverkehr auf den Bürgersteig vor dem Haus, in dem Lambert wohnte. Als ich zurückblickte, war Spider immer noch auf der anderen Straßenseite. Er hatte die Fahrertür des Mercedes aufgerissen und griff zum Handschuhfach hinüber.

Fiona Lambert war kein netter Mensch. Aber wenn Eastlake ihr etwas antat, dann dessentwegen, was ich zu ihm gesagt hatte. Als ich mich umdrehte und ins Haus stürzte, wäre ich beinahe mit der Alten mit dem Schnauzer zusammengeprallt. »Also, so was ist mir ja noch nie passiert!« rief sie aus und drückte das glücklose Tierchen an ihren Busen.

»Mir auch nicht«, sagte ich und rannte die Treppe hinauf.

34

Niemand hatte sich die Mühe gemacht, Fiona Lamberts Wohnungstür zu schließen. Dahinter war zweifelsohne jemand dabei, endgültig auszurasten. Der Krach kam vom Schlafzimmer her. »Miststück!« Eastlakes Stimme war schrill vor Empörung. »Wenn ich mir vorstelle, daß ich für dich getötet habe.«

Der Ersatzschlüssel steckte im Schloß. Fiona Lamberts Vorsichtsmaßnahmen waren unter aller Kritik. »Du spinnst«, sagte sie immer wieder, und es klang sehr überzeugend.

Ich war ganz Ohr, rang nach Luft, stellte mir die Szene lebhaft vor und überlegte, was ich tun konnte. Schauer liefen mir über den Rücken. Eastlake hatte einen Vorsprung von, sagen wir, fünf Minuten gehabt. Zeit genug, hereinzuplatzen, eine heftige Szene zu machen, womöglich gewalttätig zu werden. Ein zerbrochener Glasbehälter. Eindeutig gewalttätig.

Mit Gewalttätigkeiten hatte er die letzten Tage reichlich zu tun gehabt, der Vorsitzende Lloyd. Und einen ziemlichen Hang dazu entwickelt. Die Opfer hatten es ihm leichtgemacht. Marcus Taylor, betrunken und erregt. Giles Aubrey, schwach und hilflos. Und ich. Ich war zu ihm gegangen wie ein Schaf zur Schlachtbank. Er hatte mir etwas Kunst am Bau zeigen wollen, und ich war zu dicht an den Rand getreten. Nicht ungefährlich, Baustellen.

Hier jedoch war das Motiv ein anderes. Bei Taylor, Aubrey und mir war es um Geld gegangen und darum, nicht ins Gefängnis zu wandern. Das hier war persönlich. Auf der Baustelle hatte er mich Lügner genannt, aber dann hatte er mir doch sehr schnell geglaubt. Die Saat des Zweifels mußte schon dagewesen sein, nur allzu bereit aufzugehen. Tiefsitzende Zweifel hinsichtlich seines eigenen Werts, vielleicht. Ein Selbstachtungsproblem. Das etwas mit dem zu tun hatte, was sich zwischen reichen Männern und teuren Frauen abspielt.

Geld, Reputation, Ego, Sex. Wenn er das nicht mehr haben konnte, sollte es auch niemand anderer haben. Hier lag kein Vorsatz, kein Abwägen der Chancen vor. Jetzt war alles nur noch blinde Wut. »Nimm es, nimm es«, schrie Fiona. »Es gehört dir. Nimm es.«

Sie hatte klein beigegeben, ihm das Geld gezeigt. Schlechte Idee, Herzchen. Es würde ihn nicht besänftigen, sondern ihm nur beweisen, daß die ganze Welt gegen ihn war. Die Karten gezinkt. Das Spiel aus.

Mit einer Schuhschachtel voll Geld war nichts in Ordnung gebracht. Durch die Tür drang das derbe Klatschen einer Ohrfeige.

Spiders schnelle Schritte hallten die Treppe zu mir herauf. Zeit für das Bündnis Gegen Häusliche Gewalt, in Aktion zu treten. Ich stieß die Tür auf und betrat die Wohnung. Auf der Garderobenablage stand ein dekorativer Kerzenständer, ein in die Länge gezogener Tropfen aus poliertem Silber. Ich griff ihn mir und marschierte den Flur entlang. »Nicht. Bitte nicht«, flehte Fiona Lambert.

Ich trat in die Tür des Schlafzimmers. Was ich sah, hat sich für immer meinem Gedächtnis eingeätzt.

Eastlake stand mit dem Rücken zu mir, leicht vornübergebeugt, einen Arm steif ausgestreckt. Fiona Lambert kniete andachtsvoll vor ihm neben dem Bett. Sie hatte geduscht. Wieder einmal. Ein sehr reinliches Mädchen. Ihr Haar war halb getrocknet, und sie hatte ein blaßgelbes Handtuch um sich geschlungen. Mit einer Hand hielt sie es zusammen. Mit der anderen berührte sie eine feuerrote Strieme an ihrer Wange. Ihre Augen waren so groß wie Tafelteller, und sie tat ohne Mühe ihr Bestes, einen zerknirschten Eindruck zu machen. Aus einem zerbrochenen Glastöpfchen troff Feuchtigkeitscreme auf den Teppich.

Auf dem Bett stand die knallrosafarbene Karlcraft-Schuhschachtel. Der Deckel war abgenommen. Das Geld war wieder banderoliert und säuberlich aufeinandergestapelt. Neben der Schachtel lag eine bemalte Leinwand mit ausgefranstem Rand, offenbar aus dem Spannrahmen herausgeschnitten. Ein Vorstadt-Traumhaus aus rotem Ziegelstein. Blauer Himmel.

Eastlake zeigte mit ausgestreckter Hand darauf. »Sieh's dir an!« befahl er. »Es ist perfekt. Ohne mich wärst du zum allgemeinen Gespött geworden.«

Doch ihr Blick richtete sich auf die Tür. Eastlake wirbelte herum, den Arm immer noch ausgestreckt. In seiner Hand lag eine Pistole. Die Pistole aus dem Handschuhfach des Mercedes. Er richtete sie auf meine Brust.

Ich hatte flüchtig an die Pistole gedacht, als ich die Treppe hinaufgerannt war. Ich hatte gedacht, Spider greife ins Handschuhfach, um sie an sich zu nehmen. Eastlake und die Pistole waren eine Gedankenverbindung, die ich schlicht nicht angestellt hatte. Pistolen waren etwas für Leibwächter, Bankräuber, Cops. In Melbourne liefen gutgekleidete Geschäftsleute und Ausschußvorsitzende einfach nicht mit Kanonen herum. Nicht einmal, wenn sie gemeingefährlich waren. Schon wieder falsch gedacht, Murray.

»Sie!« sagte Eastlake mit anklagender Stimme. Ich, der Typ, der immer wieder auftauchte. Ich, der naseweise Störenfried, den er als letztes über ein Balkongeländer im zweiten Stock hatte verschwinden sehen. Er sah mich an, als wäre ich ein Geist. »Sie!«

Wie um sich zu bestätigen, daß ich aus Fleisch und Blut war, rammte er mir den Lauf seiner Smith & Wesson in die Brust. Seiner Black & Decker. Seiner Gulf & Western. Scheißegal, was es war, mein Dali-esker Kandelaber kam dagegen nicht an. Ich ließ ihn auf den Boden fallen.

Im Karlcraft Centre hatte Eastlake zwar auch schon unter Strom gestanden und war gemeingefährlich gewesen, aber seine Handlungen hatten eine gewisse Logik gehabt. Sie waren kriminell, aber rational gewesen. Er hatte versucht, eine potentielle Bedrohung loszuwerden. Jetzt war er vollkommen durchgedreht. Die Fenster zu seiner Seele standen weit offen, und der sich bietende Anblick war nicht erfreulich. Wie ein von einem Wutanfall geschütteltes Kind, das weder fassen kann, wie weit es gegangen ist, noch sich vorzustellen vermag, wie es wieder zurückfindet, war er von seinem eigenen Verhalten zugleich erregt und entsetzt. Eine beunruhigende Kombination von Empfindungen bei einem Mann, der einem aus kurzer Entfernung eine Pistole vor die Brust hält.

Während Eastlakes wilder Blick sich auf mich heftete, sah Fiona Lambert ihre Chance. Sie richtete sich aus ihrer knienden Haltung auf und wich gleichzeitig zurück. Im Aufstehen griff sie haltsuchend nach der Bettkante. Das Handtuch glitt zu Boden und enthüllte ihre Nacktheit. Instinktiv riß sie die Leinwand vom Bett hoch und bedeckte sich damit. Es war ein eigenartiger Moment für Schamhaftigkeit, und die Geste hatte etwas beinahe Kokettes, als hoffte sie, ihre Verletzlichkeit böte ihr einen gewissen Schutz.

Das war nicht der Fall. Eastlake reagierte auf ihre Bewegung und schwang die Pistole herum. Fiona duckte sich und hielt sich das Bild vor den Körper, wie um sich vor seinem Blick zu verstecken. Genau in diesem Moment schoß Eastlake.

Ein lauter Knall hallte durch den engen Raum. Die Kugel bohrte ein sauberes rundes Loch durch die Eingangstür von *Unser Heim.* Fiona Lambert wankte und fiel rücklings aufs Bett, das Bild über ihr Gesicht drapiert, so daß es ihren Kopf bedeckte. Ihr nackter Körper zuckte und erschlaffte. Er hob sich grellweiß von den schwarzen Laken ab. Bis zuletzt farbbewußt.

Eastlakes Hand zuckte vom Rückstoß, und ich stürzte vorwärts. Ich erwischte ihn mitten in der Drehung, und der Lauf der Pistole drehte sich nach oben. Sie ging noch einmal los und riß ihm die Schädeldecke weg. Blut und Gehirnmasse spritzten überallhin.

Die beiden Schüsse hallten mir in den Ohren. Der Korditgeruch stach mir in die Nase. Eastlake stand noch auf den

Beinen, hatte die Pistole noch in der Hand. Er schwankte. Ich bewegte mich rückwärts, teils weil sich mir von dem Bild vor meinen Augen alles drehte, teils weil ich von hinten gezogen wurde. Die Pistole fiel auf den Boden, und Eastlake sank wie ein nasser Sack zusammen.

Dann stolperte ich rückwärts den Flur entlang. Spider Webb zog mich am Kragen. »Schöne Scheiße«, sagte er. Ich widersprach ihm nicht. Es waren vielleicht zwanzig Sekunden vergangen, seit ich die Wohnung betreten hatte.

Von der Straße her tönte das Heulen einer näherkommenden Sirene. Spider ließ mich los und rannte ins Wohnzimmer. Er schaute aus dem Fenster, fluchte und flitzte zur Wohnungstür hinaus. Schier verrückt vor Angst, sank ich gegen die Flurwand.

Aus dem Schlafzimmer drang ein leises Stöhnen. Den Rücken an die Wand gedrückt, schob ich mich bis zur Tür und lugte um die Ecke. Die Pistole kam in Sicht, halb von Eastlakes reglosem Oberkörper verdeckt. Wieder ertönte ein Stöhnen. Es kam unter dem Bild hervor. Ich stieg über Eastlake hinweg, stieß mit der Fußspitze die Pistole fort und hob die durchlöcherte Leinwand an.

Eine blutige Furche verlief von Fionas Nasenrücken über ihre Stirn und teilte ihren Haaransatz. Ihre mit Blut verklebten Augenlider zitterten. Ihre Mundbewegungen erinnerten an einen Goldfisch. Sie stöhnte erneut. Die Kugel hatte sie nur gestreift. Sie würde massenhaft Aspirin und einen guten Schönheitschirurgen brauchen, aber sie würde es überstehen. Sie hatte außerdem tolle Titten. Ein Jammer, daß sie nicht mein Typ war.

Ich schob ihr einen Arm unter die Schulter und richtete

ihren schlaffen weißen Körper auf. Die Schuhschachtel lag unter ihr. Hunderttausend Dollar. Es sah nicht mehr nach viel aus. Ich stützte Fiona mit einem Kissen ab, griff mir die Schachtel, sauste damit ins Badezimmer und ließ sie in den Wäschekorb fallen. »Noel«, rief ich. »Komm schnell. Sie lebt noch.«

Schritte kamen die Treppe heraufgepoltert. In der Ferne kläffte durchdringend ein kleiner Hund. Ich bettete Fiona Lamberts Kopf in meinen pipifeuchten Schoß und drückte ihr das Handtuch gegen die Stirn. Plötzlich war das Zimmer voller Menschen, einige davon in Uniform. Derjenige, der Detective Constable Micaelis hieß, redete Spider mit ›Sir‹ an.

35

Ich saß in meiner verpißten Hose und meinem blutigen Hemd auf dem weißen Sofa in Fiona Lamberts Wohnzimmer, wartete darauf, daß ich an die Reihe kam, sah diversen Cops dabei zu, wie sie zur Wohnungstür hereinlatschten, und lauschte ihrem kryptischen Palaver. Von einem gelegentlichen Blick abgesehen, schenkten mir die meisten so wenig Aufmerksamkeit, daß ich ebensogut zur Einrichtung hätte gehören können. Irgendwann kamen ein paar klassische Ziviltypen hereinspaziert und beschnupperten flüchtig bewegliches und unbewegliches Inventar. »Das nenn ich Kunst«, sagte einer von ihnen. Er betrachtete den Szabo über dem Kaminsims, die junge Fiona im Evaskostüm.

Das Modell befand sich im Schlafzimmer und wurde von

der Besatzung eines Krankenwagens versorgt. Wir hatten sie aufgesetzt, und die Blutung war weitgehend zum Erliegen gekommen, bis die Sanitäter eintrafen. Sie stehe unter einem schweren Schock, hieß es. Mir ging es auch nicht allzu berauschend.

Ich schnorrte bei einem der Zivilen einen Sargnagel und zündete ihn gerade an, als Fiona, unter den Achseln gestützt, zur Wohnungstür hinausgeführt wurde. Sie hatten ihr den Kopf verbunden und einen Bademantel angezogen. Sie ging fast auf eigenen Beinen, aber sie sagte nichts und sah alles andere als glamourös aus. Spider und Micaelis begleiteten sie nach unten und kamen ein paar Minuten später wieder. Micaelis übernahm das Reden.

»Wie geht's denn so?« fragte er. »Wir werden wohl eine Aussage von Ihnen brauchen, wie? Wie wär's, wenn Sie Detective Senior Sergeant Webb aufs Revier begleiten, während ich dafür sorge, daß Ms Lambert ins Krankenhaus kommt, okay?«

»Klar.« Groß die Wahl hatte ich schließlich nicht. »Aber zuerst muß ich meinen Sohn anrufen.« Reds Flug ging um zwanzig nach neun, und es war bereits sieben. Micaelis sah Spider Bestätigung heischend an. »Ich habe keine Lust, wegen Vernachlässigung eines Kindes dranzukommen«, sagte ich. »Sergeant Webb.«

Spider deutete mit dem Kinn Richtung Telefon. »Aber beeil dich.«

»Und deswegen würd ich auch ganz gern was unternehmen.« Ich stand auf und wies mit ausgestrecktem Zeigefinger auf meinen Unterleib. »Meine Oberschenkel werden langsam wund.« Micaelis hielt es nicht für erforderlich, dieses Problem auf der Befehlskette nach oben weiterzuleiten. Ich roch schlimmer als die Rückseite der Tribüne im Stadion von Collingwood. »Gehen Sie ins Bad«, sagte er, »aber beeilen Sie sich.«

Bei Curnows nahm Tarquin den Hörer ab. »Es ist was dazwischengekommen«, sagte ich zu Red, als er schließlich an den Apparat kam. »Schau mal, ob Leo den Ersatzschlüssel zu unserer Wohnung finden kann, pack deine Tasche, und warte auf mich. Tut mir leid.«

»Nur keine Aufregung«, sagte Red – die Stimme der Erfahrung. Ich hatte mich schon öfter verspätet. Wir hatten es trotzdem geschafft, rechtzeitig beim Flughafen zu sein. Er war nur eine Dreiviertelstunde entfernt. Fünfundreißig Minuten, wenn man Rückenwind hatte und eine grüne Welle erwischte.

Leo kam an den Apparat, und ich wiederholte, was ich gerade Red gesagt hatte. »Kein Problem«, meinte er. Faye arbeitete noch, und er bekochte die Kinder. »Du weißt nicht zufällig, wo Faye den Kopfsalat aufbewahrt, oder?«

Ich ging den Flur entlang und schaute zum Schlafzimmer hinein. Eastlake lag immer noch auf dem Boden. Um die kahle Stelle auf seinem Kopf brauchte er sich nun keine Sorgen mehr zu machen. Auf dem Bett stand eine Polizistin mit einem Fotoapparat, die eine Aufnahme von oben machte. Angesichts von fünf Polizeibeamten samt ihren Spiegelbildern im Kleiderschrank sah es da drin reichlich beengt aus.

Das Badezimmer lag genau gegenüber. Ich zog mir Hose und Unterhose aus, drehte den Hahn auf und fing an, mich mit einem von Fionas flauschigen Handtüchern abzuwaschen. Im Spiegel konnte ich die Cops hinter mir sehen. Spider schaute her und sah mich mit nacktem Arsch im Hemd dastehen. »Was soll denn das werden?« sagte er und griff nach der Türklinke, um die Tür zu schließen. »Eine Nudistenkolonie?«

Ich schnappte mir die pinkfarbene Schuhschachtel und trat damit hinter die Trennwand zur Toilette. Die Schachtel enthielt zehn Bündel Hundertdollarscheine, jedes ungefähr zweieinhalb Zentimeter dick – ein Inch nach dem alten Maß. Tausend Bilder eines Mannes mit einer grauen Skimütze.

Meine Unterhose war in ziemlich beklagenswertem Zustand. Sie wieder anzuziehen war nicht sonderlich angenehm. Ich verteilte das Geld gleichmäßig unter dem Bund. Es trug ein bißchen auf, aber es war wenigstens trocken. Ich zog den Bauch ein, knöpfte meine Hose zu und ließ mein Hemd heraushängen. Als ich das Ergebnis im Badezimmerspiegel überprüfte, sah ich aus wie ein Kandidat für Weight Watchers. So würde es nicht klappen.

»Hier«, sagte Spider und machte die Tür halb auf. Ein sauberes Hemd kam durch die Luft gesegelt und landete vor meinen Füßen. »Davon hab ich ein Dutzend im Kleiderschrank gefunden. Der Besitzer wird sie nicht mehr brauchen.« Spider Webb erwies sich langsam als richtig feiner Kerl.

Eastlake war zwei Nummern größer als ich. Sein gestärktes, weißes Yves-Saint-Laurent-Hemd fiel wie ein Zelt über den Wulst um meine Taille und verbarg ihn vollkommen. Deswegen sehen die Reichen so gut aus. Alles Schneiderkunst. »Fertig«, sagte ich zu den Cops und wischte mir das Gesicht. Mit meinen versteckten Barwerten und dem heraushängenden Hemd hätte ich der Präsident der Philippinen sein können.

Vor dem Wohnhaus hatte sich eine kleine Menschenmenge angesammelt, deswegen verließen wir es durch den Hinterausgang. In der Zufahrt wartete ein Streifenwagen mit einem uniformierten Constable hinterm Steuer. Er war elf, vielleicht zwölf Jahre alt.

Das Geld fühlte sich zunächst ein bißchen unbequem an, aber daran gewöhnte ich mich. Erstaunlich, wieviel Bargeld man bei sich tragen kann. Fast so erstaunlich wie die Anzahl der Momente, wo man in seine Tasche greift und überhaupt nichts findet. Ich setzte mich auf den Rücksitz, und Detective Senior Sergeant Webb setzte sich neben mich.

Die Fahrt in die Stadt hatte fast etwas Nostalgisches. Ich war bisher nur einmal in einem Streifenwagen zu einem Polizeirevier gefahren, nämlich vom Oulton Reserve zur Wache in der Preston. Als Haupttäter bei der Schlägerei bekam ich das Fahrzeug mit dem größten Prestigewert. Die Fletcher-Zwillinge fuhren hinten in einer Bullenwanne. Geordie Fletcher wurde ins Krankenhaus gefahren, faselte dabei etwas von einem grundlosen Angriff und nannte die Cops Arschlöcher. Spider, der sich aus der ganzen Geschichte herausgewunden hatte, war nach Hause geschickt worden.

Auf dem Weg zum Revier sagte man mir, ich würde wegen Mordversuch, schwerer Körperverletzung, Mitführen einer Angriffswaffe, Besitz von Alkohol an einem öffentlichen Ort trotz Minderjährigkeit, Angriff auf einen Polizeibeamten, Behinderung der Polizei, Erregung öffentlichen Ärgernisses und Widerstand gegen die Staatsgewalt angeklagt. Ich bin mir in diesem Punkt nicht hundertprozentig sicher, aber es kann sein, daß ich in Tränen ausbrach.

Aber nichts, was die Cops sagten, war so demoralisierend wie der Gesichtsausdruck meines Vaters. Nach einer Stunde Einzelhaft war ich auf Zorn gefaßt. Statt dessen traf ich auf bodenlose Enttäuschung. Es war nicht die Schlägerei. Die war zwar schlimm, aber bei einem Jungen meines Alters nicht beispiellos. Es war der Alkohol. Der Bourbon konnte nur von einem Ort stammen. Und das bedeutete Hinterlist und Täuschung.

»Eigentlich müßte ich dir eine Tracht Prügel verpassen«, sagte Dad, als wir nach Hause kamen. Wenn er es nur getan hätte! Um die Fratres kam ich allerdings nicht herum. Ich war schneller wieder in St Joey's, als man Leibeszucht sagen kann. Die Alternative wäre ein Internat gewesen, deshalb schätzte ich mich noch glücklich. Von da an wurden meine rebellischen Instinkte dergestalt kanalisiert, daß ich mich Young Labor anschloß und bei Kommunalwahlen Kärtchen verteilte, auf denen das Wahlverfahren erklärt wurde. Die Polizei meldete sich natürlich nie mehr. Das geschah wohl weniger aus Mitleid mit mir, so folgerte ich, als aus Rücksichtnahme auf die Kümmernisse eines leidtragenden Kneipenwirts. Entweder das oder Geordie Fletcher hatte sich – von irgendeiner *omertà* der Sharpys geleitet – geweigert, Anzeige zu erstatten. Ich sah ihn und seine Brüder nie wieder.

Spider Webb hing wohl ganz ähnlichen Gedanken nach. Eine Zeitlang saß er einfach nur da, sinnierte vor sich hin und übte seinen Tausendmeterblick. Als wir am Arts Centre vorbeikamen, tat er endlich den Mund auf. Wie um mit einer ganz banalen Bemerkung das Schweigen zu brechen, sagte er: »Bist also nach all den Jahren noch immer ein Blödmann.«

Das Geld drückte mir von unten gegen die Rippen. Ich richtete mich etwas auf und hoffte, daß es nicht nach gekränkter Würde aussah.

»Erinnerst du dich noch an den Abend im Park, als du dem einen Fletcher mit einer Glasscherbe die Hose aufgeschlitzt hast?« fragte Spider mit erinnerungsseligem Lächeln. »Er und seine Brüder haben bloß Quatsch gemacht und sich ein bißchen amüsiert. Und ganz plötzlich hast du durchgedreht. Wolltest es mit allen auf einmal aufnehmen. Ich werd nie Geordie Fletchers Gesicht vergessen, als du ihm seine kostbare Hose aufgeschlitzt hast. Wenn sie nicht so weit gewesen wäre, hättest du ihn wahrscheinlich verletzt.«

Man sollte meinen, daß ein Detective Sergeant ein besser entwickeltes Erinnerungsvermögen besitzt. »Ich habe ihn verletzt«, sagte ich. »Da war überall Blut.«

»Ja. Deins. Du hast Nasenbluten gekriegt, als du auf den Boden gefallen bist. Warst schon immer unberechenbar.«

»Ach ja?« Ich zeigte mit dem Daumen über meine Schulter in die Richtung, aus der wir gekommen waren. An Nasenbluten konnte ich mich nicht erinnern. »Dann war das alles wohl meine Schuld? Es war meine Schuld, daß Eastlake versucht hat, mich von einem Balkon zu stoßen.« Das war es tatsächlich. Ich hatte ihn ja praktisch dazu aufgefordert. Aber das brauchte Noel Webb nicht zu wissen.

»Wenn du mich gestern nicht daran gehindert hättest, mit dieser Fleet zu reden«, sagte er, »hätten wir Eastlake höchstwahrscheinlich heute verhört. Vielleicht sogar unter Anklage gestellt. Ich bezweifle, daß er unter diesen Umständen irgend etwas versucht hätte. Selbst wenn du ihm die Chance dazu gegeben hättest.«

Nun wurde ich auch noch wegen meiner Tapferkeit ins Gebet genommen. »Woher sollte ich denn wissen, daß du ein Cop bist, so wie du den schweren Jungen markiert und mit deiner Kanone herumgeprotzt hast? Ich dachte, du führst nichts Gutes im Schilde.«

»Wenn ich mich recht erinnere«, sagte Spider, und er erinnerte sich recht, »warst du derjenige, der den großen Macker gespielt hat. Ich habe lediglich angeregt, daß du dich nicht in Angelegenheiten einmischst, die nicht in deine Kompetenz fallen. Als du dich geweigert hast, diesen Wink zu befolgen, habe ich meinem Vorschlag etwas mehr Nachdruck verliehen, indem ich dir Eastlakes Pistole gezeigt habe.«

»Ich habe gedacht, es wäre deine Pistole.«

»Was soll denn ein Chauffeur mit einer Pistole?«

»Wieso sollte ich annehmen, daß es Eastlakes Pistole ist? Ich dachte, du wärst sein Leibwächter.«

»Es ist keineswegs ungewöhnlich, daß reiche Leute eine Waffe besitzen«, sagte Spider, als handle es sich dabei um eine allseits bekannte Tatsache. »Eastlake hatte drei. Natürlich alle mit Waffenschein. Aber er hat sie immer zu Hause aufbewahrt. Als ich am Samstag morgen die eine im Mercedes gefunden habe, war das so ungewöhnlich, daß ich damit rechnen mußte, er könnte durchdrehen.«

Wir fuhren gerade über die Princes Bridge. Zwei Skulls kamen zwischen den Pfeilern hervorgeglitten und lieferten sich stromaufwärts in Richtung Botanic Gardens ein Rennen, so daß bei jedem Eintauchen der Ruder das Wasser aufblitzte. Ich drehte den Kopf und folgte der Bahn der Ruderer, bis ein LKW in der Spur nebenan mir die Sicht nahm. »Ich habe gedacht, du wolltest Eastlake irgendwie abzocken.«

»Ach ja?« Spider verschob seinen Kaugummi von einer Seite des Mundes zur anderen. »Wie bist du denn auf die Idee gekommen?«

»Das«, gab ich zu, »ist eine sehr gute Frage.«

Den Rest der Fahrt schwiegen wir. Das war entschieden besser, als von Noel Webb vorgehalten zu bekommen, wo ich überall falsch gelegen hatte. Als der Wagen vor dem Polizeirevier hielt, kam gerade Salina Fleet die Treppe herunter. Sie hatte wieder ihre seriöse Kluft an. An ihrer Seite ging, eine Aktentasche in der Hand, ein Mann mittleren Alters mit schütterem Haar in einem dunklen Anzug. Die beiden sahen nicht so aus, als hätten sie gerade im Lotto gewonnen.

Ich stieg aus dem Streifenwagen aus, schüttelte meinen Kaftan auf und fragte mich, was Salina und ich diesmal wohl zueinander sagen würden. Wir sagten gar nichts. Salina machte gerade den Mund auf, als Noel Webb hinter mir auf den Bürgersteig trat. Salinas Kiefer klappten zu wie eine Falle. Sie und ihr Begleiter vollführten eine fast perfekte Wende nach links und machten sich den Bürgersteig entlang davon.

»Bei der hast du sowieso nur deine Zeit verschwendet«, sagte Webb. »Das hätte ich dir gleich sagen können.«

Hätte ich nicht vor dem Polizeirevier gestanden, wäre ich

ihm die passende Antwort vielleicht nicht schuldig geblieben. Als wir das Gebäude betraten, steckte Spider seine Sonnenbrille in die Hemdentasche, zog sich den Ring vom kleinen Finger und spuckte seinen Kaugummi in einen Feuereimer. Seine Ohren schienen nicht mehr so weit abzustehen.

36

»Warten Sie hier bitte einen Moment«, sagte man mir. Der Moment zog sich. Ich wartete zehn Minuten. Ich wartete eine Viertelstunde. Es wurde halb acht und später, und der Moment dauerte immer noch. Mir kamen ernsthafte Zweifel, daß Red und ich es rechtzeitig zum Flughafen schaffen würden, auch mit Rückenwind der Stärke neun.

»Hier« war ein Verhörzimmer im fünften Stock. Es hatte ein kleines Fenster in der Tür, einen schmalen, an der Wand befestigten Resopaltisch, ein Tonband und zwei Plastikstühle. Aus irgendeinem Grund rechnete ich halb damit, daß die Tür verschlossen war. Vielleicht drückten mir ja die ganzen Pölsterchen um die Taille aufs Gewissen.

Neben dem Verhörzimmer lag so etwas wie ein Großraumbüro. Auf dem Schild an der Tür stand »Betrugsdezernat«. Der Raum war verlassen. Von dem unermüdlichen DSS Webb und seinem hellenischen Adlatus abgesehen, war die Betrugstruppe offenbar ein Laden, der auf geregelte Arbeitszeiten hielt. Ich nahm den Hörer eines Telefons ab. Niemand sprang aus einem Papierkorb und verlangte zu wissen, was ich da eigentlich machte.

Faye nahm ab. Sie war gerade von der Arbeit gekommen, frisch von ihrer Jagd nach der großen Story über Max Karlin. »Ich bin bei den Cops«, verkündete ich. So rasch ich konnte, erzählte ich ihr, daß Lloyd Eastlake Selbstmord begangen hatte und daß ich dabeigewesen war.

»Wie schrecklich!« sagte Faye. »Kann ich diese Information verwenden?«

»Möglicherweise. Aber ich kann das jetzt nicht besprechen.«

Sie nahm das als Hinweis darauf, daß ich nicht frei sprechen konnte, und wechselte deshalb das Thema. »Die Jungs haben mir erzählt, du hättest heute nachmittag einen Besuch bei Artemis Prints gemacht. Du raffinierter Hund.«

Es war nicht die ideale Zeit für eine längere Klatscherei. »Haben die Jungs dir auch gesagt, weshalb ich dort war?«

»Nein. Aber ich kann's mir denken.«

»Wetten, daß du das nicht kannst?«

»Wo wir gerade von Claire reden«, sagte sie, »Wendy hat angerufen. Sie hat versucht, dich beim Ministerium für Ethnische Angelegenheiten zu erreichen, und die haben sie ans Kulturministerium verwiesen. Dort hieß es dann, man wüßte nicht, wo du steckst. Zu Hause warst du auch nicht. Deshalb hat sie hier angerufen. Jedenfalls soll ich dich daran erinnern, daß du Red auch ja pünktlich zum Flughafen bringst.«

Das war sehr aufmerksam von Wendy.

Aber wir waren wenigstens wieder bei dem Thema, um das es mir ging. »Hör mal, Faye«, sagte ich. »Kannst du mir einen Gefallen tun? Wenn ich nicht bis halb neun da bin, könntest du dann Red zum Flughafen fahren?« So würde er zumindest pünktlich zum Schulanfang zurück sein, auch wenn es wahrscheinlich bedeutete, daß ich einen Antrag beim Familiengericht stellen mußte, wenn ich ihn das nächste Mal sehen wollte.

»Klar«, sagte Faye. »Du Ärmster.«

Ich hatte gerade aufgelegt, als Ken Sproule erschien. Ich hatte mich schon gefragt, wann er wohl auftauchen würde. Sein Übergang zu seinem neuen Wirkungsfeld war reibungslos vonstatten gegangen. Kens kurzärmeliges weißes Hemd und seine Polyesterkrawatte waren in der verstohlenen Welt der Gendarmerie eindeutig in ihrem Element. Er wippte auf den Zehenballen wie ein Klassestürmer, der nach einem Freifang angelt.

»Bist ganz schön angeschlagen, wie ich höre, Murray«, sagte er. »Ich hab dir doch gesagt, du sollst dich vor der Kulturbande in acht nehmen.«

Er bedachte mich mit einem langen, taxierenden Blick, als wollte er zu Zuchtzwecken meine Blutlinie beurteilen. »Du bist aber schon okay, oder? Keine fehlenden Gliedmaßen? Keine inneren Blutungen?« In den Mund schaute er mir nicht, aber er meinte es nicht nur scherzhaft. Man hatte ihn auf jeden Fall gründlich informiert.

»Erschüttert, aber nicht umgeworfen«, versicherte ich ihm. »Aber deine Kumpels, die Bullen, lassen mich zappeln. Eastlake hat es nicht fertiggebracht, mich umzubringen, aber die nervtötende Warterei hier könnte das durchaus schaffen.«

Ken ging mit mir ins Verhörzimmer zurück und schloß die Tür. »Im großen und ganzen bist du im Bilde, ja?« Er wippte so heftig durch die Gegend, daß ich mir wie auf einem Squashfeld vorkam. »Das krumme Ding bei Obelisk Trust. Und daß Eastlake vermutlich diesen Typ im Graben um die Ecke gebracht hat.«

Soviel wisse ich schon, bestätigte ich. »Dazu kommt der Kunstschwindel mit der Sammlung des Gewerkschaftsfonds.« Ich wollte nicht, daß er mich für eine komplette Niete hielt.

»Wo hast du denn das her?« Er war beeindruckt.

»Lad mich mal irgendwann zum Mittagessen ein«, sagte ich. »Dann erzähl ich's dir.«

Er hakte nicht nach. »Wie du dir sicher vorstellen kannst«, sagte er, »ist die Du-weißt-schon-was kräftig am Dampfen. Großes Bauprojekt geht pleite. Vorstandsvorsitzender eines Treuhandfonds tot auf dem Boden. Die Geschäftswelt wird im Dreieck springen.« Die schiere Entsetzlichkeit des Ganzen ließ ihn strahlen.

Er setzte sich rittlings auf einen Stuhl, verschränkte die Arme auf der Lehne und senkte die Stimme um eine Nuance. »Und um dem Ganzen die Krone aufzusetzen, befindet sich der Stolz der Stadt jetzt in der peinlichen Situation, daß er einen gemeingefährlichen Irren drei Tage länger als unbedingt erforderlich hat frei herumlaufen lassen. Die Polizei hat Gründe gehabt, Eastlake am Samstag zu verhören. Hätte sie's getan, hätte sich dieser Schlamassel zum größten Teil vermeiden lassen. Sie hat's nicht getan, weil die Jungs vom Betrugsdezernat entschieden haben, daß ihre verdeckte Ermittlung in Sachen Obelisk-Schwindel Vorrang vor der Ermittlung im Mordfall Taylor hat.«

Die Bedeutung dessen, was er da sagte, war klar. Die Polizei hatte Mist gebaut, und deshalb waren Menschen zu Tode gekommen. »Wenn das herauskommt«, sagte er, »werden die Jungs in Blau ganz schön blöd dastehen.« Der Ausputzer des Ausputzers hatte endlich etwas gefunden, was seiner Fähigkeiten würdig war. Wenn Ken Sproule diese Geschichte aus der Welt schaffen konnte, würde der Chief Commissioner Gil Methven noch jahrelang aus der Hand fressen.

Sproule sprang auf und gab eine weitere Vorführung im Schattenboxen. »Es wird einiges an Aufwand kosten, die Sache geradezubiegen«, sagte er. »Bist du dabei?«

»Ich wüßte nicht, warum.« Spider Webb mochte mir das Leben gerettet haben, aber – wenn das, was Ken sagte, stimmte – erst nachdem er es überflüssigerweise in Gefahr gebracht hatte. Ich hatte keinen Anlaß, den Cops aus der Patsche zu helfen. Und da Ken bei unserem letzten Gespräch nicht hundertprozentig ehrlich zu mir gewesen war, hatte ich es auch nicht besonders eilig, ihm einen Gefallen zu tun.

Sproule rauchte nicht, aber er hatte Zigaretten. Ob das die übliche Prozedur bei Verhören war? Der Informant rauchte eine wohlschmeckende Zigarette und erklärte sich bereit, mit den Behörden zusammenzuarbeiten. Ich inhalierte tief und wartete darauf, daß er mir das Telefonbuch gegen den Kopf knallte.

Er setzte sich wieder rittlings auf den Stuhl, als führte er die Böser-Cop/Guter-Cop-Nummer als Einmannshow auf. »Was ist die oberste Regel des Regierens, Murray? Die allen anderen vorausgeht und sie verdrängt? Das *sine qua non* der politischen Macht?«

Ich hatte gar nicht gewußt, daß Ken Latein konnte. Und

Philosoph war er außerdem noch. Der Tag war voller Überraschungen.

»Halt die Cops bei Laune«, sagte er. »Das ist die Hauptregel des politischen Überlebens. Denn wenn die Cops sich nicht wohl fühlen, ist das Leben einfach nicht lebenswert. Ganz egal, ob du Josef Stalin oder Mahatma Gandhi heißt. Das gilt immer und überall.«

»Was willst du von mir?« Kens Logik war von einer Unwiderlegbarkeit, gegen die ich nicht ankam. Und ich könnte ja wenigstens herausfinden, was er vorhatte.

»Brav.« Er stand auf und ging wieder hin und her. Wenn das noch länger so ging, würde mir schwindelig werden, und ich würde in Ohnmacht fallen. Dann würde Ken meine Taschen durchsuchen und finden, was in meiner Unterhose steckte. »Jeder will die Sache so schnell wie möglich unter den Teppich kehren. Der Chief Commissioner hat sich damit einverstanden erklärt, daß wir beide uns mit den beteiligten Cops zusammensetzen und versuchen, zu einem Ergebnis zu kommen, mit dem alle leben können.«

»Unter zwei Bedingungen«, sagte ich.

Darauf war Ken gefaßt gewesen. Er hätte weniger von mir gehalten, wenn ich nichts gefordert hätte. »Gil Methven ist bereit, zu erklären, daß Eastlake mit Wirkung von Ende letzten Jahres von allen seinen offiziellen Ämtern im Kulturministerium zurückgetreten ist«, sagte er und nahm damit meine erste Forderung zutreffend vorweg. »Auf diese Weise wird nichts von alledem auf Angelo Agnelli als derzeitigen Minister abfärben. Was ist deine zweite Bedingung?«

»Das kommt darauf an, wie lange unser kleines Palaver dauert«, sagte ich. »Und es ist eher ein Gefallen als eine Bedingung. Vielleicht brauche ich den Gefallen gar nicht in Anspruch zu nehmen. Aber es liegt durchaus in deiner Macht, soweit ich das beurteilen kann. Was es ist, sage ich dir am Ende des Gesprächs.«

Ken Sproule kaufte aus Prinzip nicht gern die Katze im Sack, doch viel Zeit zum Manövrieren blieb ihm nicht mehr. Die Presse war bestimmt schon zur Domain Road unterwegs. »Okay«, sagte er mit finsterem Gesicht. »Gehen wir. Und versuch, die Klappe nicht allzuweit aufzureißen. Die Cops haben ein Gedächtnis wie ein Elefant, weißt du. Also benimm dich.«

Es war nicht mein Benehmen, das mir Sorgen bereitete, sondern die Knete in meiner Unterhose. Sie fing allmählich zu jucken an. Wenn ich sie nicht bald herausholte, würde ich einen ziemlich üblen Ausschlag bekommen.

Wir gingen nach oben in ein Besprechungszimmer mit Jalousien an den Fenstern und Ringen von Kaffeetassen auf der Tischplatte. Webb war bereits da, dazu zwei weitere Cops, die ich noch nie gesehen hatte, beide Mitte Fünfzig, der eine in Zivil, der andere in Uniform. Daß der im Anzug ein höheres Tier war, merkte man an seinem Gesichtsschnitt und der Art, wie sich ihm Noel Webb auf allen vieren näherte. Der Uniformierte war Assistant Commissioner. Das entnahm ich seinen Epauletten, die gekreuzte Silberstäbe mit einem Lorbeergewinde am Rand zeigten. Und der Tatsache, daß er ein Namensschild mit der Aufschrift *Eric Worrall, Assistant Commissioner – Kriminalpolizei* trug. Eric war ein hagerer, ausdrucksloser Mensch, der gut als Trauerzugteilnehmer in einen Roman von Dickens hineingepaßt hätte.

Der Typ im Anzug wurde als Chief Inspector Brian Buchanan vorgestellt. Er bestand nur aus Hals und sah so aus, als würde er mit Vergnügen den Weihnachtsmann wegen Führens eines nicht zugelassenen Schlittens drankriegen.

Keiner von den Cops war übermäßig glücklich über meine und Sproules Anwesenheit, und sie machten daraus kein Hehl. Interna mit zwei politischen Beratern teilen zu müssen war schon schlimm genug, auch ohne daß dem einen das Hemd heraushing und er roch, als gehöre er in die Obhut der Heilsarmee. Ich versuchte, mich so klein wie möglich zu machen und dem Drang, mich zu kratzen, zu widerstehen.

Micaelis stieß zu uns, als wir gerade damit fertig waren, uns gegenseitig vorzustellen. Assistant Commissioner Worrall forderte uns mit einer Handbewegung auf, Platz zu nehmen. »Dieses Gespräch ist absolut informell«, sagte er, »und absolut vertraulich. Ziel ist, unsere Informationen auszutauschen und uns auf eine gemeinsame Vorgehensweise zu einigen. Einverstanden?« Ken Sproule und ich nickten. Worrall übergab die Gesprächsleitung an Buchanan.

»Dann wollen wir mal«, sagte Buchanan. Er hatte einen Bleistift in der Hand und zeigte damit auf Micaelis. »Was hat diese Lambert gesagt?«

»Sie steht unter Schmerzmitteln, Sir, ist aber einigermaßen ansprechbar.« Von Micaelis' gewohntem kumpelhaftem Verhalten war nichts mehr zu merken. »Sie sagt, sie habe keine Ahnung, warum Eastlake sie angegriffen hat. Behauptet, sie hätten seit etwa einem Jahr eine Beziehung gehabt, sich aber nie gestritten. Sie habe ihn früher am Tag schon einmal gesehen; da sei er wegen geschäftlicher Dinge aufgeregt gewesen, habe sich ihr gegenüber aber normal verhalten.«

Was, wie ich gehofft hatte, bedeutete, daß sie so schlau gewesen war, nichts von dem Geld zu sagen. Wahrscheinlich fragte sie sich, warum Micaelis sie nicht danach gefragt hatte.

»Und die andere?« sagte Buchanan. »Diese Fleet?«

Micaelis hatte ein Bündel Papiere vor sich liegen. »Sie hat sich heute nachmittag bei uns gemeldet und ist mit ihrem Anwalt zu uns gekommen, während ich in der Wohnung der Lambert war. Ihre Aussage war bereits fertig formuliert.« Er wühlte in seinen Papieren, bis er das Gesuchte gefunden hatte, und schaute beim Reden immer wieder darauf. »Sie und Eastlake waren beide in dem Ausschuß, der Empfehlungen über Kunststipendien abgibt. Letzten August, etwa zu der Zeit, als über die Bewerbungen befunden wurde, hatte sie eine Beziehung mit Marcus Taylor. Sie hat ihn für ein Stipendium empfohlen und sich sehr lobend über seine Fähigkeiten und seine« – Micaelis' Finger fand die Stelle –, »seine postmoderne Sensibilität im Hinblick auf die Berechtigung von Zitat und Anleihe geäußert.«

»Was zum Teufel soll denn das heißen?« Buchanan deutete mit dem Bleistift auf mich. Er hielt mich offenbar für einen Kunstexperten.

»Es heißt, daß er gut abkupfern konnte«, sagte ich.

»Und dafür kriegt man ein Stipendium?« Für einen Mann, der sich für einen Dirigenten hielt, hegte Buchanan ein paar tiefsitzende kulturelle Unsicherheiten.

»Nur ein kleines, Sir«, sagte Micaelis. »Und Fleet meint,

er habe es nur ihr zuliebe bekommen. Ein paar Wochen später allerdings habe Eastlake sie angesprochen und mehr über Taylor wissen wollen. Insbesondere habe er wissen wollen, ob Taylor ihrer Ansicht nach in der Lage sei, ihm ein paar Bilder im Stil bestimmter berühmter Künstler zu malen. Er habe sogar eine Liste mitgebracht.«

Sproule meldete sich zu Wort und wandte sich an den Assistant Commissioner. »Das steht in Zusammenhang mit dem Pensionsfonds des Gewerkschaftsverbandes. Eastlake hatte die Leute dort überredet, Hunderttausende in einer Kunstsammlung anzulegen, und als Fassade eine Firma namens Austral Fine Art benutzt. Die Sammlung war eine Fiktion. Sie existierte nur auf dem Papier. Das Geld hat er dazu verwendet, sein Obelisk-Karussell in Gang zu halten. Wahrscheinlich hatte er sich vorgestellt, daß Austral, wenn das Karlcraft-Projekt sich schließlich bezahlt machte, die Auflösung der Sammlung empfehlen könnte. Das ist fast ein Jahr lang gutgegangen, während er so getan hat, als kaufe und verkaufe er Kunstwerke. Aber dann hat der Verwaltungsrat des Pensionsfonds beschlossen, eine Ausstellung zu veranstalten. War ganz hin und weg von der Idee. Eastlake blieb keine Wahl, als mitzuspielen. Plötzlich brauchte er richtige Gemälde.«

Micaelis fuhr fort. »Fleet hat Taylor in Eastlakes Namen angesprochen. Sie behauptet, sie sei niemals an irgendeinem Betrug beteiligt gewesen, den er in der Folge begangen haben mag, aber sie wußte eindeutig, was gespielt wurde. Taylor hat begonnen, Bilder zu produzieren, wie sie Eastlake vorschwebten. Die Bilder wurden in seinem Atelier im alten YMCA-Gebäude gemalt. Fleet informierte Eastlake jeweils, wenn sie fertig waren. Dann wurden sie von Senior Sergeant Webb abgeholt.«

»Der Sergeant war bereits undercover als Eastlakes Fahrer tätig«, erklärte Buchanan seinem Kollegen Worrall. »Und zwar im Zuge einer langfristigen Ermittlung des Betrugsdezernats, bei der es um Eastlakes Aktivitäten bei Obelisk Trust ging.«

Ken Sproule zwinkerte mir verstohlen zu. Ich hatte mit einmal den Parkplatz der Mitglieder in Flemington vor Augen und wie Sproule einen gutabgefüllten Eastlake dazu überredete, seine Wagenschlüssel Noel zu geben, dem hilfsbereiten Mann von der Autowerkstatt.

»Eastlake hat angenommen, daß ich kein Interesse an seinen geschäftlichen Angelegenheiten hatte«, sagte Webb. »Ich hatte Zugang zu seinem Haus, seinem Büro, konnte Dokumente einsehen und Telefongespräche mithören und so weiter. Wir waren auf dem besten Weg, in Sachen Obelisk eine hieb- und stichfeste Anklage gegen ihn auf die Beine zu stellen, als die Geschichte mit den Gemälden anfing. Ich hatte Anweisung, sie von Taylors Studio abzuholen – bis zu zwei oder drei die Woche über einen Zeitraum von fast drei Monaten – und sie in der Garage von Eastlakes Haus in Toorak zu lagern.«

»Wir hatten zwar den Verdacht, daß diese Gemälde irgend etwas mit illegalen Aktivitäten zu tun hatten«, sagte Buchanan, »aber wir konzentrierten uns hauptsächlich auf die Obelisk-Ermittlung, und erst nach den Ereignissen von letztem Freitagabend wurde uns allmählich klar, was es mit den Kunstwerken auf sich hatte.«

Mittlerweile hatte ich mitgekriegt, daß Buchanan der

Obermotz des Betrugsdezernats war. Ihm und Webb war es sehr darum zu tun, daß Assistant Commissioner Worrall sich eine günstige Meinung von ihren Aktivitäten bildete. »Und was genau ist letzten Freitag passiert?« fragte der große Boss.

Ja, dachte ich, was genau ist eigentlich passiert? Ich beugte mich auf meinem Stuhl vor und rückte unter dem Tisch meine Unterhose zurecht. Es raschelte leise.

Noel Webb räusperte sich und ließ die Kiefer mahlen, als wünschte er, er hätte seinen Kaugummi nicht ausgespuckt. »Freitag abend gegen halb zehn habe ich Eastlake durch die Domain Road chauffiert, und wir haben Marcus Taylor überholt, der betrunken den Fußweg entlangtorkelte. Wir haben ihn aufgelesen, und ich mußte die beiden herumfahren, während Eastlake mit Taylor über ein bestimmtes Gemälde sprach. Irgend etwas Besonderes, so wie es sich anhörte, im Stil eines Malers namens Szabo. Zuerst hat er Taylor zu überreden versucht, ihm das Bild einfach nur zu zeigen. Taylor hat gesagt, er habe es irgendwo versteckt und keiner werde es zu sehen bekommen, bis die Zeit reif sei. Eastlake hatte eine Flasche Scotch dabei, die er Taylor immer wieder aufgedrängt hat, aber viel weiter brachte ihn das auch nicht. Taylor wollte nicht sagen, wo er das Gemälde hatte. Eastlake hat ihm Geld dafür geboten, und zwar unbesehen. Zwanzig Riesen. Taylor ging davon aus, daß Eastlake bloß herausfinden wollte, wo das Bild war. Taylor war stockbetrunken. Er hat unentwegt von Fiona Lambert geredet, und daß er die offene Rechnung mit ihr begleichen würde. Er wußte nicht, daß Eastlake was mit ihr hatte. Ich habe derweil immer meine Runden durch die Domain gedreht.«

Das Polizeirevier hatte keine zentrale Klimaanlage. Mit einem Surren wie von einem asthmatischen Kühlschrankmotor schaltete sich das Gerät im Fenster ein. Noel Webb hatte unsere ungeteilte Aufmerksamkeit.

»Nachdem das ein paar Stunden so gegangen war, hat mir Eastlake gesagt, ich solle den Wagen abstellen, und mich für die Nacht entlassen. Das war gegenüber der National Gallery. Ich habe die beiden noch eine Zeitlang beobachtet, aber sie taten nichts anderes, als auf dem Rücksitz zu sitzen, zu reden und zu trinken. Dem habe ich sie dann überlassen und bin nach Hause gegangen.«

Bei dieser Antiklimax hielt er inne, wie um uns Gelegenheit zu geben, Fragen zu stellen. Assistant Commissioner Worrall hatte eine. »Kann mich jemand über die Bedeutung dieses Gesprächs aufklären?«

Micaelis konnte. »Laut Salina Fleet, Sir, hatte Taylor einen Groll auf Lambert. Sie hatte es abgelehnt, eine Ausstellung seiner eigenen Bilder zu veranstalten, weil die angeblich den Ansprüchen nicht genügten. Außerdem war da noch einiges an bösem Blut in Zusammenhang mit einem schon verstorbenen Maler namens Victor Szabo. Auf Lamberts Empfehlung hin hat das Centre for Modern Art kürzlich ein Gemälde dieses Victor Szabo gekauft. Das brachte Taylor auf den Gedanken, eine Kopie dieses Bildes zu malen und Lambert damit irgendwie zu diskreditieren. Er hat sich da offenbar ziemlich hineingesteigert. Fleet wurde klar, daß sich daraus für Eastlake Probleme ergeben könnten, und so hat sie ihn darauf aufmerksam gemacht. Sie hat außerdem versucht, Taylor von seinem Vorhaben abzubringen. Aber der hat sich auf einer Ausstellung im Centre for

Modern Art letzten Freitag abend betrunken, hat die Wut gekriegt und gedroht, die ganze Sache auffliegen zu lassen.«

Ich fand, es war an der Zeit, daß ich auch einmal etwas sagte, und sei es nur, damit man mich nicht wie ein Möbelstück behandelte. »Ich war dabei«, sagte ich. »Taylor hatte getrunken und sich hochgeputscht, und dann ist er mitten in seiner Rede umgekippt. Dabei habe ich mich an einem zerbrochenen Champagnerglas geschnitten.« Ich hielt den betroffenen Finger hoch. Worrall sah mich an, als hätte ich ihm gerade weitere Gründe dafür geliefert, an der Klugheit der Informationspolitik des Chief Commissioner zu zweifeln. »Weil Taylor betrunken war, hat niemand beachtet, was er sagte«, meinte ich. »Aber Eastlake muß es einen gewaltigen Schrecken eingejagt haben. Wenn Taylor auf einmal im Mittelpunkt eines Eklats in der Kunstwelt stand, drohte der ganze Pensionsfonds-Schwindel zu platzen.«

An dieser Stelle nahm Webb den Faden der Erzählung wieder auf. »Am nächsten Morgen – ich hatte gerade erfahren, daß man Taylor tot aufgefunden hatte – wies Eastlake mich an, Taylors Atelier auszuräumen. Insbesondere ging es ihm um ein Gemälde von einem Haus mit einem Rasenmäher.«

An dieser Stelle unterbrach ihn Buchanan mit erhobener Hand. »Zu diesem Zeitpunkt bat Sergeant Webb um Instruktionen«, sagte er zu Worrall. »Nach den vorliegenden Informationen war die Todesursache im Fall Taylor noch ungeklärt. Vielleicht hatte Eastlake etwas damit zu tun, vielleicht machte er sich aber auch nur die Situation zunutze, um seine Spuren zu verwischen. Anstatt also eine erfolgreiche, noch nicht abgeschlossene, verdeckte Ermittlung zu gefährden, wies ich Sergeant Webb an, ganz normal weiterzumachen.«

»In der Zwischenzeit«, sagte Micaelis, »hatte Salina Fleet mit angesehen, wie Taylors Leiche geborgen wurde. Sie nahm sofort an, daß Eastlake dafür verantwortlich war.«

Der Groschen fiel. »Schwein!« sagte ich.

»›Schwein!‹ Das hat Salina Fleet beim Anblick von Taylors Leiche gesagt. Sie muß Eastlake damit gemeint haben. Ich habe es auf mich bezogen.« Mit einmal sahen mich alle an, als sollte ich vielleicht erklären, wie sie auf so etwas kommen könne. »Verzeihung«, sagte ich zu Micaelis. »Bitte fahren Sie fort.«

»Fleet geriet in Panik. Wenn Eastlake es fertigbrachte, Taylor umzubringen, dann, so ihre Überlegung, war sie womöglich als nächste dran. Sie hat sofort angefangen, das Selbstmordszenario hochzureden, um Eastlake damit zu signalisieren, daß sie keine Bedrohung für ihn darstellte.«

Noel Webb räusperte sich. »Wie von Eastlake angewiesen, bin ich zum YMCA gefahren und habe Taylors Atelier durchsucht. Ich habe ein Gemälde gefunden, auf das die Beschreibung paßte, die Eastlake mir gegeben hatte, und habe es zusammen mit einer Reihe anderer Skizzen und Gemälde in den Kofferraum von Eastlakes Mercedes gelegt.« Während er das sagte, hielt er unverwandt den Blick auf mich gerichtet, eine Aufforderung, ihm nicht zu widersprechen oder seine Version näher zu erläutern. Für Gespräche über Leute, die um ihres eigenen Wohlergehens willen in Kellern eingesperrt wurden, soviel wurde mir unmißverständlich klar, war hier kein Raum.

Assistant Commissioner Worrall interessierte sich nicht

für gefälschte Gemälde. Ihm ging es um Mord. »Inwiefern hat das alles mit Taylors Tod zu tun?« Er sah auf seine Uhr, als wollte er damit zu verstehen geben, daß vielleicht mal irgendwer zur Sache kommen solle. Ich sah ebenfalls auf die Uhr. Sieben nach acht. Allmählich sah es wirklich so aus, als würde ich Red für einige Zeit nicht mehr zu Gesicht bekommen.

Auch Chief Superintendent Buchanan war dafür, wieder zur Sache zu kommen. Er wollte klarstellen, daß seine Entscheidung, Spider verdeckt weiterermitteln zu lassen, nicht dazu geführt hatte, daß man einen Mörder hatte frei herumlaufen lassen. »Zum damaligen Zeitpunkt gab es lediglich Indizien dafür, daß Eastlake etwas mit Taylors Tod zu tun hatte.« Er klopfte mit seinem Bleistift auf den Tisch, um seine Worte zu unterstreichen. »Der medizinische Befund ließ auf einen Unfall schließen. Als wir die Fleet wegen bestimmter Ungereimtheiten in ihrer ursprünglichen Aussage – die einen Selbstmord nahelegte – noch einmal befragen wollten, war sie nicht aufzufinden.« Er bedachte mich mit einem angelegentlichen Blick. Ich hielt die Klappe. Für meinesgleichen waren die Cops bei weitem zu gewieft.

Er klopfte erneut. »Erst heute nachmittag haben sich stichhaltigere Informationen ergeben. Auf der bei Taylors Leiche gefundenen Scotch-Flasche waren Fingerabdrücke zweier verschiedener Personen. Die der zweiten Person waren nicht bei uns registriert. Sergeant Webb hat zu Vergleichszwecken einen Satz von Eastlakes Abdrücken von dessen Auto genommen, aber die Übereinstimmung wurde erst heute nachmittag bestätigt. Wie Sie wissen, Sir, ist man da unten ziemlich mäßig ausgestattet.«

Worrall blickte an dieser Stelle Ken Sproule an, um sich zu vergewissern, daß der es mitbekommen hatte.

»Dann tauchte die Fleet auf«, fuhr Buchanan fort. »Angeblich hatte sie die Nacht im Travelodge verbracht und sich alles überlegt. Offensichtlich stand sie unter dem falschen Eindruck, daß Sergeant Webb auf Anweisung von Eastlake vorhatte, sie umzubringen. Sie hat ihren Anwalt mitgebracht und ziemlich umfassend ausgesagt. Außerdem hat sich aufgrund von Nachforschungen unter Taxifahrern, die in der betreffenden Nacht gearbeitet haben, ein Fahrer gemeldet...«

»Stanislaw Korzelinski.« Micaelis hoffte wohl auf eine Eins plus im Notizenmachen.

»...und ausgesagt, er habe ungefähr zur Todeszeit zwei Männer, auf die die ungefähre Beschreibung von Eastlake und Taylor paßte, auf der Brüstung des Grabens gesehen. Der eine habe gelegen, und der andere habe ihn an den Schultern geschüttelt. Entweder das, oder er habe seinen Kopf gegen den Stein geschlagen.«

Buchanan ließ seinen Bleistift fallen, der in die Mitte des Tisches rollte. Wir sahen alle den Stift an. Wir sahen alle das gleiche. Eastlake, wie er dem betrunkenen Taylor Vorhaltungen machte, ihn bewußtlos schlug und ihn ins Wasser wälzte.

Assistant Commissioner Worrall wartete, bis der Bleistift völlig zur Ruhe gekommen war, und musterte ihn über seine dünne, knochige Nase hinweg. »Schön«, sagte er endlich. »So weit, so gut. Welchen Bezug hat das alles nun zur gegenwärtigen Situation, sprich zu den Schüssen in der Domain Road?«

Chief Superintendent Buchanan trug seine Argumente sehr energisch vor. »Ob Eastlake Taylor vorsätzlich getötet hat, werden wir wahrscheinlich nie erfahren. Wir wissen allerdings, daß der drohende finanzielle Zusammenbruch von Obelisk Trust Eastlake sowohl persönlich ruiniert als auch seinen Betrug ans Licht gebracht hätte. Taylor zu töten nützte ihm also überhaupt nichts. Der Druck dieser Erkenntnis und verschiedene andere Faktoren haben ihm den Rest gegeben. Wie sein grundloser Angriff sowohl auf Mr. Whelan hier als auch auf Fiona Lambert belegt, war er nicht mehr bei klarem Verstand.«

»Diese anderen Faktoren«, sagte ich. »Gehört dazu auch der Mord an Giles Aubrey?«

Sproule versetzte mir unter dem Tisch einen Tritt.

»An wem?« fragte der Assistant Commissioner.

»Ein Kunsthändler im Ruhestand«, sagte Buchanan rasch. Er machte eine schlaffe Handbewegung aus dem Gelenk heraus, bei der es sich um eine beiläufig wegwerfende Geste gehandelt haben dürfte. »Eine Randfigur des Falls. Er ist gestern nachmittag an den Folgen eines Sturzes gestorben. Wir haben keinerlei Grund zu dem Verdacht auf einen gewaltsamen Tod.« Auch die Polizei kehrt ihre Fehler unter den Teppich.

»Was die Geschichte in der Wohnung in der Domain Road angeht«, sagte der Assistant Commissioner, »hat man mich dahingehend informiert, daß Eastlake zunächst Miss Lambert angeschossen und die Waffe dann gegen sich selbst gerichtet hat.«

Er sah Sproule an. Die drei anderen Cops sahen mich an. Keiner sagte etwas. Ich am allerwenigsten.

»Das wär's dann wohl«, sagte Worrall. »Ein glasklarer Fall. Selbstmord aufgrund von wirtschaftlichem Druck. Damit wären nur noch ein paar kleine Falten auszubügeln.«

Micaelis war noch jung. Er hatte es noch nicht ganz mitgekriegt. »Wir würden beweisen müssen, daß Fleet sich wissentlich an einem Betrug beteiligt hat, Sir«, sagte er. »Sehr schwierig, wo ihre Mittäter tot sind.«

»Zumal ohne Kläger«, sagte Sproule gutmütig und gab sich alle Mühe, den anderen nicht auf die Schippe zu nehmen. »Ich habe bereits mit unseren Freunden in der Trades Hall gesprochen. Der Verwaltungsrat des Pensionsfonds hat kein Interesse an weiteren Ermittlungen in dieser Angelegenheit. Seine Kunstsammlung existiert nicht mehr. Sie hat nie existiert.«

Die im Westen versinkende Sonne hatte die Jalousien in gebranntes Siena verwandelt. Es gab nichts mehr zu sagen. Assistant Commissioner Worrall schob seinen marineblauen Ärmel zurück und sah auf seine Uhr. Ich hätte ihm die Zeit sagen können, wenn er gefragt hätte. Zwölf nach acht.

Worrall stand auf, nickte und verließ rasch den Raum. Wahrscheinlich stand seine Initiierung in der Freimaurerloge an. Buchanan griff über den Tisch und nahm seinen Bleistift an sich. Noel Webb schob seinen Stuhl zurück, stieß in langem Schwall Luft aus und zog ein Päckchen Kaugummi aus der Tasche. Senior Constable Micaelis suchte seine Papiere zusammen und stieß sie auf Kante. Ken Sproule knackte mit den Knöcheln und sah ungemein zufrieden mit sich aus.

»Ken«, sagte ich. »Was diesen Gefallen angeht.«

37

Der weiße Commodore V-8 mit dem Streifen im Schachbrettmuster an der Seite ließ seine beiden Blaulichter blitzen, heulte mit seiner Sirene und setzte sich hinter den metallic-grünen Laser, der gerade vom Bordstein zurückstieß. Ich sprang heraus und riß die hintere Tür des Laser auf. »Raus aus dem Wagen und Arme und Beine auseinander«, bellte ich.

Tarquin duckte sich. Red schaltete schneller und zeigte ein begeistertes Grinsen.

»Reingelegt!« sagte ich.

Faye langte vom Fahrersitz aus nach hinten und gab mir eins an die Ohren. »Hast mir einen Heidenschiß eingejagt«, sagte sie.

Ken Sproule hatte, wenn auch widerwillig, Wort gehalten und es geschafft, daß mir ein Streifenwagen der Verkehrspolizei zur Verfügung gestellt wurde. »Nur um ihm die Mühe zu ersparen, selbst sämtliche Kreuzungen bei Rot zu überfahren«, erklärte er dem Beamten von der Zentrale. Das Überfahren roter Ampeln war auch an einem ruhigen Montagabend ausschließliches Vorrecht der Polizei.

Als wir über die Kreuzung vor der Trades Hall rasten, nahm der Hausmeister gerade das Transparent ab, mit dem die Ausstellung des Gewerkschaftsfonds angekündigt wurde. Ein beispielloser Ausbruch von Tüchtigkeit auf seiten von Bob Allroy. Eine Rede weniger, die ich zu schreiben hatte.

Ich saß auf dem Vordersitz und hatte eine schwarze Plastikmülltüte auf dem Schoß. »Was ist in der Tüte?« hatte

Ken gefragt, als ich in der Polizeigarage aus der Toilette kam und mir das Hemd in die Hose stopfte. Die Hundertdollarscheine, die an meine Haut gepreßt gewesen waren, fühlten sich so weich wie Wildleder an, und ich hatte tintige Flecken wie Profilspuren auf meinem Ersatzreifen. »Schmutzige Wäsche«, hatte ich geantwortet.

Faye manövrierte ihren Laser wieder an den Bürgersteig. Die Jungs stiegen aus und richteten ihre Aufmerksamkeit auf die Gestalt in Blau hinter dem Steuer des Polizeiwagens. Seine Sonnenbrille war die gleiche Marke wie die von Spider. Ich hatte allmählich den Verdacht, daß die Gewerkschaft der Polizei Anteile an Ray-Ban besaß. »Dieser Beamte wird uns zum Flughafen fahren«, sagte ich zu Red. »Rein mit dir.«

Grün vor Neid, verlangte Tarquin, mitgenommen zu werden. »Das nächste Mal«, sagte ich. »Aber du kannst dich einen Moment auf den Rücksitz setzen, ich muß noch was mit deiner Mum besprechen.«

Von meiner Bemerkung am Telefon veranlaßt, hatte Faye die Jungs erfolgreich über den wahren Grund für unseren fliegenden Besuch bei Artemis Prints ausgequetscht und war der Sache mit einem Anruf bei Claire weiter nachgegangen. »Sehr beeindruckt hat sie sich nicht angehört, Murray«, sagte sie. »Sie glaubt, daß du ihre Gutherzigkeit ausgenutzt hast. Sie war ziemlich scharf auf dich, weißt du. Eine Zeitlang jedenfalls. Aber du hast die Sache wohl leider in den Sand gesetzt. Und was sollte eigentlich diese Geschichte, von wegen Freunde von dir hätten einen gefälschten Drysdale? Und was riecht hier so?«

Eine angemessene Antwort auf diese Fragen würde drei

Tage, eine Wandtafel, ein Flußdiagramm und einen Vertrauensbruch erfordern. Ich gab Faye die 30-Sekunden-Version. »Wow«, sagte sie und griff im Geist nach ihrer Tastatur.

»Das darf auf keinen Fall veröffentlicht werden«, warnte ich sie, »solange diese Regierung im Amt ist.« Von dem Geld in der Tüte in meinem Patschhändchen sagte ich natürlich nichts.

»Guck mal!« rief Tarquin. Er hatte etwas aus einer Box auf dem Rücksitz des Streifenwagens genommen und schwenkte es zum Fenster hinaus. Es war ein dunkelroter Wachspapierstab, ungefähr so lang wie mein Arm. »Extralanges Dynamit!«

Das war es nicht, aber es hätte welches sein können. Es war ein Notsignal. Zwei Kilo verdichtetes Magnesium, das durch Zug an einem Ring gezündet wurde. Ich griff hinüber und nahm es Tarquin rasch ab. »Mein Handgelenk«, kreischte er. »Du hast mir das Handgelenk gebrochen.«

Im Handumdrehen, so kam es mir vor, bretterten wir mit blitzendem Blaulicht und heulender Sirene den Freeway nach Tullamarine entlang, und Constable Speedy Gonzales von der Schnellen Eingreiftruppe ließ den übrigen Verkehr so aussehen, als stünde er still. »Tut mir leid, daß dein Besuch so langweilig war«, sagte ich zu Red. »Das nächste Mal unternehmen wir was Interessanteres. Gehen vielleicht angeln. Und die Pizza essen wir ganz bestimmt, versprochen.«

Speedy setzte uns zehn Minuten vor der Abflugzeit am Terminal ab. »Hab's dir ja gesagt«, meinte ich zu Red, obwohl wir zu spät dran waren, um ihm einen Fensterplatz zu besorgen. Am Abflugsteig umarmten wir uns. »Bis dann,

Dad«, sagte er. »Tut mir leid, daß wir das Bild kaputtgemacht haben.«

»Tu mir einen Gefallen«, bat ich ihn, »sag deiner Mutter, ich hätte eine neue Freundin.«

»Du hast doch gar keine.« Der Junge beäugte mich skeptisch. »Oder?«

»Nein. Aber man weiß nie, was auf einen zukommt. Und sag nichts von der Leiche. Und der Schlange. Und dem Bild. Und dem Polizeiwagen. Und dem Dynamit.« Ich wollte schon in die Mülltüte greifen, überlegte es mir noch einmal und klaubte einen Zwanziger aus meiner Brieftasche. »Falls du im Flugzeug ein Bier brauchst«, sagte ich. »Und für mich sehen deine Zähne immer noch prima aus.«

Wir umarmten uns noch einmal. Dann war er fort.

Wenn jemand ein Bier brauchte, dann ich. Ich hatte seit dem Frühstück nichts mehr gegessen. Ich fand auf dem Flughafen ein Freßlokal mit Selbstbedienung und einem Neonschild, auf dem Höhe null stand. Ich besorgte mir ein Tablett und aß etwas, von dem behauptet wurde, es handle sich um Lasagne. Aß es ratzeputz auf. Alles bis auf den Teller. Solchen Hunger hatte ich.

Es wurde elf, bis ich ein Taxi zum Arts Centre genommen, den Charade geholt, die schwarze Plastiktüte unter dem Sitz verstaut und es bis nach Hause geschafft hatte. Mein einsames Zuhause. Gleich hinter der Haustür griff ich nach dem Lichtschalter. Eine Ahnung ließ mich mitten in der Bewegung innehalten. In der Dunkelheit des Flurs neigte ich den Kopf und lauschte. Gedämpftes Papiergeraschel. Unter der Wohnzimmertür ein schwacher Lichtschimmer. Die Atmosphäre elektrisch aufgeladen. Jemand war im Haus. Meine um die schwarze Tüte geschlossene Hand war mit einmal verschwitzt.

Durch einen Spalt zwischen meinen Schlafzimmervorhängen drang Licht von einer Straßenlaterne. Hier war alles in Ordnung. Das einzige, was in diesem Zimmer entfernt einer Waffe ähnelte, war die Nachttischlampe. Das oder ein klumpiges Kissen. Das Kabel ums Handgelenk geschlungen, schlich ich geräuschlos den Flur entlang und stieß mit der Schulter die Wohnzimmertür auf.

Auf der Couch lag Claire, das Haar von der schwachen Fluoreszenz erleuchtet, die von der Küchennische ausging. Sie blickte von einem aufgeschlagenen Buch auf. »Ziemlich doof«, sagte sie. *Aufstieg und Fall der Großmächte.*

»Du wirst dir die Augen verderben.« Ich kniete mich auf den Boden und schloß die Lampe an. »Wie bist du überhaupt hereingekommen?« Nicht daß ich mich beklagen wollte.

»Du bist einfach bodenlos leichtsinnig«, sagte sie. »Aber deine Freunde sind toll. Faye hat mir den Schlüssel gegeben. Sie hat mir auch gesagt, was los war. Ich dachte, ich erspare dir die Kosten eines Mittagessens.«

Vor meinem geistigen Auge erschien flüchtig das Gesicht von Schwester Mary Innocent und löste sich wieder auf. »Geh nicht weg«, sagte ich. »Ich muß nur eben rasch duschen.«

»Hoffentlich nicht kalt.«

Als ich aus dem Bad kam, lag Metternich auf dem Boden und Claire in meinem Bett. Gott sei Dank hatte ich es frisch bezogen. Das tue ich jedesmal, wenn ich einen neuen Job kriege. »Ich weiß ja nicht recht, Murray«, sagte sie.

»Ich auch nicht.« Ich ließ mein Handtuch auf den Boden fallen, und sie konnte sehen, daß ich log. Ich legte mich neben sie und bettete den Kopf zwischen ihre Brüste, mein Ohr auf ihrem Herzen. Es tat überhaupt nicht weh.

38

In einem modernen Büro bleibt kaum etwas lange geheim. Selbst durch zwei Glaswände hindurch konnte ich in Angelo Agnellis Miene lesen wie im Kleingedruckten eines Leihwagenvertrags. Falls Ange bei seiner Inspektionstour über die Bergseen Sonne abgekriegt hatte, war seinem Teint nichts davon anzusehen.

Das aschfahle Gesicht meines Brötchengebers war nicht das erste, worin ich an diesem Morgen gelesen hatte. Bei einem aus zwei Eiern bestehenden Frühstück mit Claire hatte ich mir die Schlagzeilen zu Gemüte geführt. *Age* hatte, um äußerste journalistische Zurückhaltung bemüht, mit KARLCRAFT-PLEITE FÜHRT ZU OBELISK-SELBSTMORD aufgemacht. Die *Sun* konzentrierte sich mit TODESPAKT IM LIEBESNEST auf die menschliche Seite. Fayes Artikel auf der Titelseite des *Business Daily* machte sich eher den nüchtern fiskalischen Blickwinkel zu eigen: LIQUIDITÄTSABFLUSS SPÜLT EINLAGEN WEG.

Agnelli hatte sie ebenfalls gelesen. Sie waren vor ihm auf dem Schreibtisch ausgebreitet. Er saß schon sehr lange so da und starrte darauf herab. Das wußte ich, weil ich ihn beobachtete, seit er ins Büro gekommen war. Er hatte Trish gesagt, er wolle nicht gestört werden, hatte seine Tür zugemacht und sich in seinen Sessel sinken lassen wie ein Verurteilter, der die Bequemlichkeit des elektrischen Stuhls prüft.

Ein Minister ist selten allein und fast nie in stumme Betrachtung versunken. Es war ein Anblick für Götter. Von Zeit zu Zeit hob sich Angelos Löwenhaupt, und er spähte zu mir herüber. Ich tat so, als läse ich im *Craft Annual.* Seine Hand griff nach dem Telefon, verhielt und zog sich wieder zurück. Seine Fingerspitzen trommelten auf die Schreibtischplatte. Sein Blick senkte sich wieder.

Irgendwann wurde mir die Spannung zuviel. Von Trishs Gorgonengebell unbeeindruckt, ließ ich mich selbst zum Minister vor. »Wie war das Wasser?« fragte ich. »Oben schwimmen oder baden gehen, wie man in Tasmanien sagt, was?«

Angelo unterbrach seine selbstgeführte Tour durchs Fegefeuer und betrachtete mich ausdruckslos. »Baden gehen trifft's genau«, sagte er. »Setz dich.«

Angelo Agnelli war kein schlechter Kerl. Er war weder besser noch schlechter, als man es von ihm erwarten durfte. Er war eitel, und sein Ehrgeiz überstieg seine Fähigkeiten. Und wenn schon. Bei einem Politiker sind das keine Schwächen, sondern die Mindestvoraussetzungen für seinen Job. Warum sollte er ihn sonst machen? Angelo war Minister, weil genügend Leute fanden, er sollte einer sein. Diese Leute waren, so oder so, meine Leute. Vielleicht kannten sie Angelo nicht so gut wie ich. Aber sie hatten ihn nicht völlig falsch beurteilt. Er war manchmal dumm, aber er war kein Idiot. Er konnte kleinlich sein, aber er war selten bösartig. Vielleicht konnten andere seinen Job genauso gut oder sogar besser erledigen. Aber es war Angelo, nicht ein anderer, der am Wochenende meinen Gehaltsscheck unterschrieb.

Wenn es denn noch einen Gehaltsscheck gab. Nur gut, daß ich eine Versicherung abgeschlossen hatte.

Ich tat wie geheißen und setzte mich. Das herrliche Morgenlicht, das durch die wandhohen Fenster hereinströmte, hätte genausogut saurer Regen sein können. Angelo starrte es eine ganze Weile stumm und ausdruckslos an.

Dann klopfte er abrupt auf seinen Schreibtisch, wie um sein inneres Gremium zur Ordnung zu rufen. »Was deine Zukunft hier angeht«, sagte er. »Die Dinge haben sich nicht unbedingt ganz so vorteilhaft entwickelt wie ursprünglich erwartet.« Er hörte sich an wie der soeben in die Grube gefahrene Hirohito, als er die Kapitulation Japans erklärt hatte.

»Bist du mit meiner Leistung nicht zufrieden?« fragte ich.

Nun, da Ange seinen Kurs festgelegt hatte, gedachte er sich nicht davon abbringen zu lassen. »Ich wollte dir heute von etwas erzählen«, sagte er. »Deine Meinung dazu hören und so weiter. Aber wie es aussieht, haben die Ereignisse mich überholt.«

Er klatschte mit der Handfläche auf die Zeitungen auf seinem Schreibtisch. Er stand auf. Nun wurde es bedeutungsvoll. Er begann mich anzureden, als wäre ich das Plenum des Staatsparlaments. »Ich trage die Verantwortung...«, begann er.

An das Wort nicht gewöhnt, wußte sein Mund nicht weiter. Er begann von vorn. »Es hat sich eine Situation ergeben...« Das hörte sich schon besser an. »Es hat sich eine Situation ergeben, die es denkbar erscheinen läßt, daß man mich für den Verlust eines bedeutenden Teils des Wahlkampffonds der Partei verantwortlich macht.« Na also, es war heraus.

»Ach ja«, sagte ich. »Wie hat sich denn eine solche Situation ergeben können?«

»Gegen mein besseres Wissen«, sagte er, »habe ich mich dazu überreden lassen, mich in den Angelegenheiten des Finanzausschusses zu engagieren.« Er sagte nicht, wer ihn dazu überredet hatte. Mein heißester Kandidat war der unsichtbare kleine Angelo, der auf seiner Schulter saß, der im roten Anzug mit den Hörnern und dem Schwanz.

»Es wurde eine schlechte Entscheidung getroffen. Kurz und gut, aufgrund daraus resultierender Ereignisse, Ereignisse, die nicht in meiner Hand liegen...« – er starrte mit einem Gesichtsausdruck, den er sich von Charlton Heston für den Anlaß geborgt hatte, auf die Zeitungen hinab –, »bin ich nicht mehr in der Lage, deine Weiterbeschäftigung zu garantieren. Sobald die ganze Tragweite dieser Situation weiteren Kreisen bekannt wird, ist meine Position unhaltbar. Mir wird keine andere Wahl bleiben, als...« Er suchte nach dem Wort. Er brauchte nicht lange zu suchen. Es lag ihm auf der Zunge. »...zurückzutreten.«

Aus Rücksichtnahme auf Angelos zartere Empfindungen heuchelte ich Erstaunen. »Was!« sagte ich. »So schlimm ist es?«

Was Ideen anging, war die, die er da hatte, schlechter als schlecht. Ein Rücktritt käme einem Schuldeingeständnis gleich. Ein Fressen für die Opposition. Ein Schritt näher zur

Macht für die wahren Halunken. Die selbstgefälligen, widerwärtigen, auf ihren eigenen Vorteil bedachten, inkompetenten Blaublütigen von der ultrakonservativen Großkotzbrigade. Die Feinde der Menschheit. Die Liberalen. Die Regierung wandelte auch ohne die Hitze, die Angelo beim Schwitzen über seinen Fehlern abgab, auf reichlich dünnem Eis.

»So ganz verstehe ich das aber nicht.« Im Reden griff ich über Agnellis Schreibtisch und zog das Telefon zu mir heran. »Ich bin immer davon ausgegangen, daß Angelegenheiten des Finanzausschusses in Duncan Keoghs Zuständigkeit fallen.« Agnellis Telefon war genauso vom Feinsten wie der Schreibtisch, auf dem es stand. »Sollten wir nicht erst mal hören, was Duncan dazu zu sagen hat?«

Ehe Agnelli mich daran hindern konnte, hatte ich Keoghs Nummer getippt und den Knopf der Freisprechanlage gedrückt. Der Lautsprecher machte brr-brr, dann war laut und deutlich Keoghs gereiztes Hallo zu hören. »Murray Whelan hier, Duncan«, sagte ich. »Ich rufe aus Angelo Agnellis Büro an.« Mein Erkennungszeichen.

Von den ungewohnten Härten der Selbstprüfung erschöpft, sackte Agnelli auf seinen Stuhl zurück und vergrub den Kopf in den Händen.

Duncan ging es an diesem Morgen auch nicht gerade berauschend. »Sag Angelo, daß ich bei Obelisk keinen dazu kriege, mit mir zu reden. Alle Einlagen sind eingefroren worden, und die sind dort der Meinung, sie können uns bloß wegen unserer Beziehungen zu ihrem früheren Vorstandsvorsitzenden – oder vielleicht *gerade* deswegen – nicht bevorzugt behandeln. Die sagen, jeder will sein Geld zurück, und wir müssen eben abwarten, bis wir an der Reihe sind. Die sagen, sie haben keine Ahnung, wie lange das dauern könnte.« Er redete mit rasender Geschwindigkeit, und sein Schweiß kam durch den Lautsprecher gesickert. »Es heißt, es wäre nicht nur der Karlcraft-Zusammenbruch gewesen, der den Ausschlag gegeben hat. Dieser kleine Mistkerl Eastlake hat den Karren gründlich an die Wand gefahren. Wir können von Glück reden, wenn wir überhaupt etwas wiederkriegen.«

So quatschte er endlos weiter und drückte den stummen Agnelli damit immer tiefer in den Morast der Niedergeschlagenheit. Dann, praktisch ohne zum Atemholen innezuhalten, wechselte er den Kurs. »Okay«, sagte er. »Ich gebe es zu. Ich hätte das Geld gestern nachmittag rausziehen sollen. Aber Agnelli hätte mich selbst anrufen müssen.«

Als sein Name fiel, schauderte Agnelli sichtlich.

Bis jetzt hatte ich noch überhaupt nichts gesagt. Ich persönlich fand Keoghs Bemerkungen verwirrend. »Ich weiß nicht, worum es hier eigentlich geht, Duncan«, sagte ich. »Aber Angelo hätte dich gestern nachmittag unmöglich anrufen können, auch wenn du aus irgendeinem Grund meinst, daß er das hätte tun sollen. Er war dienstlich verreist. Und zeichnungsberechtigt für die Konten des Finanzausschusses bist doch du, oder?«

Keogh, der spürte, wie der Teppich unter seinen Füßen ins Rutschen kam, ging zum Angriff über. »Du kannst Agnelli ausrichten, daß ich dafür nicht allein geradestehe«, fauchte er. »In unserer Besprechung am Freitag hat er gesagt, daß er mir bis auf Kabinettsebene Rückendeckung gibt.«

»Was für eine Besprechung war das?« fragte ich.

Angelo nahm den Kopf aus den Händen.

»Du weißt ganz genau, was für eine Besprechung. Die in Agnellis Büro im Ministerium für Ethnische Angelegenheiten.«

Das klang mir nicht koscher. »Bist du da sicher, Duncan?« fragte ich. »Mir hat Angelo nichts von einer Besprechung gesagt. Du hast ja wohl ein Protokoll geführt, oder?«

»Natürlich hab ich kein Protokoll geführt.« Dunc wurde zu diesem Zeitpunkt ziemlich pampig.

»War noch jemand bei dieser Besprechung dabei, Dunc?« wollte ich wissen. So hatte Eastlakes Tod schon jetzt sein Gutes. »Irgendwer, der deine Version bestätigt?«

Der Anflug eines Schimmers kam über Agnellis östlichen Horizont gekrochen.

»Bist du noch dran, Duncan?« fragte ich. Eine Zeitlang kam nur das stetige Blubbern kochenden Blutes und das Schurren, mit dem der Teppich unter Keoghs Füßen Fluchtgeschwindigkeit erreichte, aus dem Lautsprecher. Dann rang sich Duncan mannhaft zur weichen Alternative durch.

»Sag Agnelli, er kann dem Premierminister folgendes sagen: Wenn ich nicht bis heute abend bei Geschäftsschluß unser Geld aus Obelisk herausgeholt habe«, sagte er, ganz heldenhaftes Zeugnis von selbstlosem Edelmut, »dann hat er gleich morgen früh mein Rücktrittsgesuch auf seinem Schreibtisch. Außerdem kannst du Agnelli sagen, er kann mich kreuzweise am...«

Glücklicherweise hatte ich mitgezählt. Ich war mit Auflegen dran. Mittlerweile war Agnelli überhaupt nicht mehr grün um die Kiemen. Er sah so aus, als könnte er sich bald im Bett aufsetzen, Fleischbrühe trinken und Besucher empfangen. Aber ich konnte sehen, daß er immer noch etwas gedrückt war.

»Keogh ist ein mieser kleiner Arschkriecher«, sagte ich zu ihm, in der Hoffnung, etwaige Schuldgefühle zu zerstreuen, die er wegen des Abgangs des in Kürze nur noch ehemaligen Vorsitzenden des Finanzausschusses hegen mochte.

Aber es war nicht sein Gewissen, was Agnelli drückte. Dieses verkümmerte Wesen war bereits wieder auf dem Rückzug in seine Tiefkühlkammer. »Keogh hält vielleicht den Kopf hin«, sagte er. »Aber die Partei hat trotzdem noch ein Loch von zweihunderttausend Dollar in der Kasse.«

»Ganz schön großes Loch«, gab ich zu. »Wie wär's, wenn ich schon mal mit Zuschaufeln anfange?«

Ich nahm die Tüte vom Boden neben meinem Stuhl, wo ich sie beim Hereinkommen abgestellt hatte, und kippte den Inhalt auf Agnellis Schreibtisch. Abzüglich vertretbarer Ausgaben. Ein Päckchen Zigaretten, zwei Straßenbahnfahrkarten, die Lasagne von gestern abend und die Reinigung einer Hose und Unterhose.

Agnelli starrte auf den kleinen Geldberg hinab. »Ach du heilige Scheiße!« Von Ange war das wirklich ein hohes Lob. »Hast du eine Bank ausgeraubt oder so was?« Er verwechselte mich wohl mit Lloyd Eastlake.

»Eine anonyme Spende von einer engen Bekannten eines ehemaligen Parteimitgliedes«, erklärte ich. »Die sehr auf Diskretion hält. Wir beide werden in den nächsten paar Monaten eine Menge Lotterielose kaufen.«

Angelo war zutiefst dankbar. Die Kohle verschwand in seiner untersten Schublade, die Zeitungen landeten im Papierkorb, und meine Ernennung zu seinem kulturellen Berater wurde umgehend bestätigt.

»Ich glaube, dafür habe ich nicht das Stehvermögen«, sagte ich. »Jedenfalls nicht, wenn der gestrige Tag ein Vorgeschmack darauf war, wie's dabei zugeht.« Er brauchte wirklich jemanden mit dem richtigen Hintergrund für den Job. »Einen Italiener vielleicht«, schlug ich vor. Machiavelli. Houdini. Alfa Romeo.

Aber ich erklärte mich bereit, vorläufig auf dem Posten zu bleiben. »Nur so lange, bis ich dir einige Vorschläge habe unterbreiten können, die mit rückwirkenden Änderungen der Grundsätze der National Gallery im Hinblick auf die Gewährung von Mutterschaftsurlaub zu tun haben«, sagte ich. »Danach hätte ich gern die Möglichkeit, mich in der Wasserversorgung zu tummeln. Wenn du damit einverstanden bist.«

Das war er, und seither bin ich dort. Der Blick vom Büro ist nicht so schön wie im Kulturministerium. Und die einzigen Eröffnungen, zu denen ich eingeladen werde, betreffen neue Schleusentore. Aber es ist nicht so anstrengend hier. Und ich komme allmählich an den Punkt, wo ich fünfzig Meter am Stück auf Wasserskiern stehen kann.

Jetzt, wo die achtziger Jahre offiziell zu Ende gegangen sind, gibt es in den Medien ein großes Gesums darum, was es eigentlich damit auf sich hatte. Ein großes An-die-Brust-Schlagen und Schlechtmachen der Protzerei, der Gier, der Leichtgläubigkeit. Große Appelle an uns, die Vergangenheit hinter uns zu lassen, den Gürtel enger zu schnallen und der trostlosen Wirklichkeit unerschrocken ins Auge zu sehen.

Ich persönlich weiß nicht, ob man im nachhinein wirklich soviel klüger ist. Gewiß, wir lernen aus unseren Fehlern. Aber nur aus denen, die wir schon gemacht haben, so daß die Lektionen allenfalls begrenzt anwendbar sind. Und jedesmal, wenn ich das Gerede vom Gürtel-enger-Schnallen höre, muß ich unwillkürlich daran denken, daß manche Leute von vornherein erheblich längere Gürtel haben. Und das sagt jemand, der einiges über Bargeld im Hosenbund weiß, vergessen Sie das nicht. Und über den irren Schimmer im Auge der Wirklichkeit.

Max Karlin gehört dieser Tage zu den Predigern des engen Gürtels. Er wohnt in Danzig und berät die polnische Regierung, was die Anwendung der Prinzipien des freien Marktes auf die Schuhindustrie angeht. Vielleicht kann er in seinen diversen Geschäftsunternehmen ein Plätzchen für Duncan Keogh finden. Nach letzten Meldungen hat Duncan seine Parteimitgliedschaft verfallen lassen und nennt sich jetzt freiberuflicher Unternehmensberater. Hat aber, nach allem, was man so hört, nicht viel, was man Arbeit nennen könnte.

Das Karlcraft Centre ist mit nur dreimonatigem Verzug fertiggestellt worden, allerdings nicht unter diesem Namen. Es heißt jetzt Absolute Melbourne. Derzeitiger Besitzer ist ein undurchsichtiges Konsortium von Reedern aus Singapur, die es laut Faye an eine holländische Versicherungsfirma loswerden wollen, sobald der Foreign Investment Review Board, die Aufsichtsbehörde für Investitionen aus dem Ausland, die abgenutzten Buchstaben seines Stempels hat aufpolieren lassen. Zur Eröffnung wurde in der Galleria eine Eisbahn installiert, und die Australian Opera gab in Kostümen von Ken Done die *Götterdämmerung*.

Die Läden scheinen allerdings nicht besonders zu laufen. Und in den oberen Etagen gibt es so viel unvermieteten Büroraum, daß man auf manchen fünfzig Stück Milchvieh halten könnte. Claire und ich haben dort vor ein paar Wochen etwas getrunken, in der Tapas-Bar im zweiten Stock, von der aus man auf den Mosaikboden schaut. »Wie gehen die Geschäfte?« fragte ich den Barmann.

»Mäßig«, sagte er.

Die Boutique für Kinderkleidung, deren Eingang auf das Füllhorn geht, hat einen Räumungsverkauf veranstaltet. Ich habe Grace einen Osh-kosh-Overall gekauft, der von hundert auf neununddreißig fünfundneunzig reduziert war. Immer noch ein bißchen happig, ich weiß, aber für meine Gracie ist mir nichts gut genug.

Claire arbeitet wieder in der National Gallery. Der Ausschuß zur Reform des Personalwesens empfahl unter anderem, daß frühere Angestellte, deren Arbeitsverhältnis aufgrund diskriminierender Praktiken geendet hatten, im Falle freiwerdender Stellen bevorzugt eingestellt werden. Als einer der Konservatoren – er litt an Prostatakrebs, hervorgerufen durch den beständigen Kontakt mit Cadmiumgelb aufgrund häufigen Umgangs mit französischen Impressionisten – pensioniert wurde, bekam Claire seinen Job.

Nicht daß sie den Monets zu nahe kommt. Sie ist in der australischen Abteilung. Soweit ich es beurteilen kann, verbringt sie den größten Teil ihrer Zeit damit, daß sie mit Pinzette, Vergrößerungsglas und Aquadhere-Holzkleber Okkerklümpchen auf Punktbilder von Aborigines-Künstlern klebt. Aber sie findet, daß sie ihre beruflichen Fähigkeiten hier sehr viel besser nutzen kann als bei Artemis Prints and

Framing. Außerdem muß sie samstags morgens nicht arbeiten. Sie hat Artemis um den Preis des Inventars verkauft und aus der ausstehenden Hypothek zwanzig Riesen erlöst, so daß der Immobilienboom bei aller Kürze nicht ohne Lichtseite war. Der Laden heißt jetzt Fred's Head Shop und verkauft extrabreites Zigarettenpapier, Wasserpfeifen aus geblasenem Glas und Poster von Bob Marley. Ein gewisser Zusammenhang mit der Kultur besteht also fort.

Apropos Kultur, die wahre Urheberschaft von *Unser Heim* ist im dunkeln geblieben. Zumindest für mich. Nur wenige Menschen wissen von der Existenz des Bildes oder interessieren sich dafür. Die Version mit dem Einschußloch und den Blutflecken befindet sich zusammen mit dem von Kugeln durchsiebten Treppengeländer aus der Trades Hall im Keller des neuen Polizeimuseums. Die Version aus dem Besitz von Max Karlin wurde irgendwann vom Centre for Modern Art abgestoßen. Sie hängt jetzt in der Sammlung der Victa Motor Mower Company, obwohl das wohl eher an ihrem Thema als an ihrem Urheber liegt. Kürzlich war sie Gegenstand einer Dissertation, die vom Institut für Kulturwissenschaft des PIT veröffentlicht wurde und den Titel *Die (sub)liminale Durchdringung der (sub)urbanen Landschaft* trug.

Das öffentliche Interesse für die Werke Victor Szabos erreichte nie die von Fiona Lambert erhofften Höhen, und die geplante Retrospektive fiel aufgrund fehlender Mittel ins Wasser. Über die Gestaltung künftiger Ausstellungen des Centre for Modern Art entscheidet dessen Interimskuratorin Janelle. Janelle war es auch, die Fiona an jenem Abend in ihrer Wohnung angerufen hatte. Grund des Anrufs war, daß Fiona wieder einmal ihre Schlüssel vergessen hatte. Fiona holte sie rasch dort ab, sobald sie mich und Lloyd abgewimmelt hatte. Dann ging sie früh zu Bett.

Fiona ist mittlerweile stellvertretende Kuratorin für naive Keramik an der Warracknabeal Regional Gallery. Vermutlich ein gewisser Abstieg und eine ganze Ecke vom Glanz der Großstadt entfernt. Aber wahrscheinlich ist es ihr so am liebsten, denn sie sieht aus, als hätte sie sich einen Reißverschluß in die Stirn einnähen lassen. Sie denkt wohl immer noch, daß die Cops ihr Geld geklaut haben.

Salina Fleet dagegen eilt von Erfolg zu Erfolg. Die Provision, die sie für Marcus Taylors Kopien berechnete, reichte mehr als aus, um ihre Übersiedelung nach New York zu finanzieren, wo sie mittlerweile Redakteurin für darstellende Kunst bei *Flashy 'n Trashy* ist, einer von Sony finanzierten hochgeistigen Zeitschrift. Der Name Fleet, so wurde bekannt, war das Erbe eines früh erworbenen und bald wieder ausrangierten Ehemannes. Ihr Mädchenname war Fletcher. Gibt unsereins zu denken, wie?

Die Anleger von Obelisk bekamen irgendwann fünfundvierzig Cents auf den Dollar. So hat Agnellis kurzer Vorstoß in die Hochfinanz unterm Strich ungefähr plus minus null ergeben – wenn man Fionas Beitrag mitrechnet. Und mehr als plus minus null, wenn man die zwei Reisen nach Bali, die drei Mikrowellen und die vierzehn Essen zu zweit mitzählt, die wir bei Lotterien gewonnen und der edlen Sache gespendet haben.

Red war ein bißchen sauer, weil ich die Balireise nicht für mich behalten und ihn mitgenommen habe. Mittlerweile war er schon zweimal mit Wendy und Richard dort. Er findet es cool, obwohl es ihm peinlich war, daß seine Zahnspange die Metalldetektoren am Flughafen ausgelöst hat. Meine Alarmglocken schrillten allerdings auch, als ich die Rechnung sah. Aber ich habe darauf bestanden, alles zu bezahlen, nicht bloß die Hälfte. Schließlich sind es meine Gene, die das Ding kompensieren soll.

Wendy und Richard haben geheiratet. Kirchlich. Wendy ganz in Weiß. »Eigentlich eher austernfarben«, sagte Red. »Kotzgrau.«

Er kommt nächsten Monat, und ich kann das Hausboot des Ministeriums auf dem Lake Eildon benutzen. Tarquin kommt auch mit, bloß für die ersten paar Tage. Leider besteht sehr wenig Aussicht, daß er ertrinkt. Der Wasserspiegel ist zu niedrig.

Die Trockenheit dauert jetzt schon fast ein Jahr an. Politisch eine ziemliche Herausforderung. Manchmal beten wir. Manchmal tanzen wir.

Die Wahlen finden Ende nächsten Jahres statt. Wir hoffen sie nach Hause zu schaukeln. Wir haben mit Sicherheit nicht die geringste Chance. Obwohl *Nea Hellas* bedingungslos hinter uns steht.

Donna Leon im Diogenes Verlag

Venezianisches Finale

Commissario Brunettis erster Fall

Roman. Aus dem Amerikanischen von Monika Elwenspoek

Skandal in Venedigs Opernhaus ›La Fenice‹: In der Pause vor dem letzten Akt der ›Traviata‹ wird der deutsche Stardirigent Helmut Wellauer tot aufgefunden. In seiner Garderobe riecht es unverkennbar nach Bittermandel – Zyankali.

»Mit ihrem ersten, preisgekrönten Kriminalroman *Venezianisches Finale* weckt die aus New Jersey kommende Wahlitalienerin Donna Leon großen Appetit nach mehr aus ihrer Feder.« *Wiesbadener Tagblatt*

Endstation Venedig

Commissario Brunettis zweiter Fall

Roman. Deutsch von Monika Elwenspoek

Ein neuer Fall für Commissario Brunetti: Die aufgedunsene Leiche eines kräftigen jungen Mannes schwimmt in einem stinkenden Kanal in Venedig. Und zum Himmel stinken auch die Machenschaften, die sich hinter diesem Tod verbergen: Mafia, amerikanisches Militär und der italienische Machtapparat sind gleichermaßen verwickelt.

»Aus Brunetti könnte mit der Zeit ein Nachfolger für Simenons Maigret werden.« *Radio Bremen*

Venezianische Scharade

Commissario Brunettis dritter Fall

Roman. Deutsch von Monika Elwenspoek

Eigentlich wollte Brunetti ja mit seiner Familie in die Berge fahren, statt den brütendheißen August in Venedig zu verbringen. Doch dann wird beim Schlachthof vor Mestre die Leiche eines Mannes in Frauenkleidern gefunden. Der Commissario lernt bei seinen Ermittlungen in einem Milieu, das auch den meisten Lesern weniger bekannt sein dürfte und darum nur um so spannender ist, weniger schnell zu urteilen, als die ach so ehrenwerten Normalbürger es tun.

»Weitermachen, Guido Brunetti, und weiterschreiben, Donna Leon!« *NDR, Hamburg*

Vendetta

Commissario Brunettis vierter Fall

Roman. Deutsch von Monika Elwenspoek

Von trauriger Aktualität: Frauenhandel und Gewaltvideos. Commissario Brunetti kämpft in seinem vierten Fall unbeirrt für den Erhalt von Recht und Gerechtigkeit in der Lagunenstadt, deren Moral schneller verfällt als die alten Palazzi.

»*Vendetta* ist ein ebenso faszinierender wie letztlich erschreckender Fall für den mutigen und warmherzigen Guido Brunetti.« *Publishers Weekly, New York*

Acqua alta

Commissario Brunettis fünfter Fall

Roman. Deutsch von Monika Elwenspoek

Die amerikanische Archäologin Brett Lynch wird im Flur ihrer Wohnung in Venedig von zwei Männern zusammengeschlagen. Eine packende Geschichte über die geheime Verbindung zwischen hehrer Kunst und nackter Korruption.

»Von Venedig eingenommen, doch ohne seine pragmatische Klarsicht zu verlieren, ist Brunetti genau der richtige Polizist für diese Stadt. Möge er noch lange durch ihre Calli streifen – oder auch waten.«
The Sunday Times, London

Sanft entschlafen

Commissario Brunettis sechster Fall

Roman. Deutsch von Monika Elwenspoek

Commissario Brunetti hat nicht viel zu tun, als sein Chef im Urlaub ist und die Lagunenstadt erst allmählich aus dem Winterschlaf erwacht. Doch da beginnen die Machenschaften der Kirche sein Berufs- und Privatleben zu überschatten.

»Brunetti durchstreift die Kirchen und Krankenhäuser Venedigs. Er folgt einem schrecklichen Verdacht. Die schöne Sizilianerin und aufopfernde Pflegerin von Brunettis Mutter ist aus ihrem Orden ausgetreten, nachdem fünf Patienten unerwartet starben. Bald schon hat er es mit Hirten und Schäfchen und allerhand Scheinheiligkeit zu tun. Ein verzwickter Fall für den mutigen und warmherzigen Commissario.«
Focus, München

Nobiltà

Commissario Brunettis siebter Fall

Roman. Deutsch von Monika Elwenspoek

Motive müssen nicht so nobel sein wie das Geblüt, aus dem man stammt, und nicht überall geht es so idyllisch zu wie bei Familie Brunetti: Als auf dem Grundstück eines pensionierten deutschen Arztes am Fuß der Dolomiten die Leiche eines jungen Mannes gefunden wird, führt die Spur zum venezianischen Adelsgeschlecht der Lorenzonis und weiter hinter die Kulissen der Einflußreichen und Mächtigen.

»*Nobiltà* beweist erneut, daß Donna Leon literarisch von Venedig Besitz ergriffen hat. Der Roman zeigt sie auf dem Höhepunkt ihres Könnens.«
The Independent on Sunday, London

»Man wird süchtig nach Brunetti.«
Michael Köhlmeier/News, Wien

In Sachen Signora Brunetti

Der achte Fall

Roman. Deutsch von Monika Elwenspoek

Es beginnt mit einem Telefonanruf am frühen Morgen. Im kühlen venezianischen Frühdunst ist ein Akt von Vandalismus verübt worden. Bald allerdings muß Commissario Brunetti feststellen, daß der Täter kein kleiner Ganove ist. Am Tatort wartet auf die Festnahme keine andere als Paola Brunetti, seine Frau.

»Höchst interessant, wie die Beziehung zwischen Brunetti und Paola vertieft und in all ihren Schattierungen gezeigt wird.« *Evening Standard, London*

»Wenn es um den Sextourismus geht, dann haben wir Frauen das Recht, Gesetze zu brechen.« *Donna Leon*

Latin Lover

Von Männern und Frauen

Deutsch von Monika Elwenspoek

Bestseller-Autorin und Commissario-Brunetti-Schöpferin Donna Leon einmal anders: In den Kolumnen und Zeitungsartikeln für *Emma, Vogue* und *Die Weltwoche* wirft sie Fragen auf und geht sie in der ihr eigenen direkten Art an, ohne die Angst, als politically incorrect zu gelten.

Eine Amerikanerin in Venedig

Geschichten aus dem Alltag

Deutsch von Monika Elwenspoek

Kolumnen und Zeitungsartikel, geschrieben für *Die Weltwoche*, *Material*, *Der Standard* und das *Zeit-Magazin*.

»Donna Leons Stärke sind sensible, ungeheuer farbige Sozialporträts, Nahaufnahmen einer in Teilen verkrusteten, mitleidlosen Gesellschaft.« *Der Spiegel, Hamburg*

Jakob Arjouni im Diogenes Verlag

Happy birthday, Türke!

Ein Kayankaya-Roman

»Privatdetektiv Kemal Kayankaya ist der deutsch-türkische Doppelgänger von Phil Marlowe, dem großen Kollegen von der Westcoast. Nur weniger elegisch und immerhin so genial abgemalt, daß man kaum aufhören kann zu lesen, bis man endlich weiß, wer nun wen erstochen hat und warum und überhaupt.
Daß *Happy birthday, Türke!* trotzdem mehr ist als ein Remake, liegt nicht nur am eindeutig hessischen Großstadtmilieu, sondern auch an den bunteren Bildern, den ganz eigenen Gedankensaltos und der Besonderheit der Geschichte. Wer nur nachschreibt, kann nicht so spannend und prall erzählen.«
Hamburger Rundschau

»Verglichen wurde Jakob Arjouni bereits mit Raymond Chandler und Dashiell Hammett, den verehrungswürdigsten Autoren dieses Genres. Zu Recht. Arjouni hat Geschichten von Mord und Totschlag zu erzählen, aber auch von deren Ursachen, der Korruption durch Macht und Geld, und er tut dies knapp, amüsant und mit bösem Witz. Seine auf das Nötigste abgemagerten Sätze fassen viel von dieser schmutzigen Wirklichkeit.«
Klaus Siblewski/Neue Zürcher Zeitung

Verfilmt von Doris Dörrie, mit Hansa Czypionka, Özay Fecht, Doris Kunstmann, Lambert Hamel, Ömer Simsek und Emine Sevgi Özdamar in den Hauptrollen.

Mehr Bier

Ein Kayankaya-Roman

Vier Mitglieder der ›Ökologischen Front‹ sind wegen Mordes an dem Vorstandsvorsitzenden der ›Rheinmainfarben-Werke‹ angeklagt. Zwar geben die vier zu, in der fraglichen Nacht einen Sprengstoffanschlag verübt zu haben, sie bestreiten aber jegliche Verbindung mit dem Mord. Nach Zeugenaussagen waren an dem Anschlag fünf Personen beteiligt, aber von dem fünften Mann fehlt jede Spur. Der Verteidiger der Angeklagten beauftragt den Privatdetektiv Kemal Kayankaya mit der Suche nach dem fünften Mann...

»Jakob Arjouni: der jüngste und schärfste Krimischreiber Deutschlands!«
Wiener Deutschland, München

Ein Mann, ein Mord

Ein Kayankaya-Roman

Kayankaya sucht Sri Dao, ein Mädchen aus Thailand: sie ist in jenem gesetzlosen Raum verschwunden, in dem Flüchtlinge, die in Deutschland um Asyl nachsuchen, unbemerkt und ohne Spuren zu hinterlassen, ganz leicht verschwinden können – wen interessiert ihr Verschwinden schon.
Was Kayankaya – Türke von Geburt und Aussehen, Deutscher gemäß Sozialisation und Paß – dabei über den Weg und in die Quere läuft, von den heimlichen Herren Frankfurts über die korrupten Bullen und die fremdenfeindlichen Beamten auf den Ausländerbehörden bis zu den Parteigängern der Republikaner mit ihrer alltäglichen Hetze gegen alles Fremde und Andere, erzählt Arjouni klar, ohne Sentimentalität, witzig, souverän.

»Jakob Arjouni ist von den jungen Kriminalschriftstellern deutscher Zunge mit Abstand der beste. Er hat eine Schreibe, die nicht krampfig vom deutschen Gemüt, sondern von der deutschen Realität her bestimmt ist, das finde ich einmal schon sehr wohltuend; auch will er nicht à tout prix schmallippig sozialkritisch auftreten.« *Wolfram Knorr/Die Weltwoche, Zürich*

Edelmanns Tochter

Theaterstück

Ein Bahnhof im wiedervereinigten Deutschland. Hinz und seine Tochter Ruth sitzen im Hinterzimmer des Bahnhofrestaurants und warten. Nach vier Jahrzehnten kann der Vater sich nicht länger den drängenden Fragen und Ahnungen seiner Tochter entziehen. Im Kampf um eine neue Identität, die es ihm leichter machen soll, Schuld und Schicksal zu verdrängen, hat sich der Alte tief in ein Knäuel aus Lebenslüge, Leere, Hilflosigkeit und Selbstvorwürfen verstrickt.
Ein Stück über gegenseitige Achtung, über eine Vater-Tochter-Beziehung und über die Frage nach den Grenzen von statthafter Einflußnahme. Jakob Arjouni ergreift nicht Partei, er beobachtet Menschen und keine literarischen Modelle. In prägnanten Sätzen befaßt sich der junge Autor mit dem Phänomen Deutschland: Schuld und Vergangenheit, das Dritte Reich, die Wiedervereinigung und die Tatsache, daß noch gar nichts erledigt ist…

»Arjouni weiß als Dramatiker genauso wie als Krimiautor, wie er Spannung erzielt, ohne platt zu wirken.«
Christian Peiseler/Rheinische Post, Düsseldorf

»Seine Texte haben Qualität. Sie sind ambitioniert, unaufdringlich-provokativ, höchst politisch. Dabei sind sie weder billig-appellativ noch vordergründig, besitzen in jeder Hinsicht Stringenz.«
Barbara Müller-Vahl/General-Anzeiger, Bonn

Magic Hoffmann

Roman

Fred, Nickel und Annette – sie sind jung, die Welt – nicht die, in der sie leben – steht ihnen offen. Sie träumen gemeinsam einen Traum, und der hat einen Namen: Kanada. Magic Hoffmanns Weg von Dieburg nach Vancouver führt über den Knast in das Berlin nach dem Mauerfall, wo er seine Freunde und sein Geld abholen will – doch *the times they are a-changin'*.

»Der Roman *Magic Hoffmann* trägt die Züge einer Kriminalgeschichte, und jedenfalls ist er so spannend, wie man es von einem Krimi nur verlangen kann. Doch zugleich ist er mehr: ein Roman über die neue Hauptstadt Berlin aus der Sicht eines Underdogs aus der Provinz … Eine Verbeugung vor dem größten aller Berlin-Romane, Döblins *Berlin Alexanderplatz,* und seinem Helden, dem Haftentlassenen Franz Biberkopf.« *Gustav Seibt/Frankfurter Allgemeine Zeitung*

Ein Freund

Geschichten

In Arjounis Geschichten gehorcht das Leben kaum je den Regieanweisungen: Meist läuft es anders, und oft geht es unerwartete Wege. Da heuert ein Theatermann einen Trampenden an, für ihn den Jugendfreund zu spielen, weil er vor seinen Kollegen nicht als Arbeits-Zombie dastehen will. Der alte Kanter findet in ländlicher Zurückgezogenheit mehr als seinen Frieden. Ein Schriftsteller glaubt, als Geisel eines Banküberfalls das wahre Leben zu entdecken. Gambler und Loser, Tagträumer, Söldner und jene, die den großen Reibach machen: In Arjounis Geschichten kommt es zu unvermuteten Begegnungen in den verschiedensten Milieus.

»Arjouni hat den genauen, gnadenlosen Blick.«
Der Tagesspiegel, Berlin

Dick Francis
im Diogenes Verlag

»Die Bücher von Dick Francis haben die Grenzen des Krimis längst überschritten.«
Jürgen Busche / Süddeutsche Zeitung, München

»Dick Francis schreibt Thriller, die sich aus der breiten Masse hervorheben. Immer wieder überrascht dieser Autor, dessen glänzende Karriere als Jockey durch einen Unfall beendet wurde, durch seine klugen und humorvollen Geschichten, seinen Sinn für Atmosphäre und für zum Teil köstliche Charaktere.«
Margarete von Schwarzkopf / Norddeutscher Rundfunk, Hamburg

»Dick Francis ist der Meister des Thrillers.«
Der Spiegel, Hamburg

Todsicher
Roman. Aus dem Englischen von Tony Westermayr

Rufmord
Roman. Deutsch von Peter Naujack

Nervensache
Ein Sid-Halley-Roman. Deutsch von Tony Westermayr

Blindflug
Roman. Deutsch von Tony Westermayr

Schnappschuß
Roman. Deutsch von Norbert Wölfl

Hilflos
Roman. Deutsch von Nikolaus Stingl

Peitsche
Roman. Deutsch von Nikolaus Stingl

Rat Race
Roman. Deutsch von Michaela Link

Knochenbruch
Roman. Deutsch von Michaela Link

Gefilmt
Roman. Deutsch von Malte Krutzsch

Schlittenfahrt
Roman. Deutsch von Jobst-Christian Rojahn

Zuschlag
Roman. Deutsch von Ruth Keen

Versteck
Roman. Deutsch von Malte Krutzsch

Galopp
Roman. Deutsch von Ursula Goldschmidt und Nikolaus Stingl

Handicap
Ein Sid-Halley-Roman. Deutsch von Jobst-Christian Rojahn

Reflex
Roman. Deutsch von Monika Kamper

Fehlstart
Roman. Deutsch von Malte Krutzsch

Banker
Roman. Deutsch von Malte Krutzsch

Gefahr
Roman. Deutsch von Malte Krutzsch

Weinprobe
Roman. Deutsch von Malte Krutzsch

Ausgestochen
Roman. Deutsch von Malte Krutzsch

Festgenagelt
Roman. Deutsch von Malte Krutzsch

Gegenzug
Roman. Deutsch von Malte Krutzsch

Unbestechlich
Roman. Deutsch von Jobst-Christian Rojahn

Außenseiter
Roman. Deutsch von Gerald Jung

Comeback
Roman. Deutsch von Malte Krutzsch

Sporen
Roman. Deutsch von Malte Krutzsch

Lunte
Roman. Deutsch von Malte Krutzsch

Zügellos
Roman. Deutsch von Malte Krutzsch

Favorit
Ein Sid-Halley-Roman. Deutsch von Malte Krutzsch

Verrechnet
Roman. Deutsch von Malte Krutzsch

Rivalen
Roman. Deutsch von Malte Krutzsch

Risiko
Roman. Deutsch von Michaela Link

Winkelzüge
Dreizehn Geschichten. Deutsch von Michaela Link

Mammon
Roman. Deutsch von Malte Krutzsch